Robert Muchamore · Top Secret – Die neue Generation
Der Clan

Robert Muchamore

Top Secret – Die neue Generation
Der Clan

Aus dem Englischen
von Tanja Ohlsen

Penguin Random House Verlagsgruppe
FSC® N001967

3. Auflage
Erstmals als cbt Taschenbuch Juli 2021
© 2011 by Robert Muchamore
© 2013 für die deutschsprachige Ausgabe
cbj Kinder- und Jugendbuch Verlag
in der Penguin Random House Verlagsgruppe GmbH,
Neumarkter Str. 28, 81673 München
produktsicherheit@penguinrandomhouse.de
(Vorstehende Angaben sind zugleich
Pflichtinformationen nach GPSR)

Alle deutschsprachigen Rechte vorbehalten
Die englische Originalausgabe erschien unter dem Titel »CHERUB:
People's Republic« bei Hodder Children's Books, London.
Aus dem Englischen von Tanja Ohlsen
Lektorat: Ulrike Hauswaldt
Umschlaggestaltung: Karsten Molesch, Liebenburg
kk · Herstellung: LW
Satz: Uhl + Massopust, Aalen
Druck: GGP Media GmbH, Pößneck
ISBN: 978-3-570-31126-4
Printed in Germany

www.cbj-verlag.de

Was ist CHERUB?

CHERUB ist Teil des britischen Geheimdienstes. Die Agenten sind zwischen zehn und siebzehn Jahre alt. Meist handelt es sich bei den CHERUB-Agenten um Waisen aus Kinderheimen, die für die Undercover-Arbeit ausgebildet wurden. Sie leben auf dem Campus von CHERUB, einer geheimen Einrichtung irgendwo auf dem Land in England.

Warum Kinder?

Kinder können sehr hilfreich sein. Niemand rechnet damit, dass Kinder Undercover-Aktionen durchführen, daher kommen sie mit vielem durch, was Erwachsenen nicht gelingt.

Wer sind die Kinder?

Auf dem CHERUB-Campus leben etwa dreihundert Kinder. Normalerweise werden sie im Alter von sechs bis zwölf Jahren rekrutiert; wenn sie zusammen mit älteren Geschwistern kommen, sind sie gelegentlich auch jünger. Ab zehn Jahren können sie als Agenten arbeiten, vorausgesetzt, sie überstehen die hunderttägige Grundausbildung.

Die wichtigsten Eigenschaften eines CHERUB-Agenten sind überdurchschnittliche Intelligenz und physische Belastbarkeit sowie die Fähigkeit, unter Stress zu arbeiten und selbstständig zu denken.

Das CHERUB-Personal

Die Größe des Geländes, die speziellen Trainingseinrichtungen und die Kombination aus Internat und Geheimdienststelle bringen es mit sich, dass CHERUB mehr Personal als Schüler hat. Dazu gehören Köche und Gärtner ebenso wie Lehrer, Ausbilder, Krankenschwestern, Psychiater und Einsatzspezialisten. CHERUB wird von der Vorsitzenden ZARA ASKER geleitet.

Die CHERUB T-Shirts

Den Rang eines CHERUB-Agenten erkennt man an der Farbe des T-Shirts, das er oder sie auf dem Campus trägt. ORANGE tragen Besucher. ROT tragen Kinder, die auf dem Campus leben, aber zu jung sind, um schon als Agenten zu arbeiten. BLAU ist die Farbe während ihrer 100-tägigen Grundausbildung. Ein GRAUES T-Shirt heißt, dass man auf Missionen geschickt werden darf. DUNKELBLAU tragen diejenigen, die sich bei einem Einsatz besonders hervorgetan haben. Ein SCHWARZES T-Shirt ist die höchste Anerkennung für hervorragende Leistungen bei vielen Einsätzen. Wenn man CHERUB verlässt, bekommt man ein WEISSES T-Shirt, wie es auch das Personal trägt.

Teil I

1

Juli 2011

Im Büro der Vorsitzenden auf dem CHERUB-Campus saßen drei Frauen. Trotz der wegen der tief stehenden Abendsonne heruntergelassenen Jalousien musste die Klimaanlage gegen die Hochsommerhitze ankämpfen.

»Erzählen Sie mir von ihm«, verlangte Dr. D. Sie hatte einen starken New Yorker Akzent und betrachtete das Foto eines zwölfjährigen Jungen. »Das ist ein gut aussehender Junge. Hat er einen arabischen Einschlag?«

Dr. D. war sehr klein und näherte sich der Siebzig. Trotz der Hitze trug sie einen karierten Umhang, dicke graue Strümpfe und kniehohe Stiefel. Sie sah aus wie eine schräge alte Sekretärin, aber in Wahrheit war sie eine hochrangige Agentin des amerikanischen Geheimdienstes CIA.

Auch Zara Asker sah nicht gerade aus wie eine Spionin. Die vierzigjährige Vorsitzende von CHERUB, die Dr. D. gegenübersaß, trug eine billige Plastikuhr, und an ihrem Kleid konnte man ablesen, was ihr jüngster Sohn gegessen hatte.

»Ryan ist vor vierzehn Monaten zu CHERUB gekommen«, erklärte Zara. »Seine Großeltern kamen aus Syrien, Deutschland, Irland und Pakistan.«

Dr. D. hob eine Augenbraue. »Hört sich an wie der Anfang von einem schlechten Witz.«

»Ryan wuchs hauptsächlich in Saudi-Arabien und Russland auf. Sein Dad war Geologe in der Ölindustrie, geriet aber durch Glücksspiel und Alkohol in Schulden und endete als Leiche unter ein paar Müllsäcken. Kein Mensch weiß, ob es Mord oder Selbstmord war. Ryan kam 2009 mit seiner Mutter und drei jüngeren Brüdern nach Großbritannien. Die Mutter erschwindelte sich einen Platz in einem privaten Behandlungsprogramm für eine seltene Art von Krebserkrankung, flog dort aber hinaus, als sie den Überziehungskredit ihrer Geldkarten ausgeschöpft hatte. Die Einwanderungsbehörde versuchte, die Familie wieder nach Syrien zu schicken, aber dazu war die Frau zu krank. Sie starb völlig mittellos in einem staatlichen Krankenhaus und hinterließ vier Jungen unter elf Jahren. Weitere Familienangehörige sind nicht bekannt.«

»Und die Jungen sind alle bei CHERUB?«, erkundigte sich Dr. D.

Zara nickte. »Wir trennen Familien nie. Ryan ist der Älteste. Er hat Zwillingsbrüder, die bald zehn werden, und Theo ist sieben.«

»Sie sagten, dass Ryan noch nicht viel Erfahrung bei Missionen hat«, bemerkte Dr. D.

»Er hat erst ein paar eintägige Einsätze gehabt«, erklärte Zara. »Aber er setzt sich voll ein, und für die Operation, die Sie vorhaben, sollte er durchaus geeignet sein.«

Dr. D. nickte und ließ Ryans Foto wieder auf den gläsernen Tisch fallen. »Also, wann kann ich ihn kennenlernen?«

*

Ryan verließ gerade die Leichtathletikbahn des Campus und hatte keine Ahnung, dass über ihn gesprochen wurde. Es war brütend heiß, und als er sich mit dem

Saum seines T-Shirts den Schweiß vom Gesicht wischte, zeigte sich deutlich ein Sixpack.

Der Zwölfjährige war muskulös, aber nicht massig. Er hatte braune Augen, glatte dunkle Haare, die einen Schnitt nötig gehabt hätten, und seit Kurzem einen silbernen Ohrring in einem Ohr. Er nahm zwei Schluck Wasser an einem ziemlich drucklosen Trinkbrunnen und ging die drei Stufen zu einer baufälligen Hütte hinauf, die das Personal vom Sportplatz benutzte.

Drinnen herrschte Halbdunkel, da das Milchglasfenster nach einem Treffer von einem Fußball vernagelt war. Es war niemand da, aber der Geruch der Trainer hing in den Trainingsanzügen und der muffigen Allwetterkleidung an den Wandhaken.

An einem Klemmbrett auf dem Fenstersims stapelten sich die Formulare. Wenn man zurückblätterte, konnte man alle kleineren Verbrechen der letzten vier Monate nachlesen, die mit Strafrunden abgebüßt wurden.

Eine Schweißperle tropfte auf das Din-A4-Blatt, als Ryan nach einem angeketteten Kugelschreiber griff und die Kästchen auf der ersten Seite ausfüllte: *Zeit, Datum, Name, Agentennummer, Strafrundenzahl* und *Grund der Strafe.*

Das letzte Kästchen ärgerte Ryan und fast hätte er *Kein richtiger Grund* eingetragen.

Er hatte kein Problem mit den strengen disziplinarischen Maßnahmen für Agenten, die bei CHERUB die Regeln brachen, aber fünf Kilometer laufen zu müssen, weil er einen Lachkrampf bekommen hatte, war lächerlich. Besonders, da andere Kinder, die das Gleiche getan hatten, straffrei ausgegangen waren.

»Willst du dich die ganze Nacht lang daran festhalten?«, fragte jemand gereizt.

Da er so keuchte, hatte er nicht gehört, wie hinter ihm ein Mädchen mit rotem T-Shirt und pinkfarbenen Nikes

13

eingetreten war. Widerwillig schrieb er *Lachen während des Unterrichts* hin, unterschrieb und reichte ihr das Klemmbrett weiter.

»Hier, bitte schön«, sagte er giftig.

Ryan lief den Kiesweg zum achtstöckigen Hauptgebäude auf dem Campus entlang. Auf dem Gelände war nicht viel los, weil viele Kinder im Sommerlager Ferien machten. Mit dem Aufzug fuhr er in den siebten Stock, bog aber vor seinem Zimmer in eine kleine Küche ab, um etwas zu trinken.

»Ryan, du stinkst!«, beschwerte sich Grace und wedelte sich mit der Hand vor der Nase, als er sich an ihr vorbeidrängte.

Sie war etwa so alt wie er selbst, aber einen ganzen Kopf kleiner. Ihre beste Freundin Chloe saß mit nackten Beinen auf der Arbeitsfläche zwischen der Mikrowelle und drei Dessertgläsern, in denen sich ein halb fertiger Schichtpudding befand.

Die Stimmung war ein wenig angespannt, denn Grace war so etwas wie Ryans erste Freundin gewesen, und ein Wochenende mit Händchenhalten und verlegenem Schweigen hatte damit geendet, dass Grace ihm einen Makkaroniauflauf an den Kopf geworfen hatte.

»Kann ich nicht ändern«, meinte Ryan, nahm sich ein großes Glas aus dem Schrank und füllte das untere Viertel mit Crush-Eis aus dem Eisbereiter in der Kühlschranktür. »Strafrunden. Und das bei der Hitze!«

Die Mädchen schienen interessiert. Ryan nahm sich eine Pepsi light aus dem Kühlschrank und goss sie über das Eis. Während er trank, zerstieß Grace rosa Biskuit und streute die Krümel über den Pudding in den Dessertgläsern.

»Das sieht dir gar nicht ähnlich, Ryan«, stellte Chloe leicht neckend fest. »Normalerweise bist du doch so ein braver Junge.«

»Max Black ist schuld«, erwiderte Ryan und stieß einen gewaltigen Pepsi-Rülpser aus.

»Du Schwein!«, kreischte Chloe, doch Ryan begann ungerührt mit seiner Geschichte.

»Wir hatten Mathe bei Mr Bartlett. Bartlett ist rausgegangen, um etwas zu holen. Max und Kaitlyn hatten sich schon während der ganzen Morgenpause gestritten. Kaitlyn nennt Max einen *Mongo*. Und ihr wisst doch, dass Orangen total einschrumpeln, wenn sie alt werden, oder?«

Die Mädchen waren von dem plötzlichen Themenwechsel irritiert, nickten aber trotzdem.

»Max hat jede Menge Müll in seinem Rucksack«, erklärte Ryan. »Ich meine, er hat seit Jahren dieselbe Schultasche, und ich glaube, er hat sie noch nicht ein einziges Mal sauber gemacht. Vollgerotzte Taschentücher, Socken, kaputte Kugelschreiber. Im Prinzip ist das eine biologische Gefahrenzone. Er greift also in seine Tasche und holt eine alte Orange heraus, die nur noch so groß ist wie ein Tischtennisball. Und damit wirft er echt hart nach Kaitlyn.

Kaitlyn duckt sich, kippt vom Stuhl und haut sich den Kopf am Tisch hinter ihr an. Die Orange fliegt weiter, trifft den Henkel von Mr Bartletts Teetasse auf seinem Schreibtisch, und weil Max so fest geworfen hat, explodiert die Orange und die Teetasse macht eine kleine Pirouette und fällt dann um.

Sie war noch fast ganz voll mit Earl-Grey-Tee, der überall hinläuft. Über die Papiere, und weil die Schublade offen steht, auch in den Locher, den Tacker, die Taschenrechner und über ganze Stapel von Karopapier und Übungsbücher. Als Bartlett wieder reinkommt, heult Kaitlyn und wedelt mit den Armen und stellt sich total an, und Bartlett fängt an, Max anzubrüllen.«

Grace und Chloe lauschten ihm gebannt, daher entspannte sich Ryan ein wenig. Es war das erste Mal seit dem Makkaronivorfall vor sechs Wochen, dass er mit den beiden sprach.

»Bartlett kriegt also den totalen Ausraster«, erzählte er weiter. »Er verpasst Max hundert Strafrunden und schickt Kaitlyn in die Krankenstation. Dann versucht er, uns andere zu beruhigen, aber ich kann einfach nicht aufhören. Ich schlucke und versuche echt, nicht zu lachen, aber Alfie und ich machen uns fast in die Hosen. Also schickt uns Bartlett beide auf den Gang und lässt uns fünf Kilometer laufen.«

»Krass«, fand Grace und krönte die Dessertgläser mit Sprühsahne und Maltesern. »Bartlett ist doch normalerweise ganz friedlich. Ich kann mich nicht daran erinnern, dass er auch nur einmal die Stimme erhoben hätte.«

Ryan goss noch mehr Pepsi über das Eis.

»Ich finde das gar nicht so lustig«, warf Chloe ernst ein. »Kaitlyn musste schließlich mit drei Stichen genäht werden.«

Ryan sah sie entsetzt an.

»Echt? Max ist ein Idiot. Er weiß nie, wann er aufhören sollte.«

Chloe hob eine Augenbraue und begann zu lachen.

»Reingefallen!«

Ryan schüttelte den Kopf, lächelte aber erleichtert.

»Hätte mich auch gewundert. Ihr Kopf hat den Tisch kaum gestreift. Gib mir mal ein paar Malteser. Für wen ist der dritte Nachtisch?«

»Auf jeden Fall nicht für dich«, erwiderte Grace und kippte Ryan ein paar braune Kugeln in die ausgestreckte Handfläche.

Ryan warf sich sechs Malteser in den Mund und biss zu, nahm sein halb leeres Glas Pepsi und wollte gehen.

»He!«, rief Chloe. »Wo willst du hin?«

Ryan drehte sich um und sah, dass sie auf die Pepsiflasche zeigte.

»Woran ist dein letzter Diener gestorben?«, fragte sie. »Stell das wieder in den Kühlschrank!«

Grollend kam Ryan zurück. Er war müde und die Mädchen hatten sowieso jede Menge Zeug in der Küche verteilt.

»Es wird euch schon nicht umbringen, eine Flasche mehr zurückzustellen«, knurrte er.

»Wir bringen dich um, wenn du es nicht tust«, erwiderte Chloe und sprang von der Arbeitsplatte. Sie war barfuß, und Ryan betrachtete ihre lackierten Zehennägel, als er die Kühlschranktür aufmachte und sich vorbeugte, um die Pepsi wieder zurückzustellen.

Hätte er sich umgesehen, hätte er Grace bemerkt, bevor sie den Elastikbund seiner Shorts wegzog und ihm einen langen Schuss Sprühsahne auf den Hintern sprühte.

»Ihh, das ist ja ganz verschwitzt da drinnen!«, krähte sie und schützte die Augen vor der spritzenden Sahne.

Ryan versuchte auszuweichen, aber Chloe drückte die Kühlschranktür zu und klemmte ihn ein, bis die Dose ihren gesamten Inhalt versprüht hatte.

»Foto, Foto!«, schrie Grace.

Chloe ließ die Kühlschranktür erst los, als die leere Dose auf den Boden schepperte. Als sich Ryan aufrichtete, schlug ihm Grace auf den Hintern, sodass die Schlagsahneladung aus seiner Hose herausschoss. Im gleichen Augenblick blitzte eine Handykamera.

»Ihr Psychos!«, schrie Ryan. »Was soll denn das?«

»Einfach nur so«, begeisterte sich Grace.

Das zweite Foto war noch besser, denn Ryans Gesicht zeigte ein Mischung aus Lachen und Wut, während ihm die Sahne aus der Hose über die Oberschenkel lief. Auf dem dritten Foto griff er nach dem iPhone, während

Grace sich ins Bild lehnte und mit irrem Grinsen beide Daumen hochhielt.

»Wartet nur ab!«, schrie Ryan und watschelte auf sein Zimmer zu, als hätte er sich in die Hose gemacht. »Passt lieber auf in nächster Zeit!«

»Jetzt haben wir aber Angst, Rybo«, rief Grace lachend.

Sie wussten beide, wie sehr er es hasste, Rybo genannt zu werden.

»Rybo, Rybo, Rybooooooo!«, rief Chloe wie in einem Sprechchor auf dem Fußballplatz.

Ryan knallte seine Zimmertür zu und drehte den Schlüssel um, damit die Mädchen nicht hereinkommen konnten.

Waren das harte Training und die Strafen einer der Nachteile dabei, ein CHERUB-Agent zu sein, so zählten die Zimmer doch eindeutig als Pluspunkte. Ryan hatte ein gemütliches Zimmer mit einem Ledersofa und einem Fernseher auf der einen Seite der Tür und einem kleinen Kühlschrank und einer Mikrowelle auf der anderen. Er hatte ein Doppelbett und am Fenster stand ein großer Schreibtisch mit einem Laptop und einem Stapel Schulbücher.

Da er nicht wollte, dass die Sahne, die an seinen Beinen hinunterlief, auf dem Teppich landete, eilte er mit drei großen Schritten ins Bad. Anstatt den Boden einzusauen, ging er mit Kleidern in die Dusche, damit die Sahneklumpen aus seinen Sachen weggewaschen wurden, wenn er das Wasser anstellte.

Er zog seine Turnschuhe aus, drehte die Dusche an und zog sich aus, während das Wasser warm wurde, sodass die verschwitzten, vollgeschmierten Sachen in der Duschwanne durchgespült wurden.

Sein klebriges T-Shirt hing ihm halb über den Kopf, als das Telefon zu klingeln begann.

»Mist!«

An der Wand neben der Toilette befand sich ein Hörer. Er fragte sich, ob er überhaupt abnehmen sollte, denn wahrscheinlich waren es sowieso nur Grace und Chloe, die ihn aufziehen wollten, aber es hätte auch etwas Wichtiges sein können. Fast wäre er ausgerutscht, als er sich nach dem Hörer streckte und das gedrehte Telefonkabel durch das Bad spannte.

»Ryan, hier ist Zara.«

Ryan zuckte zusammen. Die Vorsitzende rief die einzelnen Agenten nur an, wenn es um ernsthafte Dinge ging, um wichtige Missionen oder um Ärger, bei dem man sich weit mehr einhandelte als einfache Strafrunden. Sie war schwer zu verstehen, daher stellte er die Dusche mit einem Fuß, der noch in der nassen Socke steckte, aus.

»Um was geht es denn?«, fragte er nervös und ging im Geiste schnell alle Möglichkeiten durch.

»Nur um dich«, erwiderte Zara. »Hier unten sind zwei Leute, die dich gerne kennenlernen würden.«

2

Ryan war nicht besonders unordentlich, aber dennoch schien es immer etwas Besseres zu tun zu geben, als in seiner Freizeit das Zimmer aufzuräumen. Er ließ seine Trainingssachen in der Wanne liegen, benutzte sein Deo und spülte sich kurz den Mund mit Mundwasser aus. Dann durchwühlte er die Haufen um sein Bett herum, bis er saubere Unterwäsche, ein sauberes graues CHE-RUB-T-Shirt und Cargohosen fand.

Bevor er nach unten lief, spielte er mit dem Gedanken, den Knopf aus seinem Ohrloch zu nehmen. Er hatte sich das Loch am Wochenende zuvor stechen lassen, in der Hoffnung, dadurch cooler und rebellischer auszusehen. Aber immer wenn er sein Zimmer verließ, war er sich des Ohrrings deutlich bewusst und hatte das Gefühl, dass ihn alle anstarrten und glaubten, dass er wie ein Idiot aussähe.

Doch am Ende ließ er ihn drin, denn schließlich wartete Zara auf ihn, und wenn er daran herumspielte, würde das Ohr nur wund werden.

Als er die Doppeltür zum Büro der Vorsitzenden erreichte, holte er tief Luft und bemerkte, dass seine Hände zitterten. Vielleicht hatte er Ärger, vielleicht war das aber auch die richtige Mission, nach der er sich sehnte, seit er vor acht Monaten die Grundausbildung geschafft hatte.

»Aha, der Mann der Stunde«, begrüßte ihn Zara und stand vom Sofa auf.

In dem Büro mit der hohen Decke standen auf der einen Seite ein Winkelschreibtisch und Aktenschränke und auf der anderen Ledersofas vor einem Kamin. Dankbar nahm Ryan die Klimaanlage zur Kenntnis, als er eintrat.

Zara stellte Ryan einer blendend aussehenden Frau Anfang zwanzig vor. »Ich glaube, du kennst Amy Collins noch nicht, oder?«

Ryan schüttelte Amy ehrfurchtsvoll die Hand. Sie hatte schulterlange blonde Haare, ein perfektes Gesicht, vorwitzige Brüste und einen göttlichen, sonnengebräunten Körper. Über dem Bund ihrer abgeschnittenen Jeans zeigte sich der Streifen eines Stringtangas.

»Hi«, sagte er.

»Hübscher Ohrring«, bemerkte Amy. »Ich habe deine Akte gelesen. Schön, dich persönlich kennenzulernen.«

»Hi«, wiederholte Ryan, dessen Gehirn sich gerade in Brei verwandelte. Als ihm Zara die Hand auf die Schulter legte, zuckte er zusammen.

»Du bist ja so nervös, Ryan«, bemerkte sie. »Aber ich verspreche dir, wir beißen nicht.«

Ryan ärgerte sich, dass man ihm seinen Gemütszustand so leicht ansehen konnte.

»Amy war früher CHERUB-Agentin«, erklärte Zara. »Sie ist 2005 ausgeschieden und arbeitet seit Kurzem für die TFU in Dallas – eine international einsetzbare Eingreiftruppe, die von Dr. Denise Huggan geleitet wird.«

Die Frau mit dem Cape stand auf, doch selbst mit ihren hochhackigen Stiefeln reichte sie Ryan kaum bis zu den Augenbrauen.

»Freut mich, Sie kennenzulernen, Dr. Huggan«, sagte Ryan höflich und schüttelte ihr die knorrige Hand mit den altertümlichen Silberringen.

»Nenn mich Dr. D.«, erwiderte sie mit ihrem schrillen New Yorker Akzent. »Auf etwas anderes reagiere ich nicht.«

Sie stieß ein lautes, falsches Lachen aus und Zara forderte ihn auf: »Setz dich, Ryan. Amy und Dr. D. haben die höchste Sicherheitsstufe, daher darfst du offen über dein Training oder deine Erfahrungen als CHERUB-Agent sprechen.«

Als sich Ryan neben Amy auf das Ledersofa setzte, warf er einen Blick auf die Akten und Dokumente, die auf dem Tisch ausgebreitet waren. Insbesondere bemerkte er einen der markanten roten Ordner, in denen CHERUB-Agenten ihre Einsatzunterlagen bekommen.

»Ich kriege also endlich eine richtige Mission?«, stieß er hervor.

»Ja, *endlich*«, lachte Zara. »Du hast dir deswegen schon ein wenig Sorgen gemacht, nicht wahr?«

Verlegen bemerkte Ryan, dass Amy und Dr. D. in ihr Lachen mit einstimmten.

»Ich weiß genau, wie es Ryan geht«, meinte Amy mitfühlend. »Wenn man mit der Grundausbildung fertig ist, hält man sich für absolute Spitzenklasse. Aber dann will man auch raus und sich in der Realität beweisen.«

»Genau«, bestätigte Ryan. »Ein paar Jungs, die mit mir zusammen in der Grundausbildung waren, haben schon große Einsätze hinter sich, während ich hier seit *acht* Monaten auf dem Campus Däumchen drehe und mich frage, ob die von der Einsatzleitung vergessen haben, dass ich überhaupt existiere.«

»Ich habe auch acht Monate auf meinen ersten Einsatz warten müssen«, bekannte Amy, die über den Zufall lächeln musste.

»Das Problem ist, dass man nie die richtigen Agenten hat«, erklärte Zara. »Wir hatten zum Beispiel mal einen sehr begabten Agenten, der fließend Urdu und Pashto sprach und über ein Jahr auf dem Campus saß. Dann war er gerade zu einer Mission aufgebrochen, als ich eine zweite absagen musste, für die er ideal gewesen wäre.«

»Ich verstehe das«, sagte Ryan. »Ich will mich ja auch gar nicht beschweren.«

»Das weiß ich«, erwiderte Zara herzlich. Sie hielt inne, um einen Schluck Kaffee zu nehmen, und wechselte dann das Thema. »Dr. D. ist die Leiterin einer neuen internationalen Taskforce, die man TFU nennt. Das steht für *Transnational Facilitator Unit*. Es ist eine relativ kleine Einheit, die von der Regierung der Vereinigten Staaten finanziert und von befreundeten Ländern wie Großbritannien mit zusätzlichen Agenten und Ressourcen unterstützt wird.«

Amy bemerkte Ryans verdutzten Gesichtsausdruck und fragte: »Hast du eine Ahnung, was das sein soll?«

»Nicht wirklich.«

Dr. D. lachte kreischend.

»Das hat niemand!«, rief sie. »Die Hälfte meiner Bosse in Washington auch nicht. Im Prinzip geht es darum, dass es Terroristen gibt, die etwas in die Luft jagen wollen. Es gibt organisiertes Verbrechen wie die Mafia in Italien oder die japanische Yakuza, aber an deren Spitze stehen die transnationalen Facilitators oder Vermittler. Sie sind reich, gut organisiert und betreiben illegale Transport- und Schmugglernetzwerke, durch die Verbrechen auf globaler Ebene überhaupt erst möglich werden.«

»So eine Art FedEx für Verbrecher?«, fragte Ryan.

»Gar kein schlechter Vergleich«, fand Amy. »Bei einem transnationalen Vermittler kann es sich um ein oder zwei gut vernetzte Individuen handeln oder auch eine größere Gesellschaft mit eigenem Transportnetzwerk und mächtigen politischen Verbindungen. Was alle Vermittler gemein haben, ist die Fähigkeit, Verbrechen in allen möglichen Teilen der Welt durchführbar zu machen.

Sie können einen südamerikanischen Drogenfabrikanten mit einer Street-Gang auf den Philippinen in

Verbindung bringen oder gefälschte Medikamente aus Indien an einen korrupten Beamten des Gesundheitswesens in Afrika verkaufen, der den Ausbruch einer Seuche kontrollieren soll.«

»Das Problem, das Rechtssysteme und Geheimdienste dabei haben«, fuhr Dr. D. fort, »ist, dass diese transnationalen Vermittler fast immer von armen und korrupten Staaten aus operieren, die nicht über die finanziellen oder rechtlichen Mittel verfügen, um mit ihnen fertig zu werden. Sie verdienen Milliarden, sind aber praktisch unantastbar. Die TFU ist die erste Einheit, die sich auf diese Spitze des organisierten Verbrechens spezialisiert hat.«

»Interessant«, fand Ryan und sah Amy an. »Du arbeitest also auch für die TFU?«

Amy nickte.

»Ich habe bis vor sechs Monaten in Australien gelebt, aber jetzt bin ich im Hauptquartier der TFU in Dallas. Wir sind nur ein kleines Team mit begrenzten finanziellen Mitteln, aber Dr. D. hat aus der ganzen Welt ausgezeichnete Mitarbeiter rekrutiert und wir können bereits erste Erfolge verzeichnen.«

»Und jetzt haben wir eine Spur, die zu einem der größten Vermittler von allen führt«, fügte Dr. D. dramatisch hinzu.

»Und wer ist das?«, wollte Ryan wissen.

»Man nennt diese Gruppe meist den Amarov-Clan«, erklärte Dr. D. »Sie haben ihr Hauptquartier in Kirgistan in Zentralasien. Den Kern ihrer Geschäfte bildet eine Flotte von siebzig Frachtflugzeugen. Damit transportieren sie zum Teil legale Ladung, aber das meiste Geld machen sie durch Schmuggel: Drogen, Waffen, hochwertige Fälschungen und illegale Einwanderer.«

»Warum kann man sie denn nicht aufhalten, wenn sie so viele Flugzeuge haben?«, wollte Ryan wissen. »Man muss doch nur ein paar Drohnen nach Ker... Kir... Kirgidingens da schicken und ihre Flugzeuge abschießen.«

Dr. D. lachte. »Wenn das nur ginge. Der Amarov-Clan hat weitreichende politische Verbindungen. Jeder weiß, was sie da treiben, aber Kirgistan liegt in der politisch sensiblen Zone zwischen Russland und China.

Irena Aramov besticht seit zwanzig Jahren Politiker, Militärs und Bürokraten in Russland und China. Sollten Amerika oder Europa gegen den Aramov-Clan in Kirgistan einschreiten, würde es gewaltigen Ärger mit den Russen und Chinesen geben.«

Ryan hatte zwar keine Ahnung, wo er Kirgistan auf einer Landkarte hätte suchen sollen, verstand aber von Amys und Dr. D.s Erklärungen genug, um zu bemerken: »Die einzige Möglichkeit, den Aramov-Clan zu Fall zu bringen, ist also, ihn zu infiltrieren und von innen heraus zu vernichten?«

»Genau!«, bestätigte Dr. D. fröhlich. »Ach, weißt du, Ryan, ich habe so ein gutes Gefühl bei deiner Aura! Ich spüre, dass wir sehr gut zusammenarbeiten werden!«

Ryan bemerkte, wie Amy und Zara verlegene Blicke tauschten. Dr. D. schien ein schräger Vogel zu sein.

»Und was spiele ich für eine Rolle?«, fragte Ryan.

Amy neigte sich vor und wandte sich zu Ryan, um ihm zu erklären: »Vor drei Wochen hat die CIA, die die Stationen in Afghanistan überwacht, ein verschlüsseltes Telefongespräch zwischen dem Hauptbüro des Aramov-Clans in Kirgisien und einer Frau namens Gillian Kitsell in Santa Cruz in Kalifornien aufgenommen. Für Kriminelle ist es eigentlich ungewöhnlich, verschlüsselte Auslandsgespräche übers Telefon zu führen.«

Ryan wusste, warum, und um das auch zu zeigen, warf er ein: »Weil das verschlüsselte Signal an sich schon verdächtig ist. Das Gespräch muss entweder sehr dringend oder ein Fehler gewesen sein.«

»Genau«, bestätigte Amy.

»Und was haben sie gesagt?«, wollte er wissen.

»Wunschdenken, Ryan«, lachte Amy. »Der Aramov-Clan benutzt einen hochkomplizierten Verschlüsselungs-Algorithmus. Man kann ihn nicht knacken, wenn man nicht acht Monate uneingeschränkten Zugang zu einem Hundert-Millionen-Dollar-Computer hat. Doch das FBI hat damit begonnen, das Haus und den Arbeitsplatz von Gillian Kitsell zu überwachen. Wir glauben, dass es sich bei ihr eigentlich um Galenka Aramov handelt. Sie ist die Tochter der Clanchefin Irena, doch die beiden haben sich entfremdet.«

Ryan überlegte.

»Eine entfremdete Tochter weiß womöglich nichts über die Familienangelegenheiten.«

»Das ist schon möglich«, gab Amy zu. »Aber Gillian Kitsell besitzt und betreibt eine Firma in Silicon Valley, die sich auf hochmoderne Datensicherung und Verschlüsselungssysteme spezialisiert hat. Also selbst wenn Kitsell nichts von den täglichen Geschäften des Clans weiß, dann hat sie doch auf jeden Fall das technische Wissen, mit dessen Hilfe wir anfangen könnten, die E-Mails und Telefongespräche des Aramov-Clans zu entschlüsseln.«

»Dabei müssen wir in ganz winzigen Schritten vorgehen«, fügte Dr. D. hinzu. »Wenn der Clan auch nur den leisesten Verdacht schöpft, dass Gillian Kitsell unter Beobachtung steht, werden sie innerhalb von Stunden die Codes und ihre Betriebsmethoden ändern. Gillian hat einen zwölfjährigen Sohn namens Ethan, und es ist deine Aufgabe, sein neuer bester Freund zu werden.«

»Weiß Ethan, wer seine Mutter ist?«, fragte Ryan.

»Da sind wir uns nicht sicher«, antwortete Dr. D. »Aber sie wohnen in einem Acht-Millionen-Dollar-Haus am Strand und haben kein Personal.«

Ryan nickte. »Reiche Leute machen nicht selbst sauber, es sei denn, sie haben etwas zu verbergen.«

»Amy und ein TFU-Agent namens Ted Brasker werden mit dir zusammenarbeiten«, sagte Dr. D. »Ted wird dein Vater sein und Amy deine Halbschwester.«

»Das heißt, wenn du bereit bist für die Mission«, meinte Amy.

»Klar bin ich das«, erwiderte Ryan fröhlich. »Wann fliegen wir los?«

3

Sechs Wochen später in Dandong, China

Fu Ning hasste vieles an ihrem Leben, aber es gefiel ihr, wenn sie sich morgens beim Weckerklingeln das Kissen über den Kopf ziehen und zur Wand drehen konnte. Sie stellte sich vor, dass ein Schlauch in ihren Arm hinein und ein anderer aus ihrem Po herausführte. Dann könnte sie für immer im Bett bleiben: Sie musste nie lernen, würde nie angemeckert werden, weil sie faul war, und musste sich nie damit abfinden, dass sich ihre Stiefeltern jeden Morgen stritten.

Aber wenn sich Ning auch nicht für ewig ins Bett kuscheln konnte, so konnte sie doch noch zehn Minuten weiterdösen, anstatt um sechs Uhr wie vorgeschrieben unter die Dusche zu gehen.

»Aufwachen, die Sonne scheint!«, rief ihre Zimmergenossin Daiyu fröhlich, als sie hereinkam.

Daiyu war spindeldürr und mit elf Jahren genauso alt wie Ning. Sie trug einen rosa Hello-Kitty-Bademantel und hatte tropfnasse Haare. Gleich hinter Daiyu kam ihre andere Zimmergenossin Xifeng herein und warf sanft mit ihrem Nylon-Toilettenbeutel nach Ning.

»Willst du, dass das alte Schlachtross hier hereinstürmt und herumbrüllt und unsere Unordnung tadelt?«

»Verzieh dich«, verlangte Ning und zog die Decke fester um sich.

»Können wir nicht mal einen Tag erleben, an dem du kein Theater machst?«, beschwerte sich Xifeng und nahm eine Bürste von dem Metallschrank neben ihrem Bett. »Miss Xu wird dich das büßen lassen.«

»Vergiss Miss Xu«, rief Ning. »Ich brauche meinen Schlaf!«

Xifeng und Daiyu setzten sich auf ihre Bettkanten wie Spiegelbilder, kämmten sich die Haare und zogen sich ihre Schuluniformen an.

»Ich habe gestern Abend die europäischen Hauptstädte und ihre Einwohnerzahlen auswendig gelernt«, sagte Daiyu und zog sich einen dicken weißen Strumpf bis zum Knie hoch. »Kannst du mich abfragen?«

Xifeng war gut in so etwas und freute sich, wenn sie ihre Freundin bei einem Fehler erwischen konnte.

»Frankreich?«, begann sie.

»Paris«, antwortete Daiyu. »Einwohnerzahl zwei Komma zwei Millionen.«

»Oslo?«

»Oslo, Oslo …«, wiederholte Daiyu und trommelte sich mit dem Finger an das Grübchen an ihrem Kinn. »Sag es nicht! Ich weiß es … Oslo: Norwegen, Einwohnerzahl vierhundertsiebzigtausend.«

»Nein, Dummchen!«, freute sich Xifeng. »Sechshunderttausend. Moldawien?«

In China müssen Elfjährige für ihre Schulprüfungen Tausende von Fakten auswendig lernen. Europäische Hauptstädte, chinesische Provinzen, die Geburtstage der Revolutionsführer und chemische Verbindungen. Mit einer guten Note konnte man in eine Eliteschule aufgenommen werden und damit stand einem der Weg zu einer der besten Hochschulen und zu führenden Universitäten offen.

Moldawien kannte Daiyu und lächelte.

»Die Hauptstadt heißt Kischinau, Einwohnerzahl sechshundertfünfzigtausend. Und jetzt eine für dich: Bosnien-Herzegowina?«

Xifeng antwortete wie aus der Pistole geschossen: »Das ist leicht: Sarajewo, fünfhunderttausend.« Dann lehnte sie sich zurück und pikte Ning in den Rücken. »Ning, Miss Xu reißt dich in Stücke!«

»Der Teufel soll die verlauste alte Kuh holen«, brummte Ning unter Decken und Kissen hervor. »Warum habt ihr solche Angst vor einer kleinen alten Frau?«

Xifeng wurde böse. »Wenn Miss Xu hereinkommt, dann schreit sie uns alle an. Jetzt steh endlich auf!«

Ning rollte sich von der Wand weg und schützte ihre Augen mit der Hand vor dem Licht.

»Noch zwei Minuten!«, stöhnte sie.

»Ich habe keine Lust mehr, wegen dir angemeckert zu werden«, sagte Daiyu und stand entschlossen auf. Sie ging zur Tür, steckte den Kopf auf den Gang hinaus und rief über den Lärm der zwischen dem Bad und ihren Zimmern hin und her eilenden Mädchen hinweg: »Miss Xu! Fu Ning will wieder nicht aufstehen!«

Wie von der Tarantel gebissen fuhr Ning aus ihren Decken hoch. Daiyu hatte eine Grenze überschritten. Sie waren noch nie gut miteinander ausgekommen, aber zu petzen, das war ein neuer Tiefpunkt.

»Was habe ich dir eigentlich getan?«, rief Ning.

Sie war groß für ihr Alter. Sie war nicht übergewichtig, wog aber wahrscheinlich genau so viel wie ihre beiden spindeldürren Zimmergenossinnen zusammen. Daiyu war eingeschüchtert und lief auf den Gang, doch Xifeng stand auf und stemmte die Hände in die Hüften.

»Wir haben es satt mit dir«, rief sie. »Immer stellst du deine Kopfhörer zu laut, wenn wir lernen wollen, und bringst uns in Schwierigkeiten, weil du auf dem Zimmer isst und Unordnung machst.«

Ning stand auf und überragte Xifeng um einen ganzen Kopf. Sie hatte zwar ein hübsches Gesicht, wirkte durch ihre breiten Schultern und muskulösen Arme aber ein wenig maskulin, was sie oft verlegen machte.

Xifeng fürchtete, eine Ohrfeige zu bekommen, war aber fest entschlossen, weiterzusprechen.

»Mr Fang sagt, wir hätten gemeinsam die Verantwortung. Eine Klasse kann nicht stärker sein als ihr schwächstes Glied.«

Ning stöhnte genervt.

»Jetzt plappere doch nicht die dummen Schulslogans nach«, verlangte sie. »Du hältst dich für schlau, weil du Listen auswendig lernen kannst, aber hast du schon mal versucht, selbstständig zu denken? Wen interessiert es, dass du dir den Kopf mit Fakten vollstopfst, nur damit du auf eine andere Schule gehen darfst, auf der du noch mehr lernen musst? Klassenstolz, Schulstolz, Landesstolz. Das ist doch alles Mist!«

Xifeng sah so erschrocken drein, als hätte man ihr die Nase abgehackt.

»Die Gesellschaft funktioniert nur, wenn man sich an Regeln hält. Ohne Regeln herrscht Anarchie.«

Ning lachte, trat ganz dicht an Xifeng heran, stieß die Faust in die Luft und schrie: »Es lebe die Anarchie, Baby!«

Xifeng begann zu zittern.

»Ich glaube, du bist geisteskrank. Du bringst Schande über unsere Klasse und über unsere Schule.«

»Ich scheiße auf unsere Schule«, entgegnete Ning.

»Fu Ning!«, erklang eine krächzende Stimme. »Du machst natürlich schon wieder Ärger, wen wundert's!«

Miss Xu war zwar alt, aber robust genug, um mit den Mädchen fertigzuwerden, die in ihrem Wohnheim untergebracht waren. Sie packte Ning so hart hinten an ihrem Nachthemd, dass am Hals ein Knopf absprang. Als sie sie durch den nassen Gang zu ihrem Büro schleifte, sprangen ihr in Handtücher gewickelte Mädchen aus dem Weg.

Der winzige Raum war auch Miss Xus Zuhause und roch nach alter Dame. Unter einem metallenen Hochbett stand ein Schreibtisch. Miss Xu stieß Ning gegen das Fenster und schlug ihr hart ins Gesicht.

»Schande, Schande!«, rief sie. »Warum duschst du nicht wie die anderen Mädchen?«

Ning antwortete nicht, sondern starrte auf ihre nackten Füße.

»Du hast Talent und Möglichkeiten. Du wurdest von einer ausgezeichneten Familie adoptiert und führst dich auf wie der letzte Landstreicher! Du wurdest aufgrund deiner Kraft an der nationalen Schule aufgenommen, aber wegen deines unmöglichen Verhaltens hinausgeworfen. Fu Ning, sieh mich an, wenn ich mit dir rede!«

Miss Xu fasste Ning unter dem Kinn und zwang ihren Kopf hoch.

»Sag mir, warum dein Vater dafür bezahlt, dass du hier wohnen kannst?«

»Zum Lernen«, erwiderte Ning widerwillig.

»Wenn du nicht auf eine gute Mittelschule kommst, dann wirfst du schon mit elf Jahren dein Leben fort. Willst du versagen, Fu Ning?«

»Für das, was ich tun will, braucht man keine Schule«, sagte Ning trotzig.

Miss Xu holte scharf Luft.

»Tatsächlich? Und was ist das für ein Job, für den man weder Status noch Qualifikationen braucht?«

»Wenn es nicht zum Rockstar reicht, werde ich eben Terrorist«, antwortete Ning.

Miss Xu hob die Hand und drohte mit einer weiteren Ohrfeige.

»Vielleicht sollte ich deinen Vater anrufen und fragen, was er zu seinem kleinen Rockstar zu sagen hat?«

Die meisten chinesischen Mädchen hätten bei der Drohung mit dem väterlichen Zorn begonnen, zu weinen und zu flehen. Nings Stiefvater war noch strenger als die meisten anderen, aber sie wollte Miss Xu nicht die Genugtuung geben, Furcht zu zeigen.

»Wenn ich wirklich so schlimm wäre, würde mein Vater mich wegschicken, damit ich in einem winzigen Zimmer hausen muss, wo ich nicht hinausdarf, keinen Sport machen oder fernsehen darf und wo ich nur jeden Tag und das ganze Wochenende vor und nach der Schule für meine Prüfungen lernen muss. Oh nein, das hat er ja schon, oder?«

Miss Xu ertrug Nings Frechheiten nicht länger und hob die Hand zu einer neuen Ohrfeige. Doch Ning hatte vier Jahre lang an der nationalen Sportakademie von Dandong Boxen gelernt.

Sie duckte sich rasch unter der Hand weg. Miss Xu war so überrascht, dass sie das Gleichgewicht verlor, während Ning ihr mit zwei Fingern in die Rippen stieß, sodass sie vor Schmerz zusammenzuckte.

»Ka-wumm!«, schrie Ning, als Miss Xu sich die Seite hielt und zurückstolperte.

Die ältere Frau war zu überrascht, um zu reagieren, als Ning ausholte und mit einer Armbewegung über Miss Xus Schreibtisch fegte. Ein Tintenfass, Papiere, das Telefon und ein Topf mit Zebragras flogen auf den Boden. Ning riss die Tür auf, sodass die Mädchen, die davorstanden, erschrocken zur Seite sprangen.

»Du fiese alte Kuh!«, schrie Ning. »Kein Wunder, dass dich nie jemand geheiratet hat!«

Als sie wieder in ihr Zimmer kam, sah sie Daiyu auf dem Bett hocken, die Knie bis zum Kinn hochgezogen.

»Bist du verrückt geworden?«, fragte sie nervös.

»Das wäre alles nicht passiert, wenn du mich einfach in Ruhe gelassen hättest«, ereiferte sich Ning. »Aber keine Angst, ich glaube kaum, dass du dich noch länger mit mir herumärgern musst.«

Sie zerrte sich ihr Nachthemd über den Kopf und zog schnell ein T-Shirt mit dem Logo ihrer koreanischen Lieblingsband an, zerrissene schwarze Jeans, schäbige schwarze Schneestiefel und eine Lederjacke. Xifeng beobachtete sie von der Tür aus.

»Wohin gehst du?«

Ning zuckte mit den Achseln.

»Irgendwohin, nur weg von hier.«

»Mach keine Dummheiten«, warnte Xifeng. »Es gibt Leute, die dir bei deinen Problemen helfen können.«

»Mein einziges Problem ist, dass ich nicht jeden Tag vierzehn Stunden für eine blöde Prüfung lernen will!«, schrie Ning.

Xifeng suchte im nächsten Zimmer Zuflucht, und Ning überlegte, ob sie einen Rucksack packen sollte, aber da sie sowieso nirgendwohin gehen konnte, nahm sie nur ihr Telefon, ihre Brieftasche und eine Sonnenbrille mit. Als sie auf den Gang kam, verschwanden die Köpfe der anderen Mädchen in ihren Zimmern.

Miss Xu war am anderen Ende des Ganges wieder auf den Beinen. Anstatt sich ihr erneut zu stellen, lief Ning lieber zu den Duschen. Sie durchquerte den dampfenden Raum und trat eine blaue Feuertür auf, von der aus eine Betontreppe zu einem Hof voller Kinderfahrräder führte.

Die Neuigkeiten hatten sich bereits bis zu den Jungen im Stockwerk unter dem der Mädchen verbreitet und ein paar von ihnen schrien Parolen wie *Zeig's ihnen, Ning!* oder *Los, Ning!* durch die Gitterstäbe. Einen Augenblick lang kam sie sich wie die Heldin in einem Film vor und im Hof drehte sie sich um und zeigte ihrer Paukschule mit beiden Händen den Mittelfinger.

»Scheiß auf die Welt!«, schrie sie.

Ning lief durch das Eisentor und eine Gasse entlang bis zu einer größeren Straße. Obwohl es erst zwanzig nach sechs war, herrschte auf der vierspurigen Straße schon viel Verkehr von Lastwagen und Fahrrädern. Sie überlegte, ob sie zum Frühstücken in ein Café gehen sollte, aber da Miss Xu ihr wahrscheinlich jemanden nachschickte, war es besser, in Bewegung zu bleiben.

Wie automatisch war Ning den kurzen Weg bis zu ihrer Schule gelaufen und stand vor dem Tor der Dandong-Grundschule Nummer achtzehn. Auf einer Leiter standen der Hausmeister und ein junger Lehrer und hängten ein Banner auf, das von den kleinen Kindern gemalt worden war: *Die GS18 heißt alle willkommen zu einem fröhlichen Elterntag!*

Der Gedanke an Eltern ließ Ning einen Schauer über den Rücken laufen. Ihr Stiefvater würde ausrasten, wenn er erfuhr, was sie getan hatte.

4

Während China erwachte, war die Sonne am entgegengesetzten Ende der Welt noch lange nicht untergegangen. Ryan betrachtete seine Zehen, als er vom Strand hinaufging. Unter seinen Füßen klebte der weiße Sand. Seit dreieinhalb Wochen wohnte er nun schon in Santa Cruz, Kalifornien, und immer noch hatte er das Gefühl, in einen Fernsehwerbespot gezogen zu sein.

Die acht Betonhäuser standen auf Sanddünen hinter dem Strand. Sie hatten Panoramafenster zum Meer hin, und auf der Dachterrasse befand sich ein Swimmingpool mit gläsernem Boden, sodass man vom großen Wohnzimmer aus, das darunter lag, die Schwimmer über sich beobachten konnte.

Den Hausbesitzern gehörten mehrere Hektar privater Strand und ein Hafen. Ein elektrischer Zaun hielt den Plebs fern und die Wache am Tor hatte sicherheitshalber ein Gewehr.

Vom Meer her erklang ein Quieken, als der Ex-Basketball-Star aus Haus Nummer sechs seinen kleinen Sohn ins Wasser tunkte. Ryan lief in die andere Richtung zu ein paar Zwölfjährigen, die auf einem Holzdeck saßen.

Ryans Zielperson Ethan Aramov war ein magerer Junge. Trotz der warmen Herbstnacht trug er Jeans und ein ausgeleiertes Kapuzenshirt. Er hatte wirre schulterlange Haare und war trotz seiner Kontaktlinsen immerzu am Blinzeln.

Yannis war Ethans bester Freund und ständiger Begleiter. Er war unglaublich fett und hatte eine südländisch dunkle Haut. In der Schule wurde er aufgezogen, doch Ryan bemitleidete ihn nicht, denn er war ein Unsympath hoch zehn.

»Hi, Leute«, begrüßte er sie, als er sie erreichte, und tat so, als träfe er sie ganz zufällig. »Wie läuft es mit dem Roboter?«

Ethan und Yannis waren absolute Streber. Ihre einzige Schulaktivität war der Schachclub. Sie verbrachten ganze Wochenenden bei Computerspielen, und als ob das nicht schlimm genug wäre, bauten sie Roboter. Besser gesagt, Ethan, der schlauere der beiden, baute Roboter, während Yannis danebensaß, sich kratzte und Erdnussflips aß.

»Unser Roboter ist top secret«, behauptete Yannis.

Es klang wie *Wir sind besser als du*, doch die Tatsache, dass Yannis zwölf war, sich aber ausdrückte, wie man es vielleicht von einem Sechsjährigen erwarten würde, ließ es lächerlich klingen.

Der Roboter basierte auf einem ferngesteuerten Auto. Ethan hatte ihn mit optischen Sensoren und einem kleinen Handcomputer ausgestattet, sodass er selbstständig mit hoher Geschwindigkeit über den Strand fahren und einem Kurs folgen konnte, der mit kleinen Hütchen abgesteckt war, wobei er Pfützen und unerwarteten Hindernissen wie kleinen Kindern, die ihm in den Weg kamen, selbstständig auswich. Für vierhundert Dollar bekam man einen Staubsaugerroboter, der das Gleiche tat, aber für einen Zwölfjährigen war es eine beeindruckende Leistung.

Ryan ging an Yannis vorbei auf Ethan zu, der auf einem Knie hockte und die Steuerung des Roboterautos mit einer Zahnbürste säuberte.

»Muss ziemlich voll Sand sein«, meinte Ryan.

»Mann, es ist eben Sand, du Blödmann«, sagte Yannis.

Ethan war schüchtern und überließ gerne Yannis das Reden, aber er schien sich zu freuen, jemand anderem als Yannis von seinem Roboter erzählen zu können.

»Die Basis ist ein billiges ferngesteuertes Auto für fünfzig Dollar«, erklärte er mit leichtem Bedauern. »Ich hätte lieber ein richtiges Taimya-Teil mit wasserdichter Hülle nehmen sollen.«

Ryan versuchte seit drei Wochen, sich mit Ethan anzufreunden, doch dies war bei Weitem das längste Gespräch, das sie miteinander geführt hatten.

»Würde es viel Arbeit machen, es jetzt auf ein anderes Auto umzubauen?«, fragte Ryan.

Yannis hob seinen fetten Hintern hoch und schob sich vor Ryan, bevor Ethan etwas erwidern konnte.

»Lass uns das Zeug nach drinnen bringen«, sagte er und zeigte Ryan seinen wabbeligen Rücken. »Es wird dunkel, man sieht drinnen besser.«

Ryan trat an Yannis vorbei.

»Dieses Roboter-Zeug sieht gut aus. Geht ihr in einen Club oder so etwas?«

Ethan wollte ihm antworten, aber Yannis kam ihm zuvor.

»Wir haben das selbst aus Büchern und online gelernt. Es braucht Jahre, bis man so viel weiß wie wir. Und wir haben keine Lust, mit einem Möchtegern-Fuzzi zusammenzuarbeiten.«

Mit Ryan konnte man eigentlich gut auskommen, aber er hatte, seit er zu CHERUB gekommen war, eine Menge Combattraining absolviert, und im Augenblick hätte er gerne seine Schwarzgurt-Karate- und Kickbox-Technik dazu genutzt, um Yannis zu Brei zu schlagen.

»Schlaf schön, Ryan«, sagte Yannis und wedelte mit seiner feisten Hand, während er Ethan den Strand hinauf zu Nummer fünf folgte.

Ryan wandte sich wieder dem Meer zu und fluchte leise vor sich hin. Auf dem Rückweg nach Hause begegnete er dem kleinen Jungen, der stolz auf den Schultern seines übergroßen Vaters saß.

»Wie geht's, Bruder?«, fragte der Ex-Basketball-Star.

»War schon schlimmer«, gab Ryan zurück, doch sein Lächeln war falsch, und als er bei Nummer acht ankam, wo er mit seiner angeblichen Halbschwester Amy und dem FBI-Agenten Ted Brasker, seinem angeblichen Vater, wohnte, grollte er.

Er stieß eine Schiebetür auf und betrat das Metallgitter einer Stranddusche. Nachdem er sich den Sand von den Füßen gespült hatte, ging er in einen großen Kellerraum, der eingerichtet war wie ein vollständiges Fitness-Studio.

Von CHERUB-Agenten wird erwartet, dass sie bei Undercover-Missionen ihre Fitness auf einem hohen Level erhalten. Ryan überlegte, ob er aufs Laufband oder an die Gewichtebank gehen sollte, doch für seinen Frust schien ihm der schwere Sandsack, der von der Decke hing, das beste Ventil.

Nach ein paar Aufwärmübungen und Dehnungen explodierte Ryan nach oben, traf den Sack in einer Pirouette und versetzte ihm dann einen mächtigen Roundhouse-Kick. Als der Ball auf ihn zufederte, wich er ihm aus und bearbeitete ihn mit einer Serie von rechten und linken Haken, begleitet von lautem Grunzen.

Nach fünf Minuten taten ihm die Fingerknöchel weh, seine Fußspitzen waren knallrot, sein Körper glänzte vor Schweiß und der Sack hatte eine große Delle von seinen Schlägen.

»Gönn dem armen Sack eine Pause!«, rief Amy, während sie die Treppe hinunterkam.

Ryan trat zurück und schnappte nach Luft. Amy gehörte zu der Sorte Mädchen, die auch in einem Kartoffelsack noch gut aussah, aber frisch aus dem Pool in einem limonengrünen Badeanzug war sie weit jenseits der Richterskala.

»Sorry, das musste eben mal sein«, meinte er.

Er versuchte, lässig zu klingen, wie ein Macho, aber Amy spürte seinen Ärger.

»Ich war oben im Pool«, sagte sie, »aber ich habe dich durch zwei Stockwerke hindurch ächzen hören.«

Sie betrachtete die Delle in dem schweren Sack und trat dann selbst heftig zu, wobei sie Ryan mit Chlorwassertropfen bespritzte.

»Du bist nicht schlecht«, meinte Ryan und ahmte ihre Bewegung nach.

Amy gefiel es überhaupt nicht, dass man ihre Combat-Fähigkeiten als *nicht schlecht* bezeichnete, und trat ein paarmal so heftig zu, dass der Sandsack nach oben geschleudert wurde. Als er wieder herunterkam und die Kette mit einem Knall straffzog, bog sich mit einem lauten Bumm die ganze Decke durch.

Ryan starrte entgeistert nach oben, ob er Risse darin entdecken konnte. Er hatte zwar schon früher mal gesehen, wie so ein schwerer Sack hochgeschleudert wurde, aber nur bei Trainern, deren Oberschenkel dicker waren als Amys Taille.

»Gnade Gott dem Kerl, der sich mit dir anlegt«, lachte er.

»Weswegen bist du so geladen?«, fragte Amy.

»Ach, nichts Besonderes«, gab Ryan zurück.

Doch das kaufte Amy ihm nicht ab.

»Als ich schwimmen war, habe ich dich mit Ethan und Yannis gesehen. Kann ich davon ausgehen, dass es immer noch nicht der Durchbruch war, auf den du gewartet hast?«

Ryan setzte sich deprimiert auf eine Gewichthebebank.

»Ich muss das gut machen, aber stattdessen versage ich völlig«, gab er zu. »Ein guter Agent sollte in der Lage sein, sich innerhalb von ein oder zwei Tagen mit seiner Zielperson anzufreunden – im Höchstfall innerhalb einer Woche. Ich habe stundenlang Rollenspiele gemacht, kenne alle psychologischen Tricks, wie ich jemanden dazu bringe, mich zu mögen. Aber wir sind jetzt schon seit fast vier Wochen hier und ich komme bei Ethan einfach nicht weiter, weder hier noch in der Schule.«

»Ist immer noch Yannis das Problem?«, fragte Amy.

»Ich hasse diesen Dickwanst«, nickte Ryan. »Aber sie passen ganz gut zueinander. Ethan ist richtig clever, aber ziemlich schüchtern. Er hat Yannis gerne um sich, denn der tut meist das, was Ethan ihm sagt, und so wie Yannis die Leute vertreibt, muss sich Ethan nicht mit seiner Schüchternheit auseinandersetzen. Das ist wie ein undurchdringlicher Spinnerschutzwall.«

Amy setzte sich rittlings auf eine Bankpresse und überlegte.

»Und wie sieht es physisch aus?«, erkundigte sie sich.

»Wie, physisch?«

»Yannis gibt Ethan, was er braucht, indem er Fragen abwimmelt. Aber wäre Yannis auch in der Lage, Ethan bei einer physischen Konfrontation zu schützen?«

»Ein bisschen schon. Ich meine, Yannis ist so ein Fettkloß, dass die meisten Kinder sich nicht mit ihm anlegen würden, weil sie fürchten müssen, er setzt sich auf sie.«

»Aber wie ist es mit den harten Kerlen an eurer Schule – die Macker, die Footballspieler oder was ihr da sonst noch so habt?«

Ryan lachte. »Keine Chance. Yannis könnte nichts gegen sie ausrichten. Du solltest ihn im Sportunterricht sehen. Er bewegt sich wie ein Gummibärchen mit Krampfanfällen und schwitzt wie ein Springbrunnen.«

»Nun, dann ist es das«, schlug Amy vor. »Problem gelöst.«

»Wie? Schlägst du vor, dass ich Yannis verprügle und seinen Platz als Ethans Beschützer einnehme?«

»Nein.« Amy ließ lachend die Zähne blitzen. »Wenn du Ethans einzigen Freund verprügelst, wird er dich dafür hassen. Du brauchst eine Situation, in der Ethan bedroht wird, Yannis ihm aber nicht helfen kann. Es ist zwar keine Garantie dafür, dass ihr beste Freunde werdet, aber Ethan bekommt das Gefühl, dass er dir etwas schuldig ist.«

»Also wird Ethan der Schwächling verprügelt und Ryan, der gutaussehende Held, wird ihn retten.« Ryan musste lächeln.

»Wir haben so etwas einmal auf einer CHERUB-Mission versucht, als ich etwa so alt war wie du«, erzählte Amy. »Ein Agent sollte sich mit dem Sohn eines irren saudischen Terroristen anfreunden, aber es klappte einfach nicht.«

»Hättest du das nicht schon vor einer Woche erzählen können?«, beschwerte sich Ryan.

»Ich habe gesagt, wir haben etwas Ähnliches versucht«, gab Amy zu bedenken. »Aber es hat nicht wirklich funktioniert.«

»Wie meinst du das?«

»Nun, die ganze Mission ging den Bach runter, und mein Kollege verbrachte drei Wochen im Krankenhaus, um sich von einer Kopfverletzung zu erholen. Andererseits habe ich eine ziemlich klare Vorstellung davon, was falsch gelaufen ist.«

5

Es war Viertel vor acht, doch es war jetzt schon heiß. Ning saß in der hintersten Ecke einer Passage mit verschiedenen Imbissständen, kaum einen Kilometer von ihrer Schule entfernt. Trotz der leuchtenden Pastellfarben und der neuen Einrichtung hatte sich die Fressmeile nicht durchsetzen können. Sieben der zehn Stände waren pleitegegangen, und die einzigen regelmäßigen Kunden waren die Schüler der Highschools, die gerne kamen, weil sie sich dort stundenlang aufhalten konnten, ohne verscheucht zu werden.

Die Schüler bemühten sich unglaublich, cool auszusehen. Sie färbten sich die Haare, trugen gefälschte Designer-Taschen und Lederjacken über ihren Schul-Sweatshirts. Ning sah, wie ein Junge mit seinem neuen Handy angab, bevor es ihm die anderen wegnahmen und damit herumwarfen.

Doch die Gespräche, die sie mitbekam, waren kaum anders als die ihrer elfjährigen Schulkameradinnen: Prüfungen, Lehrer, Fernsehen. Ning beschlich das Gefühl, dass es in Zukunft auch nichts anderes geben würde. Deprimiert legte sie den Kopf auf ein Plastiktablett, während ihr frittiertes Krabbenbällchen hart wurde.

Sie versuchte, an nichts zu denken, aber wenn man in Schwierigkeiten steckt, die gerade immer größer werden, ist das schwierig. Miss Xus Zimmer waren privat und hatten keinerlei Verbindung zu Nings staatlicher Schule. Aber auch wenn sie dort keinen Ärger für ihr Verhalten am Morgen bekommen würde, würde sie doch ziemlich an Gesicht verlieren, wenn sie eine Stunde nach ihrem dramatischen Abgang brav zum Unterricht erschien. Außerdem hatte sie ihre Uniform und ihre Bücher nicht dabei, und um die Sache noch schlimmer zu machen, war heute der Elterntag, vor dem sie sich seit Wochen gefürchtet hatte.

Der Elterntag war eine große Sache. Mütter, Väter und Großeltern streiften am Morgen durch die Schule, sahen sich ausgestellte Arbeiten an und lauschten den Präsentationen der einzelnen Klassen. Am Nachmittag versammelten sich die Eltern im großen Saal und hörten sich lange Reden der Direktorin und des Repräsentanten der kommunistischen Partei an, denen eine Show folgte, in der jedes Kind an der Schule eine kleine Rolle spielte.

Für Ning war das Beste am Elterntag, dass ihre eigenen dort nie auftauchten. Ihr Stiefvater Chaoxiang leitete einen großen Betrieb und hatte nie Zeit, zu kommen, und ihre Stiefmutter Ingrid war Engländerin, die es vorzog, mit ihrem Wodka vor schlecht synchronisierten amerikanischen Krimisendungen sitzen zu bleiben.

Doch die Tatsache, dass Nings Stiefeltern nie zum Elterntag kamen, erlöste sie nicht von der Pflicht, sich in Strumpfhosen und Ballettschühchen durch eine zwölfminütige Vorführung zu stampfen, bei der sie in einer Reihe mit Mädchen stand, die fast alle nur halb so groß waren wie sie selber.

Ihr Vater würde sie für das, was sie heute getan hatte, sowieso zusammenfalten, also wie viel schlimmer konnte es noch kommen, wenn sie auch noch die Schule schwänzte?

Nings Blick verschleierte sich, als die Highschool-Kinder loszogen, um zum Unterricht zu gehen. Sie begann einen Tagtraum, in dem ein ausgeflippter Highschool-Typ mit ihr flirtete und sie auf seinem Moped mitnahm. Oder sie blieben in seinem Zimmer und hörten echt laut Musik. Vielleicht rauchten sie auch ein wenig Gras.

Der Gedanke, einen Riesenskandal zu verursachen, und dass ihre Schulkameraden zu hören bekamen, dass sie zusammen mit einem hübschen, zugedröhnten Sechzehnjährigen auf einem gestohlenen Moped von der Polizei festgenommen wurde, gefiel ihr.

Mann, da würden alle echt ausflippen!

Aber daraus würde nichts werden. Zum einen standen hübsche Jungs immer auf so dürre Girlies wie Daiyu. Ning setzte sich auf. Sie fühlte sich hässlich und fragte sich, wie sie die Zeit herumbringen sollte. Sie würde sich von den Hauptstraßen fernhalten müssen, weil sie sonst von der Polizei aufgegriffen werden würde. Aber sie musste sich ein Buch kaufen oder sich ins Kino schleichen, sonst würde sie vor Langeweile sterben. Vielleicht war es aber auch am besten, gleich ihren Vater anzurufen und die ganze Sache hinter sich zu bringen. Vielleicht wurde er nicht ganz so böse, wenn er die Geschichte zuerst von ihr selbst hörte.

Sie nahm ihr kleines Samsung-Handy aus der Manteltasche, das sie stumm geschaltet hatte, falls jemand von der Schule anrief. Sie erwartete eigentlich, zu sehen, dass sie einige Anrufe verpasst hatte, doch sie hatte nur eine einzige Textnachricht von einem Jungen aus ihrer Klasse namens Qiang.

Ms Xu hat deine Sachen gepackt und in die Lobby gestellt. Tröste dich: Wenn dich dein Vater ins Gesicht schlägt, kannst du wenigstens nicht noch hässlicher werden.

Qiang machte nichts als Ärger. Er konnte sehr lustig sein, aber er war auch gemein zu den schwächeren Jungen. Ning mochte ihn nicht wirklich, aber zumindest war er nicht so ein Zombie wie die anderen in ihrer Klasse.

Ihren Vater hatte Ning auf der Kurzwahltaste 3 eingespeichert. Einen Augenblick lang wartete sie ab, um sich ihre Geschichte zurechtzulegen. Wenn sie ihren Vater bei guter Laune erwischte und es richtig anstellte, konnte sie sich eine Menge Dinge erlauben.

Sie entschied sich, so zu tun, als sei es gar keine große Sache. Sie würde sagen, dass sie sich gestritten hatte. Ms Xu hat meine Sachen gepackt und meint, es sei am besten, wenn ich gehe. Könntest du einen Fahrer schicken, damit er mich abholt? Und wenn Miss Xu später eine andere Geschichte erzählte, würde sie sagen, die alte Hexe sei wütend, weil sie einen zahlenden Gast verloren hatte.

Ning holte tief Luft, bevor sie die 3 drückte. Fast hätte sie Angst bekommen und wieder aufgelegt, aber es nahm sowieso niemand ab.

Willkommen beim China-Mobile-Anrufbeantworter. Bitte hinterlassen Sie eine Nachricht nach dem Signalton.

Ning wusste nicht, was sie sagen sollte, und legte auf. Als sie das Telefon in die Tasche fallen ließ, sah sie einen Musiklehrer aus ihrer Schule zu einem der Stände gehen. Mr Shen war schlank und noch keine dreißig. Er trug Jeans, ein weißes Hemd und eine schmale Krawatte mit Klaviertasten darauf.

Ning sah sich nach einem Versteck um, doch da Mr Shen nur daran interessiert schien, Nudeln zu kaufen, blieb sie sitzen und wandte sich nur leicht zur Wand hin.

Dummerweise deutete der Mann vom Nudelstand zu ihr hin, als sich Mr Shen wieder umdrehte, und fragte laut: »Gehört die zu Ihnen?«

Mr Shen hatte Ning noch nie unterrichtet, schüttelte den Kopf und erklärte dem Nudelmann, dass er an einer

Grundschule unterrichte, für die Ning zu groß sei. Ning atmete erleichtert auf, doch eine Viertelsekunde bevor der Lehrer die Rolltreppe erreichte, schaltete sein Gehirn. Schlitternd wirbelte er auf den glatten Fliesen herum und ging auf Ning zu, den Kopf auf dem mageren Hals vorgereckt wie ein neugieriger Vogel.

»Fu Ning?«, fragte er unsicher. »Warum bist du nicht im Unterricht?«

Ning überlegte, ob sie weglaufen sollte. Mr Shen sah nicht aus, als ob er schnell oder kräftig wäre, schon gar nicht mit einem dampfenden Nudelteller in der Hand. Vielleicht konnte sie sich zwischen den Tischen hindurchwinden und die Rolltreppe hinunterrennen. Oder Mr Shen sogar umrennen und ihn mit ihrer Kraft überraschen. Aber was war dann? Was würde sie den ganzen Tag lang tun? Wo sollte sie hingehen?

Ning war elf Jahre alt und wusste, dass sie nicht zu weit gehen durfte. Dass sie von Miss Xu hinausgeworfen worden war, würde ihren Vater wütend machen. Aber einen Lehrer anzugreifen, würde ihr ernsthafte Probleme mit der Schulbehörde bringen, und so weit reichte Nings Mut nun auch wieder nicht.

Also starrte sie Mr Shen nur achselzuckend an. »Ich hatte heute einfach keine Lust.«

»Ich auch nicht«, entgegnete Mr Shen und setzte sich Ning gegenüber.

Ning betrachtete den Dampf, der von den Nudeln aufstieg, als sich Mr Shen mit seinen Stäbchen eine Ladung davon in den Mund schob. Die meisten Lehrer an Nings Schule handelten streng nach der Devise *Du tust, was man dir sagt!* Sich hinzusetzen, um zu reden, war völlig unerhört.

»Müssen Sie nicht in der Schule sein?«, fragte Ning.

Mr Shen lachte. »Meinst du nicht, dass ich es bin, der dir diese Frage stellen sollte? Aber da du schon fragst:

Ich unterrichte Musik und fange später an, weil ich bis neun Uhr abends Einzelunterricht gebe. Heute bin ich früh dran, weil ich den Saal vorbereiten und mit der Band für die Show heute Nachmittag üben muss.«

Ning hatte ihr Brötchen kaum angerührt und der Geruch der Nudeln machte sie auf einmal hungrig.

»Warum konntest du nicht in die Schule?«

Ning zuckte mit den Achseln. »Ich hasse es, ständig nur für Prüfungen lernen zu müssen. Und zum Elterntag muss ich mich als Katze verkleiden und einen dummen Tanz aufführen, dabei bin ich so viel größer als die anderen Mädchen.«

Mr Shen musste ein Lächeln unterdrücken, doch dann sagte er strenger: »Was soll denn aus dir werden, wenn du die Prüfungen nicht bestehst?«

»Ein Rockstar«, antwortete Ning.

»Ich wusste nicht, dass du ein Instrument spielst.«

Ning fühlte sich ertappt. »Tu ich auch nicht... Ich meine, ich werde Sängerin oder so.«

Mr Shen hatte für kurze Zeit wenn auch nicht cool, so doch zumindest einigermaßen locker gewirkt. Aber jetzt sah er Ning streng an.

»Du musst aufpassen«, warnte er sie. »An deiner Kleidung sehe ich, dass du dich von westlichem Fernsehen und westlicher Musik beeinflussen lässt. Aber im Westen herrscht eine sehr lasche Disziplin. Wenn du versuchst, hier die Rebellin zu spielen, wird dich die Schulbehörde als geisteskrank einstufen. Und dann wirst du in eine Reformschule geschickt, ohne dass deine Eltern etwas dagegen unternehmen können.

Ich habe an so einer Schule unterrichtet, als ich für das Lehramt studierte, und glaube mir, sie sind wirklich hart. Ich habe Jungen kommen sehen, die sich fühlten wie die jungen Götter. Aber ihnen wurden die Köpfe kahl rasiert, sie bekamen im Winter keine Decken oder eine

Heizung und ihre Nahrung bestand aus kalter Brühe. Man hat ihren Willen nachhaltig gebrochen.«

Ning hatte schon fünfzig Versionen dieser Geschichte gehört. Sie hatte ihre frühe Kindheit in einem Waisenhaus verbracht und vier Jahre an einer Elite-Sportschule. Die langweiligen Tage an der Grundschule achtzehn gingen ihr zwar auf die Nerven, aber sie war bei Weitem nicht der schlimmste Ort, an dem sie gewesen war.

»Ich weiß, was ich in meinem Leben *nicht* machen will, aber ich weiß nicht recht, was ich machen will«, erklärte sie nachdenklich.

Sie heftete ihren Blick auf Mr Shen, in der Hoffnung auf weise Worte, doch der schien das Gefühl zu haben, seiner Verantwortung Genüge getan zu haben, und konzentrierte sich nun auf das Nachmittagskonzert und darauf, Nudeln in sich hineinzuschaufeln.

6

Ning saß hinter einem Vorhang auf einem Hocker. Sie trug ihr Katzenkostüm, das aus einem schwarzen Trikot und Leggins bestand, und zu ihren nackten Füßen lag ein Hut mit spitzen Ohren. Ihre Stiefel und anderen Sachen lagen auf einem Haufen auf dem Boden, und um sie herum schwärmten kleinere Mädchen im gleichen Kostüm, deren Nerven vor der bevorstehenden Aufführung flatterten.

Ning nahm ihren Stiefel und schüttelte das Handy heraus, das sie zur Sicherheit dort hineingesteckt hatte. Es war zwar gegen die Regeln, während der Schulzeit zu telefonieren, aber sie wollte unbedingt ihren Stiefvater erreichen.

Dass er sie nicht zurückgerufen hatte, war nicht ungewöhnlich. Es kam oft vor, dass er die Provinz geschäftlich mit dem Flugzeug verlassen musste oder einen Tag in einem seiner Läden auf dem Land verbrachte, wo die Netzabdeckung manchmal sehr schlecht war. Aber sie hatte auch eine Nachricht bei seiner Sekretärin hinterlassen und die hatte bislang immer zurückgerufen.

Dandong war eine rasch wachsende Stadt. Manchmal konnten die Versorgungsbetriebe nicht mithalten, und Ning vermutete, dass es ein Problem im Telefonnetzwerk gab. Aber sie machte sich Sorgen, denn sie war aus dem Wohnheim hinausgeworfen worden und konnte nirgendwohin gehen, wenn die Show für den Elterntag zu Ende war.

Nings Stiefeltern wohnten zwanzig Kilometer vor der Stadt. So weit fuhr kein Bus. Sie hatte wohl kaum genug Geld für ein Taxi und außerdem fuhren die Taxifahrer nicht gerne so weit hinaus. Und selbst wenn sie nach Hause gelangen könnte, hatte sie keinen Schlüssel. Ihr Stiefvater würde immer noch arbeiten, die Haushälterin wäre bereits gegangen, und die Chancen, dass ihre Stiefmutter wach war, standen 1:1.

Daiyu kletterte über die Kleiderhaufen auf Ning zu. »Sie werden dir das Telefon wegnehmen, wenn sie dich sehen«, warnte sie.

»Habe ich etwa mit dir gesprochen?«, fuhr Ning sie an.

Daiyu schien es zu gefallen, sich als Katze zu verkleiden. Ihr schlanker Körper wirkte gut in einem Trikot, und sie schwang den ausgestopften Schwanz, der hinten angenäht war, herum. Sie trug jede Menge Eyeliner, Lipgloss, Glitzerspray und einen Schnurrbart aus Nylon.

»Mir ist es egal, ob du mit mir sprichst oder nicht«, gab Daiyu zurück, legte den Kopf in den Nacken und grinste bösartig. »Aber alle anderen sind mit dem Make-up fertig. Mrs Feng wartet nur noch auf dich. Du kannst jetzt also gehen und dich schminken lassen wie ein normaler Mensch oder eine deiner großen Szenen hinlegen. Mir ist es egal.«

Ning ließ das Telefon wieder in den Stiefel fallen und wäre beinahe über ihren Schwanz gestolpert, als sie aufstand. Ihr eigenes Kostüm war noch im Wohnheim, und anstatt sie gehen zu lassen, damit sie es holte, hatte ihre Lehrerin ihr ein Ersatzkostüm gegeben, das ihr viel zu klein war. Beine und Arme waren mindestens zehn Zentimeter zu kurz. Es zwickte unter den Armen, und Ning hatte das dumpfe Gefühl, dass es am Hintern bei zu viel Herumgehopse auf der Bühne reißen würde.

Man hatte das Klassenzimmer mit einem Vorhang in zwei Hälften geteilt, damit sich die Mädchen ungestört umziehen konnten, aber um geschminkt zu werden, musste man auf die andere Seite gehen. Als Ning den Vorhang beiseiteschob, brachen die Jungen aus ihrer Klasse in Gelächter aus.

»Da ist Catzilla!«, rief einer.

»Eine Laune der Natur!«, lachte ein anderer, und Qiang machte *Bumbum*, als brächten Nings Schritte den Boden zum Erbeben.

Am schlimmsten war, dass, während die Mädchen sich wie die Idioten anziehen mussten, die Jungen ein Basketballspiel vorführen durften, und zwar in ihren Sportanzügen.

»Geht nach Hause und fickt eure Mütter«, gab Ning zurück und stieß die Tür mit dem Fuß auf. »Mir wäre es ja egal, wenn ich nicht besser Basketball spielen würde als ihr alle zusammen.«

»Miau!«, rief ihr jemand nach.

Mrs Feng war professionelle Maskenbildnerin und die Mutter eines anderen Mädchens aus Nings Klasse. Sie hatte in dem breiten Mittelgang neben den Schließfächern einen Klapptisch aufgestellt. Es war leer dort, aber aus der Halle hörte man den Gesang von kleinen Kindern, die an der Show für die Eltern teilnahmen.

»Ich will nicht so viel Zeug ins Gesicht bekommen«, verlangte Ning, als sie sich auf den Stuhl setzte. »Ich bekomme davon Ausschlag.«

»Du musst Ning sein«, stellte Mrs Feng fest.

Ning gefiel es, dass Mrs Feng ihren Namen wie den einer fremdartigen, schrecklichen Krankheit aussprach, doch ihre Freude war nur von kurzer Dauer, als sie sah, wie Mrs Feng einen starken Strahler anschaltete und mit einem Wattebausch eine Grundierung auf ihr Gesicht auftrug.

»Was ist das?«, fragte Ning, als sich ihr Folterknecht ihrem Gesicht mit einer Bürste und einer kleinen Metalltube näherte.

»Sieh nach oben! An die Decke!«, befahl Mrs Feng. »Das ist Klebstoff für deine Schnurrhaare. Fass sie nicht an, sonst fallen sie ab.«

Drei Minuten später war Ning fertig geschminkt, mit jeder Menge Lippenstift und Lidschatten, doch beim Glitzerspray hatte Ning genug.

»Das reicht!«, erklärte sie entschlossen, stand auf und lief zum Klassenzimmer zurück.

Qiang und ein paar andere Jungen waren auf dem Gang und begannen zu lachen. Als Ning auf sie zukam, begannen drei, *Bumbum* zu machen, doch als sie näher kam, zogen sich alle bis auf Qiang wieder ins Zimmer zurück.

»Lass mich rein, Schwachkopf«, verlangte Ning, als Qiang ihr die Tür versperrte.

In der halb offenen Tür stand ein halbes Dutzend kichernder Jungen, die sich wie die Idioten aufführten.

»Es würde dir nicht gefallen, wenn ich dir eine runterhaue«, warnte ihn Ning.

Qiang lachte.

»Ich lasse mich doch nicht von einer Katze einschüchtern!«, verkündete er theatralisch.

Ning wollte wieder hinein und sehen, ob sie einen Anruf bekommen hatte, daher schnippte sie nach Qiangs Nase. Als er, überrascht von ihrer Geschwindigkeit, zurückstolperte, lachten die anderen laut auf, und als er merkte, dass seine Kameraden eher ihn auslachten als Ning, setzte er zu einem Karatetritt an.

Ning fing seinen Fuß ab, grub ihren Fingernagel schmerzhaft in seinen Knöchel und machte ein paar

Schritte rückwärts, sodass er ihr hilflos nachhüpfen musste.

»Lass mich los, du Elefant!«, verlangte er.

Ning wollte ihn eher erniedrigen als verletzen und sah, dass sich am anderen Ende des Ganges eine Gelegenheit dazu bot. Sie ließ Qiang noch ein wenig weiterhüpfen und drehte dann seinen Fuß herum, sodass er sich vor Schmerz krümmte. Doch bevor er mit dem Kopf auf dem Boden aufschlug, packte ihn Ning unter den Achseln, schlang ihm den anderen Arm um die Taille, sodass es ihm den Atem verschlug, und warf ihn sich mühelos über die Schulter.

Während sein Kopf an ihrem Rücken hing und seine Füße vor ihr in der Luft strampelten, marschierte Ning an der verblüfften Mrs Feng vorbei zu einem großen rechteckigen Mülleimer, den man in die Tür zur Schulkantine gestellt hatte.

»Du stinkst«, behauptete Ning. »Hast du diesen Trainingsanzug schon jemals gewaschen?«

Sie stellte sich rückwärts vor den überquellenden Mülleimer und ließ Qiang kopfüber in Apfelreste, Getränkekartons, gebrauchte Essstäbchen und halb leere Sojasoßentütchen gleiten.

Während sich Qiang, bis zur Hüfte im Müll steckend, bemühte, sich zu befreien, rannte ein Dutzend Jungen den Gang entlang, gefolgt von ein paar Katzen. Ning bekam Angst, dass die Jungen sie verprügeln würden, aber sie schienen sich damit zufriedenzugeben, sich lachend vor den Mülleimer zu stellen, in dem Qiang strampelte und stöhnte. Er wollte sich herausarbeiten, geriet aber nur immer tiefer hinein. Zwei Mädchen, die ebenfalls unter Qiangs Lästereien litten, bedankten sich bei Ning für die Rache.

»Was hat das zu bedeuten?«, dröhnte Mr Ma, der durch die verlassene Mensa auf sie zu stürmte.

Mr Ma war der stellvertretende Schulleiter, und sobald sie seine Stimme vernahmen, zogen sich mehrere Kinder, die weiter hinten standen, schleunigst ins Klassenzimmer zurück.

»Wo ist euer Klassenlehrer?«, wollte Ma wissen. »Wer ist dafür verantwortlich?«

»Das war Fu Ning«, verkündete Daiyu.

Wäre sie in Reichweite gewesen, hätte Ning ihr eine geklebt.

»Na, wer hätte das gedacht?«, gab Mr Ma zurück, packte Qiang an den Knöcheln und zog ihn aus dem Mülleimer.

Als er ihn hinstellte, wurde Gelächter laut, denn Qiang hatte Essensreste in den Haaren, und auf seinem dreckverschmierten Trainingsanzug klebten Teile von Plastikverpackungen.

»Euch wird das Lachen schon noch vergehen!«, tobte Qiang zu den anderen Jungen gewandt. Dann sah er nach hinten und bemerkte, dass ihm ein Essstäbchen im Hosenboden steckte.

Mr Ma baute sich vor Ning auf, bückte sich und schrie ihr ins Gesicht.

»Du hast heute sowieso schon Ärger, weil du zu spät gekommen bist. Setz dich vor mein Büro! Wir befassen uns nach der Vorstellung mit dir.«

Doch Mrs Feng kam ihr zu Hilfe.

»Warum wollen Sie sie bestrafen?«, fragte sie wütend. »Diese Jungen haben die Mädchen den ganzen Nachmittag lang geärgert. Ihr Herr Lehrer kommt und geht, aber er unternimmt nichts dagegen.«

Mr Ma war es nicht gewohnt, vor seinen Schülern kritisiert zu werden.

»Nun«, meinte er zornbebend und suchte willkürlich einen Jungen heraus. »Du gehst und suchst die Krankenschwester, damit sie sich um Qiang kümmert. Und ihr anderen geht wieder ins Klassenzimmer zurück. Ihr setzt euch in formeller Haltung an eure Tische. Ich erwarte absolute Stille, bis ihr mit eurer Vorstellung an der Reihe seid!«

Ning verneigte sich respektvoll vor Mrs Feng und folgte ihren Klassenkameraden zurück in ihren Raum. Diejenigen, die sich stets gut benahmen, waren noch nie vom stellvertretenden Schulleiter angebrüllt worden, und niemand wagte zu lachen, als die Mädchen wieder hinter ihrem Vorhang verschwanden und die Schüler sich an ihre Tische setzten, die Rücken gerade, die Hände gefaltet auf dem Tisch vor sich und die Füße unter den Stuhl gezogen.

»Ein Ton!«, warnte Mr Ma und sah die Schüler finster an.

»Fu Ning?«, rief eine Frau, stürmte herein und stieß Mr Ma die Tür an den Kopf. »Ist das Raum sechsundzwanzig?«

Ning konnte sie durch den Vorhang nicht sehen, aber dieses Chinesisch mit dem grässlichen Liverpooler Akzent konnte nur von ihrer Stiefmutter kommen.

Ingrid Fu kam ursprünglich aus Bootle in Merseyside. Sie hatte Sommersprossen und lange rote Locken. Dandong war zwar eine Stadt mit über zwei Millionen Einwohnern, aber sie lag abseits der Touristenrouten und Westler waren kein alltäglicher Anblick.

»Ning, Kleines, bist du da drin?«, schrie Ingrid auf Englisch.

Ning war sicher, dass die Peinlichkeit, die der Auftritt ihrer Stiefmutter schuf, all das Ansehen, das sie sich bei ihren Mitschülern erworben hatte, als sie Qiang in den Mülleimer tunkte, wieder zunichte machte.

»Hallo, Mutter«, antwortete Ning mit einer Mischung aus Respekt und Furcht und erhob sich. »Ich wusste nicht, dass du heute zum Elterntag kommst.«

»Eltern-was?«, fragte Ingrid, tauchte unter dem Vorhang hindurch und stieß sich den Oberschenkel an einem Tisch an. »Autsch, verflucht! Ich wusste gar nicht, dass Jungen und Mädchen hier getrennt werden. Das ist ja wie bei einer jüdischen Hochzeit.«

Selbst Kinder, die im Englischunterricht nicht aufgepasst hatten, konnten erkennen, dass Ingrid betrunken war.

»Das war nur, weil wir uns umgezogen haben«, erklärte Ning mit hochrotem Gesicht. »Warum bist du hier?«

»Ihr seid ja alle als dämliche Katzen verkleidet«, bemerkte Ingrid, und die Goldreifen an ihrem Handgelenk klirrten, als sie sich umsah. »Ist heute eine Schulaufführung oder so? Dieses Kostüm ist viel zu eng, es sieht schrecklich aus.«

Ganz langsam, in der Hoffnung, zu Ingrids vernebeltem Gehirn durchzudringen, rief Ning: »WARUM BIST DU HIER?«

Ingrids Kopf fuhr herum, doch ihre Augen folgten erst einen Moment später.

»Liebes, wir müssen hier weg. Nimm deinen Kram und komm.«

»Geht es um die Nachrichten, die ich Dad hinterlassen habe?«, fragte Ning. »Ich habe gesagt, ihr müsst mich *nach* der Schule abholen, nicht gleich jetzt.«

Ingrid stieß einen genervten Seufzer aus und wedelte mit der Hand vor ihrem Gesicht. »Ich habe jetzt keine Zeit für Erklärungen so lang wie Krieg und Frieden. Du kommst jetzt mit. Und zwar sofort.«

Mr Ma warf in gestelztem Englisch ein: »Ning, Mrs Fu, vielleicht könnten Sie sich draußen auf dem Gang unterhalten, ohne die anderen Schüler zu stören?«

Ning war es recht, da es zumindest bedeutete, dass sie nicht vor allen Leuten so zur Schau gestellt wurde. Doch sie war überrascht, als Ingrid sie draußen auf dem Gang gegen die Wand schob.

»Dein Vater ist in Schwierigkeiten«, erklärte sie. »Wir beide müssen auf der Stelle verschwinden.«

Ning spürte einen Adrenalinstoß.

»Was für Schwierigkeiten?«

»Zu kompliziert, um es hier zu erklären. Aber wir beide sind doch immer ganz gut miteinander ausgekommen, oder? Ich meine, ich weiß, dass ich nicht gerade eine ideale Mutter bin, aber du vertraust mir doch, oder?«

Ning stellte fest, dass Ingrid ihr Verhältnis zueinander ziemlich präzise dargestellt hatte. Sie war nicht gerade eine Mutter, die einen ins Bett packte, wenn man krank war, oder einem am Geburtstag einen Kuchen buk, aber sie hatten sich immer gut verstanden und gelegentlich auch Spaß zusammen gehabt.

»Vertraust du mir?«

»Ja, ich glaube schon«, antwortete Ning.

»Dann musst du sofort mit mir kommen. Ich kann nicht bleiben, sie werden auch mich suchen.«

»Wer kommt dich suchen?«, fragte Ning verblüfft.

»Keine Zeit«, antwortete Ingrid. »Komm oder lass es bleiben. Kein Scheiß.«

Ning sah, wie ihre Stiefmutter ein paar schwankende Schritte Richtung Ausgang machte, dann stehen blieb und sich umdrehte.

»Ich bin als Katze verkleidet«, rief Ning. »Kann ich nicht wenigstens meine Sachen holen?«

»Kein Scheiß«, wiederholte Ingrid. »Ich habe Chaoxiang versprochen, dich mitzunehmen, aber ich kann nicht länger warten.«

Ning sah sich ängstlich zum Klassenzimmer um und überlegte, ob sie hineinrennen und ihre Sachen holen sollte, vor allem ihre Stiefel und das Telefon. Aber der

Schulausgang war nur fünfzig Meter weit weg, und es bestand die Gefahr, dass sie Ingrid aus den Augen verlor und dass Mr Ma sie aufhalten und eine Erklärung fordern würde.

»Warte!«, schrie sie und rannte mit fliegendem Katzenschwanz ihrer Stiefmutter hinterher.

7

»Du kommst also mit mir?«, fragte Ingrid, als Ning über den Parkplatz rannte.

Gleich hinter dem Schultor stand ein schwarzer 760Li quer vor einem halben Dutzend Parkplätzen. Es war der größte BMW auf dem Markt und außerdem noch mit abgedunkelten Scheiben und mattschwarzen Felgen aufpoliert.

Ning erwartete, dass Ingrids Fahrer aussteigen und ihr die hintere Wagentür aufhalten würde, doch als sie näher kam, sah sie, dass der Rückspiegel auf der Fahrerseite an den Kabeln herabhing und sich ein Kratzer vom vorderen Kotflügel bis zum kaputten Rücklicht zog.

»Wo ist Wei?«, fragte sie besorgt, als Ingrid sich auf den Fahrersitz setzte.

»Beschäftigt«, antwortete Ingrid. »Steig ein.«

Ning zögerte, aber Ingrid hatte ihr deutlich zu verstehen gegeben, dass sie nicht auf sie warten würde.

»Kannst du überhaupt fahren?«, fragte Ning, drückte auf den Knopf zum Verschließen der hinteren Tür und schnappte nach dem Sitzgurt.

»Ich habe schon Handbremsenwendungen in gestohlenen Fiestas gemacht, als du noch nicht geboren warst, Mädchen«, antwortete Ingrid.

Sie sah über die Schulter zurück, um vom Gelände der Grundschule achtzehn auf die belebte Hauptstraße zurückzusetzen. Ning schnallte sich an und sah, dass auf dem Fernseher in der Kopfstütze vor ihr ein Shopping-Kanal lief, als Ingrid aufs Gas trat.

Der BMW schoss nach vorne, knallte so heftig in einen geparkten Honda, dass dessen Scheinwerfer zersprangen und er seitlich in einen wesentlich neueren VW geschoben wurde, der daneben abgestellt war. An dem großen BMW zeigte sich kein größerer Schaden, aber Ning fragte sich, ob sie nicht lieber hinausspringen sollte, solange sie noch die Gelegenheit dazu hatte.

»Das war wohl nicht der Rückwärtsgang«, konstatierte Ingrid, während die Alarmanlagen losschrillten.

»Bist du sicher, dass du fahren kannst?«, fragte Ning.

»Das ist mein zweiter Unfall heute«, erklärte Ingrid. »Und die Glückszahl ist drei.«

Ingrid fand den Rückwärtsgang. Da die Ampel weiter hinten an der Straße rot war, hatten sie zwei Spuren Platz, um auf die Hauptstraße zu fahren, wo sie den Vorwärtsgang einlegte und aufs Gaspedal trat.

»Wow, der hat aber Power!«, stellte sie überrascht fest, als sie innerhalb von vier Sekunden auf achtzig Stundenkilometer beschleunigten, und bremste dann auf fünfundzwanzig herunter, als sie sich dem fließenden Verkehr näherten.

Nach einer roten Ampel, einer Rechtskurve und einer steilen Auffahrt zur sechsspurigen Autobahn nach Shendan fuhren sie aus Dandong heraus. Ning erkannte, dass sie nach Hause fuhren, und beruhigte sich so weit, dass sie eine vernünftige Frage stellen konnte.

»Du hast gesagt, dass Dad Ärger hat. Warum gehen wir dann nicht zur Polizei?«

»Weil die es sind, die ihn gerade eingebuchtet haben.«

»Aber Dad ist doch kein Gangster«, verwahrte sich Ning. »Das werden die auch merken. Wir sollten zur Polizei gehen, wo sie ihn festhalten, und darum bitten, mit jemandem reden zu können.«

Ingrid fuhr sich nervös mit den Fingern durch die Haare, um sie aus dem Gesicht zu schieben.

»Liebling, das ist kompliziert. Dein Vater ist Geschäftsmann. Und gelegentlich muss man in der Geschäftswelt die Regeln ein wenig verbiegen, um es zu etwas zu bringen.«

»Bestechung«, erkannte Ning.

»Genau.«

Das mit der Bestechung verstand Ning gut. Sie war in einem Bauerndorf geboren, was bedeutete, dass sie nur auf die Landschule gehen durfte. Damit sie eine bessere Schule in der Stadt besuchen konnte, hatte ihr Stiefvater einem Beamten der Bildungsbehörde einen dicken Umschlag mit Hundert-Yuan-Scheinen überreicht.

»Ich weiß nicht, worum es im Einzelnen geht«, fuhr Ingrid fort, während sie die Spur wechselte, um an einem Lastwagen mit Stahlträgern vorbeizufahren. »Ich glaube, es gab einen Erlass aus Peking. Verschärftes Vorgehen. Korrupte Beamte und Geschäftsleute werden verhaftet und dabei hat man auch deinen Vater mit erwischt.«

Ning bekam Angst. Sie hatte die Anti-Korruptions-Slogans gesehen, die überall in Dandong aufgetaucht waren und denen, die man erwischte, mit drei Jahren Arbeitslager drohten.

»Dein Dad ist ein guter Mensch«, sagte Ingrid in dem Versuch, sie zu beruhigen. »Wichtige Leute schulden ihm einen Gefallen. Selbst wenn man ihn für schuldig befindet, kommt er wahrscheinlich mit einer Geldstrafe davon.«

»Genau«, bekräftigte Ning, doch sobald sie weiter nachdachte und sich Fragen stellte, verflog ihre Ruhe.

Wo war Wei, Ingrids Fahrer? Warum hatte sie die Sekretärin ihres Dads telefonisch nicht erreicht? Und wenn dies alles bald vorbei sein würde, warum raste Ingrid dann panisch den Highway entlang?

»Wovor läufst du davon?«, fragte sie ihre Stiefmutter. »Du hast doch mit Dads Geschäften nichts zu tun, oder?«

»Nicht in den Alltagsdingen, aber rechtlich gesehen schon.«

Da Ingrid selten nach elf Uhr vormittags noch nüchtern war, konnte Ning sich dies kaum vorstellen.

»Du gehst doch nie zu Dad ins Büro oder so.«

»Ich bin Britin«, erklärte Ingrid. »Ihr Chinesen werdet überall behindert, von Steuern, Beschränkungen für Investitionen und Devisen. Also hat dein Dad in meinem Namen ausländische Firmen gegründet, um diese Beschränkungen zu umgehen. Und das geht auch alles gut, bis es irgendwann richtig knallt.«

Das klang plausibel. Ning hatte gesehen, wie ihr Stiefvater mit Papieren nach Hause kam, die Ingrid unterschreiben sollte.

»Aber sollten wir nicht für Dad da sein?«, fragte sie. »Warum laufen wir davon?«

Ingrid antwortete nicht, weil sie zu einer Ausfahrt kamen und sie mit den Verkehrsschildern nicht klarkam.

»Ist das die Ausfahrt, wenn man über die Dörfer fahren will?«

Ning nickte. »Du musst die Siebzehn nehmen, das ist die nächste, dann kommen wir direkt zum Haus.«

Doch Ingrid schnitt einen Buick Excelle und fuhr die Ausfahrt hinunter.

»Jetzt musst du aber durch alle Dörfer fahren«, sagte Ning. »Das dauert ewig!«

»Aber ich kenne die Strecke besser«, behauptete Ingrid.

Das war eine glatte Lüge. Die Strecke von Ausfahrt siebzehn führte in gerader Linie drei Kilometer weit, bis man ein einziges Mal rechts abbiegen musste, während man sich durch die Dörfer über Schotterstraßen bewegte und Gefahr lief, hinter einem Traktor stecken zu bleiben oder hinter einem Bauern mit Hühnerkäfigen auf seinem Moped.

Der Wagen fuhr sich weniger bequem, nachdem sie die moderne Autobahn verlassen hatten und über den löchrigen Asphalt fuhren, der kaum breit genug für zwei Autos war. Sie passierten die äußersten Vorstädte von Dandong, und nachdem sie einen grauen Fabrikkomplex hinter sich gelassen hatten, in dessen Umgebung es nach verbranntem Plastik roch, erreichten sie das offene Land, wo das Getreide unter der Nachmittagssonne wogte.

»Weiß Dad, dass wir weglaufen?«, erkundigte sich Ning.

»Es war seine Idee«, antwortete Ingrid. »Er meint, es sei besser, wenn wir das Land verlassen, bis sich die Wogen geglättet haben.«

»Wann hast du mit ihm gesprochen?«

»Er hat von einem Kumpel im Polizeipräsidium einen Tipp bekommen, ein paar Minuten bevor sie ihn verhaftet haben. Er hatte keine Zeit mehr, zu flüchten, aber er hat ein paar Vorbereitungen treffen können und hat gerade mit mir telefoniert, als die Polizei sein Büro gestürmt hat.«

»Aber Dad ist doch kein Verbrecher!«, beschwerte sich Ning jämmerlich. »Das ist ungerecht!«

»Das Leben ist nicht gerecht, Kleines. Gewöhn dich lieber daran. Wir brauchen ein paar Dinge aus dem Haus, und dann halten wir uns ein paar Wochen irgendwo in Singapur oder Thailand auf und fliegen nach Hause, wenn das hier alles vorbei ist.«

Es war ein warmer Nachmittag, aber Ning bemerkte Gänsehaut an ihren Beinen, verursacht von ihrer Angst und dem kalten Luftstrom aus der Klimaanlage. Nachdem sie ein paar Minuten lang zugehört hatte, wie der

Wagen über die Schlaglöcher holperte, endete die asphaltierte Straße und gabelte sich in zwei unbefestigte Wege auf. Bei feuchtem Wetter hätte sich die schwere Limousine dort festgefahren, aber es hatte lange Zeit Trockenheit in der Provinz geherrscht, daher war der Boden festgetrocknet, sodass die Hinterräder nur braunen Staub aufwirbelten.

Etwa einen Kilometer von ihrem Haus entfernt hielt Ingrid an einem überwucherten Feld an. Das Land war an Grundstücksspekulanten verkauft worden, die alles bis auf eine kleine Scheune abgerissen und einen Stacheldraht um das Gelände gezogen hatten, der mittlerweile größtenteils von den Bauern aus der Gegend gestohlen worden war.

Jetzt wusste Ning, warum Ingrid die Autobahn an der falschen Abfahrt verlassen hatte.

»Glaubst du, dass zu Hause die Polizei auf uns wartet?«, fragte sie, als sie ausstieg, besorgt, ob sie mit ihren bloßen Füßen über das unebene Gelände würde laufen können.

»Höchstwahrscheinlich«, erwiderte Ingrid. »Wir schleichen uns von hinten ins Haus. Wenn viele Polizisten da sind, haben wir Pech gehabt. Aber ich bin schließlich keine Schwerverbrecherin, und sie wissen wahrscheinlich nicht, dass dein Vater mir einen Tipp gegeben hat, bevor sie ihn verhaftet haben. Mit etwas Glück erwarten uns nur ein paar Beamte am Haupttor.«

»Aber wenn wir unsere Pässe nicht aus dem Haus holen können, wie sollen wir dann das Land verlassen?«, fragte Ning.

»Pässe?«, erwiderte Ingrid überrascht. »Unsere Pässe sind nutzlos, Kleines. Sie werden jeden Flughafen und Grenzposten überwachen.«

Ning spürte, wie sich in ihrem Bauch ein Knoten bildete.

»Wie sollen wir denn dann nach Singapur oder irgendwo anders hin kommen?«

Je mehr Ning hörte, desto verwirrter wurde sie. Ingrid hatte gelogen, was die Abfahrt anging, also was hatte sie sonst noch zu verbergen? Sie war ja nicht gerade zuverlässig. Log sie also, weil sie etwas Schwerwiegendes verbergen wollte oder weil sie eine paranoide Säuferin war, die nicht recht wusste, was vor sich ging?

»Wir haben später noch Zeit für Erklärungen«, behauptete Ingrid und lief über das überwucherte Feld auf das Haus zu, das sich in der Ferne abzeichnete. »Wir brauchen Bargeld, und dieses Haus ist der einzige Ort, an dem ich es bekommen kann. Wir brauchen es. Dein Vater hat mir ein paar Kontaktpersonen genannt, die uns aus dem Land bringen werden.«

8

Nings Fußsohlen waren schwarz, als sie über den staubigen Boden bis zu einem von Stacheldraht gekrönten Zedernholzzaun schlich. Ingrid war ein paar Schritte hinter ihr und sah durch einen Spalt zwischen den Brettern.

»Ich kann niemanden sehen«, flüsterte sie. »Nur ein beigefarbenes Auto.«

Ning sah selbst nach. Die Villa war groß. Sie hatte zwei Stockwerke und ein rötliches Schieferdach, römische Säulen und eine kunstvolle Kuppel aus grünem Glas. Der Rasen im großen Garten war ordentlich gemäht und in der Mitte befand sich ein rechteckiges Beet mit Blumen und niedrigen Hecken.

Die Villa war seit ihrer Adoption vor vier Jahren Nings Zuhause gewesen, doch jetzt kam sie ihr vor wie feindliches Gebiet. Der unbekannte hellbraune Wagen vor der Garage hatte zwei kleine Antennen auf dem Dach, und wenn man genau hinsah, erkannte man Blaulichter in der hinteren Stoßstange.

»Das sind bestimmt Polizisten«, erklärte Ingrid leise. »Wenn ich dich hochhebe, kannst du dann hinüberklettern?«

Der Vorschlag rief in Ning ein unangenehmes Gefühl hervor. Hatte ihr Stiefvater Ingrid wirklich gebeten, sie aus China hinauszubringen, oder brauchte sie nur Hilfe bei dem Einbruch?

Bevor sie hinüberkletterte, riss Ning kräftig an dem an ihrem Trikot angenähten Katzenschwanz, sodass die Nylonfäden rissen. Dann kniete sich Ingrid auf ein Knie und stützte sich mit den Händen am Zaun ab. Sobald Ning auf ihren Schultern stand, erhob sie sich, bis Nings Kopf auf Höhe des Stacheldrahtes war.

»Kannst du etwas sehen?«, fragte Ingrid.

Es war fünf Uhr nachmittags. Die tief stehende Sonne verwandelte die Fensterscheiben in gleißende Rechtecke, sodass es schwer war, das Haus auch nur genau anzusehen. Ning konnte nicht erkennen, ob sie vielleicht zwanzig Polizisten vom Haus aus beobachteten.

»Ich riskiere es«, erklärte sie.

Seit sie vor einem Jahr an der nationalen Sportakademie von Dandong hinausgeworfen worden war, hatte Ning nicht viel Gymnastik oder Krafttraining gemacht, aber als sie sich auf Ingrids Schultern aufstellte, schien es ihr, als habe sie ihre Fähigkeiten noch nicht verloren. Sie stieg über die drei Stacheldrahtreihen hinweg und hockte sich dann oben auf den Zaun. Als sie sprang, verfing sich ihr Trikot in den Stacheldrahtzacken, sodass sie aus dem Gleichgewicht geriet und ihr Anzug am unteren Rücken und am Po lauter Löcher bekam.

Ingrid sah ihr besorgt durch den Zaun nach, als sie im Gras aufkam. Ning spürte einen heftigen Stich in der rechten Seite, als sie sich abrollte, doch der Rasen wurde regelmäßig gewässert, sodass der Boden weich war und sie abfing.

Ning blieb geduckt und kroch schnell übers Gras auf das Haus zu. Nach dreißig Metern erreichte sie einen abgeschirmten Bereich, in dem die Mülleimer standen. Es stank nach Essensresten und auf dem Kies um die vier großen Plastiktonnen herum summten Fliegen um das Gerippe einer Ente herum.

Die Müllsäcke waren herausgeworfen und aufgerissen worden, wahrscheinlich von den Polizisten auf der Suche nach Beweisen. Ning richtete sich auf, um nicht durch den Schmutz kriechen zu müssen, und stellte erleichtert fest, dass der Schmerz in ihrer Hüfte nicht so schlimm war, wenn sie geradestand.

Mit einem Metallriegel konnte man das Tor öffnen, mit dem die Müllabfuhr Zugang zu den Tonnen bekam. Ning sah in die kleine gepflasterte Gasse, die zwischen ihrem Zaun und dem der kleineren Nachbarsvilla verlief.

»Gut gemacht, Kleines«, flüsterte Ingrid, die außen am Zaun entlanggelaufen war und nun durch das Tor kam und Ning einen Kuss auf die Wange gab. Der Alkohol in ihrem Atem überlagerte den Gestank des Mülls.

»Hast du etwa einen Flachmann dabei?«

Ingrid zuckte mit den Achseln. »Ich musste mir etwas Mut antrinken. Fertig?«

Sie verließen den Müllbereich. Trotz ihres jahrelangen Alkoholmissbrauchs war Ingrid kein Weichei. Tief geduckt liefen sie rasch bis zwischen das beige Auto und den Nebeneingang des Hauses, wo drei Klimaanlagen warme Luft nach draußen bliesen.

Während Ingrid versuchte, etwas durch die Milchglasscheibe in der Tür hindurch zu erkennen, untersuchte sich Ning. Unter ihren Rippen tat es weh, sie hatte Grasflecken an beiden Beinen der Strumpfhose und der hintere Teil ihres Trikots war zerrissen und ließ ihre schwarze Unterhose mit den Totenköpfen sehen.

Ingrid schloss die Seitentür auf, drehte langsam den Türknauf und schob die Tür auf. Sie schlichen sich in einen großen Hauswirtschaftsraum mit Kalksteinfliesen. Auf einer Seite standen eine Waschmaschine und ein Trockner, auf der anderen der Putzwagen und ein Bügelbrett.

»Alles was wir brauchen, ist oben«, flüsterte Ingrid.

Während Ingrid den Hauswirtschaftsraum durchquerte, wischte sich Ning mit einem frisch gewaschenen Tuch den Split ab, der sich schmerzhaft in ihre Fußsohlen grub.

Ingrid öffnete die Tür zum Haupthaus einen Spalt weit, schloss sie aber gleich wieder erschrocken.

»Zwei Polizisten sitzen in der Küche und spielen Karten«, erklärte sie. Dann zog sie aus ihrer Hosentasche einen kleinen Flachmann und nahm noch einen Schluck, bevor sie ihn Ning anbot.

Angewidert wich Ning vor dem Alkoholgeruch zurück.

»Wo ist denn das Geld, das du suchst?«, fragte sie.

»Oben im Kinderzimmer«, antwortete Ingrid. »Die beiden scheinen ziemlich in ihr Spiel vertieft zu sein. Wenn wir den richtigen Moment abwarten und geduckt bleiben, sehen sie uns wahrscheinlich nicht. Ich hole das Geld. Du gehst in dein Zimmer und packst schnell ein paar Sachen zusammen.«

»Woher sollen wir wissen, dass das die einzigen Polizisten hier sind?«

»Wir wissen gar nichts«, antwortete Ingrid. »Aber da draußen steht nur ein Wagen, und so wie sie da sitzen und Karten spielen, haben sie wahrscheinlich den Befehl, auf die dumme Engländerin zu warten und sie zu verhaften, wenn sie mit zehn Tüten vom Einkaufen wiederkommt.«

»Aber vielleicht haben sie gehört, was in der Schule los war«, vermutete Ning.

»Vielleicht, vielleicht ist vieles«, sagte Ingrid ungeduldig und griff nach der Tür. »Bleib dicht bei mir! Los!«

Als Ingrid über den glatten Marmorfußboden zur geschwungenen Treppe schlich, sah Ning die beiden Polizisten auf den Barhockern kaum zehn Meter entfernt. Der eine war fast noch ein Junge, der andere war dicker und hatte schon graues Haar. Beide trugen Pistolenhalfter, konzentrierten sich aber nur auf die Karten in ihrer Hand.

Die beiden Putzfrauen hielten das Haus normalerweise perfekt in Ordnung, aber die Polizisten hatten alles durchsucht und auf den Kopf gestellt. Auf dem Küchenfußboden lagen Besteck und Lebensmittel verstreut und in der Luft schwebten noch Federn von den aufgeschlitzten Sofakissen.

Der Teppich war von der Treppe gerissen worden, und Ning musste aufpassen, um nicht auf die Metallhalterungen zu treten, die aus den Stufen ragten. Ihr Zimmer und das Kinderzimmer lagen zu beiden Seiten des ersten Treppenabsatzes.

»Mach so schnell wie möglich«, mahnte Ingrid.

So wie es unten aussah, hatte Ning zwar schon erwartet, dass ihr Zimmer durcheinander sein würde, aber es ärgerte sie doch, zu sehen, wie man mit ihren Sachen umgegangen war. Ihre Matratze, ihr Bettzeug und die Kissen waren aufgeschlitzt worden, das Bett war an die Wand geklappt, ihr Laptop war fort und der Inhalt aller Schubladen und Schränke lag auf dem Boden verstreut.

Schon beim Eintreten hatte sie eine Wolke von Federn aufgewirbelt, und sie musste sich die Hand vor die Nase halten, um den Niesreiz zu unterdrücken. Die meisten ihrer Taschen befanden sich bei Miss Xu. Die einzige, die sie finden konnte, war eine schmutzige orange Tasche aus den Tagen an der Sportakademie. Sie machte den Reißverschluss auf, steckte eine Handvoll Unterwäsche hinein, Jeans, Tops und ein nagelneues Paar Nike-Turnschuhe.

Als die Tasche zu zwei Dritteln voll war, ging Ning ins Bad, um ein paar Toilettenartikel zu holen, und sah entsetzt, dass Fußboden und Toilettensitz klatschnass waren, weil einer der Polizisten beim Pinkeln nicht einmal den Versuch gemacht hatte, die Schüssel zu treffen. Vorsichtig stieg sie um die Urinpfützen herum und ließ Taschentücher, Zahnbürste, Nagelschere, Kamm und ein paar andere Dinge in ihre Tasche fallen. Dann fiel ihr plötzlich ihre Spezialkiste ein.

Sie fand sie umgekippt zwischen dem Nachttisch und der Wand. Es war eine Schachtel, die eine Vierjährige schön fand, aus leuchtend gelbem Plastik mit abblätternder Goldfarbe und dem Bild eines Dachses mit einer Weste auf dem Deckel.

Es war das Einzige, was Ning länger besaß, als sie sich erinnern konnte. Sie sah nach, ob die Polizisten sie ausgeräumt hatten, aber es war alles noch da: das Bild aus dem Waisenhaus mit ihrer kleinen Freundin, die bei einem Verkehrsunfall gestorben war, die Silbermedaille, die sie bei einem nationalen Boxturnier in Peking gewonnen hatte, eine Kopie ihrer Adoptionsurkunde, angeheftet an ein Foto mit ihren Stiefeltern, das an dem Tag aufgenommen worden war, als sie die Papiere unterschrieben hatten, das Autogramm eines Fernsehstars, in den Ning mit acht verliebt gewesen war, und ein paar andere Dinge, die nur für sie einen Wert besaßen.

Nachdem sie die Schachtel in die Tasche gesteckt hatte, zog Ning den Reißverschluss zu und wollte zur Treppe gehen, als sie plötzlich einen der Polizisten heraufkommen hörte.

»Ingrid?«, rief sie so laut, wie sie es wagte.

Der ältere Polizist fragte leise von unten: »Bist du sicher, dass dieser Fußabdruck vorhin noch nicht da war?«

Ning hatte mit ihren schmutzigen Füßen Spuren auf dem glatten Marmorboden hinterlassen.

»Sie sind auch hier, wo der Teppich hochgenommen wurde«, antwortete der junge Polizist. »Die sind nach der Durchsuchung entstanden. Glauben Sie, dass es Fus Frau ist? Oder seine Stieftochter?«

Ning hörte, wie der andere die Treppe hinaufging.

»Das Mädchen ist erst elf«, sagte er. »Meine Tochter ist dreizehn, aber ihre Füße sind kleiner als die hier.«

Ning überlegte, ob sie ins Kinderzimmer hinüberlaufen sollte. Aber wenn die Polizisten die Treppe schon halb hinaufgegangen waren, würden sie sie sehen und vielleicht auf sie schießen.

»Mrs Fu!«, rief der ältere Polizist. »Wir wissen, dass Sie da oben sind! Bitte kommen Sie mit erhobenen Händen herunter!«

Ning hatte keine Lust, sich zu ergeben. Wenn die Polizisten sie erwischten und es schlecht lief, würde man sie in die strengste Reformschule stecken, die man finden konnte, und dort würde sie bleiben, bis sie achtzehn war. Sie schwang sich die orange Tasche über die Schulter, lief zum Fenster und riss es auf. Es war ein Meter tiefer zu springen als vom Zaun, und diesmal würde sie nicht auf dem weichen Rasen, sondern auf Kies landen.

»Machen Sie keine Schwierigkeiten, Mrs Fu!«, rief der Ältere. Es hörte sich an, als sei er oben an der Treppe angekommen.

Ning holte tief Luft und stieg mit einem Schwindelgefühl aufs Fensterbrett, aber noch bevor sie das andere Bein hinüberschwingen konnte, stand der junge Polizist in der Tür und richtete seine Waffe auf sie.

»Halt! Rühr dich nicht!«

Er war hübsch, kaum älter als zweiundzwanzig und sah genauso verängstigt aus, wie Ning sich fühlte. Sie sah auf den Kies hinunter.

»Wenn du springst, brichst du dir wahrscheinlich die Beine«, warnte er sie. »Und wenn nicht, dann schieße ich dir in den Rücken, wenn du wegläufst. Also zeig mir deine Hände und geh vom Fenster weg.«

9

Ning musste sich geschlagen geben und wandte sich mit erhobenen Händen zu dem Polizisten um. Vielleicht konnte sie ihm die Waffe aus der Hand schlagen, wenn sie nahe genug an ihn herankam, aber das war schwierig, und selbst wenn sie es schaffen sollte, hatte sein Partner bis dahin wahrscheinlich seine Waffe auf sie gerichtet.

»Ist sie allein?«, fragte der ältere Polizist.

»Bist nur du hier?«, fragte der andere Ning.

Ning zögerte erst, dann nickte sie. Doch ihr Zögern ließ den Polizisten an ihrer Antwort zweifeln.

»Das hier ist nicht gerade das Stadtzentrum«, meinte er. »Wie bist du hierhergekommen?«

»Ein Freund von mir wohnt eine Meile weiter. Sein Dad hat mich am Feld da hinten abgesetzt.«

Der andere Polizist war mittlerweile im Gang. Sein rotes Gesicht und der kurze Atem machten ihn zu einem guten Kandidaten für einen Herzinfarkt.

»Sie sagt, sie sei allein, aber ich glaube, wir sollten besser nachsehen«, rief der jüngere Polizist. Ning fragte sich, ob Ingrid den Mumm gehabt hatte, aus einem Fenster zu springen. »Ich rufe zur Sicherheit lieber Verstärkung.«

»Den Teufel wirst du tun«, hielt ihn der andere zurück. »Der Boss scheißt uns zusammen, weil wir sie haben hereinkommen lassen. Die Frau stellt keine Bedrohung dar, wahrscheinlich liegt sie irgendwo besoffen herum.

Leg der jungen Dame Handschellen an, und dann hilf mir, die Mutter zu suchen.«

Der junge Polizist nahm die Handschellen von seinem Gürtel und warf sie vor Ning auf den Boden.

»Heb sie auf und leg sie dir um die Handgelenke!«

Ning bückte sich, aber als sie nach den Handschellen griff, erklang ein Schuss. Der jüngere Polizist kippte nach vorn. Blut sprühte ihr ins Gesicht und sie hechtete hinter ihr umgekipptes Bett und ging dort in Deckung.

Die nächsten beiden Schüsse trafen den älteren Polizisten und ließen ihn durch den Gang zur Treppe stürzen. Dann ertönte ein weiterer Schuss, diesmal so nah, dass Ning fast das Trommelfell platzte, als die Kugel dem jungen Polizisten durch den Kopf fuhr.

Die aufgewirbelten Federn ließen Ning fast husten. Ingrid sprang mit einer großen Automatikwaffe ins Zimmer.

»Wo hast du die denn her?«, schrie Ning über das Klingeln in ihren Ohren hinweg.

»Die war im Kinderzimmer bei dem Geld und den anderen Sachen, die wir brauchen«, erklärte Ingrid.

Es roch nach Schießpulver und den Exkrementen aus den zerrissenen Eingeweiden des jungen Polizisten. Ning sah zum ersten Mal den Tod aus nächster Nähe, aber was sie am meisten schockierte, war, wie kaltblütig Ingrid geschossen hatte. Der junge Polizist hatte eine Kugel in den Bauch und eine in den Kopf bekommen, während der andere im Gang mit einem Schuss ins Herz und einem durch die Stirn getötet worden war.

»Sie sind tot«, erkannte Ning wie gelähmt vor Schreck.

»Lebend nützen sie uns ja nichts, oder?«, gab Ingrid zurück.

»Wo hast du schießen gelernt?«

»Ich habe dir doch erzählt, dass ich Sanitäter bei der britischen Armee war, bevor ich deinen Vater kennengelernt habe.«

Ning hatte gehört, wie Ingrid über ihren Dienst in der britischen Armee gesprochen hatte, doch sie hatten es immer als einen Scherz abgetan: Es war, wie wenn man herausfindet, dass der dicke Onkel früher Marathonläufer war oder der Polizist in der Familie einmal Autos gestohlen hatte.

»Ich war ein beschissener Soldat und als Sanitäter eine Niete«, erklärte Ingrid. »Aber schießen konnte ich gut.«

Ning folgte ihr durch den Gang ins Kinderzimmer. Sie hatte den Wickeltisch und die Babyspielsachen immer deprimierend gefunden. Ingrid hatte vier Fehlgeburten gehabt, bevor die Fus Ning adoptierten, aber das Kinderzimmer blieb bestehen in der Hoffnung auf ein biologisches Wunder.

Doch jetzt erkannte Ning noch einen anderen Grund, die Wiege zu behalten. Bei der Suche war die Matratze auseinandergerissen worden, aber die Beamten hatten nicht den doppelten Boden entdeckt, der ein verborgenes Fach freigab, als Ingrid die hölzernen Beine abgeschraubt und ihn entfernt hatte.

Neben der Automatikwaffe, die Ingrid eben benutzt hatte, lagen noch eine kleinere Pistole, sechs Munitionsmagazine und ein Haufen Bündel aus in Folie gewickelten Yuan-, Euro-, US-Dollar-Scheinen und Goldbarren.

Das Vorhandensein dieses Verstecks ließ Ning auf einmal anders über ihre Familie denken. Als sie am Morgen aufgewacht war, hatte sie ihren Vater noch für einen schwer arbeitenden Geschäftsmann gehalten. Er war distanziert und gelegentlich ein wenig furchterregend, aber auf keinen Fall jemand, der Geld und Waffen in einem Kinderzimmer versteckte.

»Sag mir jetzt, was hier los ist«, rief Ning. »Ich will es sofort wissen!«

Ingrid sah sie gequält an.

»Bei meinem Leben, Liebes, ich werde es dir erzählen, aber wir können nicht hierbleiben.«

Sie nahm einen Rollkoffer aus einem der Schränke und steckte Geld und Munition hinein.

»In meinem Schrank ist ein rotes Erste-Hilfe-Set«, sagte Ingrid. »Hol es, dann wasch dir das Blut aus dem Gesicht. Aber beeil dich!«

Ning gehorchte. Ihr wurde übel, während sie ein Handtuch anfeuchtete und sich damit säuberte. Zittrig zog sie das Trikot aus und schlüpfte in Jeans, Kapuzenshirt und Turnschuhe.

Sie traf sich mit Ingrid an der Tür zum Hauswirtschaftsraum und nahm an, dass sie zum BMW zurückgehen würden.

»Es ist reine Zeitverschwendung, wieder so weit zu laufen«, meinte Ingrid. »Sie brauchen eine Weile, bevor sie merken, was hier passiert ist. Wir fahren mit dem Polizeiwagen in die Stadt zurück. Da wir gegen den Feierabendverkehr fahren, werden wir nicht allzu lange brauchen.«

»Und dann?«, fragte Ning und setzte sich neben Ingrid auf den Beifahrersitz.

Als sie sich angeschnallt hatten und losfuhren, gab Ingrid Ning ihr Handy.

»Ruf Wei an und sag ihm, dass ich das Geld habe«, befahl sie.

Die Villa hatte eine lange Auffahrt, und die Tore an ihrem Ende öffneten sich automatisch, als sich das Auto ihnen näherte. Nings Herz klopfte ohrenbetäubend, aber das Klingeln von dem Knall hatte aufgehört, und sie fasste etwas Mut, als sie erfuhr, dass Wei an ihrem Fluchtplan beteiligt war. Er war vernünftiger und weniger impulsiv als Ingrid.

»Ning, bist du das?«, fragte Wei freundlich, nachdem er sich gemeldet hatte. »Wie geht es dir?«

»Nicht sehr gut«, gestand Ning.

Der Wagen stotterte, und fast hätte Ingrid ihn abgewürgt, weil sie anstatt in den dritten in den fünften Gang schaltete.

»Verdammte Kiste!«, schrie sie.

»Was ist los?«, fragte Wei.

»Ingrid hat mich gebeten, Sie anzurufen und zu sagen, dass sie das Geld hat«, erklärte Ning und bemühte sich, ihre Stimme nicht zittern zu lassen.

»Gut«, antwortete Wei. »Ich habe für euch ein Zimmer im Pink Bird Motel gebucht. Es ist zwar schäbig, aber abgelegen und jeder Taxifahrer kennt den Weg dorthin. Ihr seid unter dem Namen Gong eingebucht und das Zimmer wurde im Voraus bar bezahlt.«

»Pink Bird, Name Gong, verstanden«, wiederholte Ning.

»Geht nicht zur Rezeption. Es ist Zimmer 205 im zweiten Stock. Die Tür ist offen und der Schlüssel liegt in einem Handtuch im Badezimmer. Es ist besser, wenn ihr möglichst unsichtbar bleibt, aber ihr müsst ja auch etwas essen. Es gibt keinen Zimmerservice, aber auf der anderen Seite des Parkplatzes sind ein Supermarkt und ein paar Cafés. Innerhalb der nächsten achtundvierzig Stunden wird jemand mit euch Kontakt aufnehmen.«

»Kommen Sie uns besuchen?«, fragte Ning.

»Das geht nicht«, erklärte Wei entschlossen. »Ingrid versteht das und du solltest das auch. Ihr müsst jeden unnötigen Kontakt vermeiden. Das schließt auch Anrufe bei Schulfreunden oder dem Jungen, auf den du stehst, ein. Die Polizei kann eure Position anhand eures Telefonsignals orten. Also seht zu, dass ihr eure Telefone sofort nach diesem Anruf loswerdet.«

»Na gut«, sagte Ning traurig. »Dann sehen wir Sie vielleicht nie wieder.«

»Nie ist eine lange Zeit«, gab Wei zurück. »Aber jedenfalls nicht so bald.«

Ning legte auf und gab die Hoteldaten an Ingrid weiter, die mit der Gangschaltung kämpfte, als sie die Auffahrt zur Autobahn erreichten.

»Wir fahren mit dem Auto in die Stadt und nehmen von dort ein Taxi«, sagte sie zu Ning. »Vielleicht sogar mehrere Taxen, um sie von unserer Spur abzubringen. Wo ist dein Telefon?«

»In meinem Stiefel an der GS18.«

»Gut so«, fand Ingrid und nahm Ning ihr eigenes Telefon weg.

Sie drückte auf den Knopf, um ihr Fenster zu öffnen, und warf das Telefon in den überwucherten Mittelstreifen der Autobahn.

»Zeit, zu verschwinden«, meinte sie.

10

Amy hatte Dr. D. mühsam überreden müssen, Gillian Kitsells Haus durch einen CHERUB-Agenten infiltrieren zu lassen, und ihre neue Karriere bei der TFU hing vom Erfolg dieser Mission ab. Sie war zu professionell, um Ryan merken zu lassen, dass sie Angst hatte, aber sie wollte, dass er in Topform war, und verwöhnte ihn mit einem wunderbaren Frühstück mit Rührei, knusprigem Schinken und Pilzen.

Dass Ryan am Abend zuvor den schweren Sack bearbeitet hatte, rächte sich jetzt mit steifen Fingerknöcheln und einer blau gehauenen Zehe. Allerdings war er zu stolz, um es zuzugeben, und eigentlich war er sogar ganz guter Laune, denn Amys Plan gab ihm ein wenig Hoffnung.

Ryan war in der Twin-Lakes-Mittelschule in der siebten Klasse eingeschrieben. Santa Cruz hatte einen guten Ruf, was staatliche Schulen betraf, daher gingen selbst reiche Kinder wie Ethan Kitsell auf die normalen Schulen.

Damit ihr Plan funktionierte, musste Ryan zu spät zum Sportunterricht in der dritten Stunde erscheinen. Er nahm nicht den Schulbus, sondern ließ sich eine Stunde später von Amy in einem Mercedes SL zur Schule fahren. Die Sonne schien, das Verdeck war heruntergelassen und aus der Stereoanlage erscholl Musik – es war eine perfekte Kalifornien-Szene.

»Hast du alles, was du brauchst?«, fragte Amy, als Ryan aus dem Mercedes ausstieg.

»Dreimal überprüft«, erwiderte Ryan.

»Gut«, meinte Amy. »Ich will dir ja keinen Druck machen, aber ich war die halbe Nacht auf, um an diesen Hauptschlüssel zu kommen, also wäre ich durchaus motiviert, dir in den Hintern zu treten, falls du versagst.«

Ryan wusste, dass sie nur scherzte, und zeigte ihr den Finger, dann knallte er die Wagentür zu und ging die Treppe zum Verwaltungsblock hinauf.

Es ertönte gerade das Signal zum Beginn der dritten Stunde, als er eine Entschuldigung einreichte, die erklärte, dass er zu spät kam, weil es bei ihnen zu Hause einen kleinen Einbruch gegeben hatte.

»Hoffentlich haben sie nichts Wertvolles gestohlen«, meinte die ältliche Schulsekretärin.

»Mein Dad hat sie verjagt«, erzählte Ryan und stemmte die Ellbogen auf den Tresen. »Sie haben nicht viel erwischt, aber wir mussten Ewigkeiten auf die Polizei warten, und die wollten uns dann alle befragen.«

Die Sekretärin rollte ihren Stuhl zum Tresen.

»Bist du Engländer?«, wollte sie wissen und knallte Ryan eine lila Gang-Erlaubnis vor die Nase.

»Ja«, antwortete Ryan. »Mein Dad ist wegen eines Jobs hierhergezogen.«

»Mein Bruder war da drüben stationiert. USAF-Raketenbasis, damals in den Achtzigerjahren.«

»Cool«, sagte Ryan uninteressiert. »Das hier zeige ich Mr Oldfield, wenn ich zur Sporthalle komme?«

Die Sekretärin sah auf ihre Uhr. »Wenn du dich beeilst, verpasst du nur ein paar Minuten.«

Doch Ryan hatte im leeren Umkleideraum etwas zu tun, daher versteckte er sich eine Weile auf der Toilette, überquerte dann den sonnigen Hof und betrat das neue Gebäude.

Seine Turnschuhe quietschten auf den abgetretenen Fliesen, als er den verlassenen Gang entlanglief. Vor dem Umkleideraum der Jungen blieb er stehen und tat, als würde er einen Schluck Wasser aus dem Trinkbrunnen nehmen.

Wenn die Jungen sich umzogen, machten sie normalerweise eine Menge Lärm, aber da es ruhig war, ging er davon aus, dass sie schon in der Sporthalle waren. Dummerweise hatte Mr Oldfield die äußere Tür zur Umkleide abgeschlossen, daher musste Ryan in die Sporthalle gehen und drei Mädchenklassen ausweichen, die mit dem Basketball übten, während die Jungen aus der Siebten um das Feld herumliefen, abgesehen von Yannis, der in normaler Kleidung am Rand saß und bestimmt zum siebenhundertsten Mal die Ausrede mit dem Asthmaanfall gebracht hatte.

Mr Oldfield war kahl und trug einen Schnurrbart. Die Notiz, dass enge Sporthosen völlig out waren, hatte er offenbar nicht bekommen, daher sah er immer aus, als käme er geradewegs von einer Schwulenparade.

»Gang-Erlaubnis«, verlangte Oldfield und riss sie Ryan aus der Hand. Dann sah er auf die Uhr. »Hier steht 10.48 Uhr. Wo warst du die letzten elf Minuten, mein Junge?«

»Ich musste ganz vom Verwaltungsgebäude hierherlaufen, Sir.«

Oldfield schnalzte ärgerlich mit der Zunge.

»Du meinst wohl, wenn du trödelst, musst du nicht mitmachen, was?«, vermutete er und deutete durch die Sporthalle auf die innere Tür zur Umkleide. »Da hast du dich aber verrechnet. Und ich will, dass du in vier Minuten hier draußen bist, sonst sehen wir uns Montag nach der Schule zum Nachsitzen wieder.«

»Ja, Sir«, antwortete Ryan widerwillig.

Damit sein Plan funktionierte, musste Ryan in den Umkleideraum, aber er tat beleidigt, als er durch die Halle trottete. Er hatte seit seiner Ankunft wenig Begeisterung für den Sportunterricht gezeigt, da es ihm kaum Pluspunkte bei einem Streber wie Ethan bringen würde, den Sportfreak heraushängen zu lassen.

Während Oldfield die Jungen für die nächste Übung aufstellte, traf Ryan der Geruch der Jungen. Der Umkleideraum war für einen ganzen Jahrgang von hundertfünfzig Jungen ausgelegt. Es gab einen schicken Mittelbereich mit Tafeln und in Hufeisenform aufgestellten gepolsterten Bänken, wo die Trainer Diagramme zeichnen und vor einem großen Spiel den Teamgeist anfeuern konnten. Auf einer Seite lagen die Büros der Trainer und die Duschen, im übrigen Teil standen vom Mittelteil ausgehend Reihen von Holzbänken und Schließfächern.

Da in der Sporthalle nur vierzig Jungen waren, standen die meisten Schließfächer leer. Die Cliquen der siebten Klasse hatten alle feste Plätze. Ethan war nicht stolz auf seinen Körper und zog sich daher am äußersten Ende zusammen mit Yannis und ein paar anderen Nobodys um.

Ryans Plan war leicht zu erklären, aber schwierig durchzuführen. Er musste dafür sorgen, dass einer der Schulschläger wütend auf Ethan wurde, um dann eingreifen zu können und Ethan zu retten, bevor er verprügelt wurde. Die Schwierigkeiten bei diesem Plan bestanden darin, dass niemand wissen durfte, dass Ryan für den Ärger verantwortlich war und dass es in seiner Klasse eigentlich keine Schläger gab.

Es gab ein paar taffe Kids, aber die Twin-Lakes-Mittelschule lag in einer grundsoliden Nachbarschaft, wo die Siebtklässler für gewöhnlich nicht mit Messern aufeinander losgingen oder Strebern den Kopf ins Klo steckten.

Die einzige Quelle für Spannungen an der Schule war,

soweit Ryan es mitbekommen hatte, die Rasse. Von den vierzehn Jungen in der Klasse 7G waren neun weiß, einer kam aus Indien und die anderen vier waren Latinos. Von den Weißen waren die meisten reich. Sie wohnten in den teuren Vierteln am Strand und blieben meist unter sich. Die Latinos waren fast alle ärmer. Viele ihrer Eltern hatten untergeordnete Jobs in Restaurants, an Tankstellen oder sogar als Hausmädchen oder Diener in den reichen Familien.

In Ryans und Ethans Klasse gab es keinen Schläger, aber immerhin einen Jungen, der grob und jähzornig war. Guillermo war untersetzt, zehn Zentimeter größer als Ryan und nicht allzu helle. In den drei Wochen, die Ryan nun an der Twin-Lakes-Schule war, hatte er gesehen, wie Guillermo aus dem Klassenzimmer gestürmt war, auf die Schließfächer eingehämmert und einen Wutanfall bekommen hatte, als er einmal seine Hausaufgabe nicht finden konnte.

Ryans erste Aufgabe war es, Guillermos Schließfach zu finden. Er zog sich immer zusammen mit den anderen Latinos in der Reihe um, die am weitesten vom Trainerbüro entfernt lag. Nachdem Ryan in der Toilette und der Dusche nachgesehen hatte, ob er allein war, ging er dorthin, stellte seinen Rucksack auf die Bank und öffnete den Reißverschluss, um eine Werkzeugkiste mit durchsichtigem Deckel herauszunehmen. Sie hatte dreißig kleine Fächer, in denen jeweils mehrere Schlüssel lagen.

CHERUB-Agenten lernen, wie man Schlösser knackt, aber es dauert lange, und Ryan würde mehrere Fächer öffnen müssen, um Guillermos Sachen zu finden. Glücklicherweise sind die Schließfachschlösser nur zum Schutz vor Gelegenheitsdieben konstruiert. Es gibt immer Hauptschlüssel, damit Trainer, Schwimmlehrer oder sonst jemand einen verlorenen Schlüssel ersetzen können. Nach einem Gespräch mit dem FBI-Büro in San Francisco hatte Amy einen Satz Hauptschüssel für die gängigsten Schließfacharten bekommen.

Den Logos auf der Vorderseite entnahm Ryan, dass die Schließfächer von Nova hergestellt worden waren. Die Hauptschlüssel in seiner Kiste waren den Herstellernamen nach alphabetisch sortiert und beschriftet. Für Nova fand Ryan acht Schlüssel. Vier davon hatten eindeutig die falsche Form, zwei sahen kompliziert aus und trugen die Aufschriften »Luxus« und »Golf«, was nicht zu passen schien. Die beiden letzten waren fast identisch und waren als »Nova Standard A&B« bezeichnet.

Ryan nahm den A-Schlüssel und öffnete die ersten beiden Schließfächer, in der Hoffnung, auf Kleidung in Guillermo-Größe zu stoßen und seinen markanten orangen Rucksack zu finden. Für das dritte Schließfach brauchte er den B-Schlüssel. Darin befanden sich die Telefone und Brieftaschen von drei Jungen, die ihre Kleidung und Büchertaschen seltsamerweise auf der Bank stehen gelassen hatten.

Nachdem er festgestellt hatte, dass die Sachen an den Haken nicht die von Guillermo waren, machte Ryan zwei weitere Schließfächer auf und stieg dann über die Bank, um es auf der anderen Seite zu versuchen. Dort traf er gleich beim ersten Versuch auf Gold: der grün-orange Rucksack lag darin und darauf Guillermos Shorts, sein Basketballhemd und das Kapuzenshirt.

Doch in diesem Moment kam jemand in den Umkleideraum. Es war Shawn, ein Farbiger, der nicht in Ryans Klasse ging. Ryan hatte erst einmal mit ihm gesprochen, als sie bei einem Staffellauf zu Beginn der Woche im gleichen Team gelaufen waren.

»Oldfield ist heute echt mit dem falschen Fuß aufgestanden«, beschwerte sich Shawn, riss sich sein graues T-Shirt vom Leib und enthüllte leicht verschwitzte, gut ausgeprägte Muskeln. »Das T-Shirt habe ich bestimmt schon zwanzigmal im Sportunterricht getragen, und ausgerechnet heute kommt er damit an, dass ich das richtige Hemd mit dem Twin-Lakes-Logo anziehen soll.«

Ryan versuchte, unbeteiligt dreinzusehen, obwohl er wusste, dass es seltsam aussehen musste, dass er im falschen Teil des Umkleideraumes vor einem offenen Schließfach hockte.

»Du bist neu, stimmt's?«, fragte Shawn und verschwand in einer anderen Schließfachreihe. »Wenn ich du wäre, würde ich meine Sachen hier drüben einschließen, es sei denn, du willst von ein paar Tacofressern mit einem nassen Handtuch geschlagen werden.«

»Hast recht«, stimmte Ryan zu. »Danke für den Tipp.«

Shawns Schließfach knallte zu und er kam in seinem richtigen Sporthemd wieder zum Vorschein und knurrte etwas von Mr Oldfields sexueller Vorliebe für seine eigene Mutter vor sich hin. Ryan wartete ein paar Sekunden ab und wandte sich dann wieder Guillermos Schließfach zu.

Als er eine mit Pizzasoße bekleckerte Shorts durchsuchte, rutschten Guillermos Handy und Schlüssel aus der Tasche, prallten vom Schließfach ab und landeten hart auf dem Fliesenboden. Das Handy war ein Nokia-Ziegel aus der Steinzeit, mit Textmarker beschmiert und mit Smileys aus Nagellack verziert.

Ryan beschloss, dass er die Schlüssel auf dem Boden vor Guillermos Schließfach liegen lassen sollte. Dann schloss er die Metalltür, nahm seinen Rucksack und ging zu dem Bereich hinüber, in dem sich Ethan und Yannis normalerweise umzogen.

Bei Ethan war es einfacher, denn er benutzte immer dasselbe Schließfach. Doch Ryan musste kräftig am Hauptschlüssel B rütteln, bis es aufging.

Plötzlich zuckte er zusammen, weil er Mr Oldfield von

der offenen Tür zur Sporthalle schreien hörte: »Ryan Brasker, wenn du nicht in einer Minute hier draußen bist, lasse ich dich nachsitzen!«

Ryan fuhr vor Schreck zusammen und verschwendete wertvolle Sekunden. Sobald er sicher war, dass Mr Oldfield weg war, stellte Ryan Guillermos Telefon von Vibrationsalarm auf den lautesten Klingelton und griff dann in Ethans Schließfach.

Ethans Rucksack war voll mit Büchern, Sandwiches und einem Stapel Ausdrucke einer Internet-Schachseite. Ryan steckte die Hand in den Rucksack, legte Guillermos Nokia zwischen Bleistiftstummel und längst vergessene Schokoriegel und knallte die Tür zu.

Der wichtigste Teil seiner Operation war zwar gelaufen, aber Ryan hatte keine Lust auf Nachsitzen. Er war darauf vorbereitet, sich schnell umziehen zu müssen, und trug sein Twin-Lakes-Sporthemd unter dem offenen Hemd, und als er die weiten Cargohosen abstreifte und über die Turnschuhe zog, kamen seine grünen Schulsporthosen zum Vorschein.

Ryan ging weiter in den Raum und steckte seine eigene Tasche in ein Fach ein paar Schritte von dem von Guillermo entfernt. Das Gummiband mit dem Schlüssel streifte er sich über das Handgelenk und lief hinaus. Mr Oldfield wartete am Ausgang auf ihn, während in der Halle Jungen an Seilen zur Decke emporkletterten.

»Mit dir stimmt doch was nicht, Brasker«, stellte Oldfield fest.

Ryan fragte sich, ob Shawn Verdacht geschöpft und ihn verpetzt hatte.

»Ich weiß nicht, wovon Sie reden«, antwortete er misstrauisch.

»Du hast Muskeln«, sagte Oldfield und neigte sich zu ihm. »Hast du schon mal gerungen?«

»Nein, Sir«, antwortete Ryan.

»Du bist gebaut wie jemand, der ringen oder Ball spielen kann. Aber deine Einstellung ist Mist.«

Ryan antwortete nicht.

»Nicht wahr?«, wiederholte Oldfield laut genug, dass die Jungen an den Seilen sich zu ihnen umsahen.

»Wie Sie meinen, Sir«, sagte Ryan.

»Zwanzig Runden, dann machst du bei den anderen mit. Und jetzt los!«

Ryan unterdrückte ein Lächeln, als er zu laufen begann. Zwanzig Runden um eine kleine Turnhalle waren nichts, und auch wenn es knapp gewesen war, war der erste Teil seines Plans doch gut ausgeführt worden.

11

Zehn Minuten vor dem Läuten zur Mittagspause strömten drei Klassen Siebtklässler in den Umkleideraum. Ein paar gingen duschen, doch den meisten reichten ein Spritzer Deo und ein frisches T-Shirt.

Die sechs Latino-Jungen im hinteren Teil gehörten alle zur Nicht-Duscher-Gruppe. Ryan stand ein paar Meter weiter und rieb sich mit seinem zusammengeknüllten Sporthemd über die verschwitzte Brust.

Gleich als er zu seinem Schließfach kam, sah Guillermo seine Schlüssel auf dem Fußboden davor liegen. Wie Ryan gehofft hatte, bemerkte er, dass sein Telefon fehlte, als er sie wieder in die Shortstasche steckte.

Obwohl viele Jungen herumschrien und die Schließfachtüren knallten, konnte man Guillermos wutentbrannten Schrei hören: »Wer von euch Schwanzlutschern hat mein Telefon?«

Niemand beachtete ihn. Guillermo nahm alles aus seinem Schließfach, um sicherzugehen, dass es nicht nach hinten gerutscht war, sah sich dann nach allen Seiten um und bückte sich, um unter die Holzbank zu sehen.

»Hast du es vielleicht in den Rucksack gesteckt?«, fragte ihn ein magerer Junge.

Guillermo baute sich vor ihm auf und sagte aggressiv: »Ich habe mein Handy nicht im Rucksack, es gehört zusammen mit meinen Schlüsseln in die Hosentasche.«

Der Junge war nur halb so groß wie Guillermo und

trat mit erhobenen Händen zurück. »Ich will ja nur helfen.«

»Wenn sich da jemand einen Witz erlaubt, sollte er jetzt lieber aufhören!«, schrie Guillermo.

Obwohl er behauptet hatte, das Telefon könne nicht in seinem Rucksack sein, machte er alle Reißverschlüsse auf und räumte ihn sicherheitshalber aus. Als er fertig war, war er hochrot im Gesicht, und seine Bewegungen waren eckig, als würde er gleich explodieren.

»Wenn mich einer von euch reinlegen will, Mann«, warnte er wütend. Dann schrie er wieder los: »Wer hat mein verdammtes Telefon?«

Ryan war mittlerweile angezogen und wurde nervös. Gleich würde es läuten. Die Jungen, die bereits umgezogen waren, würden zum Ausgang strömen, und wenn Ethan Guillermos Telefon hinaustrug, bevor jemand versuchte, es anzurufen, war sein schöner Plan im Eimer.

Es hätte verdächtig ausgesehen, wenn Ryan vorgeschlagen hätte, dass jemand Guillermos Telefon anrief, aber er war so verzweifelt, dass er es fast getan hätte, als schließlich ein Junge namens Sal mit seinem eigenen Handy auf Guillermo zutrat.

»Keine Panik, Bruder«, sagte Sal zu Guillermo. »Wie ist deine Nummer? Ich rufe es an.«

Guillermo sah noch wütender drein als vorher. Aber Sal war einer der größten Jungen in der siebten Klasse, daher fuhr er ihn nicht an.

»Es ist auf Vibrationsalarm gestellt«, sagte er nur.

»Aber vielleicht hört man es trotzdem«, meinte Sal. »Kann ja nicht schaden, oder? Wie ist deine Nummer?«

Der Klingelton war zwar durch den Lärm der vierzig aufgedrehten Jungen kaum zu hören, aber es reichte aus, dass Sal und Guillermo losschossen.

Ryan täuschte Desinteresse vor, als die beiden sich durch die Menge drängten und durch den Raum stapften, bis sie vor dem verdutzten Ethan standen, der in seiner Tasche nach dem klingelnden Telefon suchte.

Guillermo packte Ethan am Genick seines Kapuzenshirts und stieß ihn heftig gegen ein Schließfach.

»Was machst du mit meinem Telefon, du Scheißkerl?«, brüllte er. »Gefällt dir dein Gesicht nicht mit Zähnen?«

Alle hatten sich dem Tumult zugewandt, und Ryan sah zu, dass er dicht genug war, um eingreifen zu können. Ethan machte sich fast in die Hosen vor Angst, und Yannis hatte sich in eine Ecke zurückgezogen und tat so, als kenne er Ethan überhaupt nicht.

»Ich habe dein Telefon nicht gestohlen«, behauptete Ethan und kramte in seiner Tasche.

»Und warum hast du es dann, du mickriges Stück Scheiße?«

Guillermo stieß Ethan erneut gegen das Schließfach und hielt das graffitibeschmierte Telefon hoch. Ryan machte sich bereit, doch noch bevor er dazu kam, packte Sal Guillermo am Arm.

»Der kleine Mickerling hat dein Telefon nicht geklaut«, erklärte Sal.

Guillermo sah ihn finster an.

»Warum hat er es dann?«

»Du hast doch gesagt, es sei stumm geschaltet«, erklärte Sal. »Aber es hat losgeplärrt wie eine Autohupe. Jemand hat ihm das Ding in die Tasche gesteckt. Jemand, der Ärger machen will.«

Guillermos nicht allzu gut entwickeltes Gehirn brauchte ein paar Sekunden, um diese Information zu verarbeiten und festzustellen, dass Sal recht hatte. Die Spannung wich von den Jungen, doch Ryan war unzufrieden, weil sein Plan den Bach hinunterging.

Da die Androhung von Gewalt nicht länger bestand, begann Yannis wieder das Ekelpaket zu spielen.

»Wer soll auch schon so ein Misttelefon wie das

klauen?«, fragte er. »Da habe ich ja schon mit acht ein besseres gehabt.«

Doch Yannis hatte sich verrechnet. Guillermo hatte zwar sein Telefon wieder, aber er war immer noch wütend und fürchtete, dass ihm jemand einen Streich gespielt hatte.

»Was sagst du?«, schrie er ihn an. »Willst du rausfinden, ob du mein Telefon immer noch runtermachst, wenn ich es dir in den fetten Arsch stecke?«

Yannis erschrak, doch Sals Reaktion war eine weitere Überraschung. Ryan wusste nicht, ob Sal nur empfindlich darauf reagierte, wenn jemand darüber sprach, dass Latinokinder arm waren, oder ob er mit Yannis schon früher Streit gehabt hatte, jedenfalls schaltete er von Friedenstaube auf Angreifer und verpasste Yannis einen heftigen Schlag ins Gesicht.

Entsetzte Ohhs und fieses Gelächter erklangen.

»Schlag den Fettsack zusammen!«, rief einer der Latinos.

»Wir können nicht alle so reich sein wie du«, erklärte Sal Yannis und stieß ihm den Finger in den Bauch. »Also halt lieber das Maul!«

Ryan erkannte, dass sein Rettungsplan wieder angelaufen war. Sal und Guillermo waren zwar größer als er, aber er glaubte, dass er beide besiegen konnte, wenn er schnell war und den einen mit einem Schlag ausschaltete. Doch bevor er die Gelegenheit dazu bekam, drängten sich drei andere Latinos an ihm vorbei.

»Habt ihr das gehört?«, rief Sal und sah sich zu seinen Kumpeln um. »Der Kerl hat uns alle beleidigt!«

»Rassist!«, brüllte jemand. »Zu behaupten, wir wären alle arm!«

»Ich habe gar nichts gesagt«, verwahrte sich Yannis. »Es ist nur … es ist ein altes Telefon, warum sollte Ethan so etwas stehlen?«

Sal hob erneut die Hand, um zuzuschlagen, denn offenbar reizte es ihn, wie sich Yannis in die Ecke drückte.

»Ich wette, du schmeckst wie Brathähnchen, was, Fettsack?«

Ethan hätte sich zurückziehen können, denn Sal und Guillermo konzentrierten sich auf Yannis. Doch obwohl dieser ihn eben noch im Stich gelassen hatte, stand er seinem Freund bei.

»Ich habe Lunch-Gutscheine«, stieß er hervor. »Ihr könnt sie haben, lasst uns nur zufrieden.«

Sal wandte sich wütend an ihn.

»Hältst du mich für einen Sozialfall, oder was? Glaubst du, dein Freund kann mich beleidigen und du beruhigst mich mit einem Zwei-Dollar-Gutschein?«

Neben Sal und Guillermo blockierten jetzt noch vier weitere Latinos Ethan und Yannis den Weg nach draußen. Ryan sah keine große Chance gegen sechs und fühlte sich schuldig, als Sal Ethan in den Magen schlug.

»Guter Schlag!«, rief einer der Latinos, während sich Ethan vor Schmerz zusammenkrümmte. »Mach ihn fertig, Sal!«

Die Mittagsglocke rettete Ethan und Yannis. Ein guter Platz in der Schlange war eines der wenigen Dinge, die die Kids mehr schätzten als einen guten Kampf, und schon drängelten sie sich wild mit ihren Rucksäcken durch die Tür.

»Ruhig!«, befahl Mr Orchard, der aus seinem Büro trat, um den Mob zu besänftigen. »Lowell, hör auf zu drängeln!«

Als er sich wieder umdrehte, fiel sein Blick auf die Szene mit Ethan und Yannis.

»Was ist da los?«, wollte er wissen. »Es ist Mittagspause. Raus aus meinem Umkleideraum, aber sofort!«

Als die Jungen auseinanderliefen, zischte Sal Ethan zu: »Wir sehen euch nach der Schule!«

»He!«, rief Mr Orchard und schnappte sich Sal. »Du wurdest dieses Jahr schon zweimal verwarnt. Würdest du mir mal erklären, was hier los ist?«

»Nur eine freundliche Unterhaltung«, antwortete Sal achselzuckend.

»Ich hab dich im Auge«, warnte ihn Mr Orchard. »Und jetzt raus hier!«

Es waren nur noch fünf Jungen im Umkleideraum, und Ryan konnte nicht länger bleiben, ohne dass es verdächtig gewirkt hätte. Er wartete am Ausgang und tat, als suche er etwas in seinem Rucksack. Dabei hatte er ein ungutes Gefühl wegen der Situation, die er geschaffen hatte. Er hatte Ethan mit seinen Karatekünsten vor Guillermo retten wollen, und es wäre eine Ein-Minuten-Aktion gewesen, aber jetzt bestand die Gefahr, dass die Sache viel ernster wurde.

Mr Orchard behielt Ethan und Yannis zurück, doch Ryan hörte nicht, was gesprochen wurde. Yannis kam zuerst aus dem Umkleideraum. Ethan lief hinter ihm, hielt sich den Bauch und hatte Ringe unter den Augen, als wolle er gleich anfangen zu heulen.

Die meisten anderen Kinder waren zum Mittagessen in die Cafeteria gelaufen, die am anderen Ende des Gebäudes lag, daher waren die Gänge leer genug, dass Ryan ein paar Meter hinter ihnen laufen und hören konnte, was sie sagten.

»Du hättest deine dumme Klappe halten sollen«, zischte Ethan Yannis zornig zu. »Es war vorbei. Sie wären gegangen.«

»Na, du hast ihnen Gutscheine angeboten. Das hat auch nicht gerade geholfen«, verteidigte sich Yannis.

»Ich musste improvisieren. Es war alles, was mir einfiel, um dich zu retten.«

»Ich wäre schon mit ihnen fertiggeworden«, behauptete Yannis.

»Ja, das habe ich gesehen. Du warst weich wie Wackelpudding!«

»Glaubst du wirklich, sie lauern uns nach der Schule auf?«

Ethan zuckte mit den Achseln. »Sal ist jähzornig, aber vielleicht wollten sie uns nur einschüchtern. Ich würde sagen, wir bleiben die Mittagspause über im Schachraum. Und nach der letzten Stunde rennen wir gleich los und in den Bus und setzen uns vorne in die Nähe des Fahrers. Wenn wir Glück haben, haben sie es am Montag vergessen.«

»Mein Dad hat eine Knarre«, brüstete sich Yannis. »Wenn sie uns irgendwas tun, bringe ich sie mit und knalle sie ab.«

»Sei kein Blödmann. Du redest nur Mist.«

»Ich mach das«, behauptete Yannis.

»Ja«, höhnte Ethan. »Du bringst eine Waffe mit in die Schule und löst all unsere Probleme mit einer guten alten Schießerei.«

»Dann glaub mir eben nicht.« Yannis klang noch jämmerlicher als sonst. Ethan wandte sich zur Treppe.

»Hast du überhaupt schon mal eine Waffe abgefeuert?«, fragte Ethan. »Und da dein Dad kein US-Bürger ist, *darf* er gar keine Waffe haben.«

»Wo gehst du hin?«, fragte Yannis und ignorierte Ethans Spott über seine Rachefantasien.

»Erster Stock, Schachraum.«

»Ich muss was essen«, behauptete Yannis.

»Ich habe etwas mit«, erwiderte Ethan. »Sal und die anderen Jungen werden in der Cafeteria sein. Wenn du das riskieren willst, musst du es schon allein tun.«

»Ich verhungere!«, protestierte Yannis. »Freitags gibt es Burger mit Fritten!«

»Deine Speckschicht wird dich schon noch bis halb vier durchhalten lassen«, meinte Ethan, der sich immer

noch den Bauch hielt, während er die Treppe hinaufging. »Wenn du willst, kannst du eines meiner Sandwiches haben.«

Ryan war nicht im Schachclub, daher konnte er Ethan
und Yannis nicht dorthin folgen. Als ihre Stimmen ver-
klangen, fühlte er sich fast genauso mies wie nach ihrem
Treffen am Strand am Abend zuvor.

12

Während Ryan beim Mittagessen saß, ging an diesem Samstagmorgen gerade die Sonne über Dandong auf. Ning hatte kaum geschlafen. Sie erwachte in einem Doppelbett im Pink Bird Motel. Es war nach fünf Uhr morgens und sie musste wegen eines nervösen Durchfalls schnell auf die Toilette rennen. Obwohl es nicht kalt war, konnte sie nicht aufhören zu schaudern und musste die Fäuste unter die Arme klemmen, damit sie nicht so zitterten.

Alles schien falsch. Ingrid hatte ihr eine Erklärung versprochen, aber nur wenig darüber gesagt, was ihr Stiefvater eigentlich getan hatte und warum sie das Land verlassen mussten. Sie hatte einen Liter Wodka getrunken, bis sie einschlief, und schnarchte seitdem.

Ning sah ständig die beiden toten Polizisten vor sich. Als sie die Augen schloss, stellte sie sich vor, wie ihr Stiefvater vernommen wurde oder wie er vor einer Mauer kniete und die Exekution erwartete. So sehr Ning auch ihren Unterricht und die prüfungsgeilen Mitschüler gehasst hatte, sehnte sie sich jetzt doch nach der Sicherheit ihres alten Lebens zurück. Sie hatte das Gefühl, in einen abgrundtiefen Brunnen zu fallen, in dem sie nach den Wänden griff und doch keinen Halt fand.

Das Pink Bird war erst kürzlich an einem noch nicht eröffneten Teil der Autobahn errichtet worden. Die Zimmer waren geräumig, aber karg, an den Wänden hingen gerahmte Bilder von Cadillacs. Es war ein Billighotel für Geschäftsreisende, Verwandte auf Besuch und Liebesabenteurer, die stundenweise zahlten. Jedes Zimmer ging auf einen großen Parkplatz hinaus, auf dessen gegenüberliegender Seite eine Reihe von Läden mit Flachdächern lagen.

Ning war Ingrids Geschnarche und ihr Eau de Alcohol leid. Sie zog sich ihre Turnschuhe an, nahm den Zimmerschlüssel und schlich sich hinaus. Dann lief sie die Treppe am Ende des Balkons hinunter und über den Parkplatz. Es standen weniger als dreißig Wagen auf dem für hundert Autos ausgelegten Gelände. So würde es wahrscheinlich auch bleiben, bis die Autobahn eröffnet wurde.

Der stille graue Platz und der orangefarbene Himmel ließen Ning ein wenig zur Ruhe kommen. Um diese Jahreszeit konnte es sehr heiß werden, aber die Sonne war noch nicht aufgegangen und es herrschte ein frischer Wind. Ohne sich dessen bewusst zu sein, stand sie schließlich vor den Läden. Das einzige Geschäft, das aufhatte, war ein kleiner Supermarkt, der rund um die Uhr geöffnet hatte.

Dieser Teil der Stadt war vor zwei Jahren vermutlich noch ein Feld gewesen. Der kleine Laden hatte noch keine Zeit gehabt, zu verfallen. Das Glas in den Automatiktüren glänzte, es gab keine klebrigen Ablagerungen am Boden der Kühltruhen und keine toten Fliegen in den Lampen.

Ning konnte sich nicht daran erinnern, dass sie Geld mitgenommen hatte, aber in ihrer Hosentasche fand sie einige Münzen und ein paar Scheine. Aus reiner Nostalgie ging sie zu den Snacks im hinteren Teil des Ladens. Sie erinnerte sich daran, wie sie im Alter von vier oder fünf Jahren bei einem der seltenen Waisenhaus-Ausflüge einmal an einer gerade eröffneten Tankstelle

Colaautomaten, Mikrowellenherde und Regale voller leuchtend gelber Schachteln gesehen hatte.

Mittlerweile war sie alt genug, um zu wissen, dass gute Küche nicht aus der Mikrowelle im hinteren Teil von Supermärkten stammte. Doch die Fünfjährige in ihr liebte die gelben Schachteln immer noch. Fisch in Sauce, süße Hefeklöße, amerikanische Burger und knusprige Ente mit Reis.

Ning steckte eine Burgerschachtel in einen glänzenden Mikrowellenofen. Während sie sich drehte, ließ sie Eiswürfel in einen Becher fallen und füllte ihn mit Sprite auf.

Der Burger kam kochend heiß aus der Mikrowelle und das Fett troff durch die Pappschachtel. Sie machte sie auf, roch daran und überwand ihre Übelkeit, indem sie ein heißes Stück abbiss. Das Fleisch war trocken und das Brötchen pappig, aber wenn man es mit dem Ketchup zusammen aß, war es ganz in Ordnung.

Am Tresen bezahlten gerade ein paar Bauarbeiter in Neonwesten ihre Zigaretten, als Ning mit ihrer Sprite und dem Burger kam. Sie biss noch einmal ab und musste an Ingrid denken, als sie die Schnapsflaschen hinter der Theke sah.

»Bis morgen!«, sagte die Verkäuferin mit starkem koreanischem Akzent zu den Bauarbeitern und wandte sich dann an Ning. »Nur der Burger und ein mittelgroßes Getränk?«

Ning war von den vielen Flaschen abgelenkt gewesen.

»Sorry«, sagte sie. »Ich schlafe noch halb.«

»Erst zahlen, dann essen«, mahnte die Frau, doch ihr Tonfall war eher mütterlich als streng.

Ning nahm ein paar Zwanzig-Yuan-Scheine aus der Hosentasche, erstarrte aber fast vor Schreck, als ihr Blick auf den Tresen fiel. Die Bauarbeiter hatten ihr den Blick auf die Morgenzeitungen versperrt, doch jetzt sah sie einen Stapel des Dandong-Anzeigers mit einem großen Foto ihres Stiefvaters auf der Titelseite und der Überschrift: *Parteiführer gratulieren der Polizei zur Zerschlagung eines Menschenhändlerringes.*

Ning warf den Kopf zurück, als hätte man ihr ein Messer zwischen die Schulterblätter gestoßen. Der Dandong-Anzeiger war eine offizielle Parteizeitung der Kommunisten mit schrecklichen Artikeln über Parteitreffen und offizielle Abkommen. Im Allgemeinen witzelte man darüber, dass die Leute sie nur kauften, weil sie durch die staatliche Subvention billiger war als Toilettenpapier.

Der privat geführte Nordostchina-Star kostete zehnmal so viel und war wesentlich lebendiger gestaltet. Die Titelseite zeigte zwei Fotos ihres Stiefvaters. Eines zeigte ihn bei einer Veranstaltung in dunklem Anzug und mit einem Glas Champagner in der Hand. Das zweite war nach seiner Verhaftung aufgenommen worden. Darauf war sein Gesicht voller Angst und er hielt ein Schild mit der Aufschrift *Fu Chaoxiang J051654* hoch. Die Überschrift lautete lediglich: *Der Sklaventreiber.*

»Mein Dad hätte gerne noch eine Zeitung«, sagte Ning und lächelte schwach, während sie nach beiden Blättern griff.

»Dein Wechselgeld!«, rief ihr die Verkäuferin nach, als Ning zur Tür lief.

Ning steckte die Münzen in die Tasche und rannte hinaus. Die Bauarbeiter standen in der Nähe und tranken Tee aus ihren Thermosbechern. Sie glaubte, dass einer von ihnen sie merkwürdig angesehen hatte, aber das war wohl nur Paranoia.

Neben dem Laden standen einige leere Picknicktische. Ning vergaß Getränk und Burger und begann mit der Titelseite des *Star.*

»Geschäftsmann« Fu Chaoxiang bei Polizeirazzia verhaftet

Achtundzwanzig Verhaftungen, darunter Geschäftspartner, Zollbeamte der Provinz und sechs Mitglieder der kommunistischen Partei. Frauenrechtsgruppen verlangen die Todesstrafe.

Eine vom Nordostchina-Star durchgeführte Untersuchung führte zur Verhaftung des Geschäftsmannes Fu Chaoxiang. Als Inhaber einer beliebten Supermarktkette und renommierte Persönlichkeit in der lokalen Geschäftswelt war Fu besonders auch durch seine Unterstützung des Fußballteams von Dandong bekannt.

Doch während er uns den ehrlichen Menschen vorspielte, finanzierte sich sein extravaganter Lebensstil durch die Machenschaften einer brutalen Schmuggelorganisation. Den offiziellen Dokumenten und den vom Untersuchungsteam des Star zutage geförderten Beweisen nach war Fus Organisation für den Schmuggel von wöchentlich ca. achtzig Frauen und Mädchen über den Fluss Yalu an der Grenze zu Nordkorea verantwortlich. Dazu gehörten Mädchen, die zum Teil erst sieben Jahre alt waren.

Von offizieller Seite aus wird angenommen, dass im Laufe der letzten achtzehn Jahre fünfzigtausend Frauen geschmuggelt wurden, und die Beweise lassen vermuten, dass die eigentliche Zahl sogar im sechsstelligen Bereich liegen könnte. Menschenhandel in diesem Ausmaß kann nur durch die Unterstützung von korrupten Beamten zu beiden Seiten der Grenze möglich gewesen sein.

Die Polizei sagt, dass in den nächsten Tagen weitere Verhaftungen vorgenommen werden, und hat eine Liste von Fus Geschäftspartnern veröffentlicht, die man sucht, um sie zu vernehmen.

Fus Opfer wollten Nordkorea, wo es wenig Arbeit und noch weniger Lebensmittel gibt, verzweifelt verlassen. Viele zahlten Hunderte von Yuan, um nach China geschmuggelt zu werden, wo man ihnen Arbeit in den Fabriken versprach, doch Fus Organisation hatte nur Frauen im Blick, die jung und attraktiv waren.

Einige von Fus Opfern wurden an Verbrecher verkauft und gezwungen, in Bordellen in ganz China als Prostituierte zu arbeiten. Frauen, die sich weigerten, wurden geschlagen, sexuell missbraucht und unter Drogen gesetzt und auf solche Weise gefügig gemacht.

Doch die meisten Opfer des widerwärtigen Sklavenhändlers wurden aus China gebracht und gezwungen, ihre Körper an Männer aus dem Westen oder sogar aus Afrika zu verkaufen. In Städten wie London, Paris oder Los Angeles erzielten Fus Komplizen bis zu eine Million Yuan pro Nordkoreanerin, die sie an Bordelle verkauften.

Bei den abstoßendsten Fällen geht man davon aus, dass reiche Pädophile in den Vereinigten Staaten nordkoreanische Jungen und Mädchen für eine halbe Million Dollar (3,5 Millionen Yuan) gekauft haben. Die Behörden in den USA haben auf der Grundlage von Beweismaterial, das ihnen vom Nordostchina-Star überreicht wurde, bei verschiedenen Personen eine Untersuchung eingeleitet.

Fortsetzung S. 2-3

Mehr über den Sklavenhändler:

Eine Liste der Verhaftungen und der gesuchten Verdächtigen, S. 3

Star-Leitartikel – Fu Chaoxiang muss mit der Todesstrafe rechnen, S. 6

*Eines von Fus Opfern erzählt: Meine vier Jahre in
der Hölle – als Sexsklavin in Amsterdam, S. 4-5*

Ning hatte das Gefühl, als hätte man ihr mit einem Zie-
gelstein ins Gesicht geschlagen. Sie hätte zwar gerne
weitergelesen, aber durch die Tränen in ihren Augen
konnte sie kaum etwas erkennen. Wenn der Artikel
recht hatte, dann war der Mann, der sie auf der Wasser-
rutsche festgehalten hatte, ihr Geschenke gekauft hatte,
der nach Chongqing geflogen war, um sie boxen zu sehen, und geweint hatte, als sie knapp verlor, ein furcht-
barer Verbrecher.

Oben auf der Seite 3 war in großen roten Zahlen die
Hotline der Polizei von Dandong gedruckt. Darunter war
eine Reihe von kleinen Portraitfotos.

*Rufen Sie sofort an, wenn Sie eine dieser Personen se-
hen.*

Die Bilder waren in der Reihenfolge ihrer Bedeutung
sortiert und bei jedem stand ein kurzer Steckbrief. Ganz
oben standen zwei Parteifunktionäre, die als vermisst
gemeldet waren. Ingrid befand sich in der dritten Reihe:
Fus Frau wird zur Vernehmung gesucht. Ning schätzte,
dass sie mittlerweile eine höhere Priorität hatte, nachdem man die beiden toten Polizisten gefunden hatte.
Ganz unten auf der Seite war ein Bild von Wei. Er wurde
eher als Henker denn als Chauffeur beschrieben.

Der nächste Teil wurde von der Geschichte eines Op-
fers dominiert und zeigte eine niedergeschlagen wir-
kende Frau um die dreißig mit düsterem Gesichtsausdruck und einem halbeuropäischen Baby im Arm. Ning
konnte es nicht ertragen, weiterzulesen. Sie ließ ihr Getränk und ihren Burger stehen, klemmte sich die beiden
Zeitungen unter den Arm und stürmte zurück, um Ingrid
zur Rede zu stellen.

Sie schnarchte immer noch, eingehüllt in verschwitzte

Laken und ihre Wodkafahne. Wütend riss Ning den kleinen Schrank zwischen den Betten auf, nahm die Pistole, die Ingrid dorthingelegt hatte für den Fall, dass die Polizei auftauchte, griff dann unter die Bettdecke und kniff sie in die Nase.

»Ist das wahr?«, schrie sie, trat vom Bett zurück und richtete die geladene Waffe auf Ingrid.

Ingrid strich sich mit der Hand über das Gesicht. Sie war so verkatert, dass sie weder das Geschrei noch die Waffe wahrnahm.

»Was ist los, Kleines?«, fragte sie.

Sie hatte die Pistole immer noch nicht bemerkt, als ihr Ning die beiden Zeitungen unter die Nase hielt.

»Ist das wahr?«, schrie Ning wieder. »Sag mir die Wahrheit, oder ich schwöre, ich bringe dich um!«

Ingrids Blick fokussierte sich. Sie sah die Pistole und gleichzeitig die Zeitungen und sprang zurück, wobei sie mit dem Ellbogen die Nachttischlampe umwarf.

»Das ist kompliziert«, sagte sie. »Leg die Pistole weg, ja? Sie könnte losgehen.«

Ning schüttelte den Kopf. »Wenn sie losgeht, dann sicher nicht zufällig. Ihr habt mich beide jahrelang angelogen. Wie konntest du überhaupt mit Dad zusammenleben, wenn du wusstest, was er tat?«

»Ich wusste es nicht«, antwortete Ingrid, verwirrt durch Nings intensiven Blick und die Waffe, die kaum einen Meter von ihrem Gesicht entfernt war.

»Lügnerin!«, rief Ning. »Wenn du es nicht wusstest, warum bist du dann geflüchtet, sobald Dad verhaftet worden ist? Und das Geld und die Waffen in der Wiege! Du musst davon gewusst haben!«

»Lass mich etwas erklären, Ning. Aber geh einen Schritt zurück und senke die Waffe, ja? Du kannst mich immer noch erschießen, aber ich will nicht, dass es ein Unglück gibt.«

Ning sah ein, dass Ingrid recht hatte. Sie ging zu ihrem Bett zurück und setzte sich mit der Waffe im Schoß hin, während Ingrid zu erklären begann.

»Ich weiß, was du denkst. Was für eine Frau kann mit einem Mann zusammenleben, der andere Frauen wie Gegenstände behandelt? Aber du musst wissen, dass ich es nicht so herausgefunden habe wie du. Es kam schrittweise.

Als ich Chaoxiang kennengelernt habe, habe ich als exotische Tänzerin in einem Club in Dalian gearbeitet. Ich hatte eine beschissene Jugend und null Perspektive. Das Einzige, was ich je zu bieten hatte, waren große Titten und ein hübscher Hintern und Chaoxiang liebt kurvenreiche Mädchen aus dem Westen.

Er hat mein Leben in einen Hollywoodfilm verwandelt. Plötzlich wurde ich in schicken Autos herumgefahren. Casinos in Hainan, Einkaufsbummel in Shanghai, Schmuck für mehr Geld, als mein Dad in seinem ganzen Leben je verdient hat.

Ich wusste, dass dein Stiefvater Mädchen in einige der Clubs brachte, aber nachdem wir verheiratet waren, fand ich allmählich mehr heraus, hauptsächlich weil er meine britische Staatsbürgerschaft dazu nutzte, Gesellschaften zu gründen, mit denen er die Zollbestimmungen umgehen konnte.«

»Also hast du die Augen zugemacht«, stieß Ning hervor. »Solange du deinen Anteil an dem Geld ausgeben durftest, war es dir egal, was aus den ganzen unschuldigen Mädchen wird.«

»Die meisten von ihnen sind nicht so unschuldig, wie sie tun«, verwahrte sich Ingrid. »Vielen von ihnen geht es gut. Sie finden im Ausland Ehemänner und schicken ihren Familien Geld nach Hause.«

Ning widerte Ingrids Rechtfertigungsversuch an. »Wenn auch nur eine Frau gezwungen wurde, so furchtbare Sachen gegen ihren Willen zu tun, dann ist das eine zu viel! Und was ist mit den kleinen Kindern, die an Pädophile verkauft wurden? Wie viel Schmuck hast du dafür bekommen?«

»Davon wusste ich nichts«, sagte Ingrid schaudernd und schlug die Zeitung fort. »Dazu hätte ich nie geschwiegen. Und du vergisst eines dabei, Ning. Chaoxiang liebt uns beide.«

Ning ließ die Pistole los und rieb sich die Augen.

»Aber ich habe ihn nicht mehr lieb.«

»Wer ist dann noch da?«, fragte Ingrid leise, während sie vorglitt und die Füße auf die Fliesen neben die von Ning stellte. »Du hasst deinen Stiefvater und willst mich erschießen. Wer bleibt dir dann noch?«

Aufschluchzend legte Ning die Waffe wieder in das Schränkchen und schob die Schublade zu.

»Ich habe gar nichts mehr«, gab sie zu, während ihr die Tränen übers Gesicht liefen.

»Du und ich, Liebes«, sagte Ingrid. »Ich war diejenige, die dich im Waisenhaus ausgesucht hat. Chaoxiang hatte nur Augen für so ein mageres Mädchen in einem Rüschenkleidchen. Aber ich mochte dich: ein wildes kleines Ding, das sich mit den Jungs herumtrieb in einem Trainingsanzug, der so schmutzig war, dass er von allein hätte stehen können. Ich habe mich selbst in dir gesehen.«

Ning musste ein wenig lächeln. Sie hatte die Waisenhausgeschichte schon des Öfteren gehört, aber normalerweise immer wenn ihr Stiefvater in der Nähe war und heftig abstreiten konnte, dass da ein Mädchen im Rüschenkleid gewesen war. Doch dann pflegte er frech zu grinsen, Ning an sich zu drücken und zuzugeben, dass es vielleicht so gewesen sein mochte, aber dass Ingrid auf jeden Fall die richtige Wahl getroffen hatte.

Bei der Erinnerung daran erkannte Ning, dass Liebe

keinen Aus-Schalter hat. Sie liebte ihren Stiefvater, egal was er getan hatte oder als was man ihn in den Zeitungen bezeichnete. Wahrscheinlich würde sie ihn nie wiedersehen. Sie hatte eine Weile nur geschluchzt, doch nun begann sie richtig zu weinen. Ingrid setzte sich neben sie und drückte sie an sich.

»Jetzt gibt es nur noch dich und mich, Kleines«, sagte sie. »Sobald wir aus China draußen sind, kann ich an das Geld kommen, das auf meinen Namen läuft. Wir kehren nach Großbritannien zurück und fangen ganz neu an.«

13

Ryan kam sich einsam vor, als er sich für Kartoffelkro-
ketten, Pizzastangen und Erdnussbutterkekse anstellte.
Unter normalen Umständen hätte er mittlerweile einen
Haufen Freunde gefunden, aber er musste ein Außen-
seiter bleiben, wenn er die Chance wahren wollte, sich
mit Ethan anzufreunden.

Nachdem man ihm einen Dollar und achtzig Cent von
seiner Essenskarte abgezogen hatte, nahm er sein Tablett und setzte sich so nah wie möglich zu Sal und Guillermo. Man konnte kaum sein eigenes Wort verstehen,
ganz zu schweigen von der Debatte einer Gruppe, die
zwei Tische weiter saß und die Hälfte der Zeit Spanisch
redete, aber Ryan merkte, dass sie über den Vorfall im
Umkleideraum sprachen.

Guillermo war hitzköpfig und nicht allzu klug, aber
der eigentliche böse Bube war Sal. Er hatte nicht mal
sein graues Sporthemd ausgezogen und hatte große
Schweißflecken unter den Armen, als er aufstand und
eine dramatische Geste des Erdrosselns machte.

Ryan bemerkte fleischige Oberschenkel und eine Fes-
tigkeit in Sals Bizeps, die ihn vermuten ließ, dass er Krafttraining machte, vielleicht fürs Ringen oder für Rugby.

»Ich dreh Ethan seine kleine Hühnergurgel um«,
drohte Sal. »Nach der Schule schnappen wir ihn uns!«

Doch in Ryans Augen war das *Wir* in Sals Rede der
Schwachpunkt. Die Jungen in seiner Nähe fanden sein

Gebrüll zwar unterhaltsam, aber sie waren nur gewöhnliche Siebtklässler: Sie sahen bei Gewalt gerne ein wenig zu, aber es war unwahrscheinlich, dass sie wirklichen Ärger riskieren würden.

Ein Junge warnte Sal, dass er dieses Mal nicht nur verwarnt, sondern von der Schule verwiesen werden würde, und selbst Guillermos hitziges Temperament schien sich jetzt, da er sein Telefon wiederhatte, abgekühlt zu haben.

Als Ryan alles Notwendige gesehen hatte, warf er seine beiden letzten Pizzastangen in den Müll und verließ die Cafeteria. Auf der Twin Lakes durften die Kids ihre Telefone in der Mittagspause nicht benutzen, aber es waren nie Lehrer da, die das Verbot auch durchsetzten, wenn man hinausging. Er lief zwischen Fußball spielenden Mädchen hindurch auf das Außengelände, setzte sich mit dem Rücken an einen Drahtzaun und steckte sich einen drahtlosen Kopfhörer ins Ohr.

»Rybo«, meldete sich Amy. »Wie läuft es mit dem Masterplan?«

»Fang bloß nicht an, mich Rybo zu nennen«, fauchte er gereizt. »Ich hasse das! Hör zu, ich konnte Ethan im Umkleideraum nicht retten, aber vielleicht klappt es nach der Schule noch. Bist du zu Hause? Kannst du dich noch in die Schülerakten der Twin Lakes einloggen?«

»Ich habe das Login für die Datenbank der Schule, seit wir das System gehackt haben, um sicherzugehen, dass du in Ethans Klasse kommst. Ich muss nur schnell hineinlaufen.«

»Bist du am Strand?«, fragte Ryan, der das unverkennbare Knirschen der Stranddduschentür hörte. »Manche Leute haben es echt gut.«

»Genau«, bestätigte Amy und beschrieb, was sie gerade tat. »Der Mac fährt gerade aus dem Standby hoch. Ich google Twin Lakes Middle School. Kontakt, Ein-

schreibung, Sport, Fächer, Neuigkeiten, Kalender…
Aha! Sicherer Datenzugang. Safari hat sich noch alle
Passwörter vom letzten Einloggen gemerkt. Was willst
du denn wissen?«

»Zunächst mal alles, was du über einen Jungen namens Sal finden kannst«, antwortete Ryan. »Er ist in der
Siebten, entweder in 7b oder 7f.«

»Ich suche nach Sal«, sagte Amy. »Es gibt einen Salvatore in der 7b und einen Salvador in 7f. Salvador ist
zwölf Jahre alt. Er durfte im Rahmen eines Begabtenförderungsprogramms die fünfte Klasse überspringen. Hat
nur Einsernoten.«

»Ich suche einen Bösewicht«, meinte Ryan. »Lies mal
den anderen.«

Nach einer kleinen Pause hörte er Amy lachen.

»Ist das schlimm genug für dich? Salvatore, an der
Twin Lakes eingeschrieben am fünften Dezember, nachdem er aus der Mission Hill hinausgeflogen ist. Er hat
bereits ungefähr hundert Zeilen Verwarnungen. Seine
Anwesenheitsrate liegt unter sechzig Prozent.«

»Steht da auch was über Sport?«, fragte Ryan. »Er ist
größer als ich, also wüsste ich gerne, ob er ein Kickbox-
Champion ist, bevor ich eine Schlägerei anfange.«

»Er wurde aus dem Ringerteam geworfen. Der Trainer nennt als Grund: *Ständige Verletzung der Anwesenheitsregeln und problematische Einstellung.*«

»Ringer schlagen und treten nicht«, meinte Ryan.
»Damit werde ich fertig, solange ich ihn nicht zu nahe
an mich heranlasse.«

»Das hier ist nicht so gut«, fuhr Amy fort. »Hier steht,
dass Sal vor knapp drei Wochen schon der Schulverweis
drohte, weil er mit einem Messer auf dem Schulgelände
erwischt wurde. Auf seine Bitte hin wurde der Verweis
in eine letzte Verwarnung umgewandelt.«

Ryan schnalzte mit der Zunge. »Mist.«

»Soll ich Bombenalarm auslösen?«, fragte Amy halb im Scherz.

»Ich werde wohl damit fertigwerden. Aber die letzte Stunde ist Wahlfach, ich muss also wissen, wo jeder ist.«

»Wie? Wird da der Klassensprecher gewählt?«, fragte Amy verdutzt.

»Nicht Wahl, Wahlfach. Das sind Stunden, die man sich selbst aussucht. Du weißt doch, dass ich im Chor sitze, weil ich mich zu spät eingeschrieben habe.«

»Und jetzt singst du immer so schön unter der Dusche«, meinte Amy.

»Du hast heute wohl einen Clown gefrühstückt«, knurrte Ryan. »Ich muss wissen, welche Wahlfächer Ethan, Yannis, Sal und Guillermo haben, denn wenn der Ärger anfängt, muss ich zur Stelle sein.«

»Verstehe«, sagte Amy. »Ich muss mir die Stundenpläne für die Siebte ansehen... Ethan und Yannis sind zusammen – welche Überraschung – im Spanischunterricht, Raum L8. Guillermo hat Familien- und Verbraucherwissenschaften in Raum G9 und Sal sitzt im Schriftsteller-Workshop, Raum G16.«

Ryan lachte.

»Da fragt man sich doch, wie es mit Sals Roman vorangeht.«

»Und wo bist du?«

»Ich bin im Musiksaal, der am weitesten von der Schreibwerkstatt und dem Sprachblock entfernt ist. Ich muss also vom Musiksaal aus losrennen. Mit etwas Glück hole ich Sal und Guillermo ein, wenn sie den G-Block verlassen, und bin da, wenn sie Ethan und Yannis käschen.«

✻

In Naturwissenschaft in der vierten Stunde brodelten die Gerüchte.

Der große Kampf. Ein irrer Haufen von Latinos gegen Ethan und Yannis. Vielleicht Messer. Vielleicht macht ein Haufen taffer weißer Kids das zu einem richtigen Rassenkrieg.

Gelangweilte Kids können aus allem eine große Sache machen. Ryan wusste, dass es zum größten Teil aufgebauscht war, aber es half nicht gegen seine Nervosität. Es war die größte Mission seiner CHERUB-Karriere und selbst nach all dem Combat-Training würde er gegen einen großen, muskulösen Jungen wie Sal kein leichtes Spiel haben.

In der fünften Stunde konnte Ryan keine weiteren Gerüchte hören, da er mit sechzehn anderen zusammenstand und mit dem Liederheft *Gershwin für die Mittelschule* immer wieder eine Version von *I got plenty o'nuttin* von sich gab, während die alte Tante, die den Chor leitete, ihnen befahl, sich mehr anzustrengen und mehr Leidenschaft zu zeigen.

Und dann war Showtime. Ryan kämpfte sich zur Tür durch und raste beim ersten Klingelton hinaus. Freitags nach der letzten Stunde waren alle recht flott unterwegs, und er war nicht der Einzige, der den Kampf nicht verpassen wollte.

Der Musiksaal lag auf der Ostseite des Schulgeländes und Ryan rannte vorne in einer Gruppe von zwanzig oder dreißig Siebt- und Achtklässlern durch die gepflasterte Gasse zwischen dem alten und dem neuen Schulgebäude. Er hoffte, Sal und Guillermo vor dem neuen Gebäude abzufangen, wenn sie herauskamen, aber als er dort war, mischten sich die Schüler, die aus dem Neubau kamen, mit denen, die aus dem alten Gebäude strömten.

An einem normalen Tag verliefen sich die Schüler schnell, die meisten gingen zu den gelben Bussen auf dem östlichen Parkplatz, während eine kleinere Anzahl nach Hause lief oder von ihren Eltern abgeholt wurde. Doch heute warteten genügend Kids auf den großen Kampf, um den ganzen Platz vor der Schule zu blockieren.

Ryan verlor die Hoffnung, als sein Rennen zu einem langsamen Schlurfen zwischen den dicht gedrängten Körpern wurde. Keiner der Lehrer ahnte, warum sich die Menge nicht auflöste, aber bald wedelten einige von ihnen mit den Armen und befahlen den Kindern, weiterzugehen und den Weg freizumachen.

Dann rief ein Junge aus einem Fenster im ersten Stock: »Sie sind hinten!«

Etwa ein Viertel der Schüler wusste von dem Kampf. Ein paar Gruppen, darunter auch die, die hinter Ryan hergekommen waren, liefen wieder zurück, während andere, die keine Ahnung hatten, was vor sich ging, sie anschrien, sie sollten ihnen aus dem Weg gehen.

Ryan schob sich tapfer zwischen zwei großen Achtklässlern hindurch, sprang über eine niedrige Absperrkette und begann über den Rasen neben dem Altbau zu laufen, was eigentlich verboten war.

»He, Junge, komm zurück!«, rief ein Lehrer. »Und ihr auch!«

Zwanzig Sechst- und Siebtklässler folgten Ryans Beispiel und riskierten Nachsitzen, um ihm zu folgen. Ryan rannte in einen Nebeneingang des Altbaus und rauschte dicht an einer verdutzten Spanischlehrerin vorbei.

Zwanzig Gummisohlen quietschten auf dem Fußboden hinter ihm, doch Ryan kannte die Schule nicht sehr gut, rannte über sein Ziel hinaus und verfehlte den kurzen Gang, der auf das asphaltierte Spielfeld auf der anderen Seite des Gebäudes führte. Bis er sich umgedreht hatte, war seine Verfolgergruppe schon abgebogen, und er musste sich durch einen Haufen Sechstklässler kämp-

fen, die keine Ahnung hatten, wo sie eigentlich hinrann-
ten.

»Aus dem Weg!«, brüllte Ryan und schubste einen kleinen Jungen gegen die Wand, als er durch die Schwing-
türen nach draußen in die Sonne rannte.

Links standen drei Achtklässlerinnen und ein Lehrer
bei Yannis, der laut heulend auf dem Boden saß. Ryan
konnte nur einen kurzen Blick auf ihn werfen, aber offensichtlich hatte er nichts Ernsthafteres als ein paar
Tritte und Schläge abbekommen, bevor der Lehrer ein-
geschritten war.

Die Kinder, die Ryan überholt hatten, waren dreißig
Meter vor ihm und taten sich gerade mit anderen zu-
sammen, die eine Abkürzung an der Vorderseite des
Altbaus genommen hatten. Irgendwo vor ihnen mussten
Sal und Guillermo sein.

Durch sein CHERUB-Training war Ryan schnell und
fit und holte die anderen schnell ein. An den Fenstern
im ersten Stock hinter ihm klebten Gesichter, aber er
wusste nicht, was sie sahen, bis er die sechzehn Stufen
auf der anderen Seite des Spielfeldes hinaufgelaufen
war.

Von der obersten Stufe aus sah er über einen grünen
Platz mit Baseball-Markierungen. Es gab ein paar kleine
Tribünen und eine schicke elektronische Anzeigentafel,
die der örtliche General-Motors-Lastwagen-Vertreter
gesponsert hatte.

Das Wichtigste ging auf der anderen Seite des Spielfeldes vor sich, über zweihundert Meter entfernt. Gegen die Sonne konnte Ryan nur Ethans magere Silhouette erkennen und dicht hinter ihm Sal. Es sah aus wie
eine Szene aus einem Naturfilm, wobei Sal den jagen-
den Löwen spielte und Ethan die arme kleine Gazelle,
der gleich die Kehle durchgebissen werden würde.

Das Verfolgerteam war etwa acht Mann stark, doch

man konnte nicht sagen, ob sie, wenn Sal seine Beute erreichte, mitmachen oder nur zusehen würden. Guillermo war noch weiter zurück, da er seinen massigen Körper kaum zum Joggen bringen konnte.

Ryan hatte bis auf siebzig Meter zu ihnen aufgeschlossen, als Sal lossprang. Ethan stürzte ins Gras und hatte Glück, sich bei seinem Purzelbaum nicht das Genick zu brechen. Sal stemmte ihm das Knie auf die Hüfte, doch Ethan stieß ihn fort und stand wieder auf.

»Er hat ihn erstochen!«, schrie einer der Jungen hinter Sal.

Mittlerweile war Ryan nur noch zwanzig Meter hinter den beiden und sah, wie Sal sich den Zirkel aus dem Arm riss.

»Du bist tot, du Wichser!«, brüllte er, als er weiterlief.

Ryan kam Sal immer näher und war nach sechshundert Metern immer noch voll in Fahrt, während andere Jungen bereits langsamer wurden.

Nach dem ganzen Stress schien Amys Plan jetzt doch noch aufzugehen.

Ethan hatte keine Ahnung, dass einer seiner Verfolger sein Problem sowohl geschaffen hatte als auch beabsichtigte, ihn zu retten. Er rannte entsetzt davon, hielt sich den Bauch vor Seitenstechen und lief auf das Drahtzauntor für die Hausmeister zu. Er hatte nur keine Ahnung, ob es verschlossen war.

Weitere Jungen hatten die Verfolgung aufgegeben. Als Ethan atemlos gegen das Tor prallte, führte Sal die anderen an, während ihm Ryan und drei andere dichtauf folgten. Ethan griff mit zitternder Hand nach dem Metallhaken, mit dem das Tor geschlossen wurde.

Die Angeln quietschten, als er es weit genug öffnete, um seinen schmalen Körper hindurchzuschieben. Sal erreichte es, als der Haken wieder herunterfiel, und die anderen schlossen zu ihm auf. Ryan kannte die Schulanlage nicht gut und sah sich um, während die anderen um ihn herum keuchten.

Sie befanden sich an der Nordostecke des Schulgeländes und knapp fünfzig Meter weiter verlief eine viel befahrene vierspurige Straße. Ethan stand in einer gewundenen einspurigen Auffahrt, an die sich Ryan erinnerte, weil Amy ihn dort ein paar Stunden zuvor abgesetzt hatte.

Sal griff nach dem Haken, doch an der Stelle war im Zaun eine Lücke, damit man auch von außen an ihn herankam, und Ethan nutzte seine verbliebene Energie, um kräftig nach hinten auszutreten und Sals Finger zu treffen, woraufhin dieser vor Schmerz aufschrie.

Ryan war beeindruckt. Für einen Jungen, der weder über Geschwindigkeit noch über Kraft verfügte, hatte Ethan es ziemlich gut geschafft, sich gegen einen der stärksten Jungen seines Jahrgangs zu wehren. Doch er war auch besorgt. Wenn Ethan noch hundert Meter weiterrannte, wäre er vor dem Verwaltungsgebäude zwischen Kindern, Eltern und Lehrern. Sal konnte ihm dann höchstens ein paar Schläge verabreichen, bevor jemand eingriff, und das bedeutete, dass Ryan keine Chance bekam, Ethan zu retten.

Durch den kurzen Stopp schmerzte Ethans Seite noch heftiger, und der Schweiß, der ihm die Stirn hinunterrann, ließ ihn nur unscharf sehen. Als er sich umdrehte, um die Auffahrt entlangzurennen, sah Ryan einen VW-Geländewagen hinter ihm kommen. Die Frau am Steuer hatte zwei kleine Kinder im Wagen und schrie eines davon gerade an.

Erlaubt waren zwanzig Stundenkilometer, aber die Frau hatte eher fünfzig drauf, als sie Ethan mit dem Kotflügel erwischte. Ryan schrie erschrocken auf, als Ethan herumgewirbelt wurde. Sein Kopf flog zurück, es knallte entsetzlich, und einen Augenblick lang sah es aus, als würde Ethan von der Kühlerhaube abprallen, doch das Auto war groß, sodass er zwischen den Vorderrädern verschwand.

Die Fahrerin trat auf die Bremse, sodass die Reifen qualmten, doch sie fuhr zu schnell, um zu verhindern, dass einer der Hinterreifen über Ethans Körper rollte. Der bremsende Geländewagen verlor die Spur und streifte den Metallzaun, sodass Funken flogen, während Ethan durch die Luft geschleudert wurde.

Der große VW rammte einen Betonpfosten und kam endlich zum Stehen. Über vierzig Kinder waren über das Gelände gerannt und alle hatten den Unfall gesehen und rochen den Gummi. Sie schrien entsetzt auf.

Ryan war zu Tode erschrocken und hatte ein schlechtes Gewissen, weil das alles seine Schuld war. Doch er hatte auf dem Campus auch Erste Hilfe gelernt, daher stieß er Sal aus dem Weg und rannte durchs Tor. Ethan lag auf dem Asphalt und zuckte heftig. Sein einer Arm war zerschmettert. Ryan bückte sich und sah, dass er kurz davor war, zu ersticken. Währenddessen traten mehrere andere Jungen wie Zombies durch den Zaun.

Ryan übernahm das Kommando, deutete auf die Straße und rief: »Sperrt die Straße ab, bevor noch mehr Autos um die Ecke kommen. Und ruft einen Krankenwagen!«

Zitternd und atemlos kniete er sich hin. Ethan rang nach Luft, würgte aber dabei. Ryan zwängte ihm den Kiefer auf und sah, dass er seine Zunge verschluckt hatte. Mit zwei Fingern und dem Daumen griff er ihm in den Mund, doch Ethans Zunge war schwerer zu greifen als die des Dummys auf dem CHERUB-Campus.

Als Ethans Zunge nach vorne fiel, stellte Ryan fest, dass sie einen Brechreiz ausgelöst hatte. Er entfernte so viel Erbrochenes wie möglich aus Ethans Mund, legte ihm dann die Handflächen auf die Brust und drückte kräftig.

Erbrochenes spritzte ihm ins Gesicht, aber Ethans Atemwege waren wieder frei und er holte tief Luft.

»Oh Gott!«, rief die Fahrerin, die auf albern hohen Absätzen und mit tränenverschmiertem Make-up zu Ryan gerannt kam. »Ich habe hier niemanden erwartet. Geht es ihm gut? Was kann ich tun?«

14

Ning sah das Gesicht ihres Stiefvaters im Fernsehen, wo ein Regierungsmitglied mit nasaler Stimme eine Rede über die erfolgreiche Vernichtung eines großen Schmugglersyndikats hielt. Das chinesische Fernsehen ließ hohe Funktionäre ihre Erklärungen abgeben, und dieser Kerl nutzte seinen Moment des Ruhmes, um sich bei den Kriminalbeamten, örtlichen Behörden, Bürokraten in Peking und selbst bei den nordkoreanischen Grenzbeamten zu bedanken.

Dann wechselte das Bild zu einem grinsenden Polizisten, dessen Gesicht von Blitzlichtern erhellt wurde. Er erwähnte die Verhaftung mehrerer Verdächtiger im Laufe der Nacht und war zuversichtlich, im Laufe des Tages noch weitere Verhaftungen vornehmen zu können.

»Diese flüchtenden Hunde werden geschnappt und bestraft werden!«, verkündete er triumphierend.

Von den beiden Polizisten, die Ingrid in Fu Chaoxiangs Haus erschossen hatte, wurde nichts gesagt. Ning war sich sicher, dass man sie mittlerweile gefunden haben musste, aber diese Neuigkeiten würden die guten Nachrichten beeinträchtigen, mit denen man die höheren Parteimitglieder in Peking beeindrucken wollte.

Die Nachrichtensprecherin war mondgesichtig und hübsch und Ning verspürte den Drang, ihr Kuhmist auf den violetten Blazer zu werfen, als sie mit ihrem Co-

Kommentator darüber sprach, dass sie sich viel besser fühlte, nun, da sie wusste, dass der Sklavenhändler hinter Schloss und Riegel saß. Dann holte Mondgesicht tief Luft und begann zu lächeln.

»Und nun zu einem fröhlicheren Thema. Unser nächster Beitrag handelt von einem Schüler der fünften Klasse, der über hunderttausend Yuan gesammelt hat, um einer Freundin mit einer seltenen Art von Krebsleiden zu helfen.«

Es war ein Dauernachrichtensender, und Ning ertrug den Anblick des kahlköpfigen kleinen Mädchens und des jungen Helden, der zum dritten Mal innerhalb einer Stunde einen Blumenstrauß überreicht bekam, nicht mehr. Sie zappte durch die Kanäle, während sich Ingrid im Bad beschwerte, dass die Dusche nur entweder eiskalt oder kochend heiß war.

Es war noch nicht einmal Mittag, doch für Ning schien der Morgen schon tausend Jahre zu dauern. Plötzlich klingelte das Telefon zwischen den Betten.

»Macht euch bereit, dass es um ein Uhr dreißig losgeht«, sagte eine Männerstimme.

✳

Seit dem Tod seiner Mutter vor zwei Jahren hatte Ryan nicht mehr geweint, aber jetzt, als er auf dem Bett saß, die Fensterläden geschlossen und das Licht ausgeschaltet, war er kurz davor. Er hatte früher schon Schuldgefühle gehabt, aber nur wegen kleinerer Dinge wie zum Beispiel, dass er das Spielzeug seines kleinen Bruders kaputt gemacht oder es aufs Garagendach geworfen hatte. Aber das hier waren Turbo-Schuldgefühle, die jeden Atemzug zur Last machten.

Der Unfall beherrschte seine Gedanken. Der Aufprall. Der Anblick, als der große VW sich anhob, als das Hinterrad über Ethans Körper rollte. Die Hitze und der Gestank, als Ethans Zunge zwischen seinen Fingern herumglitschte. Ryan versuchte herauszufinden, was er hätte anders machen können, aber er konnte sich nicht konzentrieren.

Er wollte niemanden sehen, doch Ted Brasker suchte ihn dennoch auf. Ted war ein großer Texaner. Er war fast sechzig, sah aber fit aus, hatte kurz geschorene graue Haare und war kräftig gebaut. Bevor er zur TFU gekommen war, hatte er vierzig Jahre lang unter anderem Dienst beim Marinekorps, bei den Navy Seals, in diplomatischen Schutztruppen und schließlich beim FBI geleistet.

»Ich will Wäsche waschen«, sagte er leise und sah Ryan an, der auf dem Bett hockte und die Knie unters Kinn gezogen hatte. »Das ganze Zimmer stinkt ja danach.«

Ryan hatte geduscht, als er aus der Schule gekommen war, aber die Kleidung auf dem Boden trug die Spuren des Sportunterrichts und war mit Ethans Blut und Erbrochenem bespritzt. Ted wollte sie nicht mal anfassen, sondern rollte sie in ein feuchtes Badehandtuch ein, um sie aufzuheben.

»Danke«, sagte Ryan leise.

»Du hast gar nichts gegessen«, stellte Ted fest. »Amy hat Fleischklößchen gemacht. Aber unten sind auch ein paar Speisekarten, wenn du dir lieber etwas bestellen möchtest.«

»Ich habe keinen Hunger«, erklärte Ryan und unterdrückte einen Schluchzer.

»Hast du etwas dagegen, wenn ich mich setze?«, fragte Ted. Es war allerdings keine Frage, denn noch bevor er zu Ende gesprochen hatte, saß er auf Ryans Bett, das Bündel Schmutzwäsche auf dem Schoß. »Ich weiß, was in dir vorgeht.«

Ryan beachtete ihn nicht, in der Hoffnung, dass Ted den Hinweis verstehen und gehen würde.

»In den Achtzigerjahren habe ich Spezialeinheiten ausgebildet«, begann Ted. »Die Leute mussten dreißig Minuten lang in einem Pool schwimmen, mit voller militärischer Ausrüstung. Wir haben am Rand gestanden und uns wie die Schweine aufgeführt: Wir haben sie beschimpft und ihnen alle möglichen Dinge beschrieben, die wir mit ihren Freundinnen anstellen würden, wenn sie ertranken. Mit so viel Gepäck zu schwimmen, ist anstrengend, und selbst die Kräftigsten unter ihnen mussten kämpfen.

Wenn sie anfangen, unterzugehen oder zu hyperventilieren, muss man sie herausfischen. Aber dieser eine Kerl jammerte ständig. Ich dachte, er simuliert, und ließ ihn länger leiden, als ich es hätte tun sollen. Das Untersuchungskomitee gab letztendlich der Art der Übung die Schuld, und sie wurde danach geändert, doch das änderte nichts an der Tatsache, dass der Junge vor meinen Augen ertrunken war. Das ist jetzt fast dreißig Jahre her, aber wenn ich meine Augen schließe, kann ich ihn immer noch tot neben dem Pool liegen sehen, als wäre es gerade eben erst geschehen.«

Interessiert wandte Ryan seinen Kopf ein paar Zentimeter in Richtung Ted und betrachtete das verblasste Jesus-Tattoo auf seinem Arm.

»Dieser Soldat wusste, dass es riskant war, als er sich freiwillig gemeldet hat«, meinte er. »Ethan hat sich auf nichts eingelassen. Er ist nur ein Kind, das auf der Intensivstation liegt, weil ich Mist gebaut habe.«

»Du hast keinen Mist gebaut«, sagte Ted und legte Ryan die riesige Pranke aufs Knie. »Amy hat es vorgeschlagen und ich habe zugestimmt, ebenso wie Dr. D.«

»Spielt es überhaupt eine Rolle, wer schuld ist?«, fragte Ryan. »Es ist nun mal passiert, egal wem man die Schuld gibt.«

❖

Ning und Ingrid wurden von einem Isuzu-Lieferwagen abgeholt, der für den kettenrauchenden Winzling auf dem Fahrersitz mit extra langen Pedalen ausgestattet worden war. Ingrid wollte sich auf den Beifahrersitz setzen, doch der Fahrer kläffte sie an: »Sind Sie verrückt? Jeder Polizist in der Stadt sucht nach Ihnen. Hinten rein!«

Der hintere Teil war voller Eimer, Mopps, Staubsauger und einer riesigen Poliermaschine, deren Gestank einem die Augen tränen ließ. Ein Haufen blauer Putzoveralls war das, was einem Sitz noch am ähnlichsten war.

Ingrids Sonnenbrille fiel ihr von der Stirn, als der Fahrer Gas gab.

»Vorsicht!«, rief sie, und Ning griff nach der Kopfstütze des Beifahrersitzes.

»Ihr Schweine habt mich reingelegt«, beschwerte sich der Fahrer, als er vom Parkplatz fuhr. »Ich dachte, viertausend Yuan sind genug für eine Fahrt nach Dalian. Aber dann musste ich feststellen, dass Sie zwei Polizisten umgebracht haben. Sie stellen ganz Dandong auf den Kopf. Wenn sie mich mit Ihnen da hinten schnappen, wird ein alter Krüppel wie ich wohl kaum noch eine Zelle sehen. Höchst unwahrscheinlich. Sie werden mir den Schwanz abhacken, und wenn ich verblutet bin, schmeißen sie mich in den Fluss.«

»Ich habe diese Abmachung nicht getroffen«, sagte Ingrid in ihrem schlechten Chinesisch, griff in ihre Jackentasche und zog ein Bündel Hundert-Yuan-Scheine hervor. »Hier sind fünfhundert. Sie kriegen sie sofort, wenn Sie am nächsten Laden anhalten und mir Wodka kaufen. Und weitere fünfhundert, wenn Sie es bis nach Dalian schaffen, ohne zu fahren wie ein Irrer!«

Ning sah Ingrid besorgt an. »Warum musst du denn jetzt trinken?«, fragte sie in ihrem höflichsten Englisch. »Wir wissen nicht, mit wem wir es zu tun haben und wohin wir fahren.«

Ingrid gab ein Zischen von sich, als der Fahrer nach den fünfhundert griff.

»Halt mir keinen Vortrag«, verlangte sie. »Meine Nerven sind im Eimer. Ich brauche etwas, um mich zu beruhigen.«

Ning zog die Stirn kraus und schob die Overalls zu einem Behelfssitz zusammen. Als sie sich am Abend zuvor in den Armen gelegen hatten, hatte sie sich Ingrid wirklich verbunden gefühlt, aber jetzt musste sie an ihren Stiefvater denken: Wenn er sich mit Ingrid stritt, warf er ihr oft vor, dass das Einzige, was sie liebte, in Flaschen geliefert wurde.

✳

Kurz vor zehn Uhr wurden Ryans Schuldgefühle vom Hunger überwältigt. Nur in Shorts stapfte er nach unten und wärmte etwas von Amys Spaghetti mit Fleischklößchen in der Mikrowelle auf. Dann ging er ins Wohnzimmer. Ted und Amy saßen im Dunkeln vor einem riesigen Projektionsfernseher. Über ihnen fing sich das Mondlicht im Pool mit dem gläsernen Boden.

»Was läuft?«, fragte Ryan und setzte sich zu Amy aufs Ledersofa.

»Dr. House«, antwortete Ted. »Wiederholung.«

»Gute Soße«, lobte Ryan.

»Die TFU zahlt unsere Spesen, daher bin ich zu einem exklusiven Ökometzger gegangen und habe ihn gebeten, zwei Pfund Filet Mignon durch den Wolf zu drehen.«

Ted lachte. »Das sind meine Steuergelder, die ihr da verschwendet!«

»Du hast genug gegessen«, meinte Amy, zupfte eine Nudel aus Ryans Schüssel und saugte sie ein. »Geht es dir etwas besser?«

Ryan zuckte mit den Achseln. »Ich fühle mich beschissen. Habt ihr etwas vom Krankenhaus gehört?«

»Wir haben dort keine Kontakte«, antwortete Amy.

Auf dem Bildschirm machte ein Arzt gerade eine Lumbalpunktion, was Ryan ausreichend ablenkte, dass er sich mit Spaghettisoße bekleckerte.

»Alles aufs Sofa!«, kreischte Amy, sprang auf und rannte zur Küche. »Ich hole ein feuchtes Handtuch!«

»Kannst du mir eine Cola light mitbringen?«, rief Ryan ihr nach.

»Und mir ein Bier!«, ergänzte Ted dreist.

Amy warf Ted das Bier an den Kopf, als sie mit dem Tuch zurückkam.

»Nur dieses eine Mal, weil du einen schlimmen Tag gehabt hast«, sagte sie zu Ryan, als sie ihm die Cola gab. »Aber übertreibe es nicht!«

Unten klingelte es an der Tür. In einem Viertel des Fernsehbildschirms tauchte ein Bild von Ethans Mutter an der Tür auf. Gillian Kitsell war dreiundvierzig und sah ganz gut aus, abgesehen von der dicken Nase. Sie schien müde und trug eine gestreifte Bluse, die nur halb in ihrer Freizeithose steckte. Amy, Ted und Ryan zuckten aufgeregt zusammen.

»Sie kennen mich nicht«, sagte Gillian über die Sprechanlage. »Aber soweit ich weiß, wohnt Ryan hier? Ist er zu Hause?«

»Wir kommen runter«, antwortete Ted und drückte auf den Knopf an der Fernbedienung, mit dem die Haustür geöffnet wurde.

Amy war zuerst unten, wo Gillian Kitsell – auch bekannt als Galenka Aramov – unter einem schicken LED-Kronleuchter in der Lobby stand. Ted kam ein paar Schritte hinter Amy, und zuletzt Ryan, die Backen voller Spaghetti.

»Bitte entschuldigen Sie die späte Störung«, begann Gillian. Ihre Aussprache war ein wenig gestelzt. Offensichtlich war Englisch nicht ihre Muttersprache.

»Wie geht es Ethan?«, fragte Ryan besorgt.

»Er ist ganz zerschlagen«, antwortete Gillian. »Sein Arm ist kompliziert gebrochen. Er hat ein paar gebrochene Rippen und solche Schmerzen, dass man ihm für die Nacht Schmerzmittel gegeben hat. Ich werde ein paar Stunden schlafen und morgen früh wieder ins Krankenhaus fahren.«

»Ich schätze, es hätte noch viel schlimmer kommen können«, meinte Ted. »Ryan ist ganz außer sich, seit er nach Hause gekommen ist. Es hat ihn völlig fertiggemacht, den Unfall mit anzusehen.«

»Ethan wird noch einige Tage im Krankenhaus bleiben«, erzählte Gillian. »Sein Arm muss operiert werden.«

»Haben Sie schon etwas gegessen?«, erkundigte sich Amy in dem Bemühen, ihre Beziehungen zu Gillian auszubauen. »Ich habe Spaghetti mit Hackfleisch gemacht und wir haben noch jede Menge übrig.«

Gillian klopfte sich auf den flachen Bauch.

»Das ist sehr nett von Ihnen, aber ich habe keinen Appetit. Ich bin nur gekommen, um mich bei Ryan zu bedanken. Der Arzt sagt, hätte er Ethan nicht so schnell wieder zum Atmen gebracht, hätte er noch einen schweren Hirnschaden erleiden können.«

Gillian streckte die Arme aus und zog Ryan ein wenig verlegen an sich.

»Ich schulde dir eine Menge«, sagte sie.

»Das war nur Erste Hilfe«, erwiderte Ryan. »In England habe ich einen Kurs mitgemacht. Dafür bin ich jetzt wirklich dankbar.«

Ted legte Ryan die Hand auf die Schulter und sagte: »Ich bin stolz auf dich, mein Sohn.«

»Ich gehe dann wieder«, verkündete Gillian und zog sich zur Tür zurück.

»Gute Nacht.«

Ryan war erleichtert zu hören, dass Ethan überleben würde, aber er war immer noch ziemlich aufgeregt und konnte sich erst konzentrieren, als Gillian die Tür schon fast hinter sich zugezogen hatte.

»Kann ich rüberkommen, wenn Ethan aus dem Krankenhaus kommt?«, fragte er.

»Natürlich«, nickte Gillian. »Ich bin sicher, mein Sohn würde sich gerne persönlich bei dir bedanken.«

»Lassen Sie uns wissen, wenn Sie etwas brauchen«, bot Ted ihr an, bevor sie ging. »Dafür sind Nachbarn schließlich da.«

15

Es war eine neunstündige Höllenfahrt bis nach Dalian. Die Dämpfe aus der Poliermaschine verursachten Ning Kopfschmerzen, während sich Ingrid betrank und der Winzlingsfahrer durch den endlosen Verkehr kroch und nur ab und zu fluchte und hupte.

Ning war keine gute Schülerin, aber man kann nicht sechs Jahre an einer chinesischen Schule verbringen, ohne sich ein paar Fakten zu merken, und sie hatte einmal eine halbe Seite über Dalian geschrieben: Bevölkerung 6,2 Millionen, der Einwohnerzahl nach in China auf Platz 21. Hauptwirtschaftszweige Schiffsbau, Tourismus und die Herstellung von Elektrowaren. Dreiunddreißig Athleten aus Dalian hatten bei der Olympiade 2008 in Peking Medaillen gewonnen.

Der Lieferwagen setzte sie im Lao-Dong-Park in der Stadt ab, da es zu auffällig gewesen wäre, mit dem Wagen einer Putzfirma aus Dandong vor dem eleganten Q-Hotel anzukommen.

Wei hatte dafür gesorgt, dass jemand für sie eincheckte und ihre Zimmertür offenließ, sodass sie bei ihrer Ankunft keine Ausweise vorzeigen oder andere gesetzliche Regeln befolgen mussten. Ning hatte ein eigenes Zimmer und war froh, Ingrids Alkoholfahne zu entkommen. Der Schlüssel lag wie am Vortag in einem Handtuch, aber dieses Mal war das Badezimmer mit Marmor gefliest, hatte einen Whirlpool und ein Doppelwaschbecken.

Außerdem stand in ihrem Zimmer eine große Tasche mit Rollen, die sich erstaunlich leicht anfühlte, als sie sie aufs Bett stellte. Darin befanden sich zwei dick gefütterte Skianzüge, an denen noch die Preisschildchen hingen. Darunter lagen Stiefel und dicke, erstaunlich steif aussehende Handschuhe.

In den Handschuhen fand Ning sechs Geldbündel. Jedes frisch gedruckte Paket war in Zellophan eingeschweißt und trug eine Banderole mit der Aufschrift *United States Federal Reserve $ 25 000*. Außer dem Geld fand sie noch zwei leuchtend blaue Reisepässe und Ausweise. Ning erkannte auf der Vorderseite die Flagge von Kirgistan – was ihre Theorie widerlegte, dass nichts von dem, was sie für die Prüfungen an der Mittelschule lernte, je nützlich sein könnte.

Der Text im Pass war kyrillisch geschrieben, was sie nicht lesen konnte, aber das meiste stand auch auf Englisch da. Ning war keine Expertin, aber ihr schien der neue Pass entweder echt oder sehr gut gefälscht, mit Hologrammen, Wasserzeichen und einem Computerchip auf der Seite mit dem Foto. Er enthielt auch ein chinesisches Einreisevisum, das besagte, dass sie vor drei Wochen zusammen mit ihrer Mutter, die eine Geschäftsreise unternahm, ins Land gekommen war.

Die restlichen Dinge in der Tasche waren schwarze Haarfarbe und eine Brennschere sowie ein doppelt gefaltetes Blatt, auf dem außen *Fu Ning* stand. Ning klappte es auseinander und sah, dass es eine ausgedruckte E-Mail war. Sender- und Empfängeradresse waren gelöscht worden, aber unten stand der Name von Ingrids Fahrer Wei.

Liebe Ning, liebe Ingrid,

in den nächsten Tagen wird euch jemand anrufen und euch sagen, wie eure Flucht aus China ablaufen

*wird. Ich stehe auf der Liste der Gesuchten und werde
Dandong bereits verlassen haben, wenn ihr das lest.
Zu meiner Schande muss ich gestehen, dass dies das
letzte Mal ist, dass ich euch helfen kann.*

*Ich rate euch, in eurem Zimmer zu essen und so wenig
wie möglich hinauszugehen. Ingrids rote Haare sind
verräterisch, daher empfehle ich ihr dringend, sie zu
färben und zu ändern, falls sie es nicht bereits getan
hat. Benutzt weder Internet noch Telefon, um Freunde
zu kontaktieren, und loggt euch nicht auf Seiten ein,
wo ihr möglicherweise registriert seid.*

*Wenn ihr am Flughafen ankommt, werden hundert-
tausend Dollar in bar fällig. Die restlichen fünfzigtausend sind für euch für Notfälle.*

*Das Flugzeug, mit dem ihr das Land verlasst, wird
eine ungeheizte Frachtmaschine sein. Die Skianzüge
sollen euch den Flug erträglich machen.*

*Liebe Grüße
Wei*

✻

Zwei Tage vergingen. Jeden Morgen, wenn das Zimmer-
mädchen ihr Zimmer aufräumte, machte Ning einen kleinen Spaziergang, ging aber nie weiter als bis zu den Läden in der Hotellobby und dem Starbucks-Café nebenan.
Ingrid, mit geglätteten schwarzen Haaren und Sonnenbrille, wagte sich weiter hinaus und kehrte jedes Mal mit
zwei Flaschen Wodka und etwas zum Mischen zurück.
   Sie gingen nie zusammen hinaus, da die Polizei nach
einer Westlerin mit einem kleinen chinesischen Mädchen suchte, und ihre Gespräche beschränkten sich auf

Begrüßungen und Empfehlungen für die Mahlzeiten des Zimmerservice.

Am Montag wurde der Sklavenhändler in den Fernsehnachrichten und den Zeitungen nicht mehr erwähnt. Am Nachmittag erhielt Ingrid den Anruf, den sie erwartet hatten, und um sieben Uhr abends rollte Ning die große Tasche mit den Skianzügen nach draußen, während Ingrid den Rest nahm.

Ausgerechnet in dem Augenblick, als sie das Hotel verlassen wollten, waren in der Lobby zwei Polizisten. Ingrid legte eine Hand auf die Pistole in ihrer Handtasche, und Nings Herz schlug schneller, doch sie konnten sich unerkannt und unbehelligt auf die klimatisierten Sitze einer Luxus-Limousine mit Chauffeur fallen lassen.

Ein Sturm zog auf, als sie Dalian verließen. Ning betrachtete die Lichtreflexionen der Straßenlaternen in den Regentropfen, die an die Fensterscheiben prasselten. Eine halbe Stunde später rasten sie in der Dunkelheit mit hundertfünfzig Stundenkilometern die Autobahn entlang. Der luxuriöse Wagen fuhr völlig ruhig, aber Ning befürchtete, dass er die Aufmerksamkeit der Polizei auf sich ziehen würde.

Kurz nachdem sie an einem Konvoi von Militärfahrzeugen vorbeigekommen waren, bog der Fahrer von der Autobahn auf einen unbeleuchteten Kiesweg ein. Ein paar Kilometer weiter dröhnte ein Flugzeug knapp über sie hinweg und setzte zur Landung an. Ning und Ingrid duckten sich instinktiv, als die Lichter an den Flügelspitzen die Umgebung rot färbten.

Nach wenigen Minuten erreichten sie eine Schranke, die von zwei Männern in der Uniform der Luftwaffe der Volksbefreiungsarmee besetzt war. Sie winkten respektvoll und warteten darauf, dass sich ein Tor elektronisch öffnete, dann brausten sie über den glatten Asphalt und folgten den gelben Markierungen.

Am Ende der Rollbahn stand die Turboprop-Frachtma-
schine, die gerade gelandet war. Sie wurde von einer
Crew aus mehr als einem Dutzend Männern entladen.
Einige waren in Zivil und andere trugen die Uniform der
Volksarmee, aber alle Gesichter waren hinter Skimas-
ken oder Schals verborgen.

Die Männer rannten über den nassen Asphalt zwischen der hinteren Laderampe des Flugzeugs und einem großen Laster hin und her und luden Säcke aus,
auf denen das chinesische Schriftzeichen für Reismehl
prangte. Ning sah keinen Grund, Reismehl auf einen
Militärflughafen zu schmuggeln, und ging daher davon
aus, dass es sich um Drogen handelte.

Ihr Fahrer sprach ein paar Worte mit einem zu kurz
geratenen Offizier, der die Sache leitete, und befahl
Ning und Ingrid dann, auszusteigen.

Aus der Nähe betrachtet, wirkte das Flugzeug bedrohlich wie ein wildes Tier, und seine laufenden Propeller
ließen Nings Haare und Hosen flattern. Es war dunkel-
grau gestrichen und hatte Markierungen der Volksarmee, aber die Sicherheitshinweise an der Tankanlage
und der Frachtraumtür waren russisch und die beiden
Piloten im Cockpit sahen auch nicht chinesisch aus. Das
Flugzeug war in erbärmlichem Zustand. Einschusslöcher
im Rumpf waren nur notdürftig repariert worden und die
Reifen waren bis auf die Stahlverstärkungen abgefahren.

Der kleine Boss schüttelte den Kopf, als Ingrid ihm
vier der versiegelten 25 000-Dollar-Bündel hinhielt.

»Die Hälfte ist für mich«, rief er und nahm zwei der
Bündel. »Geben Sie den Rest dem Piloten!«

Der Lärm der Propeller war unerträglich, als Ning
über einen Tankschlauch stieg und die Stufen neben
dem Flügel hinaufkletterte, um in den Rumpf zu gelangen. Sie sah sechs ausklappbare Plastiksitze und durch
die Cockpittür die Rücken der beiden Piloten.

Im Heck des Flugzeugs befand sich ein geprägter Aluminiumboden mit Schienen für Frachtcontainer. Die letzten Säcke wurden ausgeladen, während ein anderer Lastwagen heranfuhr. Seine Ladung war auf Paletten gestapelt worden, und die Arbeiter zogen die erste davon zur hinteren Laderampe, während Ingrid sich ins Cockpit neigte.

Ning stand hinter ihr, und was sie sah, gefiel ihr nicht. Im Cockpit roch es nach Benzin und Zigarrenrauch. Die Anzeigen schienen uralt. Einige waren gesprungen und mehr als nur ein paar waren mit Klebeband geflickt. Die Pilotensitze fielen fast auseinander und waren mit Sofakissen belegt. Hinter ihnen waren Haufen von kaputten Teilen, auseinandergefalteten Karten, Obstschalen, schimmligen Sandwiches, Zeitungen und leeren Wodkaflaschen.

»Ich bin Dimitra«, sagte die Pilotin und gab der überraschten Ning die Hand. »Sprichst du Englisch oder Russisch?«

»Englisch gut, Russisch gar nicht«, antwortete Ning.

Dimitra schien Anfang vierzig. Sie trug einen schmierigen braunen Fliegeroverall, doch obwohl die düstere Beleuchtung im Cockpit keineswegs schmeichelhaft war, vermutete Ning, dass sie in ihrer Jugend sehr schön gewesen sein musste. Maks, der Kopilot, war pummelig und hatte ein rotes Gesicht. Er trug einen Pilotenblazer mit goldenen Knöpfen und auf dem Nylonhemd darunter waren Essensreste und Brandflecken von Zigaretten.

»Vielen Dank«, sagte Dimitra, als sie den 50 000-Dollar-Stapel von Ingrid entgegennahm. »Wenn wir starten, machen wir die Tür zum Cockpit zu. Im Ladebereich gibt es keine Heizung, aber es sind ein paar Decken da.«

»Wohin fliegen wir denn?«, fragte Ning.

»In die Nähe von Bischkek in Kirgistan«, antwortete Dimitra. »Das dauert ungefähr sieben Stunden.«

»Und von da aus fliegen wir direkt nach Europa?«, wollte Ingrid wissen.

Dimitra zuckte mit den Achseln. »Meine Anweisungen lauten, Sie nach Kirgistan zu bringen. Darüber hinaus weiß ich nichts.«

Ning zuckte zusammen, als hinter ihnen ein lautes Rattern erklang. Sie drehte sich um und sah, dass eine der großen Ladepaletten durch den Rumpf gerollt wurde. Die Ladung war mit Plastikstreifen an die Palette gebunden und bestand aus bunt bedruckten Schachteln mit den Markennamen bekannter Medikamente.

Während Ning und Ingrid in dem kleinen Sitzbereich die Schuhe auszogen und ihre Skianzüge anzogen, wurden noch acht weitere Paletten aufgeladen. Zwei enthielten Gewehre und Munition, eine war mit nachgemachten Fußballhemden bepackt, die man, um Platz zu sparen, luftdicht zusammengeschweißt hatte. Die letzten Paletten standen zu weit hinten, als dass sie hätten erkennen können, worum es sich handelte, aber ihnen war klar, dass sie sich den Himmel mit Waffen und Fälschungen im Wert von Millionen von Yuan teilen würden.

Nach einem letzten Wortwechsel mit dem kleinen Volksarmeeoffizier schloss Maks die Cockpittür. Die riesige Öffnung am Heck des Flugzeugs wurde zugeknallt, und Ning und Ingrid stürzten in tiefste Finsternis, einzig erleuchtet von einem flackernden Ausgangsschild über der Tür.

Sobald sie in der Luft waren, würde es kalt werden, aber am Boden war es eine warme Nacht, und Ning schwitzte. Ingrid legte ihr eine behandschuhte Hand auf den Rücken.

»Alles klar?«, fragte sie.

Ning nickte. »Geht so.«

Die Maschinen dröhnten auf volle Umdrehungszahl

auf, und die Tragflächen bebten, als sie losrollten. Die Ladung klapperte und quietschte, als sie schneller wurden, bis irgendwo etwas abbrach. Der Lärm war infernalisch, und Ning klammerte sich an Ingrid fest, hielt sich mit der anderen Hand an ihrem Sitzgurt, einerseits um sich zu vergewissern, dass sie ihn angelegt hatte, andererseits um ihn möglichst schnell öffnen zu können, falls sie abstürzten und zu brennen begannen.

Es gab einen kleinen Rumms, und Ning verspürte einen Kick im Magen, als sie die Schwerkraft auf den harten Plastiksitz drückte, und dann waren sie in der Luft und stiegen rasch höher, während das altersschwache russische Flugzeug sein Fahrgestell verschluckte.

16

Nach sieben Stunden in dem klapprigen Monster war Ning erleichtert, kirgisischen Boden betreten zu können. Die Sonne ging gerade auf. Die Landebahn lag in einem Tal, und beim Anblick der Berge ringsum war sie froh, dass sie kein Fenster hatte, durch das sie die Landung hätte beobachten können.

In Dandong war nichts lange genug gleich geblieben, um alt zu werden, aber hier sah sie Verfall, wohin sie auch blickte. Jahrelanger Winterfrost hatte Spalten im Asphalt aufgerissen, ein ausgebrannter Tanklaster stand neben Flugzeugwracks ohne Tragflächen oder Motoren. Die Gebäude in der Ferne waren aus tristen Betonplatten und hatten Asbestdächer.

In China hatte die Frachtcrew aus acht Männern bestanden, die im Eiltempo arbeiteten. Hier waren es vier griesgrämige Männer, die sich mit den Händen in der Tasche umsahen und abwarteten, wer von ihnen als Erster etwas tat.

»Ich weiß nicht, wo wir hinsollen«, sagte Ning auf Englisch. »Sprecht ihr Englisch? Russisch?«

Die Männer sahen sie nur blicklos an, bis schließlich Dimitra aus dem Cockpit trat.

»Im Kreml wird jemand wissen, was aus euch wird. Gehen wir.«

Ning lud sich das Gepäck auf die Schultern, bis Ingrid sie anhielt und alles in die große Rolltasche lud, die leer war, da sie die Skianzüge immer noch trugen. Es war über ein Kilometer und das letzte Stück ging es einen Stufenpfad zu einem sechsstöckigen Gebäude hinauf.

»Die Einheimischen nennen das hier den Kreml, weil die meisten Piloten hier Russen sind«, erklärte Dimitra und stieß eine schwergängige Aluminiumtür auf.

Sie betraten einen Empfangsbereich in Avocadogrün und Beige. Auf einer Seite führte eine Treppe nach oben, auf der anderen Seite befand sich ein Wartebereich mit schäbigen Kunstledersofas und blinkenden Spielautomaten. Der Geruch nach Zigaretten und verschüttetem Bier wurde durch den durchdringenderen Gestank aus der Herrentoilette aufgepeppt.

»Werden wir nicht erwartet?«, fragte Ingrid.

Dimitra zuckte mit den Achseln. Hinter ihnen trat ihr Kopilot Maks ein.

»Wenn jemand kommt, wird er hier nach Ihnen suchen«, meinte sie. »Ich war viel zu lange in der Luft. Ich muss in mein Zimmer gehen und ein wenig schlafen.«

Während die Piloten nach oben gingen, führte Ingrid Ning in den Lounge-Bereich. Ein Mann mit einer Pistole am Gürtel war an einen Spielautomaten eingeschlafen. In einer Ecke hinter der vergitterten Bar saßen Männer mit leerem Blick und spielten Poker. Es waren sowohl Russen als auch Einheimische, die man an ihrem glatten schwarzen Haar und dem eher asiatischen Aussehen erkannte.

»Was für ein Drecksloch«, sagte Ingrid leise. »Erinnert mich an die Arbeiterclubs meines Vaters, als ich noch eine kleine Göre war.«

Ning hatte keine Ahnung, was ein Arbeiterclub war, und sie war zu müde, um nachzufragen. Im Flugzeug war es zu laut gewesen, um zu schlafen, und jetzt war sie seit über zwanzig Stunden wach.

Ingrid suchte ihnen einen ruhigen Platz weit weg von

den Pokerspielern und den Spielautomaten und stellte die Stühle so auf, dass sie die Füße hochlegen konnten. Ning zog den Reißverschluss ihres Skianzugs auf und lehnte den Kopf an Ingrids stark gepolsterten Arm. Die fremde Umgebung machte sie unruhig, aber sie konnte kaum die Augen offen halten und war bald fest eingeschlafen.

∗

Ruckartig wachte sie auf. Ihre Augen klappten wie von selbst auf und sahen die Rückseite eines Autositzes und einen christbaumförmigen Duftanhänger am Handgriff über der Tür. Sie lag flach auf dem Rücken auf der Rückbank. Die Straße war holperig und dicht an ihrem Ohr schlugen Steine innen gegen den Kotflügel.

Ihr Kopf schmerzte, und sie sah nur verschwommen, aber sie erkannte die Pistole am Gürtel des Fahrers. Es war der Mann, den sie an dem Spielautomaten im Kreml gesehen hatte. Ihre Arme waren unbequem auf den Rücken gedreht und ihre Finger taub. Als sie ihren Arm bewegen wollte, kniffen sie Metallspangen in die Handgelenke.

Das Klirren der Handschellen ließ Nings Unruhe in Angst umschlagen. Sie hob den Kopf und stellte fest, dass sie nur Socken trug. Ihr Skianzug war fort, und ihre Beine waren mit orangem Tape so fest zusammengebunden, dass es ihr ins Fleisch schnitt.

Ein junger Mann sagte etwas auf Russisch und sah über die Schulter hinweg zu Ning. Er schien etwa sechzehn, grobschlächtig und hatte Flecken in dem zerknautschten Gesicht. Im Nacken hatte ihm jemand unbeholfen ein kyrillisches Wort eintätowiert.

»Wo ist Ingrid?«, konnte Ning nur hervorbringen, doch die Muskeln in ihrem Gesicht funktionierten nicht so recht, und die Worte kamen nur undeutlich hervor. Es war ein Gefühl wie nach einem Zahnarztbesuch, wenn man eine Narkosespritze bekommen hatte, nur dass es über den ganzen Mund ging und nicht nur über eine Seite. Sie fragte sich, ob sie k.o. geschlagen oder betäubt worden war.

Der ältere Mann auf dem Fahrersitz sprach perfekt Englisch, wenn auch mit kirgisischem Akzent.

»Willkommen«, schnurrte er. »Vielleicht überlegst du es dir ja demnächst zweimal, bevor du Kuban schlägst, ja?«

Er hatte den Blick nur kurz von der Straße gewandt, aber es reichte aus, dass Ning das getrocknete Blut an seiner Nase sah.

»Du bist Kuban?«, fragte sie. »Ich habe dich geschlagen?«

Sie zermarterte sich das Hirn, doch das Letzte, woran sie sich erinnerte, war, dass sie in der Lounge des Kreml den Kopf an Ingrids Schulter gelegt hatte.

»Hast du«, antwortete der Junge mit leisem Lächeln. »Kawumm, direkt in die Fresse.«

»Halt die Klappe, Junge!«, dröhnte Kuban und nahm die Hand von der Gangschaltung, um dem Jungen mit einer Ohrfeige zu drohen.

Während sie weiterfuhren, wurde Nings Kopf klarer. Nach einer Weile hörte der Steinregen gegen die Unterseite des Wagens auf, und sie bemerkte, dass sie in eine bebaute Gegend gelangt waren. Sie waren von zwei- bis dreistöckigen Gebäuden umgeben. Die meisten waren verfallen und aus den gleichen Betonfertigteilen wie die Gebäude um den Flugplatz herum.

Auf einem Hof voller Pfützen hielten sie an. Der Teenager machte die Tür auf, sodass Ning etwas sehen konnte. Überall lagen Zigarettenstummel und Styroporbecher herum und auf der anderen Seite standen überquellende Mülltonnen.

Vor ihnen hatte ein weiterer Wagen geparkt. Es war

ein kleiner russischer Lada, und sie sah, wie ein großer Mann Ingrid befahl, auszusteigen. Sie hatte die Hände auf dem Rücken gefesselt, aber ihre Beine waren frei.

Kuban hatte mittlerweile eine klapprige Frau mittleren Alters entdeckt, die zwischen den Müllsäcken hockte. Er schrie etwas auf Russisch und stürmte auf sie zu. Die Frau heulte auf, als er sie zwischen den raschelnden schwarzen Säcken hervorzog. An ihrem Haar zerrte er sie durch eine große Pfütze und stieß ihren Kopf dann nur Zentimeter von Ning entfernt gegen das Auto.

Das verzweifelte Stöhnen der Frau klang schrecklich. Kuban schlug erneut ihren Kopf gegen den Wagen, warf sie dann zu Boden und tat einen Schritt zurück, um sie kräftig in den Bauch zu treten. Sie schrie auf, und Kuban rief nach ein paar Leuten, die aus dem Gebäude angelaufen kamen, und befahl ihnen, sie ihm aus den Augen zu schaffen.

»Stiehlt meinen Müll, reißt die Tüten auf und macht eine Riesenschweinerei«, sagte Kuban zu Ning, beugte sich ins Auto und sah sie finster an. Seine Zähne waren schwarz und sein Atem stank entsetzlich.

Ning war machtlos, als er sich ihre Haare um die Hand wand und sie daran aus dem Auto zerrte.

»Gefällt dir das?«, lachte er.

Er ließ sie los, und da sie die Hände auf dem Rücken gefesselt hatte, konnte sich Ning nicht schützen und stürzte in den Kies, sodass sie mit dem Kinn aufschlug. Sie hatte schon Angst, Kuban würde sie ebenso wie die Frau in den Bauch treten, aber stattdessen brüllte er den Teenager auf Russisch an.

Der Junge trug ein Barcelona-Fußballhemd, dreckige Jeans und ein paar Turnschuhe, bei denen eine rosa Zehe durch einen Riss im Leder sah. Ning war nicht gerade leicht, aber er hob sie mit einer Hand hoch und warf sie sich über die Schulter.

Während ihr Haar dem Teenager über den Rücken fegte, trug er sie durch eine Metalltür und eine nackte Betontreppe empor. So gingen sie über eine polierte Tanzfläche, an deren Rand große Lautsprecher an der Wand standen, und gelangten dann in einen spärlich möblierten Bereich mit Spiegeln und einem Geländer an einer Seite, der aussah, als wäre er fürs Balletttraining gedacht.

Kuban saß Ingrid an einem Schreibtisch gegenüber und hatte ein MacBook Pro vor sich stehen. Ihre Handschellen waren ihr von ihren beiden kräftigen Begleitern abgenommen worden, die jetzt mit dem Rücken zu den Spiegeln standen. Der Teenager fragte, was er mit Ning machen sollte.

»Fußboden«, knurrte Kuban und wandte sich wieder Ingrid zu.

Der Teenager setzte Ning mit dem Rücken zu den Spiegeln ab. An ihrer Jeans klebte der Split, ihr Kinn blutete, und der Kopf schmerzte, weil Kuban sie an den Haaren gezogen hatte.

Kuban klappte den Laptop auf und lächelte Ingrid an.

»Du weißt, was ich will«, sagte er. In diesem Moment machte der Teenager Anstalten, den Raum zu verlassen.

»Hierbleiben«, befahl Kuban. »Sieh zu und lerne.«

»Ich habe keine Ahnung, was Sie meinen, Buddy«, versuchte Ingrid Kuban mit ihrem heftigsten Liverpooler Akzent zu verwirren.

»Buddy?«, fragte Kuban.

»Du weißt schon, Buddy«, erwiderte Ingrid, »Buddy, so wie Kumpel, Alter. Mein alter Buddy.«

Kuban seufzte.

»Ingrid, wir wissen alle, dass Chaoxiang dich nicht wegen deines Aussehens oder deiner Klugheit geheiratet hat. Er hat unter deinem Namen große Geldsummen geparkt. Ein Verbündeter deines Mannes hat mir die Daten von siebzehn Bankkonten genannt, zu denen du Zugang hast und auf denen insgesamt ungefähr acht Millionen Euro liegen.

Du wirst mit diesem Computer, dem Telefon oder sonst was dieses Geld überweisen. Du wirst alles Geld auf die Konten meines Bosses überweisen.«

»Wer ist denn dein Boss?«, fragte Ingrid.

Kuban hieb auf den Schreibtisch und hob die Stimme. »*Du* stellst hier keine Fragen! Wenn das Geld überwiesen ist, wirst du mit deiner Stieftochter zum Internationalen Flughafen in Bischkek gebracht und in ein Flugzeug nach Großbritannien gesetzt werden. Dann kannst du in dein Ghetto zurückkehren und dich in einer – wie heißt das bei euch? – Sozialwohnung von Fish & Chips ernähren.«

Ingrid antwortete nur mit einem Stirnrunzeln.

»Meine Bedingungen sind nicht verhandelbar. Die einzige Frage ist nur, wie lange und unangenehm die Zusammenarbeit zwischen uns werden wird.«

Ingrid lehnte sich in ihrem Stuhl zurück und stieß langsam und bebend die Luft aus.

»Du musst mich schon für ziemlich dämlich halten, wenn du denkst, ich glaube dir«, sagte sie, lachte und tippte sich mit dem Zeigefinger an die Schläfe. »Sobald ihr habt, was ihr wollt, bin ich tot, und deswegen werdet ihr absolut überhaupt gar nichts kriegen.«

Kuban hob lächelnd eine Augenbraue.

»Das werden wir ja sehen, nicht wahr?«

17

Ryan sah von seinem Zimmerfenster aus, wie Gillian Kitsell in einem Ferrari 458 durch die Sicherheitsschranken des Gemeinschaftsanwesens rauschte. Ryan wollte sich Ethan so beiläufig wie möglich nähern, auch wenn er es das ganze Wochenende über geplant hatte. Er hatte sogar mit Amy ein Rollenspiel gemacht und versucht, Strategien auszuarbeiten, um die Gespräche auf die Themen zu lenken, die sie interessierten.

Es waren hundert Meter über den Strand bis zur Hausnummer 5. Ryan blickte durch die riesige Fensterscheibe nach drinnen. Der Grundriss war identisch mit dem von Hausnummer 8, wo er selbst wohnte. Die Möbel sahen topmodern aus, aber überall lagen Kleidungsstücke und schmutziges Geschirr herum und ruinierten den Eindruck.

Vom Pool oben erklang Ethans Stimme.

»Suchst du mich?«

Ryan trat zurück, um hinaufsehen zu können. Ethan lehnte sich über das Geländer. Am linken Arm hatte er einen Gipsverband.

»Ich habe gehört, dass du wieder aus dem Krankenhaus raus bist«, erklärte Ryan. Er wollte sich nicht gerne draußen mit ihm unterhalten, daher ließ er den Satz in der Luft hängen.

»Ich komme runter zum Eingang«, sagte Ethan. »Mum sagt, ich müsste mich bei dir bedanken.«

Ryan dachte über Ethans Worte nach, als er zur Tür ging. *Ich komme zum Eingang* klang ja noch ganz okay, aber *Mum sagt, ich müsste mich bei dir bedanken* machte nicht den Eindruck, als sei Ethan ihm tatsächlich dankbar oder wäre scharf auf seine Freundschaft.

Als Ryan Ethan auf der Schwelle stehen sah, wallten die Schuldgefühle wieder in ihm hoch. Seine nackten Beine waren voller blauer Flecke und Schnitte, von denen einige genäht worden waren. Am eindrucksvollsten waren die blauen Flecken in Form von Reifenspuren über seinen Oberschenkeln.

»Auto eins, Ethan null«, grinste Ethan. »So steht's. Nett von dir, vorbeizuschauen. Der Arzt hat gesagt, wenn du nicht so schnell bei mir gewesen wärst, hätte ich als sabberndes Gemüse enden können.«

»Ich war gerade schwimmen«, erklärte Ryan, klemmte die Hände unter die Achseln und täuschte ein Zittern vor. »Kaum zu glauben, wie kalt es wird.«

»Der Wind vom Meer her ist um diese Jahreszeit recht kalt«, erklärte Ethan. »Willst du einen Augenblick reinkommen?«

Ryan beherrschte sich, nur ein Lächeln und ein Nicken zu zeigen, obwohl er sich innerlich freute, als hätte er gerade beim Superbowl den Siegestreffer gelandet.

»Ihr solltet eure Haushaltshilfe feuern«, riet Ryan, als er zur Küche ging und über Kaffeetassen und Zeitungen steigen musste. Wegen seiner Verletzungen bewegte sich Ethan wie ein alter Mann.

»Mum hat einen Hau, was Sicherheit angeht«, erklärte Ethan. »Sie behauptet, eine Haushaltshilfe würde klauen und bei ihren Geschäften und so ...«

Ryan ergriff die Gelegenheit. »Was macht sie denn?«

»Computersicherheit«, antwortete Ethan. »Du siehst aus, als würdest du frieren. Willst du etwas Warmes trinken?«

»Habt ihr Tee?«

Ethan erreichte lachend die Küche. »Ihr Engländer trinkt viel Tee, nicht wahr? Ich glaube, wir haben nur Kaffee.«

»Hauptsache, warm und nass«, meinte Ryan und rieb die Hände aneinander.

Wie der Rest des Hauses war auch die Küche großzügig angelegt. Es gab eine eingebaute Kaffeemaschine, doch Ethan schien sich nicht sicher zu sein, wie sie funktionierte, und der Gipsarm machte es auch nicht besser.

»Ich benutze sie nie«, entschuldigte er sich. »Ich hasse Kaffee.«

»Ich kann das machen«, bot Ryan an. »In unserer Küche sieht es genauso aus.«

»Warum bist du heute nicht in der Schule?«, fragte Ethan.

»Asthma«, behauptete Ryan – sie hatten sich auf Asthma geeinigt, weil auch Ethan darunter litt und sie somit ein weiteres mögliches Gesprächsthema hatten. »Meine Schwester musste mitten in der Nacht den Arzt rufen. Ich hatte schon seit Jahren keinen Anfall mehr. Der Arzt meint, es sei vielleicht der Stress: der Umzug in ein anderes Land, eine neue Schule und das mit dir.«

»Ich hasse Asthma«, meinte Ethan. »Es macht einen panisch, wenn man keine Luft kriegt. Aber mir geht es auch so, ich habe es kaum noch, seit ich acht oder neun war.«

»Es war nicht schlimm«, erzählte Ryan. »Aber der Arzt hat gesagt, ich bräuchte Ruhe, und das befolge ich doch *gern*. Ich hasse die Twin-Lakes-Schule. Ich kenne niemanden dort.«

»Ist das Mädchen da mit dem Surfboard deine Schwester?«, erkundigte sich Ethan. »Ich dachte, sie sei vielleicht deine Mutter oder Stiefmutter.«

»Amy ist meine Halbschwester. Sie ist zwölf Jahre älter als ich.«

Ethan nahm eine Tüte Orangensaft aus dem Kühlschrank und sagte leicht verlegen: »Nichts für ungut, aber deine Schwester ist total heiß.«

»Ich betrachte das als Kompliment«, gab Ryan zurück. »Du kannst sie ja um ein Date bitten. Sie fährt voll auf magere zwölfjährige Schachspieler ab.«

Ethan musste lachen.

»Schön wär's. Setz dich doch.«

Ryan nahm seine Kaffeetasse und folgte Ethan ins Wohnzimmer. Es war Flut und die Wellen brandeten kaum dreißig Meter vom Haus entfernt an den Strand. Die beiden Jungen ließen sich aufs Sofa fallen. Ethans entspannte Körperhaltung beruhigte Ryan einigermaßen.

»Eigentlich glaube ich ja fast, dass mein Dad auf deine Mum steht«, erzählte er. »Als sie am Freitagabend bei uns war, um uns zu sagen, wie es dir geht, hat er sie total angeschleimt.«

»Da hat er sich wohl die Falsche ausgesucht«, meinte Ethan. »Sie hatte im Laufe der letzten Jahre mehrere Partner. Eine Tante Theresa, Tante Helen, Tante Maritza aus Brasilien ...«

»Na, dann wird er sich wohl wieder aufs Online-Dating verlegen müssen«, grinste Ryan und nippte an seinem Kaffee. »Bist du allein zu Haus?«

»Ja«, antwortete Ethan. »Mum wollte eigentlich zu Hause arbeiten, aber sie macht so einen Aufstand wegen mir, und außerdem steht ein großes Meeting an, also habe ich gesagt, *los, geh, verschwinde hier.* Ich brauche zum Überleben eh nur Pepsi, Pizza und Pillen.«

»Habt ihr keine anderen Verwandten?«

Ethan schüttelte den Kopf.

»Die Familie meiner Mutter kommt vom Ende der Welt. Hast du den Film Borat gesehen? Sie sagt, dass es genau so ist – Wellblechhütten, Pferd und Wagen und so ein Kram.«

»In welchem Land leben sie?«, fragte Ryan. Er wusste zwar, dass Ryan über Kirgistan sprach, aber er wollte herausfinden, wie viel Ethan wusste oder zu wissen zugab.

»Irgendeine Ex-Sowjetrepublik«, antwortete Ethan. »Mum macht total dicht, wenn man sie danach fragt.«

»Warst du mal da?«

»Nee«, erwiderte Ethan. »Ich habe meine Großmutter ein paarmal in Dubai getroffen, aber meine Onkel und mein Großvater haben meine Mutter praktisch verstoßen wegen dieser Lesbensache.«

»Deine Mutter muss ja mindestens einen Mann gepoppt haben, damit du zum Vorschein kamst«, stellte Ryan fest, obwohl er sich fragte, ob er nicht zu forsch war mit seinen Fragen.

»Mein Dad war ein Samenspender«, behauptete Ethan. »Aber erzähl das nicht in der Schule. Ist schon schlimm genug, der schachspielende, roboterbauende Freak mit dem fetten Freund zu sein, auch ohne die Lesbenmutter-Retortenbaby-Nummer.«

»Du hast mindestens einen Freund mehr als ich«, seufzte Ryan.

»Du wirst schon Freunde finden«, meinte Ethan. »Du bist cool. Und ich weiß mit Sicherheit, dass Brittany auf dich steht.«

Die Vorstellung, dass ihn ein Mädchen gut fand, brachte Ryan aus dem Konzept. »Ist das die mit der rosa Zahnspange in der Matheklasse?«

Ethan nickte. »Sie hat so einen engen Rock mit Kamelen drauf. Yannis wohnt bei ihr und ihrer Großmutter nebenan.«

»Danke für den Tipp«, grinste Ryan. »Brittany ist toll.«

Ryan hatte ein gutes Gefühl, als er seinen Kaffee austrank. Er hatte immer vermutet, dass Ethan gesprächiger sein würde, wenn Yannis nicht in der Nähe war, aber er hätte nicht gedacht, dass er so gerne tratschte.

»Soll ich dir mal was Lustiges erzählen? Aber du musst schwören, es niemandem zu verraten«, sagte Ethan.

»Wie kann ich bei der Einleitung denn Nein sagen?«, lachte Ryan.

»Okay«, begann Ethan und holte tief Luft. »In den Sommerferien habe ich mal bei Yannis übernachtet. Ich bin also in seinem Zimmer und finde einen Mädchenslip. Und er erzählt mir einen Haufen Unsinn über seine heiße, vierzehnjährige Cousine. Aber ich weiß, dass er lügt. Ich kenne Yannis, seit er sieben ist, und er hat gar keine Cousine. Und nachdem ich ihn eine Ewigkeit gelöchert habe, gesteht er mir schließlich, dass er Brittany gehört.«

»Echt jetzt?«, stieß Ryan hervor.

»Ich schwöre es«, behauptete Ethan. »Der fette Perverse ist in ihren Garten geschlichen und hat Brittanys rosa Spitzenhöschen von der Wäscheleine geklaut.«

Ryan musste so sehr lachen, dass er sich die Seiten hielt.

»Was für ein Irrer«, kreischte er. »Vielleicht kann ich ihm ein paar von Amy für fünfzig Mäuse verkaufen!«

Ethan heulte vor Lachen. »Glaubst du, er zieht sie an?«

Die Vorstellung von Yannis' fettem Wanst in Mädchenunterwäsche war mehr, als Ryan ertragen konnte.

»Ich sterbe gleich vor Lachen!«, schnaubte er.

»Mir tut der Arm weh«, kicherte Ethan haltlos. »Oh Mann! Stell dir mal vor, man könnte das fotografieren. Ich wette, bei dem Anblick müsste man kotzen!«

Erst nach ein paar Minuten hatten sich die beiden so weit beruhigt, dass sie wieder halbwegs vernünftig sprechen konnten, und auch das nur unterbrochen durch ständige Lachanfälle.

»Willst du etwas unternehmen?«, fragte Ryan. »Ich weiß, dass dein Arm kaputt ist, aber wir hängen beide nur rum, und ich habe eine PS3 zu Hause.«

»Geht nicht«, erwiderte Ethan. »Mit dem Gips kann ich meine Finger nicht richtig bewegen. Aber wir haben unten ein Heimkino. Hast du Lust, dir mit mir einen Film anzusehen?«

20

Kuban hatte Ingrid geohrfeigt, ihr mit der Faust ins Gesicht geschlagen, ihren Kopf auf den Tisch geknallt und ihre Finger verbogen. Ning sah ab und zu hoch, doch die meiste Zeit blickte sie zu Boden. Ihre Hände waren gefühllos von den Handschellen, ihr war schlecht, und sie musste dringend aufs Klo, wagte aber nicht, zu fragen.

»Ich war in der britischen Armee«, rief Ingrid trotzig.

Kuban sah zu den beiden bulligen Schergen hinüber und befahl: »Stellt sie hin.«

Ingrid wand sich und griff nach dem Schreibtisch, konnte sie aber nicht daran hindern. Die Männer hielten sie fest und Kuban boxte sie heftig in den Bauch. Ingrid sackte stöhnend zusammen, doch die Männer hielten sie aufrecht.

»Hast du etwas zu sagen?«, fragte Kuban.

»Ja«, erwiderte Ingrid. »Verpiss dich.«

Zornig nahm Kuban ein Klappmesser aus der Hosentasche.

»Packt sie an den Haaren und haltet den Kopf still!«

Ning wurde übel, als Kuban zwei tiefe Schnitte über Ingrids Wangen zog. Dann nahm er eine kleine Plastikflasche aus der Tasche und spritzte eine Flüssigkeit über Ingrids Gesicht.

»Zitronensaft«, grinste er und leckte seine Fingerspitzen ab. »Lecker!«

Ingrid stöhnte und wand sich in dem Versuch, einen Arm freizubekommen, um sich die brennenden Augen zu reiben.

»Jeder klappt irgendwann zusammen«, behauptete Kuban. »Du könntest das jetzt sofort beenden.«

»Nicht für dich!«, schrie Ingrid. »Niemals!«

»Dein Widerstand beeindruckt hier niemanden«, fuhr Kuban sie an. »Setzt sie wieder hin!«

Doch als die beiden Schläger Ingrid zum Schreibtisch schleiften, überraschte sie sie, indem sie beide Beine hob. Sie war schwer, und als der Mann, der ihren rechten Arm hielt, stolperte, riss sie ihren linken Arm los und schickte ihn mit einem gut gezielten Schlag auf die Nase zu Boden.

Ning hatte nie wirklich glauben wollen, dass Ingrid in der britischen Armee gewesen war, aber einen Schlag wie diesen beherrschte man nicht ohne ein gewisses Maß an Ausbildung. Während der Mann mit blutender Nase taumelte, riss sich Ingrid los und sprang auf den Schreibtisch zu. Sie packte das MacBook und schleuderte es so fest wie möglich auf Kuban.

Die Angeln des Laptops zersprangen, als er den Spiegel traf. Ning duckte sich nach vorne, um ihn nicht auf den Kopf zu bekommen, und Ingrid stieß den Schreibtisch um.

Doch ihre Freiheit dauerte nicht lange. Einer der Schergen packte sie im Genick, während Kuban den Schreibtisch aus dem Weg trat und sie ins Gesicht schlug. Der Schlag verursachte eine leichte Gehirnerschütterung, und Ingrids Kopf sank nach vorne, während sie der Schläger zwei Schritte zurückzog und auf einen Stuhl fallen ließ.

Der Teenager stand daneben und betrachtete besorgt das MacBook.

»Es ist kaputt. Das wird dem Boss nicht gefallen.«

»Das wird er nicht erfahren«, sagte Kuban ein wenig durcheinander. »Wir legen es in den Schrank zurück und holen uns ein anderes.«

Ingrid lachte benommen. Ihr Kopf schwankte haltlos. Kuban ging zu dem Teenager, der über den Resten des Laptops hockte.

»Vielleicht gibt es auf dem Markt eine Werkstatt, wo man ihn reparieren kann«, schlug der Mann, den Ingrid geschlagen hatte, vor.

Kuban richtete sich wütend auf und schüttelte den ruinierten Mac in der Luft.

»Das kann man nicht reparieren, du Idiot! Der ist hin!«

In diesem Moment flog die Tür auf. Kuban wirbelte herum, bereit, jemanden anzubrüllen, weil er nicht angeklopft hatte, doch als er sah, wer eintrat, fuhr er mit einem Gesicht zurück, als hätte er gerade einen Hundehaufen verschluckt.

»Mr Aramov«, sagte er. »Ich habe Sie nicht erwartet.«

Leonid Aramov war knapp vierzig, hatte langes schwarzes Haar und hielt sich mit Gewichtheben fit. Er ignorierte Kuban und trat direkt zu Ingrid. Sie konnte durch ihre tränenden Augen nichts sehen, aber sie erkannte seine Stimme.

»Das hätte ich mir ja denken können, dass du dahintersteckst«, stieß sie hervor.

Leonid lächelte boshaft. »Als wir uns das erste Mal sahen, hast du hübscher ausgesehen, wie du ohne Kleider an deiner Stange getanzt hast.« Aggressiver fuhr er zu Kuban gewandt fort: »Sag mir, dass du etwas hast!«

»Das braucht Zeit«, behauptete Kuban. »Sie ist widerspenstig, aber irgendwann geben sie alle auf.«

Leonid stieß Kuban mit dem Zeigefinger vor die Brust.

»Wie ich hörte, bist du im Kreml eingeschlafen?«

»Der Flug hatte Verspätung. Sie wissen doch, dass ich Grippe …«

Bevor Kuban zu Ende sprechen konnte, holte Leonid mit seinem massigen Arm aus und schlug ihn in den Magen.

»Ich hatte befohlen, sie abzuholen, sobald sie das Flugzeug verlassen!«, brüllte er. »Und das Gerangel in der Bar? Was, wenn meine Mutter davon erfährt?«

»Boss«, stieß Kuban außer Atem hervor, »ich will nur…«

Doch Leonid war kein Freund von ganzen Sätzen. Diesmal nahm er den kaputten Laptop und schlug ihn Kuban um die Ohren. »Das wirst du bezahlen. Und warum spritzt du ihr Saft in die Augen, du Idiot? Wie soll sie denn so einen Computerbildschirm sehen?«

Kuban ächzte, als ihn Leonid mit einem weiteren Schlag zusammenklappen ließ. Dann stieß er mit dem Knie zu und brach Kuban die Nase.

»Geh nach Hause, du nutzloser Säufer!«, brüllte Leonid. Dann wandte er sich an die beiden Schläger und den Teenager. »Im Büro des Geschäftsführers steht eine Kiste mit Elektrokabeln. Einer von euch geht sie holen, einer macht mir einen heißen schwarzen Kaffee, und du, Junge, du trittst dem Mädchen auf den Fuß!«

Die Schläger eilten hinaus, doch der Teenager blieb stehen und sah nur verängstigt und verlegen drein.

»Was hast du für ein Problem?«, schrie Leonid und wies auf Ning. »Mach, was ich dir sage, und zwar sofort!«

Ning kroch zum Spiegel zurück, als der untersetzte Teenager auf sie zukam. Er trat zu, doch Ning zog ihren Fuß weg. Mit gefesselten Händen und Füßen konnte sie nur in die nächste Ecke zurückkriechen.

»Mach schon!«, befahl Leonid. »Hör auf, herumzuspielen!«

In Nings Ecke wurde es dunkel, als der große Teenager über ihr stand. Er hielt Nings Knöchel unter seinem dreckigen Turnschuh fest, drehte ihren Fuß dann auf die Seite und verlagerte sein Gewicht, sodass siebzig Kilo die Knochen in ihren Zehen knacken ließen.

Nachdem sie gesehen hatte, wie Ingrid fast eine Stunde lang Widerstand geleistet hatte, wollte Ning keine Schwäche zeigen, aber der Schmerz war überwältigend, und sie stieß ein leises Stöhnen aus.

»Willst du zusehen, wie deine Tochter leidet?«, fuhr Leonid Ingrid an. »Oder unterhalten wir uns wie erwachsene Menschen?«

Ingrids Kopf rollte, von dem Schlag immer noch benommen, von einer Seite auf die andere und ihre Augen tränten.

»Hol etwas kaltes Wasser, damit sie wieder zu sich kommt«, befahl Leonid dem Teenager. »Sie ist weggetreten und kann nicht sehen. Warum habe ich es nur mit Idioten zu tun?«

Ning keuchte erleichtert auf, als der schwere Teenager das Gewicht von ihrem Fuß nahm. Als er ging, sah einer der Schläger nervös in den Raum.

»Tut mir leid, Boss, ich kann die Kiste nicht finden.«

»Es ist eine große Holzkiste«, schrie Leonid. »Wie kann man die übersehen?«

»Vielleicht hat man sie woanders hingebracht«, vermutete der Typ.

Während Leonid in der Tür stand und den Schläger anstarrte, hörte Ingrids Kopf auf einmal auf zu rollen, und sie sah Ning an, offenbar weniger bewusstlos, als sie ihre Peiniger glauben machen wollte.

»Ihr beide verhaltet euch ruhig!«, verlangte Leonid. »Ich komme gleich wieder!«

»Komm her!«, flüsterte Ingrid.

Trotz ihrer Schmerzen kroch Ning die drei Meter zu Ingrid am Schreibtisch.

»Ich glaube, meine Zehe ist gebrochen«, sagte sie.

»Als ich den Schreibtisch umgekippt habe, habe ich das hier genommen«, sagte sie und hielt ihr das Klappmesser hin, mit dem Kuban ihre Wangen zerschnitten hatte. »Du musst eines wissen: Wenn Leonid unser Geld hat, wird er keine Zeugen für das, was er getan hat, haben wollen, und das heißt, dass er uns umbringt.«

Ning nickte.

»Wenn ich zulasse, dass sie dich verletzen, dann nur, weil ich dich liebe. Aber ich versuche dich hier rauszubringen. Benutz das Messer, deine Boxfähigkeiten, alles, was du kannst, und versuche zu fliehen.«

»Wohin?«, fragte Ning. »Ich weiß nicht mal, wo wir sind.«

»Kleines, ich habe nicht auf alles eine Antwort. Aber Bischkek ist die Hauptstadt, es muss etwas geben. Versuche eine Botschaft oder einen Touristenort zu finden. Geh nicht zur Polizei, die ist wahrscheinlich von Aramov gekauft.«

Nings Hände waren noch immer mit Handschellen gefesselt, daher steckte Ingrid ihr das Messer in die vordere Jeanstasche.

»Ich liebe dich, meine Süße«, sagte sie.

»Ich dich auch«, antwortete Ning.

Ingrid wischte Ning eine Träne von der Wange, doch in diesem Augenblick trat der Teenager wieder ein. Er stellte eine Plastikschüssel und eine Rolle Papiertücher vor Ingrid auf den Tisch.

»Mr Aramov sagt, Sie Augen sollen auswaschen«, erklärte er in gebrochenem Englisch, packte Ning dann unter den Achseln und schleifte sie zurück zum Spiegel. Dann neigte er sich über Ning. Einen Augenblick lang fürchtete sie schon, er habe gesehen, wie Ingrid ihr das Messer gegeben hatte, aber zu ihrer Überraschung steckte er einen kleinen Schlüssel in die Handschellen und lockerte sie auf jeder Seite ein wenig.

Dann sagte er leise: »Hoffentlich so bequemer.«

Ning war dankbar dafür, fragte sich aber, ob seine Freundlichkeit nicht zu einem größeren Plan gehörte. Während sie langsam wieder Gefühl in die Finger bekam, kam einer der Schläger mit einer Holzkiste herein, gefolgt von Leonid mit einem dampfenden Kaffeebecher.

»Mummy ist also eine harte Nuss«, grinste er fröhlich und trat auf Ingrid zu. »Aber wie sehr lässt sie ihr kleines Mädchen leiden?«

19

Gillian und Ethan waren nicht gerade Sportfans, daher war der Kellerraum, der bei Ryan und Amy ein Fitnessraum war, bei ihnen zu einem Heimkino ausgebaut worden. Zu der großen Leinwand gehörten Lautsprecher, die in die Seitenwände eingebaut waren, und elektrisch zurücklehnbare Sessel. Es gab sogar eine Bar mit einer Popcornmaschine und einen Hot-Dog-Grill im hinteren Bereich.

»He, Kumpel!«, schrie Ryan mitten in einer Szene von *Iron Man 2.* »Kannst du das mal anhalten? Ich muss aufs Klo!«

Ethan drückte auf ein Symbol auf dem iPad, um den Film zu stoppen, und fragte: »Weißt du, wo das ist?«

»Da, wo es in unserem Haus auch ist, nehme ich an, neben der Stranddusche?«

»Genau«, bestätigte Ethan. »Bring mir auf dem Rückweg ein paar M&Ms mit!«

Ryan ging durch die drei Sitzreihen in einen Gang, der mit »Demnächst in diesem Kino«-Plakaten tapeziert war. Er war jetzt seit fünf Stunden in Ethans Haus, und seine größte Sorge war, dass er etwas von dem, was er in Erfahrung gebracht hatte, vergessen könnte.

Er musste tatsächlich aufs Klo, doch er beeilte sich und ließ das Händewaschen aus, denn ein kleiner Raum hinter dem Kino interessierte ihn. Zunächst einmal war es merkwürdig, dass die Wand des Ganges dort vorsprang, was vermuten ließ, dass sie verstärkt worden war. Die Tür ähnelte auf der Außenseite den anderen im Gang, doch als Ryan daran klopfte, hörte er unter dem Walnussfurnier deutlich das Klingen von Metall.

Doch am meisten interessierte ihn das Schloss. Es schien zwei Schlüssellöcher zu haben, eines über dem anderen, und zusätzlich gab es einen Fingerabdruckleser. Da Ryan nur ein paar Sekunden Zeit hatte, nahm er, anstatt es sich genauer anzusehen, lieber sein Telefon aus der Hosentasche und fotografierte die Vorderseite. Dann machte er noch schnell eine Detailaufnahme der Spuren an der Seite.

Er steckte das Telefon wieder ein und ging ins Kino zurück, doch als er nach der Tür griff, erschreckte ihn Ethan, der sie gerade von innen aufmachte.

»Ich lasse Yannis rein«, erklärte Ethan und rief die Treppe hinauf: »Ich bin unten im Kino!«

Sekunden später schlurfte Yannis die Treppe herunter.

»Wie geht's, Ethan? Du hättest in der Schule sein müssen! Sal wurde rausgeworfen, Guillermo ist für eine Woche suspendiert. Alle fragen, wie es dir geht. Ich habe gesagt, gut, aber ich habe nicht gesagt, dass du schon aus dem Krankenhaus bist, damit dir die Lehrer keine Hausaufgaben aufbrummen.«

Yannis schien verwirrt, als er unten ankam und Ryan sah.

»Oh, du bist das«, begrüßte er ihn steif.

»Na ja, als ich letztes Mal nachgesehen habe, war ich es noch«, meinte Ryan. Obwohl er Yannis nicht ausstehen konnte, musste er versuchen, mit ihm auszukommen, wenn er Ethans Freund bleiben wollte.

»Wir sehen uns *Iron Man 2* an«, sagte Ethan. »Gleich kommen wir zu dem grandiosen Finale.«

Yannis schüttelte den Kopf. »Ich dachte, wir könnten mit dem Roboter weitermachen.«

Ethan hob leicht den Gipsarm. »Und wie soll ich das damit machen?«

Yannis wollte Ryan offensichtlich nicht dabeihaben und fragte böse: »Warum warst du nicht in der Schule?«

»Asthmaanfall«, erwiderte Ryan. »Der Arzt sagt, ich brauche Ruhe.«

»Du siehst nicht sehr krank aus«, fand Yannis.

Ryan lachte. »Ich bin auch nicht sehr krank. Aber ich habe einen Vorwand, ein paar Tage Twin-Lakes-Langeweile zu entgehen, und werde es auskosten.«

»Na, wenn ihr euch *den* Film anseht, dann kann ich auch nach Hause gehen und Hausaufgaben machen. Ich wollte nur wissen, wie es dir geht.«

Ethan sah ihn verdutzt an. »Warum stellst du dich so an, Yannis? Ich mache den Hot-Dog-Grill für dich an und wir können ein bisschen chillen.«

Aber Yannis war schon wieder auf dem Weg zur Treppe.

»Ich sehe mir einen Film nur ganz an«, behauptete er. »Sonst kann man ihn nicht richtig genießen.«

Ethan humpelte ein paar Schritte hinter ihm her und rief die Treppe hinauf: »Warum machst du immer so ein Theater, wenn jemand anderes da ist?«

»Ich mache gar kein Theater«, widersprach Yannis laut und aufgeregt. »Ich dachte nur, wir seien Freunde. Normalerweise machen wir etwas zusammen.«

Ethan war aufgebracht. »Wir haben dich eingeladen, hereinzukommen, dir den Film anzusehen und Hot Dogs zu essen. Es ist ja nicht so, als würden wir dich rauswerfen!«

Yannis antwortete nicht. Die Haustür knallte zu und Ethan und Ryan sahen einander an.

»Habe ich etwas getan, das ihn ärgert?«, wunderte sich Ryan.

»Er ist sofort eifersüchtig, wenn man einen Freund außer ihm hat«, erklärte Ethan. »Im Schachclub führt er sich auch so auf. Aber das ist *sein* Problem. Sehen wir uns den Film zu Ende an.«

✳

Der Schläger mit der blutigen Nase zog Ning vom Boden hoch und warf sie vor Ingrid auf den Schreibtisch.

»Wie kannst du zulassen, dass deiner Tochter so etwas angetan wird?«, rief Leonid. Ning starrte die Deckenfliesen an. »Was für eine Mutter bist du eigentlich? Was für eine Mutter lässt ihr Kind leiden, nur für Geld?«

»Chaoxiang wird herausfinden, was du getan hast«, schrie Ingrid. »Er weiß, dass du eine Tochter hast. Er wird ihr genau das antun, was du Ning antust!«

Leonid lachte. »Chaoxiang hat ein paar sehr wichtige Leute verärgert. Er ist nichts weiter als eine Leiche in einer chinesischen Gefängnisuniform!«

Ingrid neigte sich vor, sodass ihr Gesicht nur knapp einen halben Meter von Leonids entfernt war, und spuckte ihm ins Gesicht. Leonid fuhr angewidert zurück, zog Nings T-Shirt hoch und schüttete ihr den heißen Kaffee über den Bauch.

»Nein!«, rief Ingrid, als Ning vor Schmerz aufschrie.

Als die heiße Flüssigkeit Nings Haut verbrannte, versuchte Ingrid aufzustehen, doch einer der Schläger stieß sie wieder auf ihren Stuhl zurück.

»Wie kannst du nur!«, schrie Ingrid. »Sie ist nur ein kleines Mädchen!«

Leonid spürte, dass er einen wunden Punkt getroffen hatte, und sah den Teenager an. »Offensichtlich gefällt es ihr nicht, wenn ihr kleines Mädchen verbrannt wird, also mach mir noch einen schönen heißen Kaffee.«

»Okay!«, rief Ingrid und fuhr sich mit ihren blutigen Händen durchs Haar. »Du hast gewonnen. Ich gebe dir die Bankdaten.«

»Gut«, fand Leonid. »Aber du solltest nicht versuchen, mich hereinzulegen, sonst verbrenne ich sie mit etwas anderem als nur heißem Kaffee.«

Ingrid deutete auf das Wasser, mit dem sie sich die Augen ausgewaschen hatte.

»Gib ihr das.«

Der Teenager nahm die Schüssel und kippte Ning etwas Wasser auf die Verbrennung. Leonid schien das zwar nicht zu gefallen, aber er war mehr daran interessiert, Informationen aus Ingrid herauszubekommen, als den Jungen anzuschreien.

»Ich kenne die Nummern nicht auswendig«, sagte Ingrid. »In meinem Gepäck sind ein Adressbuch und ein Tagebuch. Auf ein paar Konten habe ich über den Computer Zugriff, auf andere nur per Telefon.«

»Kuban hat ihr Tagebuch und ihr Adressbuch schon durchgesehen. Da sind keine Bankangaben drin«, sagte einer der Schläger.

Ingrid schnaubte. »Glaubt ihr, ich schreibe sie so auf, dass jeder Idiot sie lesen kann, wenn ich sie verliere? Sie sind in einem einfachen Code versteckt, den Chaoxiang mir beigebracht hat. Außerdem brauche ich einen Stift und einen Taschenrechner.«

Der Schmerz von den Verbrennungen an ihrem Bauch ließ Ning schluchzen. Leonid befahl dem Teenager, Ingrids Sachen zu holen und einen Ersatzcomputer mitzubringen, damit sie ins Internet konnte.

»Ich kooperiere«, erklärte Ingrid. »Kannst du es Ning nicht wenigstens ein wenig bequemer machen? Nehmt ihr die Handschellen ab und gebt ihr etwas gegen die Verbrennungen!«

»Du bist nicht in der Position, Forderungen zu stellen«, entgegnete Leonid scharf.

»Ich muss mich auf die genauen Zahlen konzentrieren *und* locker klingen, wenn ich bei den Banken anrufe, um die Überweisungen zu tätigen. Wie soll das gehen, wenn sich meine Tochter vor Schmerzen windet?«

Das leuchtete Leonid ein und er nickte leicht.

»Wir machen es ihr etwas leichter«, erklärte er. »Essen, Toilette, ein paar Kleidungsstücke.«

»Danke«, nickte Ingrid.

»Bring das Mädchen raus«, befahl Leonid dem Schläger mit der blutigen Nase. »Aber nur ins Nebenzimmer. Ich brauche sie hier, falls ihre Mutter irgendwelche komischen Tricks versucht.«

Ning streckte sich, als ihre Handschellen gelöst und die Beinfesseln durchschnitten wurden. Zum ersten Mal seit fast sechs Stunden konnte sie sich frei bewegen, aber ihr tat alles weh. Sie hatte Blasen auf der Haut um ihren Bauchnabel herum, eine gebrochene Zehe, blutige Handgelenke und eine dunkle Schramme am Kinn, wo sie in den Split gefallen war.

Nings neu ernannter Wächter winkte sie zur Tür. Der nächste Raum war als eine Art Pausenraum für das Personal des Clubs eingerichtet. Es gab ein paar Stühle, ein Waschbecken, einen schmierigen Kühlschrank, angeschlagene Becher und wackelige Tische. An einer Seite war eine Toilette und Ning rannte geradewegs darauf zu.

Der Schläger bestand darauf, in der Tür stehen zu bleiben, hatte aber zumindest so viel Anstand, wegzusehen, als Ning pinkelte. Dann stellte sie sich vor den Spiegel und wusch sich rasch. Ihr Kinn und ihr Hals waren blutig.

Mit einem schmutzigen Stück Seife wusch sie sich das meiste Blut aus dem Gesicht und spritzte sich kaltes Wasser auf die Verbrennung. Als sie wieder in den Pausenraum kam, brachte der Teenager gerade Ingrids Gepäck herein. Unter einen Arm hatte er sich einen Laptop geklemmt.

Nings Wächter machte den Kühlschrank auf. Sie hatte erwartet, vergammeltes Brot und halb gegessene Nudelgerichte darin zu sehen, doch zu ihrer Überraschung war er voller Silbertabletts, die wohl für eine Veranstaltung im Tanzclub gedacht waren.

Sie hatte zu große Schmerzen, um Hunger zu verspüren, aber da sie seit dem Picknick im Flugzeug nichts mehr gegessen hatte und nicht wusste, wann sie wieder die Gelegenheit dazu bekommen würde, hielt sie es für das Beste, einen zellophanumwickelten Teller aus dem Stapel zu nehmen und ein paar Bissen Obst und etwas Kartoffelsalat mit fetten Lammstücken darin zu essen. Sie kaute langsam, während ihr Wächter beherzt zulangte.

»Kann ich meine Turnschuhe kriegen?«, fragte Ning.

Er sprach kein Englisch, daher wiederholte sie ihre Bitte und gestikulierte, als würde sie sich Schuhe anziehen. Der Schläger brachte Ning in einen Gang. Dort lehnte ihr Rucksack an der Wand, und es sah aus, als hätte man ihn auseinandergenommen und die Kleidung auf dem Boden verteilt.

Anders als im Tanzsaal und dem Pausenraum gab es hier Fenster. Ning hatte jegliches Zeitgefühl verloren und stellte überrascht fest, dass es dunkel war.

Sie nahm ihre Ersatzschuhe aus der Tasche und lehnte sich an die Wand. Es tat unweigerlich weh, als sie ihren verletzten Fuß in den Schuh zwängte, und hinterher schmerzte ihre Zehe noch mehr als vorher, aber in Socken konnte sie ja schlecht flüchten.

Als sie in den Pausenraum zurückkehrten, erhaschte Ning einen Blick auf Ingrid. Sie hatte den Laptop vor sich stehen. Leonid saß auf der Schreibtischkante und sah aufmerksam zu, während der Teenager an der Wand lehnte und sich sichtlich unwohl fühlte.

Nings Wächter schien Geschmack an den Partyhäppchen gefunden zu haben, und als sie sich wieder umdrehte, sah er in den Kühlschrank und stopfte sich noch mehr Essen in den Mund. Sie dachte daran, dass Ingrid gesagt hatte, sie solle jede Chance zur Flucht nutzen, und würde es je eine bessere geben als jetzt, wo der Schläger mit dem Kopf im Kühlschrank steckte?

Sie stand auf, ging vorsichtig auf den Gang zu und tastete nach Kubans Messer in ihrer Tasche, doch sie hatte kein gutes Gefühl dabei, da sie nicht wusste, wie sie es am besten einsetzen sollte.

»Ich habe etwas vergessen«, meinte sie leichthin und ging zum Gang.

Sie hatte noch keine zwei Schritte aus dem Pausenraum gemacht, als sie der Mann im Genick packte.

»Njet«, sagte er streng.

Er war mehr als doppelt so schwer wie Ning, daher hatte sie nur einen einzigen Versuch. Sie packte ihre ganze Kraft, Wut und alles, was sie in den vier Jahren an der Sportakademie von Dandong gelernt hatte, in einen einzigen wilden Schlag.

Die Nase des Schlägers explodierte. Er stolperte zurück und Ning trat durch den Blutnebel vor und schlug ihn ein zweites Mal, diesmal an die Schläfe. Er glitt bewusstlos und um zwei Zähne ärmer an der Wand hinunter. Ning sah sich um. Sie hatte eine Menge Lärm gemacht und erwartete halb, Leonid auf sie zurasen zu sehen, doch offensichtlich hatte man es nicht beachtet. Mit etwas Glück hatte sie ein paar Minuten Zeit, bevor jemand kam und den Schläger fand.

Ning knöpfte seinen Mantel auf, enttäuscht, keine Waffe zu finden. Sie nahm ihm seine Brieftasche weg und schnappte sich ihren eigenen kleinen Rucksack. Sie wusste zwar nicht, wie viel von ihren Sachen noch darin war, aber sie hatte auch keine Zeit, nachzusehen.

Jetzt musste sie nur noch herausfinden, wohin sie laufen sollte. Ein Ende des Ganges führte zu dem Club, durch den sie auf dem Weg hierher gegangen waren. Er war leer gewesen, aber jetzt war es Abend, und sie hörte hämmernde Musik.

Also ging sie in die andere Richtung auf eine Tür zu. Wegen der Lichtreflexionen von drinnen konnte sie nur schwer etwas erkennen, aber offenbar führte sie nach draußen. Durch das Glas erkannte sie eine Feuertreppe, die auf den Hof führte, auf dem sie angekommen waren.

Das Tor würde verschlossen sein, aber nicht unüberwindlich. Wenn die Müllsammlerin, die Kuban zusammengeschlagen hatte, hereingekommen war, dann konnte Ning auch hinauskommen. Sie drückte die Türklinke herunter und gab der Tür einen Stoß. Mit ein wenig Mühe bekam sie sie auf und humpelte hinaus auf die Metallstufen.

20

Die Luft war feucht und das einzige Licht fiel durch die
Fenster des Clubs. Ning musste sich jeden Schritt er-
kämpfen und stützte sich schwer auf das Geländer, um
ihren verletzten Fuß zu entlasten. Als sie den geschot-
terten Hof erreichte, sah sie, dass eine Gruppe übel aussehender Männer den Durchgang zur Vorderseite des
Gebäudes versperrte, daher humpelte sie geduckt zwischen den geparkten Autos zum hinteren Tor.

Es war ein paar Meter hoch und hing zu tief, als dass
sie darunter hätte durchschlüpfen können. Sie zog am
Drahtzaun in der Hoffnung, eine lose Stelle zu finden,
durch die sie sich zwängen könnte. Da sie nicht so viel
Glück hatte, wandte sie sich den Müllcontainern zu. Es
waren große Aluminiumtonnen, etwa zwei Meter hoch.
Ungefähr in der Mitte saßen Griffe.

Ning wollte eine Tonne zum Tor schieben, daraufklet-
tern und von dort aus über das Tor springen. Wäre sie fit
gewesen, hätte das nur Sekunden gedauert, doch ihre
Zehe und ihr verbrannter Bauch verursachten ihr Höl-
lenqualen, als sie den Griff des Containers packte und
begann, ihn die vier Meter zum Tor zu ziehen.

Während die Räder über den Schotter knirschten, warf
sie einen Blick zurück. Auf der Treppe war niemand,
doch die Männer in der Gasse konnten sie sehen, wenn
sie wollten.

Als der Container am Zaun lehnte, packte Ning den

Rand mit beiden Händen. Sie unterdrückte den Schmerz, stellte einen Fuß auf den Griff und zog dann das Knie hoch. Sie schwankte gefährlich. Als sie in den Müll im Container trat, huschte eine Ratte über die schwarzen Tüten.

Sie war sich nicht sicher, wie weit der Müll unter ihrem Gewicht nachgeben würde, aber nachdem sie sich etwas wackelig aufgerichtet hatte, stellte sie fest, dass sie bis zu den Knien im Container stand. Von hier aus musste sie nur noch über den Zaun klettern und auf der anderen Seite hinunterspringen, doch als sie die Hand danach ausstreckte, hörte sie plötzlich Stimmen hinter sich.

Als Erster erschien der Teenager auf der Metalltreppe. Ning sprang verzweifelt auf den Zaun, doch ihr verbrannter Bauch stieß gegen etwas, das aus einer Tüte nach oben ragte, und ihr ganzer Körper verkrampfte sich vor Schmerz. Als sie wieder zwischen die Mülltüten stürzte, kam Leonid hinter dem Teenager hergelaufen.

Ning wusste, dass sie verloren war. Sie versuchte gar nicht erst, noch einmal über den Zaun zu springen, denn selbst wenn sie es schaffen würde, wäre sie doch nicht in der Lage, wegzurennen.

Doch was dann geschah, ergab keinen Sinn. Der Teenager begann zu gestikulieren und auf Russisch zu schreien. Die elektrisch betriebenen Tore glitten auseinander, während Leonid auf Russisch, Kirgisisch oder irgendeiner Mischung davon herumbrüllte. Das einzige Wort, das Ning verstand, war *Dollars*.

An dem Geräusch von Männern, die aus der Gasse losrannten, erkannte Ning, dass Leonid ein Preisgeld auf sie ausgesetzt hatte. Doch der Teenager hatte doch bestimmt gesehen, wie sie in den Müllcontainer gefallen war?

Ning wagte nicht, nachzusehen, doch sie hörte Stimmen und auf dem Schotter in der Nähe Schritte. Sie verbrachte ein paar Minuten in dem Container, zusammen mit mindestens einer Ratte, bis sich jemand entschloss, ihn an Ort und Stelle zurückzuschieben.

Er schlug mit dumpfem Knall an die Hofwand, und Ning sah erschrocken, wie sich feiste Finger um den Rand krallten, dicht gefolgt von dem plattnasigen Gesicht des kräftigen Teenagers. Sie machte sich darauf gefasst, gepackt und herausgezogen zu werden, aber stattdessen bedeutete er ihr, still zu sein.

»Ich gesagt, du gesprungen und bergauf gelaufen«, bemühte er sein spärliches Englisch. »Ich komme wieder. Kann lange dauern, ja?«

»Ja«, antwortete Ning.

»Nicht bewegen. Ich muss weg.«

»Danke«, sagte Ning, als das Gesicht verschwand.

*

Ryan war randvoll mit Informationen, als er nach Hause kam. Amy machte eine vollständige Nachbesprechung und ließ ihn alles wiederholen, was Ethan gesagt hatte, und alles was er über Gillian Kitsell erfahren hatte: dass sie wegen ihrer Sexualität verstoßen worden war, von Ethans Samenspendervater und dem gesicherten Raum im Keller.

Amy machte sich detaillierte Notizen und schickte sie über ein sicheres E-Mail-Konto an den Informationsmanager im TFU-Hauptquartier in Dallas, zusammen mit den Bildern von dem Schloss an dem gesicherten Raum.

Der Informationsmanager würde die ganze Nacht daran arbeiten, alles überprüfen, was Ryan herausgefunden hatte, und möglichen Spuren folgen. Wenn Ryan am Morgen aufwachte, würde ihn ein vollständiger Bericht in seiner Mailbox erwarten, der ihm sagte, welche Fakten standhielten und welche nicht, und der ihm Vorschläge machte, nach was er weiterhin fragen sollte und was sie in den nächsten Tagen von Ethan zu erfahren hofften.

»Wie ich höre, hattest du einen guten Tag«, begrüßte ihn Ted, als Ryan durch die Küche ging.

»Ja«, antwortete Ryan und rieb sich die Augen. »Aber es ist anstrengend. Man sitzt nur herum, aber man muss die ganze Zeit überlegen, was man sagen darf und was nicht, und ausloten, was man als Nächstes fragt, ohne dass der Kerl die Geduld verliert und einen einen neugierigen Idioten nennt.«

»Aber schüchtern war er nicht, oder?«

Ted hatte eine Schürze umgebunden und stand am fünfflammigen Herd, auf dem hinten Reis kochte und in der Pfanne davor Fleischstreifen und Paprika brieten. Außerdem wackelte er zu einem Phil-Collins-Song, der aus den Deckenlautsprechern klang, mit dem Hintern.

»Wenn man ihn erst mal zum Reden kriegt, ist Ethan ganz schön geschwätzig«, erzählte Ryan und beugte sich über die Pfanne. »Dein Texmex riecht lecker. Bei deinem Musikgeschmack bin ich mir nicht so sicher.«

»Der alte Phil ist unschlagbar«, behauptete Ted. »Das Einzige, was noch besser ist als Phils Konzerte, ist Texas A&M in einem Playoff-Spiel.«

»Ist das Baseball oder so?«, erkundigte sich Ryan.

Ted knüllte einen Topflappen zusammen und warf ihn lachend nach Ryan. »College-Football, mein Junge, kennst du dich mit Sport denn gar nicht aus?«

»In England haben wir Rugby«, erklärte Ryan spitzbübisch. »Das ist so ähnlich wie das amerikanische Football, nur dass wir nicht so viele puschelschwingende Mädchen brauchen und auch keine Helme, weil es bei uns von richtigen Männern gespielt wird.«

»Wenn du nicht aufpasst, lege ich dich noch übers Knie!«, drohte Ted belustigt. »Wir sind hier fast fertig.

Im Kühlschrank stehen Guacamole und Crème fraîche. Nimmst du das bitte raus und deckst den Tisch für vier?«

»Vier?«

»Hat Amy es dir nicht gesagt? Der Boss kommt. Sie hat vorhin vom Handy aus angerufen. Wahrscheinlich steckt sie im Stau, eigentlich müsste sie schon hier sein.«

Seufzend zog Ryan die Besteckschublade auf.

»Kein Fan von Dr. D.?«, bemerkte Ted.

»Ich habe sie nur ein paarmal getroffen«, erklärte Ryan. »Sie ist nervig, mit dieser Kreischstimme und ihrem Gewedel und dem Getue: *Hi, ich bin Denise, aber sag doch Dr. D. zu mir.*«

Ted lachte. »Na, ihren Tonfall triffst du jedenfalls ausgesprochen gut. Ich weiß, sie ist schräg, aber in ihrem Job ist sie sehr gut. Und außerdem ist sie die Leiterin der TFU und damit mein und Amys Boss. Also versuch, sie bei Laune zu halten, ja?«

»Keine Angst«, beruhigte ihn Ryan, zog die Folie von der Schüssel mit der Guacamole und probierte sie mit dem kleinen Finger. »Bleibt sie über Nacht?«

»Ein paar Tage«, nickte Ted. »Falls jemand fragt, sie ist laut Coverstory deine Großmutter mütterlicherseits.«

»Weiß ich«, gab Ryan zurück. In diesem Moment klingelte es an der Tür.

Ted drückte den Türöffner, und Dr. D. kam in die Küche, stellte eine große goldene Schachtel auf den Tisch und küsste Ryan auf beide Wangen.

»Ich habe Amys Nachricht an den IM gelesen«, sagte sie. »Junge, Junge, das nenne ich Fortschritt. Ich habe dir ein Geschenk mitgebracht. Ich glaube, es wird dir bei der Mission wirklich helfen.«

Die Goldschachtel ließ Ryan an eine große Sahnetorte denken, doch als er den Deckel hob, entdeckte er einen runden Kiesel und einen Bonsai-Baum.

»Das ist für dein Zimmer«, erklärte Dr. D. aufgeregt.

Von einem ranghohen amerikanischen Nachrichtenoffizier erwartete man so etwas nicht. Ryan hielt Dr. D. für ziemlich durchgeknallt, aber er hatte noch Teds Mahnung im Kopf, nett zu sein, also sagte er: »Äh… sehr hübsch. Winzige Bäume mochte ich schon immer.«

»Das ist ein Feng-Shui-Set«, erklärte Dr. D. »Als ich dein Zimmer gesehen habe, bei dem Toilette und Dusche zum Bett hin zeigen, wusste ich, dass die Energie ganz falsch läuft. Stell den Baum ans Fenster und leg den Stein auf das Regal über der Toilette. Das gleicht das Chi in deinem Zimmer aus, und dann fühlst du dich frisch regeneriert, wenn du morgens aufwachst.«

»Ein wenig mehr Energie kann Ryan nicht schaden«, fand Amy, die gerade hereinkam und Dr. D. einen Kuss gab. »Morgens, wenn er aufsteht, kann er ein echter Morgenmuffel sein.«

Als Ted ein paar Teller aus einem Schrank nahm, flüsterte er Ryan zu: »Google Feng-Shui, wenn du Zeit hast. Und sei froh – mir hat sie mal ein lila Heil-Shirt gekauft.«

Dr. D. setzte sich an den Tisch, während Ryan Teller und Besteck verteilte.

»Ich schätze, am besten finden wir eine neue Freundin für Gillian Kitsell«, meinte Dr. D. »Ryan, wir müssen Gillians Typ kennen. Wenn du das nächste Mal drüben bist, sieh dich mal nach Fotos von Gillian mit einer ihrer Ex-Freundinnen um.«

»Dass die TFU nicht herausgefunden hat, dass Gillian Lesbe ist, ist ja wohl echt Murks«, fand Ryan. »Ich meine, bei ihrer Arbeit muss es doch bekannt sein. Und sie reist, daher muss es Passagierlisten geben, die zeigen, dass sie mit weiblichen Partnern unterwegs ist.«

Dr. D. fand die Unterstellung, dass jemand bei der TFU nicht gründlich gearbeitet hatte, unverschämt.

»Junger Mann!«, sagte sie streng. »Wir haben sie überprüft. Aber Gillian leitet eine Gesellschaft für Computersicherheitssysteme. Sie ist sehr vorsichtig und umgeben von Angestellten, die ihr sofort berichten müssen, wenn etwas Ungewöhnliches vorkommt.

Im Augenblick hat sie keine Ahnung davon, dass sie überwacht wird oder dass wir wissen, dass sie mit Aramov verwandt ist. Aber sie braucht nur einen einzigen Hinweis darauf zu bekommen, dass jemand ihren Namen bei United Airlines geprüft hat, oder eine Exfreundin ruft sie an und erzählt, dass jemand Fragen gestellt hat, und Gillian könnte sofort nach Kirgistan verschwinden und wir kriegen sie nicht mehr in die Finger.«

21

Ning wartete stundenlang. Müllsäcke landeten auf ihrem Kopf, Fliegen und Ratten machten sie verrückt und der Gestank nach Verfaultem ließ sie fast würgen. Sie hörte, wie die Männer wieder durch das Tor hereinkamen, enttäuscht, dass sie ihre Belohnung nicht bekommen würden, aber Leonid schien sich darum nicht allzu viele Gedanken zu machen. Er war wieder nach oben gegangen, um Ingrid zu bearbeiten.

Es war unmöglich, eine bequeme Stellung zu finden, vor allem, da ihre Zehe und ihr Bauch darum wetteiferten, wer am meisten wehtat. Da sie in Rattenpisse und Maden lag, machte sie sich Sorgen, dass sich die Brandwunde infizieren könnte. Sie fragte sich, ob Ingrid wusste, dass sie geflohen war, und versuchte nicht daran zu denken, was Leonid wohl vorhatte.

Ning dachte auch an ihren Retter. Der Teenager hatte ihren Fuß zerquetscht, als er den Befehl dazu bekommen hatte, aber er hatte auch ihre Handschellen gelockert. Leonid würde ihn sicher umbringen, wenn er herausfand, dass er gelogen hatte, was ihre Flucht betraf, daher war es sehr mutig von ihm, ihr zu helfen. Aber hatte er das getan, weil er gut war und sie retten wollte, oder weil er schlecht war und eine Elfjährige aus Gründen für sich haben wollte, über die sie nicht mal nachdenken wollte?

Als die Nacht bestimmt halb um war, wurde es im

Club immer lauter, bis der ganze Hof bebte. Alle schienen betrunken. Flaschen klirrten, Zigaretten wurden in Nings Container geschnippt, und es gab mindestens eine Prügelei.

Ning hatte keine Uhr, schätzte aber, dass es nach drei Uhr morgens war, als das Personal an der Tür alle hinauswarf. Ihr Rücken tat weh, und höllischer Durst ließ sie überlegen, ob sie nicht hinausklettern und fortlaufen sollte. Doch wie weit würde sie mit ihrem verletzten Fuß humpeln können, bevor sie jemand bemerkte? Auf den Teenager zu warten, war ihre einzige realistische Chance, um weiter als nur ein paar Hundert Meter zu kommen.

»Noch da?«, fragte er, als sein Gesicht endlich am Rand des Containers auftauchte. »Wir jetzt gehen. Alle sind weg.«

Vorsichtig sah er sich um, als Ning die Arme ausstreckte, packte sie unter den Achseln und zog sie heraus, wobei ihr verbrannter Bauch schmerzhaft über den Containerrand schrammte.

Ning fühlte nach hinten, ob sie ihren Rucksack noch hatte, als der Teenager sie zu einem rostigen Lada brachte, der aus unterschiedlichen Karosserieteilen zusammengeschustert war.

»Nicht weit«, sagte er und setzte Ning in den offenen Kofferraum.

Sie musste die Knie anziehen, damit sie zwischen Schneeketten und dreckigen Stiefeln hineinpasste.

»Nicht weinen. Ich helfe«, sagte er sanft.

Ning hatte schon so lange Schmerzen, dass sie gar nicht gemerkt hatte, dass ihr Tränen über die Wangen liefen. Das Knallen des Kofferraumdeckels ließ fast ihre Trommelfelle platzen. Ihre Position war noch unbequemer als zuvor in der Tonne, aber sie war zumindest erleichtert, als der Wagen durch das Tor fuhr und auf eine Straße einbog.

Die Fahrt dauerte kaum zehn Minuten. Unter einem dreistöckigen Wohnhaus ging der Kofferraumdeckel knarrend auf. Niemand sah sie, als der Teenager Ning huckepack in die erste Etage trug, wo er nach einem Schlüssel suchte und sie dann im Flur einer winzigen Wohnung absetzte.

»Wie heißt du?«, fragte Ning und lehnte sich an die Wand.

»Daniyar«, antwortete der Teenager. »Aber alle nennen mich Dan.« Er machte eine kleine Plastiktür auf und zeigte ihr einen winzigen Raum mit Dusche, Waschbecken und einer Toilette mit schiefem Sitz. »Du stinkst«, sagte Dan. »Wasser, ja?«

Ning nickte und humpelte ins Bad. Dan war offensichtlich kein Fan von Putzmitteln. Auf dem Boden lagen einige Unterwäschestücke in unaussprechlichem Zustand herum und um das Waschbecken und an der Wand entlang sah sie Mäusekot.

Sie stellte die Dusche an und zog sich aus. Im Spiegel sah sie, dass sich ihre Kleidung mit Dreck vollgesaugt hatte. Ihre Verbrennung war dunkler geworden, ebenso wie die Schrammen an Kinn und Handgelenken. Als sie sich bis auf die Socken ausgezogen hatte, erschrak sie, weil die Tür klapperte.

Nervös sprang Ning zurück, doch Dan steckte nur den Arm durch die Tür. Blind tastete er an der Wand entlang, hängte einen rosa Bademantel an einen Haken an der Innenseite der Tür und hielt ihr anschließend ein kleines, kunstvoll geformtes Stück Seife hin.

»Meine Schwester hat hiergelassen, nach Heirat«, erklärte er.

Zu Hause hatte Ning für gewöhnlich exklusive Markenartikel benutzt, aber das krümelige rosa Seifenstück mit dem aufgeprägten Schwan hatte etwas Beruhigendes an sich.

Es tat grausam weh, die Socke auszuziehen, und als sie es geschafft hatte, betrachtete sie eine rosa geschwollene, gebrochene Zehe, die in beunruhigendem Winkel abstand. Doch rein gefühlsmäßig kam Ning sich ein wenig stärker vor, als sie unter das Rinnsal von Dusche trat und sich den Gestank aus den Haaren wusch. Sie achtete darauf, keine Seife auf den Bauch zu bekommen, und als sie aus dem Bad kam, fühlte sie sich fast wieder menschlich.

Der Rest von Dans Wohnung bestand aus einem einzigen Zimmer, etwa fünf mal fünf Schritt groß. Neben dem Bett bestand die Einrichtung aus einem Flachbildfernseher, einer Fitnessbank und einem Haufen Hanteln und Gewichtsscheiben. Auf den Postern an der Wand waren großbusige Frauen in spärlicher Lederbekleidung zu sehen.

Bei der überwältigenden Präsenz von Männlichkeit fühlte sich Ning verletzlich, da sie unter dem Bademantel nichts trug, aber Dan schien nicht bedrohlich, als er in der Küche einen Apfel aufschnitt und die Stücke auf zwei Teller verteilte.

»Setz dich auf Bett«, verlangte er.

Ning setzte sich, und Dan kam mit einem Becher Tee und einem kleinen Teller zu ihr, auf dem Käsewürfel und Apfelstücke lagen, ein Stück Fleisch, das noch die Form der Dose hatte, aus der es gekommen war, und ein dreieckiges Stück Brot, das Ning misstrauisch begutachtete.

»Lepioschka«, sagte Dan. »Magst du nicht?«

Lächelnd biss Ning hinein und sagte: »Doch, mag ich. So ein Brot habe ich noch nie gegessen.«

Dan setzte sich neben Ning aufs Bett. Er hatte seine Turnschuhe ausgezogen, und seine Socken stanken, aber darüber konnte sie sich ja kaum beschweren. Dans Teller enthielt das Gleiche wie ihrer, nur mehr davon.

»Tut mir leid, das mit Fuß«, entschuldigte sich Dan, an

einem Stück Dosenfleisch kauend. »Ich große Gefühle Schuld.«

Ning nickte und sprach extra langsam, damit Dan sie verstand. »Es war sehr mutig, mir zu helfen.«

»Kirgistan sehr arm«, erzählte Dan. »Du hast Müllfrau gesehen?«

»Die, die Kuban verprügelt hat?«

»Ja. Viele hier leben so. Alte bekommen kein Geld. Junge keine Arbeit. Sogar in Afrika viele Menschen reicher als Kirgisen. Verstehst du?«

»Ich verstehe«, bestätigte Ning.

»Ich will gerne Mechaniker oder in Laden arbeiten. Vielleicht sogar Lehrer. Ich arbeite für Aramov-Clan, weil ich viele Muskeln.«

Um seine Aussage zu unterstreichen, zog er den Ärmel seines »Barcelona«-T-Shirts hoch und zeigte ihr einen riesigen Bizeps.

»Ich hasse vieles, was Aramov-Clan tut. Aber ich keine Eltern. Schwester heiratet, geht weit weg. Wenn ich nicht arbeite für Aramov, kein Geld, keine Wohnung, kein Strom, kein Essen. Ich wie Müllfrau. Ja?«

Ning legte die Hand auf die Brust.

»Du hast ein gutes Herz. Wie alt bist du?«

»Sechzehn. Du?«

»Elf«, antwortete Ning. »Fast zwölf.«

»Kuban sagt mir, ich soll Leute verletzen. Schlimm, wenn man nicht gehorcht Aramov-Clan. Sie mich töten, wenn sie dich finden. Viel Schmerz, als Beispiel.«

»Kannst du mich von hier fortbringen?«, fragte Ning.

Dan wirkte unsicher. »Muss viele Dinge herausfinden. Braucht Zeit.«

Im Müllcontainer hatte Ning ihren Rucksack durchsucht und festgestellt, dass das Bündel mit fünfundzwanzigtausend Dollar noch in einem alten Paar Socken steckte. Doch obwohl Dan vertrauenswürdig erschien, entschied sie sich dafür, das fürs Erste nicht zu erwähnen.

»Keine Angst«, meinte Dan. »Morgen ich sehe Krankenschwester. Alte Freundin von Schwester. Sie dich ansehen. Wird besser.«

»Kannst du ihr vertrauen?«, fragte Ning.

»Vertrauen?« Das Wort kannte Dan nicht.

Ning versuchte, es anders auszudrücken. »Diese Freundin. Ist das sicher für mich?«

»Sicher, ja!«, lachte Dan. »Sie hasst mich dafür, dass ich arbeite für Aramov. Sie ihren Vaterbruder ermordet.«

Ning war sich nicht sicher, ob *Vaterbruder* Vater und Bruder oder Bruder des Vaters bedeutete, aber auf jeden Fall klang es besser, als gar nicht behandelt zu werden.

»Bist du sicher, dass sie hier nicht nach mir suchen?«, fragte Ning, nachdem sie den letzten Brotkrümel aufgegessen hatte.

»Leonid braucht dich nicht. Ingrid ihm alles geben, was er will.«

Ning hatte noch nicht daran gedacht, nach Ingrid zu fragen. Sie musste nach Luft schnappen. Ingrid hatte geglaubt, dass Leonid sie umbringen würde, sobald er hatte, was er wollte.

»Wo ist sie jetzt?«

Dans Gesichtsausdruck sagte Ning, dass Ingrid recht gehabt hatte.

»Oh Gott!«, stieß sie hervor, und Tränen stiegen ihr in die Augen.

»Bitte nicht schreien«, sagte Dan hastig, bereit, ihr den Mund zuzuhalten. »Wände sehr dünn. Leute oben hören!«

»Wie?«, fragte Ning und fügte dann zornig hinzu: »Warum hast du nichts gesagt?«

Dan wirkte verletzt. »Ich will, du stark, bevor ich dir sage.«

»Wie?«, wiederholte Ning.

Dan kannte das richtige Wort nicht, legte sich stattdessen aber die Hände um den Hals.

»Erwürgt«, stellte Ning fest.

»Nicht große Schmerzen«, sagte Dan, griff in die Jeanstasche und nahm einen Goldring mit drei winzigen Diamanten heraus.

»Leonid nimmt Ring mit großem, großem Diamant. Gibt anderem Mann Goldkette und das mir. Musst du jetzt haben.«

Ning hatte das Gefühl, die Fassung zu verlieren, als sie den Ring nahm und langsam vor ihren Augen drehte. Ihr Stiefvater hatte Ingrid sehr schönen Schmuck gekauft, aber dieses schäbige alte Ding war das einzige Stück, das Ingrid neben ihrem Ehering immer getragen hatte. Sie nannte ihn ihren Argos-Katalog-Ring, obwohl Ning keine Ahnung hatte, was das bedeuten sollte.

Dan legte ihr eine Hand auf den Rücken und wiederholte, dass es ihm leidtat, und Ning hielt den Ring an ihre Nase. Vorsichtig roch sie an der Innenseite und bekam einen Hauch von Ingrids süßem Wodkaduft in die Nase.

»Mein Bett ist deins«, sagte Dan, als Ning leise weinte. »Du musst fest schlafen.«

22

Ning konnte Dans Wohnung nicht verlassen. Die erste Nacht hatte sie vor Schmerzen wach gelegen und sich gefragt, ob er wohl zu gut sei, um wahr zu sein. Aber es stellte sich heraus, dass das Schlimmste an Dan seine stinkenden Füße und die nächtlichen Furz-Eruptionen waren, die bald zu einem Witz unter ihnen wurden.

Dans Krankenschwesterfreundin versorgte sie. Sie richtete ihre Zehe und wickelte sie fest in eine Bandage, säuberte die Brandwunde und holte mit der Pinzette Splittstückchen aus der tiefen Wunde an ihrem Kinn. Ning gab Dan ein paar ihrer US-Dollar und er kam mit einer Tüte voller elastischer Binden, Desinfektionsmittel und einer Brandsalbe zurück.

Meistens arbeitete Dan von früh morgens bis nach Einbruch der Dunkelheit. Er sagte, er mache Jobs für Leonid Aramov, aber wenn sie nach Einzelheiten fragte, machte er dicht. Sie kochten zusammen und schliefen Kopf an Fuß in dem Doppelbett.

Während der ersten Tage war Ning nicht zu viel zu gebrauchen. Sie verbrachte Stunden an Dans X-Box und arbeitete sich durch seine DVD-Raubkopien, die zumeist grausige Splatter-Movies oder Kampfvideos waren. Am dritten Tag war sie bereits beweglicher und entschloss sich, gegen den Dreck vorzugehen. Sie wischte den Boden und putzte das Bad, schrubbte die Küchenschränke und warf das vergammelte Essen aus dem Kühlschrank.

Die Wäsche musste von Hand gewaschen werden, und so arbeitete sie sich in den nächsten Tagen durch Dans Unterwäschehaufen, die Bettlaken – die vermutlich seit ihrer Anschaffung noch nicht gewaschen worden waren – und mehrere Jeans, die so dreckig waren, dass sie selbst nach dreimaligem Waschen und Auswringen das Wasser immer noch schwarz färbten.

Das Einzige, was sie nicht wusch, waren die Vorhänge, da Dan ihr befohlen hatte, sie jederzeit geschlossen zu halten.

Es war anstrengend, aber die Beschäftigung hielt sie vom Grübeln ab.

Am dritten Abend hatte Dan ein Date, und Ning sah eifersüchtig zu, wie er sich beeilte, nach der Arbeit ein Hemd und Jeans anzuziehen, die sie gewaschen hatte. Insgeheim hoffte sie, dass er um acht Uhr abends mit einem roten Fleck von einer Ohrfeige zurückkommen würde, aber als er um zwei Uhr nachts endlich kam, hatte er Lippenstift am Kragen und sang beim Zähneputzen.

»Habt ihr euch geliebt?«, fragte Ning, als er ins Bett stieg.

Dan verstand sie nicht. »Was heißt geliebt?«

»Sex«, erklärte Ning und machte mit dem Zeigefinger eine Rein-Raus-Bewegung.

Dan lachte. »Ich hätte gerne Sex, aber sie wohnt bei Mutter und hier du.«

Es war das einzige Mal, dass sich Ning wie eine Last gefühlt hatte, und durch sein schlechtes Englisch konnte sie nicht einschätzen, was er wirklich dachte.

Am nächsten Abend planten sie ihre Flucht. Bischkek lag an einer Autobahn, auf der Lastwagen von China nach Russland gebracht wurden. Sie überlegten, ob sie einen Teil von Nings Geld dafür verwenden sollten, sie von einem chinesischen Lastwagenfahrer nach Russland schmuggeln zu lassen. Aber das würde bedeuten, dass sie zwei Tage durch Kasachstan fahren musste, und Ning sprach kein Russisch, daher würde man sie möglicherweise auf der Straße aufgreifen und als illegale Einwanderin wieder nach China zurückschicken.

Dans zweiter Vorschlag klang vielversprechender: mit einem der Flugzeuge des Aramov-Clans nach Europa zu fliegen und dann nach England zu reisen. Ingrid war britische Staatsbürgerin gewesen und als ihre legal adoptierte Tochter konnte auch Ning Anspruch auf die britische Staatsbürgerschaft erheben.

Das würde bedeuten, dass sie in ein Kinderheim in England kam oder vielleicht bei Verwandten von Ingrid wohnte, aber alles schien besser als China, wo sie mit ihrer Geschichte voller Undiszipliniertheit und der Verwicklung in den Mord an den beiden Polizisten garantiert für den Rest ihrer Jugend in eine strenge Reformschule geschickt werden würde.

Nings fünfter Tag war ein Sonntag, an dem Dan nicht arbeiten musste. Er ging auf einen Drink in den Kreml und kam mit Informationen zurück. Offenbar flog der Aramov-Clan drei mal wöchentlich von ihrem Flugplatz in den Bergen aus nach Pilsen in Tschechien.

»Chinesen und Kirgisen brauchen für die meisten europäische Länder ein Visum«, erzählte Dan. »Aber für Tschechien nur Pass. Hast du noch kirgisische Pass?«

Ning hatte in den letzten Tagen nur Dan und die Krankenschwester gesehen und sich angewöhnt, einfaches und langsames Englisch zu sprechen.

»Die Pässe sind in meiner Tasche«, sagte sie. »Kirgisisch und chinesisch.«

»Ich trinke Bier mit Pilot heißt Maks. Er sagt, du an Bord, kein Problem. Wenn in Tschechien, er dich geben an Person er kennt. Von da aus leicht nach Frankreich, Spanien, Italien. England schwerer, er sagt, aber du kannst in Lastwagen schmuggeln, für vielleicht tausend Dollar. Oder bekommst gute europäische Pass. Dauert länger. Vielleicht zwei-, vielleicht dreitausend Dollar. Gut, ja?«

Ning lächelte. »Ja, gut. Ich habe mehr als genug Geld. Ich kenne Maks, er war Kopilot auf unserem Flug hierher.«

»Er fliegt morgen nach Pilsen. Du packen Sachen, ich stelle Wecker auf vier Uhr und fahre dich hin.«

Es war bereits spät und Ning wurde traurig. Natürlich war es unmöglich, den Rest ihres Lebens in Dans winziger Wohnung zu verbringen, aber sie fühlte sich dort sicher und wünschte sich fast, sie könnte bleiben.

*

Dan hielt seinen schäbigen Lada auf einer Schotterstraße an. Es war dunkel, aber von der Landebahn des Aramov-Flugplatzes im Tal unter ihnen leuchtete bläuliches Licht.

»Geh Pfad weiter«, wies Dan sie an. »Ist steil, Vorsicht. Unten drei kaputte Flugzeuge. Versteck dich, bis Maks kommt. Er zündet Zigarette an, wenn sicher für dich. Will dreitausend Dollar. Du hast sie, ja?«

»Alles abgezählt«, erwiderte Ning.

Tränen traten ihr in die Augen, als sie sich zu Dan hinüberbeugte und ihn umarmte.

»Ich verdanke dir mein Leben«, sagte sie. »Du bist sehr nett und sehr mutig.«

Dan lächelte und wirkte ein wenig durcheinander. »Du mehr als mutig: Noch kein Mädchen gewagt hat, meine dreckige Wäsche waschen.«

Lachend küsste Ning Dan auf die Wange.

»Ich versuche, dich auf dem Handy anzurufen, wenn ich in Sicherheit bin«, versprach sie. »Und ich gebe dir zweitausend Dollar.«

Dan hob abwehrend die Hände. »Ich will dein Geld nicht.«

»Keine Chance«, lächelte Ning. »Ich habe sie in deinem Zimmer unter der Matratze gelassen. Kauf dir neue Vorhänge.«

Sie umarmten einander noch ein letztes Mal, dann nahm Ning ihre Tasche vom Rücksitz und ging den Pfad entlang. Das Licht von der Landebahn vermittelte ihr eine grobe Vorstellung, wohin sie treten konnte, aber der Weg war steiler, als sie vermutet hatte, und mit ihrer gebrochenen Zehe war es schwierig, da auf dem abschüssigen Gelände ihr Fuß bei jedem Schritt im Schuh nach vorne geschoben wurde.

Maks saß auf dem platten Reifen eines Antonow-Frachtflugzeugs ohne Heck. Ganz gelassen sog er an seiner Zigarette und zählte seine dreitausend Dollar ab. Gleichzeitig beobachtete Ning, wie sich ein Konvoi aus einem Mercedes der E-Klasse und zwei verbeulten Minibussen mit einem Haufen Gepäck auf dem Dach näherte. Alle drei Fahrzeuge hatten chinesische Nummernschilder.

»Alles da«, stellte Maks fest und steckte das Geld ein. »Wenn du ins Flugzeug steigst, setz dich hinten hin auf den Einzelplatz. Sprich mit niemandem und verrate deinen Namen nicht.«

»Dan hat mir auf dem Markt Bücher gekauft«, sagte Ning. »Ich werde lesen. Wie lange dauert der Flug denn?«

»Acht Stunden mit einem Tankstopp in Volgograd. In Pilsen bringe ich dich durch den Zoll und setze dich in ein Taxi, das dich zu einer Frau namens Chun Hei bringt.«

Ning sah ihn verwirrt an. »Dan sagte, Sie gehen mit mir?«

»Njet, njet«, erwiderte Maks kopfschüttelnd. »Ich bin

der Pilot. Ich muss ein oder zwei Stunden später wieder zurückfliegen. Keine Angst, du bist sicher.«

Nings Transportmittel war eine fünfunddreißig Jahre alte Antonov AN-24 aus der ehemaligen Sowjetunion. Da die Turbopropmaschine mit fünfzig Plätzen regelmäßig nach Tschechien flog, musste sie den europäischen Sicherheitsstandards genügen und war in wesentlich besserem Zustand als der Schrotthaufen, mit dem sie aus China herausgeflogen war. Der Rumpf war weiß mit roten und goldenen Streifen gestrichen – den Nationalfarben Kirgistans – und an der Seite stand *Clanair*.

Ning folgte Maks vorbei an etwa vierzig Leuten, die versuchten, ihre Sachen im Gepäckraum des Flugzeuges unterzubringen. Abgesehen von dem elegant gekleideten Paar aus dem Mercedes waren alle anderen Passagiere Frauen zwischen fünfzehn und Anfang zwanzig.

Es waren sowohl Chinesinnen als auch Nordkoreanerinnen. Die chinesischen Mädchen sprachen Dialekte aus den armen Provinzen Sezuan und Qinghai. Sie hatten bunte Kleider, rollten Koffer hinter sich her und schnatterten wie auf einem Schulausflug. Die Koreanerinnen waren stiller, trugen triste Kleidung und hatten ihre wenigen Habseligkeiten in altmodischen Koffern oder Plastiktaschen.

Aber eines hatten alle Frauen gemeinsam: Schönheit. Einige waren klein und kurvenreich, andere groß und laufstegdürr, aber es gab keinen einzigen Schnurrbart, keine platte Nase, fehlende Zähne, Hängebusen oder schlaffe Bäuche.

Da Ning die Nachrichten über ihren Vater im Fernsehen und in den Zeitungen verfolgt hatte, wusste sie von seiner Menschenschmuggelorganisation. Schaudernd wurde ihr klar, dass sie sich inmitten erstklassiger menschlicher Fracht befand, die für den europäischen Sexhandel bestimmt war.

Bislang hatte Ning sich mit dem Gedanken getröstet, dass mit der Verhaftung ihres Vaters zumindest Tausenden von jungen Frauen Leid erspart wurde, aber offensichtlich florierte der Handel mit hübschen Mädchen auch ohne ihn.

Am Fuß der Treppe ins Flugzeug stand ein kirgisischer Zollbeamter. Die Frauen mussten ihm einen kleinen Betrag in chinesischer oder kirgisischer Währung geben, bevor er ihre Pässe prüfte und sie abstempelte. Ning war besorgt, weil sie nur Dollar hatte, aber Maks machte eine Geste, als hebe er ein Glas an den Mund, und der Beamte ließ sie durch, ohne ihren Ausweis auch nur aufzuschlagen.

Ning ging an dem reichen Paar vorbei, das in einer der vorderen Reihen mit besonders viel Beinfreiheit saß, und setzte sich, wie Maks befohlen hatte, auf den Einzelsitz ohne Fenster hinten im Flugzeug. Daneben befand sich eine kleine Küche, aber Kühlschrank, Herd und Wasserkocher waren abmontiert worden, und die Löcher waren mit Müll gefüllt.

Sie warf ihren Rucksack in das Gepäckfach über ihrem Kopf, steckte den kirgisischen und den chinesischen Pass in ihre Jeans und schloss den Sitzgurt. Die Nordkoreanerinnen kamen an Bord und starrten die Inneneinrichtung des Flugzeugs an, als wäre es ein Raumschiff. Sie setzten sich erst, als eine breithüftige Stewardess sie auf Koreanisch anbrüllte.

Ning legte den Kopf an den Rumpf. Sie versuchte nicht an Dan zu denken, weil sie fürchtete, dann weinen zu müssen. Alles um sie herum wirkte korrupt und schmutzig, und nach allem, was sie in den letzten zehn Tagen durchgemacht hatte, schien das schon fast zur Normalität zu werden.

Sie hoffte, dass es besser werden würde, wenn sie in Europa landeten, aber sie war sich nicht sicher.

23

Montag ging Ethan das erste Mal wieder in die Schule und Ryan blieb fast den ganzen Tag in seiner Nähe. Yannis hatte ihn widerwillig akzeptiert, teils weil auch Guillermo nach seiner Suspendierung zum ersten Mal wieder da war und Ryans Anwesenheit Schutz versprach, aber hauptsächlich weil Ethan klargemacht hatte, dass er Ryan mochte und mit ihm sprechen würde, ob es Yannis nun gefiel oder nicht.

Nach der Schule hatten Yannis und Ethan ihren Schachclub.

»Du kannst mitkommen«, schlug Ethan vor, als sie nach der letzten Stunde aus dem Englischunterricht kamen.

Yannis ergriff die Gelegenheit, Ryan abzuwehren. »So spät im Schuljahr lässt ihn Mr Spike nicht mehr mitmachen!«

Ethan lachte. »Das ist ihm doch egal. Wir sind sowieso nur zwölf und davon taucht die Hälfte nicht mal auf.«

Ryan musste mehr über Ethans Hintergrund erfahren, indem er so viel Zeit wie möglich mit ihm verbrachte, und hätte normalerweise Ja gesagt, aber er war an diesem Morgen mit einem Kratzen im Hals aufgewacht, das sich im Laufe des Tages zu einer Erkältung ausgewachsen hatte, komplett mit verstopfter Nase und rasenden Kopfschmerzen.

»Ich nehme den Bus nach Hause«, erklärte er daher.

»Ich fühle mich beschissen und könnte ums Verrecken nicht Schach spielen. Ich vergesse immer, wie die Pferde laufen.«

»Du meinst die Springer«, berichtigte ihn Yannis, dem entgangen war, dass Ryan einen Witz gemacht hatte.

»Ich will deine Bakterien sowieso nicht«, grinste Ethan. »Dann sehen wir uns hoffentlich morgen an der Bushaltestelle, wenn es dir besser geht.«

»Wahrscheinlich«, antwortete Ryan. »Normalerweise werde ich Erkältungen leicht wieder los.«

Ethan konnte seinen Rucksack mit dem Gipsarm nicht so leicht tragen, und Yannis ergriff freudig die Gelegenheit, ihn zu nehmen und die Treppe zum Schachclub hinaufzulaufen.

Mit dem Auto war man in fünfzehn Minuten bei Ryans Haus, doch da der Bus Umwege fuhr, um in allen möglichen Siedlungen Kinder abzusetzen, dauerte es fast vierzig Minuten, bis Ryan zu Hause war.

»Hallo, Amy«, krächzte er, als er in die Küche sah.

Amy saß auf einem Hocker und las einen Packen TFU-Unterlagen durch.

»Oh, du hörst dich ja heiser an!«, stellte sie fest, stand auf und legte Ryan die Hand auf die Stirn. »Und du glühst ja. Soll ich zur Apotheke fahren und dir etwas holen?«

»Nein«, antwortete Ryan. »Ich habe Paracetamol in meinem Medizinbeutel oben. Ich nehme ein paar davon und lege mich in die heiße Badewanne.«

»Trink ein Glas Orangensaft, Vitamin C ist gut bei Erkältungen«, riet ihm Amy.

»Sind Ted und Dr. D. schon wieder hier?«

Amy sah auf die Uhr. »Ihr Flug aus Dallas sollte mittlerweile gelandet sein. Sie werden zum Abendessen hier sein. Falls es dich interessiert, es gibt Brathühnchen.«

Ryan ging nach oben in sein Zimmer. Der CHERUB-

Campus war bestimmt keine Absteige, aber wenn seine Mission hier vorbei war, würde es ihm wie ein Abstieg vorkommen. Sein Zimmer lag am Ende des Flurs im ersten Stock und hatte einen Balkon zum Meer hin, einen zehn Meter langen Kleiderschrank und ein riesiges Bett mit einer kreisrunden Wanne am Ende. Am meisten beeindruckte ihn, dass er die gewünschte Wassertemperatur einprogrammieren konnte, und wenn er auf einen Knopf drückte, füllte sich die Wanne innerhalb von drei Minuten.

Während er in der Wanne lag, sah er sich eine alberne Polizei-Verfolgungs-Serie an. Amy brachte ihm ein Tablett mit Orangensaft, Pfefferminztee und etwas Toast mit Butter.

»Wenn man schon krank sein muss, dann ist es bestimmt am besten«, fand Ryan, als Amy die Taschen seiner schmutzigen Schulkleidung umdrehte.

Er stieg erst aus der Wanne, als er begann, wie eine Rosine auszusehen, aber er konnte nur drei Schritte machen und auf seinem Bett zusammenbrechen. Anstatt sich abzutrocknen, rollte er sich lieber nur in seine Decke. Als er eine Stunde später wieder aufwachte, sah er, wie Dr. D. mit zornigem Gesichtsausdruck über ihm stand.

»Ist das Essen schon fertig?«, fragte Ryan und sah besorgt an sich herunter, um zu überprüfen, ob er auch züchtig bedeckt war. Seine Kopfschmerzen hatten sich gebessert, aber seine Nase war verstopft.

»Du hast Amy nicht gebrieft, als du von der Schule nach Hause gekommen bist«, stellte Dr. D. fest.

Ryan bemerkte, dass sie eine riesige Sonnenbrille und ein komisches Kleid mit großen Schulterpolstern trug.

»Da ist nicht viel passiert«, erzählte er. »Ich bin in die Schule gegangen. Yannis war die ganze Zeit dabei, und wenn er in der Nähe ist, kann man sich nicht richtig unterhalten, außerdem haben wir die meiste Zeit Unterricht.«

»Du musst eine Situation herbeiführen«, mahnte Dr. D. »Sonst wirst du ihm nie so nahe sein, dass wir alles über Gillian Kitsell herausfinden können, was wir brauchen. Wir müssen eine Agentin auf sie ansetzen, aber ich muss genau wissen, auf welchen Typ sie steht. Wie sehen ihre Ex-Freundinnen aus? Wie hat sie sie kennengelernt? Geht Gillian häufig in Homo-Bars oder Clubs?«

Ryan putzte sich die Nase, bevor er antwortete: »Habe ich ja versucht, aber im Haus stehen keine Fotos. Gillians Arbeitszimmer hat ein elektronisches Schloss, und ihr Schlafzimmer ist im oberen Stockwerk, in dem ich nichts verloren habe. Und ich kann Ethan nicht ständig Fragen über das Liebesleben seiner Mutter stellen, ohne seine Freundschaft zu riskieren.«

Dr. D. kreuzte feindselig die Arme vor der Brust. »Nun, du scheinst eine Menge Zeit mit Ethan verbracht zu haben, ohne zu verwertbaren Ergebnissen zu gelangen.«

»Es ist erst eine Woche«, wehrte sich Ryan wütend. »Ethan und seine Mutter stehen sich nahe. Ich glaube, dass Ethan mehr über die Geschäfte und den familiären Hintergrund seiner Mutter weiß, als er zugibt. Geben Sie mir noch ein paar Wochen Zeit, dann werde ich *eine Situation herbeiführen*. Ich werde ihn hierher einladen, wenn alle anderen weg sind, und ihm ein paar meiner dunkelsten Geheimnisse anvertrauen. Und wenn ich Glück habe, rückt er dann auch mit ein paar von seinen eigenen heraus.«

»Das könntest du auch dieses Wochenende arrangieren«, schlug Dr. D. vor.

»Das ist zu früh«, widersprach Ryan. »Außerdem wird seine Mutter ihn nicht rauslassen, bevor es ihm nicht besser geht.«

»Und was ist mit heute?«, fragte Dr. D. »Amy sagt, Gillian ist mit Ethan und Yannis zusammen nach Hause gekommen. Es ist also Ethans erster Tag in der Schule, und du lässt es zu, dass sie wieder ins alte Muster zurückfallen und ohne dich zusammen herumhängen. Wenn das so weitergeht, kann dich Yannis ganz leicht wieder rausboxen.«

Ryan sprang wütend aus dem Bett, hielt sich die Bettdecke um die Hüften und schrie aufgebracht: »Ich bin krank! Ich bin ein ausgebildeter Agent und weiß, was ich tue! Ich werde Ethans Freund bleiben. Ich werde Informationen über Gillian bekommen. Ich werde die Diebstahlsicherungen außer Kraft setzen und das Schloss zur Hintertür manipulieren, damit ihr einen Mann in den gesicherten Raum schicken könnt. Aber das alles braucht Zeit, und dass Sie mich alle fünf Minuten drängeln und piesacken und mir auf die Nerven gehen, hilft dabei überhaupt nicht!«

Amy hörte Ryan schreien und kam die Treppe hinaufgelaufen.

»Ist alles in Ordnung?«, fragte sie. »Was ist denn los?«

Ryan zeigte auf Dr. D. »Entweder geht sie zurück ins TFU-Hauptquartier nach Dallas und bleibt da, solange ich hier meinen Job mache, oder ich kündige und gehe zurück zum Campus!«

Amy sah von Ryan, der völlig aufgebracht schien, zu der wütenden Dr. D. Sie befand sich in einer unangenehmen Situation, denn obwohl CHERUB sie für Ryan verantwortlich gemacht hatte, wurde sie doch von der TFU bezahlt und Dr. D. war ihr Boss.

»Ryan, hör auf, herumzubrüllen«, verlangte sie.

»Oh ja, stell dich ruhig auf ihre Seite«, grollte Ryan.

»Ich stelle mich auf niemandes Seite«, erklärte Amy und bemühte sich, nicht die Stimme zu heben. »Ich sage nur, dass es noch nie jemandem geholfen hat, sich gegenseitig anzuschreien. Ich schlage vor, dass wir uns beim Essen beruhigen und die Sache anschließend in Ruhe besprechen.«

»Ich glaube, sie hat keine Ahnung, wie eine CHERUB-Operation läuft«, vermutete Ryan etwas ruhiger.

Dr. D. richtete sich erneut zornig auf – soweit das bei jemandem, der kaum einsfünfzig groß ist, überhaupt geht. »Junger Mann, ich habe bereits zehn Jahre bevor du überhaupt geboren wurdest, Undercover-Einsätze geleitet. Du machst deine Sache gut, aber es muss einfach schneller gehen.«

Ryan machte schon den Mund auf, um zu antworten, als Amy zwei schwarze Gestalten bemerkte, die zielstrebig draußen über den Strand liefen. Sie waren männlich, trugen schwarze Neoprenanzüge und wasserdichte Rucksäcke.

»Da geht etwas vor sich«, sagte Amy und rannte zum Fenster, um besser sehen zu können. Und als sie ein Schnellboot sah, das im Hafen lag, wurde sie nicht nur neugierig, sondern panisch. »Das sieht nach Spezialeinheit aus, und ich glaube, sie wollen zu Gillians Haus!«

٭

Der Flughafen von Pilsen verfügte über eine Landebahn und ein modernes Terminal, mit dem man hoffte, Billigfluglinien in die viertgrößte Stadt Tschechiens zu locken. Maks durfte durch eine besonders schnelle Sicherheitskontrolle für das Flugpersonal gehen, und Ning fürchtete schon, sie würde ihn nie wiedersehen, als sie sich mit den anderen Passagieren in die Schlange stellte.

»Zweck des Aufenthalts?«, fragte eine Grenzbeamtin mit rosa Lippenstift auf Englisch.

»Zwei Wochen Ferien«, antwortete Ning und deutete auf die chinesischen Mädchen, die auf der anderen Seite der Barriere warteten. »Ich gehöre zu der Reisegruppe.«

Ihr Herz schien einen Schlag auszusetzen, als die Frau

ihren schäbigen kirgisischen Pass über einen Scanner hielt. Doch es kam kein Haufen von Grenzbeamten angerannt, sondern die Frau drückte ihren Stempel in den Ausweis und reichte ihn ihr.

»Schönen Urlaub.«

Die Männer, die die Chinesinnen und Nordkoreanerinnen in der Ankunftshalle erwarteten, hielten rote Banner mit der Aufschrift »Clanair Holidays«, aber sie trugen dunkle Sonnenbrillen und Lederjacken und sahen mehr wie Türsteher aus als wie Reiseführer. Einer der Männer betrachtete Ning misstrauisch, als sie davonging, aber Maks erwartete sie bereits.

»Ich habe dir etwas Geld in der Landeswährung besorgt«, sagte er und gab ihr ein paar tschechische Scheine. »Das sollte für das Taxi und etwas zu essen reichen. Du musst hierhin.«

Er gab ihr eine Postkarte mit einer Adresse und einer Telefonnummer auf der Rückseite.

»Zeig das dem Taxifahrer. Chun Hei wird dich dort um zwölf Uhr treffen.«

»Wie spät ist es denn jetzt?«, wollte Ning wissen und sah sich nach einer Uhr um.

»Kurz nach acht Uhr«, antwortete Maks. »Hast du denn keine Uhr?«

»Kuban hat sie mir abgenommen.«

»Ich richte Dan aus, dass du sicher angekommen bist«, sagte Maks und nahm die billige Digitaluhr von seinem Handgelenk ab. »Nimm die. Sie zeigt noch kirgisische Zeit, du musst fünf Stunden davon abrechnen.«

»Sicher?«

Sie fragte sich, ob Maks' plötzlicher Freundlichkeitsausbruch echter Besorgnis um sie entsprang oder der Furcht davor, was Dan dazu sagen würde, wenn er herausfand, dass er sein Versprechen brach und nicht im Taxi mit ihr mitfuhr.

»Habe ich für an die fünfzig Kröten auf dem Markt gekauft«, antwortete Maks. »Keine Sorge.«

»Danke«, antwortete Ning, die feststellte, dass die große Männeruhr im innersten Loch des Armbandes so gerade an ihrem Handgelenk hielt.

»Ich hoffe, du kommst da an, wo du hinwillst. Ich muss jetzt den Rückflug vorbereiten.«

Maks ging fort und folgte einem Wegweiser zum privaten Pilotenaufenthaltsraum. Ning steckte ihr tschechisches Geld ein und sah sich in der Ankunftshalle um. Es war ein trister Ort mit ein paar geschlossenen Läden und einer Kaffeebar, an der das Reinigungspersonal des Flughafens die einzige Kundschaft bildete.

Sie musste drei Stunden totschlagen und überlegte, ob sie schnell frühstücken sollte, aber der Anzeigetafel nach würde das nächste Flugzeug erst in über einer Stunde landen, und sie fürchtete, dass ein gelangweilter Polizist oder Grenzbeamter auf sie aufmerksam werden würde, wenn sie zu lange allein herumlief.

Also verließ sie das Gebäude durch die nächste Automatiktür, über der in mehreren Sprachen *Willkommen in Tschechien* stand, und wandte sich den Taxen zu.

24

Gillian Kitsell lag am Dachpool auf einem Liegestuhl und genoss den warmen Abend bei einem Scotch on the Rocks und der Computerfachzeitschrift *Wired*. Ein metallisches Klingen ließ sie über den Rand ihrer Ray-Ban-Sonnenbrille sehen, aber sie konnte nichts erkennen und schob das Geräusch auf einen Gremlin im Poolfilter.

»Mrs Kitsell«, sprach Yannis sie höflich an, als er auf das Dach herauswatschelte. »Ethan sagt, er bekommt Hunger. Wir wollten Essen beim Chinesen bestellen, aber wir brauchen Ihre Kreditkarte.«

Gillian nickte und griff in ihre Shorts, um die Brieftasche herauszunehmen.

»Keine schlechte Idee, Yannis«, fand sie. »Einen Moment... meine Karten sind alle in meiner Arbeitshose. Ich komme mit dir hinunter. Ich muss sowieso einen Blick auf die Speisekarte werfen.«

Als sie ihren Scotch austrank und sich anschickte, aufzustehen, sah ein Mann mit einer Kapuze und einem schwarzen Neoprenanzug über den Rand des Glasbodenpools. Das Geräusch, das Gillian gehört hatte, war das des Metallhakens gewesen, der sich in das Geländer des Pools einhakte. Der Eindringling hatte das Gebäude in weniger als zehn Sekunden erklommen.

»Ich habe Gillian und Ethan auf dem Dach. Ich rücke vor!«, flüsterte er in seinen Kopfhörer.

Der Eindringling schwang sein eines Bein auf die Terrasse. Eine Topfpflanze verbarg ihn halb. Als sich Gillian von der Liege erhob und Yannis zur Terrassentür zurücktapste, nahm der Eindringling einen kleinen Rucksack ab, machte eine Tasche auf und holte eine schallgedämpfte Pistole mit Laserzielvorrichtung heraus.

Der rote Punkt flackerte auf Gillians T-Shirt zwischen ihren Schulterblättern. Die Kugel machte kaum ein Geräusch, als sie abgefeuert wurde, aber sie knallte dumpf auf und traf Kitsells Rückgrat mit genügend Kraft, um zwei Wirbel zu zerschmettern. Die Knochensplitter drangen ihr in Herz und Lungen und die Kugel fuhr vorne aus ihrer Brust wieder heraus.

Der Aufprall schleuderte Gillian nach vorne auf den Pool zu, und Yannis fuhr herum und sah, wie die Mutter seines besten Freundes mit dem Gesicht nach unten in den Pool stürzte. Er glaubte erst, dass Gillian gestürzt war, bis er den Eindringling sah, der auf ihn zugeeilt kam. Und dann bemerkte er den tanzenden roten Punkt auf seiner Brust.

»Nein!«, stieß Yannis hervor.

Als er zu rennen begann, traf ihn die erste Kugel in die Seite. Es war wie ein ultimativer Rippenstoß. Sein ganzer Körper krampfte sich zusammen, als er durch den offenen Teil der Schiebetür auf einen Ledersessel fiel. Der Schütze erledigte Yannis mit einem Schuss in den Rücken und einer Kugel in die Schläfe.

»Mutter und Sohn tot«, sagte er in sein Mikro. »Wir treffen uns an der Tür.«

Aber Gillians Sohn befand sich in Wirklichkeit in der Küche, mit einer Speisekarte in der Hand, und versuchte, sich zwischen Garnelen Chow Mein und gebratenem Schweinefleisch mit Cashewnüssen zu entscheiden. Das Platschen war zwar ungewöhnlich, aber als Ethan ins Wohnzimmer ging und nach oben sah, erwartete er, dass seine Mutter eine ihrer seltenen Runden im Pool drehte. Stattdessen trieb sie mit dem Gesicht nach unten, aus ihren Hosentaschen fielen Münzen kreiselnd zum Boden des Pools, und um sie herum breitete sich eine Wolke von Blut aus.

Sein erster Impuls war, nach oben zu rennen und nachzusehen, was vor sich ging, aber dann sah er eine schwarze Silhouette am Pool entlangrennen und hörte Schritte auf der Treppe, die viel zu schnell für Yannis waren.

Seine einzige Option war die Flucht. Er raste zur Tür, doch mit seinem verletzten Bein war er nicht sehr schnell. Er war noch drei Meter vom Flur entfernt, als der Eindringling unten an der Treppe angekommen war und die Tür aufmachte. Der zweite Mann trug ebenfalls einen schwarzen Neoprenanzug, hatte aber einen wesentlich umfangreicheren Rucksack dabei.

»Gut gemacht«, sagte der Neue und klopfte dem Schützen auf die Schulter, während Ethan sich ins Wohnzimmer zurückschlich. »Ich kümmere mich um das Untergeschoss. Du kannst dich ja mal oben umsehen, ob es nicht einen kleinen Bonus gibt. Vielleicht hat sie ja Schmuck oder so.«

»Wie lange wirst du brauchen?«

»Vier bis sechs Minuten.«

Während sich die beiden Eindringlinge unterhielten, zog sich Ethan zur Küche zurück, nahm das Telefon von der Wand und wählte dreimal die Null. Damit hätte er den bewaffneten Wachmann am Tor alarmieren sollen, aber das Telefon war tot. Er dachte an sein Handy, aber das lag oben in seiner Schultasche, und der Eindringling versperrte ihm den Weg zur Tür und zur Treppe.

Sein Herz klopfte wie wild, während er überlegte. Der einzige Fluchtweg, der nicht an dem Eindringling vorbeiführte, war ein kleines rechteckiges Fenster über dem Trockner im Wäscheraum. Aber es war weit oben und mit seinem Gipsarm würde er es schwerhaben, hindurchzuklettern.

*

Während der Eindringling das Dach zu Nummer fünf erklommen hatte, war Amy die Treppe hinuntergerast und fand Ted im Keller, wo er sich mit der Klimaanlage beschäftigte.

»Wo sind die Waffen?«, fragte sie. »Da sind Männer vom Strand her auf dem Weg in Kitsells Haus.«

Ryan war so schnell hinter Amy hergekommen, wie er konnte, nachdem er sich Shorts und ein T-Shirt angezogen hatte.

»Ich habe mein Handy«, sagte er. »Ich gehe raus zum Strand und sehe mal nach.«

»Kann es harmlos sein?«, fragte Ted. »Vielleicht Taucher, denen das Benzin ausgegangen ist und die den nächsten Hafen angelaufen haben?«

Amy schüttelte den Kopf.

»So sah das ganz und gar nicht aus. Falsche Körpersprache. Die sahen aus, als hätten sie etwas vor.«

»Die Waffen sind in meinem Zimmer. Holen wir sie.«

»Bleib dicht beim Haus, Ryan!«, rief Amy.

Ein Adrenalinstoß unterdrückte Ryans Erkältung, als er durch die Stranddusche ging. Er nahm sein Boogie-Board unter den Arm und ging nach draußen, damit es so aussah, als wolle er einfach nur in die Brandung.

Das Wasser ging zurück, und die Sonne glitzerte auf dem nassen Sand, als er zum Hafen und zum Meer sah. Das Boot war an der Unterseite des Piers festgemacht. Es war schwarz und hatte zwei kräftige Außenbordmotoren. Im Heck saß eine Frau und sah zum Haus der Kitsells hinauf. Alles was Ryan sah, bestätigte Amys Ansicht, dass das Profis waren, die nichts Gutes im Schilde führten.

Da die Frau in ihre Richtung blickte und wahrscheinlich Funkkontakt mit ihren beiden Kollegen hatte, erkannte Ryan, dass sie nicht vom Strand aus zu Ethans
Haus gelangen konnten. Als er das Board wieder in die
Stranddusche warf, zerrte ihn Amy am Arm nach drinnen.

»Wir gehen hoch und oben durch die Vordertür«, erklärte sie. »Ted umkreist das Haus von der Hafenseite
her. Dr. D. ruft die Polizei zur Verstärkung, aber wahrscheinlich ist alles, was dort vor sich geht, vorbei, bevor
sie kommen können.«

»Was ist mit der Wache am Haupttor?«, fragte Ryan.

»Mietpolizisten«, meinte Amy verächtlich und gab
Ryan eine Automatikpistole. »Wahrscheinlich eher hin-
derlich als nützlich, also hoffentlich merken sie nichts.«

»Eine Walther P99«, bemerkte Ryan. »Wie James
Bond.«

»Sie ist geladen, aber wenn du sie benutzt, ist unsere
Tarnung futsch, also nimm sie nur als letztes Mittel.«

Ryan steckte sich die P99 in den Hosenbund und Amy
ging mit ihm zur Tür. Hinter den acht Häusern war das
Gelände zum größten Teil mit Rasen bewachsen, nur
eine Auffahrt führte jeweils von den Garagentoren zum
Sicherheitszaun.

Amys Telefon piepte, als sie barfuß an Haus sieben
vorbeiliefen. Ihre Stimme wurde eine Oktave höher, als
sie Ryan die SMS vorlas. »Ted ist über die Dünen zum
Pier gegangen. Er sagt, im Pool treibt eine Leiche.«

»Ein Seil«, sagte Ryan, als er nahe genug war, um
durch die Lücke zwischen Haus fünf und sechs zu sehen. »Sie sind mit einem Enterhaken hinaufgeklettert.«

Amy zog sich zur Garage von Haus sechs zurück und
winkte Ryan zu sich.

»Keinen Schritt weiter«, befahl sie. »Das sind Profis.
Sie tragen wahrscheinlich Schutzkleidung. Und haben

Präzisionsgewehre oder Maschinenpistolen. Nur mit Pistolen und in Strandkleidung werde ich es nicht mit ihnen aufnehmen.«

Doch als Ryan den ersten Schritt zurück machte, rief Amy: »Warte!«

Ein kleines Fenster kurz über dem Boden hatte sich geöffnet und sie hörten ein verzweifeltes Ächzen.

»Das ist Ethan!«, rief Ryan. »Gib mir Deckung!«

Ohne auf Amys Erlaubnis zu warten, rannte Ryan geduckt durch die Lücke zwischen den Häusern, bis er das kleine Fenster erreichte. Ethan war rot vor Anstrengung. Er stand auf einem Trockner und versuchte verzweifelt, sich mit einem kraftlosen Arm durch das kleine Fenster zu ziehen.

»Ich hab dich«, sagte Ryan, griff hinein und packte Ethans Handgelenk.

Der Gips an Ethans Arm brach, als Ryan ihn durch die enge Öffnung zog, und ließ ihn vor Schmerz stöhnen.

»Er ist in der Küche«, stieß Ethan hervor. »Er hat eine Waffe. Ich dachte, er bringt mich um.«

Ryan half Ethan hoch und sie liefen zu den Garagen von Haus sechs zurück.

»Yannis und meine Mum sind tot«, erklärte Ethan. »Aber ich glaube, dass ich ihr Ziel war.«

»Sind nur die beiden im Haus?«, fragte Amy.

»Ja«, antwortete Ethan und hielt sich mit schmerzverzerrtem Gesicht den gebrochenen Arm.

»Ryan, bring ihn nach drinnen«, befahl Amy.

»Was hast du vor?«, fragte Ryan.

Amy sah ihn ärgerlich an, und Ryan erkannte, dass sie vor Ethan nichts sagen wollte, was ihre Coverstory gefährden konnte. Während die beiden Jungen zu Haus acht zurückliefen, rief Amy Ted an.

»Zwei feindliche Personen im Haus«, sagte sie. »Wir haben Ethan. Yannis und Gillian sind tot.«

»In Ordnung«, antwortete Ted. »Ich bin in den Sand-dünen. Ich habe mein Gewehr und freie Sicht auf das Boot.«

»Kannst du schießen?«

»Ich könnte sie bestimmt töten«, bestätigte Ted. »Aber Dr. D.s Befehle lauten, nicht zu schießen, solange sie keine direkte Bedrohung für jemanden darstellen. Sie versucht, einen Hubschrauber zu bekommen, um herauszufinden, wo das Boot hinfährt und wohin uns das führt. Unsere Priorität ist es, den Tatort zu sichern, in den Keller zu gelangen und zu sehen, was Gillian dort zu verbergen hatte.«

25

Ryan führte Ethan durch die Tür und trat sie zu.

»Hier bist du sicher«, sagte er. »Ich muss nur schnell etwas erledigen.«

Er lief in die Küche, wo Dr. D. am Telefon saß, steckte seine Waffe in eine Schublade neben die Müslischachteln und riet Dr. D., leise zu sprechen, weil Ethan im Haus war. Als er wieder in den Gang kam, lehnte Ethan an einem Tisch. Tränen liefen ihm über das Gesicht und er hielt sich den gebrochenen Gips.

»Meine Großmutter spricht gerade mit der Polizei«, sagte Ryan. »Sie werden gleich hier sein. Willst du mit nach oben kommen und dich etwas hinlegen?«

Ethan nickte. Er zitterte, war blass und verschwitzt, was Ryan als Symptome für einen Schock deutete.

»Was ist, wenn sie uns gesehen haben?«, fragte Ethan. »Was, wenn die Kerle hierherkommen?«

»Mein Dad hat eine Waffe. Wenn sie dem Haus zu nahe kommen, erschießt er sie. Du zitterst so, du solltest dich hinlegen.«

Als Ethan zur Treppe ging, musste er plötzlich würgen und übergab sich auf die Fliesen.

»Tut mir leid«, sagte er. »Ich putze das weg.«

»Denk nicht mal dran«, hielt ihn Ryan zurück und versuchte, den Geruch möglichst nicht in die Nase zu bekommen, damit er sich nicht auch übergeben musste. »Schaffst du es in mein Zimmer? Ich komme gleich nach.«

»Jetzt hast du mir schon zweimal das Leben gerettet«, sagte Ethan. »Du musst mein Schutzengel sein.«

»Vielleicht«, lachte Ryan verlegen.

Während Ethan sich nach oben schleppte, lief Ryan rasch in die Küche, um einen Lappen zu holen. Dr. D. hatte mittlerweile aufgelegt.

»Die Kerle sind auf dem Weg zurück zum Boot«, sagte Dr. D. »Ich habe es beim FBI und der hiesigen Polizei versucht, aber ich bekomme so schnell keinen Hubschrauber her, daher werden wir auf Nummer sicher gehen: Ted wird auf einen der Männer schießen, bevor er das Boot erreicht. Amy geht hinten um die Dünen, um ihm Rückendeckung zu geben, und die Polizei versucht, einen privaten Hubschrauber oder die Küstenwache zu erreichen, vielleicht können die helfen.«

»Was ist mit unserer Tarnung?«

»Was die Medien betrifft, so wird Ted ein einfacher Bürger sein, der seine Waffe gezogen hat, um einen Verbrecher zu erledigen. In Kalifornien gibt es sogar ein Gesetz, das einem das Recht gibt, einen Einbrecher zu erschießen.«

»Wissen wir schon, warum das alles passiert ist?«, fragte Ryan, riss zwei Blatt von der Küchenrolle und wischte sich einen Spritzer Erbrochenes vom Schuh.

Dr. D. schüttelte den Kopf. »Keine Ahnung. Bleib bei Ethan und sieh, ob du etwas aus ihm herausbekommst.«

»Er geht in mein Zimmer, aber er hat in den Flur gekotzt. Ich wollte es gerade aufwischen.«

»Ich kümmere mich darum«, sagte Dr. D. »Geh du nach oben. Er ist verletzlich und die nächsten zwanzig Minuten sind entscheidend. Er hat gerade gesehen, wie seine Mutter und sein bester Freund umgebracht wurden. Wenn du ihn nicht auf Trab hältst, könnte er völlig dichtmachen, und wir bekommen gar nichts mehr aus ihm heraus.«

»In Ordnung«, sagte Ryan. »Ich bleibe dran.«

Durch die Aufregung hatte Ryan seine Erkältung fast vergessen, aber jetzt machte sich der Virus wieder bemerkbar. Er glühte förmlich, als er in sein Zimmer zurückeilte, aber Fieber und eine verstopfte Nase waren nichts im Vergleich zu dem, was er während der Grundausbildung mitgemacht hatte.

»Alles in Ordnung, Kumpel?«, fragte Ryan.

Er hatte erwartet, Ethan auf seinem Bett hocken zu sehen, doch der stand am Fenster und sah aufs Meer hinaus.

»Dein Dad hat einen der Kerle erschossen«, sagte er beiläufig.

Ryan sah einen der Eindringlinge in der Brandungszone liegen. Wo sein Kopf hätte sein sollen, befand sich ein roter Fleck, und das Schnellboot schoss in einer Gischtwolke davon. Ted und Amy kamen aus den Sanddünen. Sie verhielten sich cool und professionell, und wenn Ethan zu viel davon sah, würde das ihre Coverstory von einer normalen Familie untergraben.

»Ich glaube nicht, dass du dir das ansehen solltest«, meinte er. »Du siehst aus, als würdest du dich gleich wieder übergeben. Du musst dich hinlegen.«

Leicht aggressiv behauptete Ethan: »Gut gemacht von deinem Dad. Der Scheißkerl hat meine Mum ermordet!«

»Komm schon, Kumpel«, sagte Ryan, legte ihm den Arm um die Schultern und bugsierte ihn sanft vom Fenster weg.

Überrascht stellte er fest, dass Ethan ein Telefon in der Hand hielt.

»Ist das mein Handy?«

»Ich hoffe, du hast nichts dagegen«, sagte Ethan.

Ryan nahm sein Telefon wieder an sich und warf noch einen Blick zu Amy und Ted. Sie gingen den Strand hinauf zu Ethans Haus. Der ehemalige Basketballspieler aus Nummer sechs war ebenfalls herausgekommen und sah verwirrt und ein wenig besorgt drein.

»Wen hast du denn angerufen? Die Polizei?«, fragte Ryan und half Ethan, sich auf das schicke Ledersofa vor dem Schrank zu legen.

»Nein«, sagte Ethan, als sich Ryan neben ihn setzte. »Einen Anwalt namens Lombardi. Meine Mutter hat gesagt, ich solle ihn anrufen, falls je etwas Schlimmes passiert. Sie ließ mich sogar die Nummer auswendig lernen. Damit ich ihn sogar anrufen kann, wenn ich mein Telefon verloren habe oder so.«

Ryan erkannte, dass diese Information Gold wert war, aber mit seinem Fieber konnte er sich nur schwer konzentrieren.

»Hört sich ja an, als ob deine Mum fast erwartet hätte, dass etwas passiert«, meinte er schließlich.

»Das ist kompliziert«, gab Ethan zurück.

Ryan suchte nach den richtigen Worten, ihn weiterreden zu lassen.

»Hat es etwas mit ihren Geschäften zu tun?«

»Familie«, erklärte Ethan und fuhr sich mit dem Handrücken der gesunden Hand über die tränennassen Augen. »Sie hat mich schwören lassen, es niemandem zu sagen, aber ich denke, jetzt, da sie tot ist, spielt es keine Rolle mehr.«

»Ich schwöre, ich werde es niemandem sagen«, versprach Ryan. »Und vielleicht hilft es dir, darüber zu reden.«

»Der richtige Name meiner Mutter ist nicht Kitsell, sondern Aramov«, begann Ethan. »Meine Großmutter Irena betreibt eine Fluggesellschaft. Allerdings nicht so ein 99-Dollar-Miami-und-zurück-Ding. Als die alte Sowjetunion zusammengebrochen ist, hat sie einen Haufen alter Frachtflugzeuge aufgekauft und nutzt sie für alle möglichen windigen Geschäfte, die man sich vorstellen kann.«

»Was für welche denn?«, fragte Ryan.

»Alles Mögliche«, antwortete Ryan. »Waffenschmuggel, Kokain, gefälschte Hermes-Taschen. Meine Mutter hat ihre Software-Gesellschaft mit dem Geld meiner Großmutter gegründet, aber sie wollte mit den Familiengeschäften nie etwas zu tun haben.«

»Letztes Jahr ist meine Großmutter dann an Krebs erkrankt. Sie lebt jetzt schon länger, als die Ärzte erwartet haben, aber es ist unheilbar. Mein Mutter hat zwei Brüder. Josef ist der älteste, aber er ist ein wenig einfach gestrickt. Mein anderer Onkel, Leonid, ist allem Anschein nach ein eiskalter Psycho. Er ist offenbar immer davon ausgegangen, dass er die Familiengeschäfte übernehmen würde, wenn meine Großmutter stirbt, weil sein Bruder ein Idiot ist und seine Schwester in Amerika lebt.

Aber als sie krank wurde, hat meine Großmutter gewollt, dass Mum wieder ins Geschäft einsteigt, weil Leonid zu hitzköpfig ist, um so etwas allein durchzuziehen. Mum wollte eigentlich nicht. Ich meine, würdest du das Leben hier aufgeben wollen, um irgendwohin zu ziehen, wo man zum Frühstück Schafsaugen isst? Aber es war der Wunsch ihrer sterbenden Mutter.«

»Wow«, meinte Ryan. »Und ich dachte schon, meine Familie sei ein Haufen Irrer. Glaubst du, dass Leonid diese Kerle geschickt hat, damit sie deine Mum umbringen?«

»Muss so sein«, meinte Ethan. »Ich habe einen von ihnen sagen hören: *Mutter und Sohn ausgeschaltet.* Es ist natürlich möglich, dass Mum noch andere Feinde hatte, aber nur Leonid würde auch mich angreifen, weil meine Großmutter mir einen Anteil am Geschäft hinterlassen könnte, wenn ich noch am Leben bin.«

»Sie halten dich für tot«, meinte Ryan.

»Fürs Erste«, gab Ethan zurück. »Aber sobald sie die Nachrichten lesen, wissen sie, dass es Yannis war.«

Es hatte Ethan gutgetan, zu reden. Sein Gesicht hatte wieder Farbe bekommen und er klang jetzt eher ängstlich als geschockt.

»Wie kann dieser Anwalt dich schützen?«

»Ich bin mir nicht sicher«, erwiderte Ethan. »Ich denke, dass meine Großmutter irgendwie damit zu tun hat. Das Einzige, was ich sicher weiß, ist, dass Leonid mich suchen kommt, wenn ich hierbleibe.«

»Was hat dieser Anwalt denn gesagt?«

»Ich solle mich ruhig verhalten und dass er bald mit mir Kontakt aufnehmen wird.«

Ryan wollte eigentlich vorschlagen, dass ihn die Polizei oder das FBI vielleicht besser schützen könnten als irgendein Anwalt, aber bei Ethans letztem Wort gab es einen ungeheuren Knall. Es war, als wäre das ganze Haus nach rechts geworfen worden. Überall gingen Alarmanlagen los, Glas splitterte und Möbelstücke stürzten um.

»Himmel!«, rief Ryan, als er einen Riss in der Zimmerdecke erblickte, und rannte zum Fenster. »War das ein Erdbeben?«

Ethan schüttelte den Kopf.

»Ich glaube, das war mein Haus. Ich habe ganz den Kerl vergessen, der in den Keller gegangen ist. Er muss dort Sprengstoff angebracht haben.«

»Was war denn da unten?«, fragte Ryan.

»Etwas, an dem meine Mum für Großmutter Irena gearbeitet hat.«

Doch Ryan verlor augenblicklich das Interesse an Ethans Worten, als er sich daran erinnerte, dass er Amy und Ted das letzte Mal gesehen hatte, als sie über den Strand auf das Haus zu gingen, das gerade in die Luft geflogen war.

»Bleib hier«, befahl er, rannte aus dem Zimmer und stürmte die Treppe hinunter.

Dr. D. war im Gang. Sie versuchte, die Haustür zu öffnen, doch die Explosion hatte das Haus so stark verzogen, dass die Tür in ihrem Holzrahmen festklemmte.

»Wo sind sie?«, schrie Ryan, stieß Dr. D. aus dem Weg und riss die Tür mit aller Kraft auf.

»Du hast keine Schuhe an!«, rief ihm Dr. D. nach, als er hinausschoss und am Haus entlang zum Strand rannte. »Der Sand kann voller Glassplitter sein!«

Doch Ryan kümmerte sich nicht darum.

»Amy!«, schrie er. »Amy, wo bist du?«

26

Die Häuser waren so gebaut, dass sie den gelegentlichen Erdbeben in Kalifornien standhielten, aber kein Statiker hatte je daran gedacht, was für Auswirkungen eine Explosion auf die Tonnen von Wasser in den gläsernen Swimmingpools haben würde. Gillian Kitsells Leiche war über dreißig Meter weit geschleudert worden und lag jetzt mitten auf dem Strand, während der ehemalige Basketballspieler von einer Scherbe des fünfzehn Zentimeter dicken Poolglases geköpft worden war.

Ryan hätte sich wahrscheinlich übergeben, wenn er nicht so auf Amy fixiert gewesen wäre.

»Hallo?«, schrie er. Der Sand unter seinen Füßen war von der Explosion warm geworden.

Ethans Haus war vollkommen zerstört. Alles was noch übrig war, waren Betontrümmer, die an verdrehten Stahlträgern hingen. Die Hitze aus dem Keller hatte den Sand verglasen lassen und das Wasser aus dem Pool ließ ihn dampfen.

»Ryan!«, rief Amy, die hinter Haus eins auftauchte.

Ryan begann zu strahlen, aber Amy winkte hektisch.

»Vielleicht gibt es noch eine zweite Bombe!«, rief sie. »Geh zurück!«

Ryan rannte vom Haus weg und in einem Bogen direkt in Amys ausgestreckte Arme. Die beiden Häuser an dieser Seite hatten keine offensichtlichen Schäden davongetragen, doch auf der Dachterrasse von Haus zwei ruhten die rauchenden Überreste von Yannis und einem BMW.

»Ich war mir sicher, ihr seid tot«, seufzte Ryan, als ihn Amy umarmte.

Neben ihr stand Ted. Auf dem Rasen parkten mehrere Polizeiwagen und auch ein Feuerwehrauto stand bereit.

»Zum Glück bin ich direkt in den Keller gegangen«, erzählte Ted. »Ich habe ein Dutzend Sprengstoffstangen am Ende der Treppe gesehen und habe Amy nur zugerufen, zu rennen.«

»Dreißig Sekunden später und wir wären Toast gewesen«, fügte Amy hinzu.

»Der Basketballspieler ist tot«, erzählte Ryan. »Er war ziemlich berühmt, nicht wahr?«

Ted nickte. »Berühmt genug, dass die nächsten beiden Tage alle Nachrichtensender von Kalifornien hier draußen kampieren werden. Ich sollte lieber zu den Cops gehen und ihnen sagen, dass das hier eine Bundesangelegenheit ist, bevor sie den Tatort verunreinigen. Ihr beide bleibt im Haus. Haltet die Türen geschlossen, macht die Fensterläden zu und sprecht mit niemandem.«

Mit Amy ging Ryan wieder zu Haus Nummer acht zurück und lief in sein Zimmer.

»Ethan?«, rief er.

Sein Herz drohte auszusetzen, als er das Zimmer leer vorfand, doch dann sah er, dass die Tür zum Bad geschlossen war.

»Alles in Ordnung, Kumpel?«, fragte Ryan und klopfte an die Tür. »Kann ich reinkommen?«

Es war nicht abgeschlossen und Ryan sah Ethan schluchzend auf dem Toilettendeckel sitzen.

»Meine Mum war alles, was ich hatte«, stieß er hervor. »Ich habe sie so geliebt!«

Ryan stellte sich neben ihn und legte ihm eine Hand auf die Schulter.

»Ich weiß nicht, was ich sagen soll«, gestand er.

»Meine Großmutter wollte, dass ich bei ihr wohne«, erzählte Ethan. »Aber ich kenne dort niemanden. Ich spreche nur sehr wenig Russisch, und meine Mutter sagte immer, sie wolle nie zurück, weil es dort grässlich sei.«

»Nun, vielleicht musst du das ja auch nicht«, meinte Ryan. »Ich weiß nicht recht, wie das funktioniert, aber ich glaube nicht, dass dich eine Großmutter, die du nur ein Mal getroffen hast, so einfach aus dem Land holen kann.«

»Vielleicht hätte ich diesen Anwalt gar nicht anrufen sollen«, meinte Ethan. »Aber meine Mutter hat es mir so eingebläut!«

»Wir müssen hier weg«, stellte Ryan fest. »Die Feuerwehr will alle acht Häuser evakuieren, bis sie von einem Statiker untersucht worden sind. Vielleicht gibt es unsichtbare Strukturschäden oder Gaslecks. Ich muss schnell eine Tasche packen. Du kannst dir etwas von meinen Sachen mitnehmen. Das FBI wird wahrscheinlich allen Fragen stellen wollen, deshalb müssen wir in ein Motel an der Straße ziehen.«

»Ist alles in unserem Haus kaputt?«

»So ziemlich.«

»Mist«, rief Ethan.

Er gab Ryan einen Stoß, als er hochschoss und mit der Faust auf den Spiegelschrank über dem Waschbecken einhieb. Zum Glück für den Spiegel war er zu schwach, sodass er sich lediglich die Hand verletzte, anstatt den Spiegel zu zerschmettern.

»Verdammt noch mal!«, tobte Ethan. »Ich habe nichts mehr! Ich könnte genauso gut tot sein!«

»Du musst dich beruhigen, Kumpel«, mahnte Ryan, als Ethan nach dem Toilettenpapierhalter trat und seine verletzte Hand verfluchte.

Ryan nahm Ethan, presste seine Arme gegen seinen Körper und schob ihn rückwärts aus dem Bad.

Dann drückte er ihn aufs Bett. »Du wirst dir noch wehtun. Atme tief durch und beruhige dich!«

»Meine Mutter ist tot!«, schluchzte Ethan. Er versuchte sich zu befreien, aber Ryan war wesentlich stärker als er.

»Ich brauche hier oben mal Hilfe!«, rief Ryan. »Kann mich jemand hören?«

Dr. D. kam als Erste die Treppe hinaufgerannt, dicht gefolgt von Amy.

»In meinem Schrank, zweite Tür«, rief Ryan.

Amy erkannte, dass Ryan nach seiner Erste-Hilfe-Tasche von CHERUB verlangte, aber nicht wollte, dass Ethan Fragen stellte, warum er Beruhigungsmittel im Schlafzimmer hatte. Sie fand die Nylontasche und nahm außer Sichtweite eine Spritze mit Beruhigungsmittel heraus.

»Du Dreckskerl! Lass mich los!«, tobte Ethan.

Ryan zog ihm die Shorts herunter, um seinen Hintern ein Stück weit zu entblößen, und Amy riss die sterile Verpackung der Spritze mit den Zähnen auf.

»Beruhige dich, Kumpel«, redete Ryan auf Ethan ein.

Während er ihn festhielt, damit er stilllag, stieß ihm Amy die Nadel in den Po. Ryan hielt Ethan, bis sein Atem langsamer wurde und sich seine Muskeln entspannten.

»Der arme Junge«, sagte Ryan atemlos, als er schließlich losließ.

»Und wir haben immer noch keine Ahnung, warum das alles geschehen ist«, meinte Amy.

Ryan nahm sich ein Taschentuch aus der Schachtel neben dem Bett und putzte sich die Nase, bevor er antwortete: »Ehrlich gesagt hat er mir dazu eine ganze Menge erzählt. Hol mal lieber gleich deinen Laptop, ich will das alles aufschreiben, bevor ich es vergesse.«

27

In einem Mercedes-Taxi fuhr Ning zu einem kleinen Einkaufszentrum außerhalb von Pilsen und beschäftigte sich drei Stunden lang damit, in den Läden spazieren zu gehen. Da es ein Schultag war, versuchte sie sich unauffällig zu verhalten, weil sie fürchtete, dass sich die Polizei oder irgendein besorgter Mensch um sie kümmern könnte. Ihre Laune schwankte zwischen Optimismus und Verzweiflung und wurde am schlimmsten, wenn sie an Dan dachte und an die Tatsache, dass sie ihn wahrscheinlich nie wiedersehen würde.

Chun Hei traf sich mit ihr vor einem Lidl-Supermarkt und kam gerade spät genug, dass Ning begann, sich Sorgen zu machen. Sie war Anfang dreißig, trug eine Bob-Frisur und hatte eine Lederjacke und schwarze Jeans an.

Sie sprach Chinesisch mit starkem koreanischem Akzent. »Tut mir leid, dass du warten musstest, aber heute Morgen herrscht das reinste Chaos. War der Schokoladenkuchen gut?«

Das Einzige, was Ning gegessen hatte, war ein Eclair aus einer schicken Bäckerei am anderen Ende des Einkaufszentrums gewesen.

»Sind Sie mir gefolgt?«, fragte Ning.

Chun Hei nahm lachend ein Feuchttuch aus der Tasche. »Du hast ihn im ganzen Gesicht.«

Der Zitronenduft des Tuches gefiel Ning und Chun Heis mütterliche Art beruhigte sie.

»Sie müssen Kinder haben«, stellte sie fest.

»Nur Mütter haben Feuchttücher dabei«, lachte Chun Hei. »Ich habe zwei Töchter, die ich bald von der Schule abholen muss. Ich habe deinetwegen ein wenig herumtelefoniert. Draußen auf Route 5 ist ein Mann, der weiß, wie man jemanden nach Großbritannien bringen kann. Das ist teuer, weil man übers Wasser muss. Er sagt, zweitausendfünfhundert im Voraus. Dreitausend, wenn deine Familie bei deiner Ankunft in Großbritannien zahlt.«

»Ich habe nur US-Dollar«, sagte Ning. »Nimmt er das auch?«

»Ganz bestimmt«, antwortete Chun Hei überrascht. »Hast du viel Geld bei dir?«

»Ich kann ihn bezahlen«, antwortete Ning, die absichtlich keine Details nannte. »Woher kennen Sie den Kerl?«

»Ich handle mit diesem und jenem«, erwiderte Chun Hei. »Ich fahre in meinem Lieferwagen herum, kaufe und verkaufe, was sich so bietet, ohne allzu viel darauf zu achten, wo es herkommt.«

»Sie sind ein Hehler«, stellte Ning fest.

Chun Hei nickte. »So habe ich Maks und die anderen Männer kennengelernt, die aus Kirgistan herfliegen. Sie schmuggeln Waren in Toilettenrollen, also kaufe ich Toilettenpapier. Sie schmuggeln in Spielzeug, also kaufe ich Spielzeug. Weißt du, was ein Bordell ist?«

»Dort bezahlen Männer für Sex«, sagte Ning.

»Wenn man auf der Route 5 nach Westen fährt, kommt man an die deutsche Grenze. Dort gibt es Hunderte von Bordellen. Deutsche Männer fahren über die Grenze, weil sie in Tschechien weniger für Sex zahlen und die Gesetze lockerer sind.

Ich bin viel dort, denn Bordellbesitzer brauchen immer billige Ware: Bettlaken, BHs, Toilettenreiniger, Instantnudeln, und sie wollen immer bar zahlen. Aber nicht nur das, hinter verschlossenen Türen werden auch eine Menge Mädchen herumgereicht, bevor sie in andere Länder gebracht werden.«

»Wie auf einem Sklavenmarkt«, erkannte Ning.

»Genau so ist es«, nickte Chun Hei ernst. »Und du musst vorsichtig sein. Ein Mädchen in deinem Alter ist für einen Bordellbesitzer möglicherweise hunderttausend Euro wert. Es ist sehr gefährlich für dich.«

»Ich kann mich verteidigen«, behauptete Ning. »Ich war Boxerin.«

Chun Hei sah sie überrascht an. »Ein Mädchen, das boxt?«

Ning nickte. »Nächstes Jahr wird Frauenboxen olympische Disziplin. Ich war zu groß für Turnen, daher bekam ich eine Ausbildung zur Boxerin.«

»Die Chinesen lieben ihre Goldmedaillen«, amüsierte sich Chun Hei. »Ich bringe dich zu jemandem namens Derek. Soweit ich weiß, ist er anständig – aber wie anständig kann jemand in dieser Branche sein?«

»Nicht sehr«, gab Ning mit ungutem Gefühl zu.

»Es ist wichtig, nicht im Voraus zu bezahlen«, erklärte Chun Hei. »Versteck dein Geld an so vielen Orten wie möglich. Ich sage Derek, dass deine Familie für dich zahlen wird, wenn du Großbritannien erreichst. Es ist viel wahrscheinlicher, dass er dich nicht ausraubt, wenn er noch nicht bezahlt wurde und glauben muss, dass deine Familie dich sucht.«

»Das ist wohl richtig«, stimmte Ning zu. »Ich glaube, dreitausend kann ich aufbringen.«

»Dann sind da noch meine Gebühren«, fuhr Chun Hei fort. »Ich will zweihundertfünfzig für die Fahrt zur Grenze und die Kontaktaufnahme, okay?«

»Ich kenne hier niemanden«, sagte Ning. »Ich habe also kaum eine andere Wahl.«

✳

Amy gab alles in den Computer ein, woran sich Ryan erinnern konnte, nur unterbrochen von einem Feuerwehrmann, der ihnen befahl, zu packen und das Gebäude zu verlassen. Nachdem sie alles an den Informationsmanager in Dallas gemailt hatten, packten sie ihre Taschen und verließen das Anwesen. Es war ein warmer Abend, trotzdem schloss Amy das Verdeck ihres Mercedes, da sich ein Übertragungswagen am Tor zum Gelände postiert hatte.

»Ich schätze, wenn ich noch mal in so einem Haus wohnen will, muss ich im Lotto gewinnen«, meinte Ryan, als Amy Gas gab.

»Diese Häuser kosten knapp zehn Millionen«, erwiderte Amy. »Da wirst du wohl zweimal gewinnen müssen.«

Das Motel war eine schäbige Einrichtung ein paar Minuten weiter landeinwärts. Auf dem Schild wurden Kabelfernsehen und Strandnähe angepriesen, aber das gesamte Motel war abgeriegelt worden. Es wurden Schilder aufgestellt, die das Gelände als FBI-Zone deklarierten, und überall parkten schwarze Ford-Limousinen und Geländefahrzeuge der Regierung.

»Ausweise bitte«, verlangte ein Uniformierter und leuchtete Amy mit seiner Taschenlampe ins Gesicht. Sie zeigte ihm kurz ihren Secret-Service-Ausweis, und als er sie durchwinkte, hätte er fast den Hut gezogen.

Die Überlebenden der acht Häuser waren reiche Leute, die an diesem Ort völlig fehl am Platze wirkten. Ryan und Amy nahmen ihre Taschen und gingen an dem älteren Ehepaar aus Haus drei vorbei, die sich mit einem Special Agent stritten, der darauf bestand, dass niemand wegging, bevor nicht alle vernommen worden waren.

»Aber unsere Tochter wohnt nur zwei Straßen weiter!«, jammerte die Frau. »Und mein Mann ist Diabetiker!!«

Ted und Dr. D. waren bereits eine Stunde zuvor angekommen und hatten eine Familiensuite belegt. Ryan steckte seine Nase in einen Nebenraum mit zwei Stockbetten und sah Ethan, der immer noch weggetreten war.

»Es ist so schrecklich, was ihm passiert ist«, meinte Ryan.

Er trat zu einem schmutzigen, halbdurchsichtigen Vorhang und betrachtete den Verkehr auf dem Highway hinter dem Motel. Es war kurz nach acht, aber durch seine Erkältung und alles was geschehen war, hatte er das Gefühl, dass er auf der Stelle einschlafen könnte.

Dr. D. hatte ihren Laptop auf einem kleinen Tisch knapp einen Meter entfernt aufgestellt.

»Ich habe mir gerade Amys E-Mail-Bericht durchgelesen. Sieht aus, als hätte Ryan gute Arbeit geleistet, Ethan auszufragen.«

»Danke«, erwiderte Ryan. »Wenn diese Bombe nicht hochgegangen wäre, hätte ich wahrscheinlich noch mehr erfahren.«

»Morgen ist auch noch ein Tag«, meinte Amy. »Jetzt, wo Yannis und seine Mutter tot sind, bist du sein einziger Freund.«

Kopfschüttelnd setzte sich Ryan auf eine Blümchenmustercouch mit einem braunen Fleck am Arm.

»Das kann doch nicht gut sein, oder?«, fragte er. »Dein einziger Kumpel ist ein Spion, der dich beinahe umgebracht hätte.«

Amy lachte. »Nun, er hält dich für seinen Schutzengel.«

Dr. D. las etwas von ihrem Bildschirm ab. »Eine Nachricht vom IM in Dallas. Die Nummer, die Ethan von Ryans Telefon aus angerufen hat, gehört zu einem unregistrierten Prepaid-Handy.«

»Wer hätte das gedacht«, meinte Ted.

»Das Signal lief über einen Funkturm in Palo Alto«, ergänzte Dr. D.

»Dort ist Gillians Hauptgeschäftssitz«, sagte Amy. »Das ist etwa fünfzig Kilometer von hier. Wahrscheinlich einer der Angestellten.«

»Glaubt ihr, dass dieser Lombardi hier auftaucht?«, fragte Ryan.

»Bestimmt«, glaubte Ted. »Gillian muss Sicherheitsvorkehrungen getroffen haben, um zu verhindern, dass Ethan vom Jugendamt in Gewahrsam genommen wird, falls ihr etwas zustößt. Lombardi wird Ethan so schnell wie möglich finden und in Sicherheit bringen wollen.«

»Wir müssen uns entscheiden, wie wir damit umgehen sollen«, sagte Dr. D. »Dieser Lombardi weiß mit Sicherheit weit mehr über Gillian Kitsell und den Aramov-Clan als Ethan. Aber wenn wir ihn misstrauisch machen, bekommen wir nichts von Wert aus ihm heraus.«

Ted nickte zustimmend. »Vor allem, falls er tatsächlich ein Rechtsanwalt sein sollte.«

»Geht es nur mir so, oder hört sich *Gillian Kitsell und der Aramov-Clan* an wie der Name einer Popgruppe aus den Sechzigern?«, fragte Ryan.

Amy musste lachen, aber die anderen sahen ihn an, als sei er durchgedreht.

»Tut mir leid«, sagte Ryan schnell. »Meine Kopfschmerzen werden immer schlimmer und ich bin ganz durcheinander.«

»Nun, du hast mir alles erzählt«, erklärte Amy. »Ethan wird in den nächsten drei oder vier Stunden erst mal nicht aufwachen, also kannst du dich genauso gut hinlegen.«

Ted nahm einen Schlüssel aus der Hosentasche und ließ ihn klimpern. »Zwei Türen weiter.«

»Willst du nicht vorher noch etwas essen?«, erkundigte sich Amy. »Auf der anderen Straßenseite sind ein paar Lokale, die liefern können.«

»Danke, ich habe keinen Hunger«, antwortete Ryan, nahm den Schlüssel und seine Tasche und ging zur Tür.

»Wenn ein Junge nicht mehr essen will, weiß man, dass er wirklich krank ist«, verkündete Ted. »Schlaf gut, Ryan.«

»Ja«, bestätigte Amy. »Ich bin nebenan. Klopf ruhig, wenn du etwas brauchst, auch falls ich schlafen sollte.«

Ryan amüsierte das viele Mitgefühl.

»Es ist nur eine Erkältung. Es bestehen gute Chancen, dass ich es noch bis morgen früh mache.«

28

Ning fuhr in Chun Heis Lieferwagen zu einer Grundschule und musste die letzten zwei Kilometer eine zap-
pelnde Fünfjährige auf dem Schoß halten, bis sie bei einem Häuserblock ankamen, in dessen drittem Stock die
Wohnung lag. Sie war vollgestopft mit Waren, von riesigen Flaschen mit Weichspüler über Badehandtücher bis
zu Babymilch und Ananas in Dosen.

Ning musste acht Kisten mit Katzenfutter umstapeln,
um in Chun Heis Dusche zu gelangen, aber nachdem sie
sich gewaschen hatte, fühlte sie sich viel besser. Als sie
sich wieder angezogen hatte, saß sie an einem runden
Tisch und aß Frankfurter aus der Mikrowelle mit Spaghetti, während Chun Heis Tochter in einer Mischung
aus Tschechisch und Koreanisch auf sie einplapperte.

Die banale Situation machte Ning klar, dass ihr Leben zwar völlig aus den Fugen geraten war, der Rest
der Welt jedoch einfach weitermachte. In Dandong hatten die Kinder der GS18 weiter gelernt. Menschen waren zur Arbeit gefahren, hatten im Supermarkt einge-
kauft, verstopfte Waschbecken repariert und mit ihren
Kindern geschimpft. Der Gedanke daran, dass die Normalität ohne sie weiterging, ließ Ning sich unbedeutend
fühlen. Andererseits war es auch tröstlich, sich diese Art
von Leben vorzustellen, anstatt an die Gefahren und Ri-
siken in ihrem eigenen zu denken.

Nach einem Biskuitkuchen, zwei Folgen von den

Simpsons auf Tschechisch und einer Nebenrolle bei einer imaginären Teeparty unter Teddybären und Puppen wurde es Zeit, die beiden kleinen Mädchen bei einer älteren Nachbarin abzuliefern und in Chun Heis Lieferwagen nach Westen zu fahren.

Die Fahrt entlang der Route 5 nach Westen dauerte etwas über eine Stunde. Bis ein paar Kilometer vor der Grenze fuhren sie fast nur durch Felder. Danach gab es Fast-Food-Restaurants, Tankstellen und etwas düster aussehende Gebäude mit vernagelten Fenstern und aufreizend gekleideten Mädchen vor den Türen.

»Die hübschesten Tschechinnen und Russinnen dürfen auf der Straße stehen«, erklärte Chun Hei. »Manche von ihnen bieten Sex an. Aber die meisten verteilen nur Werbung für die Bordelle. Dort drinnen findet man wesentlich mehr dunkelhäutige Mädchen: Chinesinnen, Vietnamesinnen, Pakistani.«

»Und wie viele Mädchen sind das insgesamt?«, fragte Ning, die eine fast unbekleidete Frau bemerkte, die sich in einen großen Audi beugte.

»Tausende, würde ich sagen«, antwortete Chun Hei. »Die Mädchen kommen und gehen. Wenn ein Bordell bei einer Polizeirazzia geschlossen wird, macht es in der nächsten Woche wieder auf.«

»Männer sind eklig«, fand Ning schaudernd. Sie bogen von der Straße ab und fuhren auf einen leeren Parkplatz. Das Gebäude war wie alle anderen auch: zweistöckig mit schmutzigen Vorhängen vor vergitterten Fenstern und blätternder grauer Farbe. Durch eine Schwingtür gelangten sie in eine Lobby mit Samtsofas und einem leichten Geruch nach Erbrochenem, aber von Mädchen war nichts zu sehen.

Chun Hei sprach einen Mann an, der hinter einer Maschendrahtabsperrung saß.

»Ich suche Derek.«

»Unten«, antwortete er.

Die gewundene Treppe bestand aus nacktem Holz und in der Luft hing Feuchtigkeit.

Chun Hei sah sich ein wenig misstrauisch nach Ning um. »Normalerweise sind Mädchen hier und Derek steht oben an der Tür.«

Eine verrottete Tür führte zu einem Keller mit schimmligen Wänden und Müll, der von Staubteppichen bedeckt war. Ning warf nur einen kurzen Blick in den Raum, doch sie sah genug, um Angst zu bekommen. Auf einen Stuhl gefesselt, saß ein kahlköpfiger Mann mit einer Barkeeperschürze. Sein Gesicht war blutig, und zwei große Gestalten beugten sich über ihn, während noch andere danebenstanden.

»Lauf, Ning!«, rief Chun Hei.

Sie drehte sich um und sah gerade noch, wie einer der Kerle Chun Hei packte, sie ins Gesicht schlug und etwas auf Tschechisch schrie. Ning wollte ihr gerne helfen, aber die Männer waren viel zu groß.

Der Mann, der oben hinter der Absperrung gesessen hatte, wollte Ning oben an der Treppe abfangen. Sie rannte ihn mit solcher Geschwindigkeit um, dass er zurücktaumelte, aber obwohl er nicht so massig war wie die Kerle unten, hatte er doch keine Schwierigkeiten, sie zu packen und an die Wand zu schleudern.

Er schrie etwas auf Tschechisch, doch Ning hatte keine Ahnung, was er sagte. Sie riss sich los und erkannte eine Waffe unter seiner Jacke. Hätte sie sie eine Sekunde früher gesehen, hätte sie es sich vielleicht anders überlegt, aber so sah sie eine Chance.

Ihr erster Schlag traf den Mann in die Rippen. Er stolperte zurück und verschaffte ihr somit genügend Raum, um richtig anzugreifen. Er war zu groß, als dass sie seinen Kopf hätte heftig genug treffen können, daher entschied sie sich für den Bauch. Nach fünf harten Schlägen innerhalb von zwei Sekunden hing ihr Gegner keuchend an der anderen Wand.

Obwohl sie seit einem Jahr nicht mehr trainiert hatte, hatte sie ihren Kampfinstinkt nicht verloren. Sobald der Mann nach vorne kippte, zielte sie auf seine Schläfe. Der dünnste Teil des Schädels war am verletzlichsten, und sie brauchte nur einen guten Schlag, um ihren Gegner bewusstlos auf den dreckigen Teppich zu strecken.

Boxhandschuhe schützen nicht nur denjenigen, der getroffen wird. Nings Knöchel schmerzten so, dass sie kaum die Finger bewegen konnte. Sie sah sich um, was sie als Nächstes tun sollte. Von unten hörte sie die Männer rufen und Chun Hei weinen.

Sie sah auf die Waffe im Holster, doch sie hatte noch nie im Leben eine Pistole abgefeuert. Sie hatte keine Ahnung, wie viele Männer da unten waren und was für Waffen sie hatten. Ihre einzige realistische Chance war, zu flüchten.

Sie rannte hinaus. In der einen Richtung lagen der Parkplatz und die Straße, in der anderen eine Zufahrtsstraße mit schäbigen einstöckigen Häusern und einer ausgebrannten Scheune im hohen Gras dahinter. Sie hatte keinen besseren Plan, als erst einmal davonzurennen, bevor ihr jemand nachkam.

Am Ende der Gasse sprang ein Mann aus dem Gras auf und winkte mit den Armen.

»Bist du Ning?«, fragte er auf Englisch.

Überrascht, ihren Namen zu hören, blieb Ning stehen, hielt aber Abstand und ballte die Fäuste. Der Mann war halb Asiate und halb Europäer, über zwanzig und hatte grüne Strähnen im Haar.

»Woher kennst du mich?«, fragte Ning misstrauisch und behielt nicht nur ihn, sondern auch das Gebäude im Auge, das sie gerade verlassen hatte.

»Ich bin Kenny. Ich habe auf dich gewartet«, erklärte

er. Sein Englisch war perfekt. »Zum Glück war ich gerade pinkeln, als die Idioten aufgekreuzt sind, und bin aus dem Fenster getürmt.«

Er winkte ihr erneut zu. Sie überlegte nur kurz und ging dann ins Gras.

»Bleib unten«, befahl Kenny und ging auf alle viere.

Der Boden war mit Müll übersät, und Nings Knöchel taten ihr höllisch weh, als sie dicht hinter Kenny herkroch. Nach dreißig Metern sprangen sie in einen Abflusskanal aus Beton, der mit Graffiti besprüht und voller Unrat war.

Kenny war zwar nicht alt, doch er war außer Atem, und als er stehen blieb, stieß er einen rasselnden Raucherhusten aus.

»Was war denn da los?«, fragte Ning. »War der gefesselte Mann auf dem Stuhl Derek?«

»Ja«, nickte Kenny. »Das ist die Russenmafia. Sie wollten, dass Derek für sie russische Frauen nach England bringt, aber sie wollten seinen Preis nicht zahlen. Was du gesehen hast, war ihre Methode, ihn dazu zu bringen, mit dem Preis runterzugehen.«

Kenny ging schnell den Graben entlang, während Ning ihre nächste Frage stellte. »Und was ist mit mir und Chun Hei?«

»Pass auf Spritzen auf«, warnte Kenny sie und zeigte auf eine. »Wenn man falsch darauftritt, gehen sie direkt durch die Schuhsohlen. Ich würde mir um Chun Hei keine Sorgen machen. Sie kann sich so gut herausreden, dass ihr die Russen am Ende wahrscheinlich eine ganze Ladung billige Teppichfliesen abkaufen.«

»Und ich?«

»Derek ist der Boss, aber ich organisiere die Touren«, antwortete Kenny.

»Es gibt also Laster, die regelmäßig nach Großbritannien fahren?«

»Nicht gerade regelmäßig, aber Fahrer gibt es immer, das ist ein ständiges Kommen und Gehen, und mit der Zeit weiß ein Mann wie ich, wer zuverlässig ist und wer nicht. Was dich betrifft, so ist dein Transport für heute Abend angesetzt, und kein Russe kann daran etwas ändern. Bleibt nur noch die Kleinigkeit mit meinen zweieinhalbtausend Euro.«

»Chun Hei wollte mit Derek darüber reden. Mein Onkel zahlt dreitausend, wenn er mich in England abholt.«

Kenny blieb wie angewurzelt stehen und sah sie unglücklich an. »Davon weiß ich nichts. Hast du Geld oder nicht?«

»Dreitausend, wenn ich ankomme«, erklärte Ning bestimmt.

»Ich habe hier ein Problem«, sagte Kenny kopfschüttelnd. »Derek wird da drinnen gerade in die Mangel genommen, verstehst du? Wenn die Leute bei Ankunft zahlen, dann geht das Geld über ihn. Aber was mich betrifft, so weiß ich nicht mal, ob er morgen überhaupt noch mein Boss sein wird. Wenn ich Glück habe, arbeite ich am Ende für einen Haufen russischer Irrer, die weniger zahlen und mich schlechter behandeln. Im schlimmsten Fall wollen sie meinen Tod.«

Ning hatte zwar Geld, zögerte aber, es jemandem auszuhändigen, den sie eben erst getroffen hatte und der auch ebenso gut damit davonlaufen konnte.

»Ich brauche Geld, um einen Easy-Jet-Flug nach England zurück zu buchen«, erklärte Kenny. »Ich muss ein paar Monate in Deckung bleiben, im Café meiner Mutter arbeiten und mich im Allgemeinen von bekloppten Russen fernhalten. Ich weiß ja, dass du ein Kind bist, aber ich muss etwas Geld für Essen und so haben. Ich frage ja nur nach einem Anteil, hörst du?«

Kennys Verzweiflung schien echt, doch Ning wollte so viel Geld wie möglich bei sich behalten.

»Ich habe aber nur ein paar Hundert US-Dollar.«

Kenny überlegte. »Dollars kann ich leicht tauschen. Wie viel sind ein paar?«

»Etwa vierhundert«, log Ning. »Ich gebe dir drei. Dann habe ich noch hundert, wenn ich nach England komme.«

»Zeig her.«

Wie Chun Hei es ihr geraten hatte, hatte Ning ihr Geld aufgeteilt. Sie lehnte sich an die Grabenwand, zog ihren Schuh aus und holte dreihundertfünfzig Dollar unter der Innensohle heraus.

»Ich fürchte, sie riechen ein wenig nach Fuß«, meinte sie, als sie ihm das Geld reichte. Dann suchte sie ostentativ in ihren Taschen nach ihren angeblich letzten fünfzig Dollar.

»Riecht wie Geld und reicht für einen Flug«, meinte Kenny zufrieden. »Dummerweise steht mein Wagen vor Dereks Haus, aber wir sind nur ein paar Kilometer von dem Ort entfernt, wo ich dich in einen Laster nach England setzen kann. Hast du Lust auf einen Spaziergang?«

29

Die Raststätte war nicht auf Fußgänger ausgerichtet, daher mussten Kenny und Ning ihr Leben riskieren, über Leitplanken klettern und sechs Spuren Autobahnverkehr überqueren. Es war eine recht neu erbaute Raststätte mit einem billigen Hotel, Läden und zwei Restaurants.

Nings Blick fiel auf einen parkenden Polizeiwagen, als sie durch eine Hecke kletterten und schnell über den Asphalt liefen, auf dem die Parkplätze für die LKWs markiert waren.

»Mach dir um die keine Sorgen«, meinte Kenny, während sie auf einen Burgerladen zugingen. »Um die kümmert sich Derek.«

Kenny hatte einen Bekannten namens Steve, der mager war und ein wenig seltsam aussah. Sie fanden ihn in einer ruhigen Ecke, wo er einen Cheeseburger mit Schinken und Pommes frites verdrückte.

»Pass auf, was du in ihrer Gegenwart sagst«, warnte Kenny und zeigte auf Ning. »Sie spricht perfekt Englisch.«

»Sieht schlecht aus für Derek«, meinte Steve deprimiert. »Ich habe ihm gesagt, er soll sich nicht mit diesen Russen anlegen, aber er hört ja nicht auf mich. Glaubst du, dass wir hierfür überhaupt bezahlt werden?«

»Ich schätze, das gibt sich wieder«, meinte Kenny. »Egal was passiert, sie werden immer jemanden brauchen, der die Strecke fährt.«

»Du hast gesagt, du würdest lieber nach Hause fahren, als für die Russen zu arbeiten«, sagte Steve.

»Ich habe es mir anders überlegt«, gab Kenny zurück. »Ich halte zu dir, Kumpel, mach dir mal keine Gedanken um den guten alten Kenny.«

Ning war klar, dass Kenny log. Aber log er Steve an, oder hatte er sie angelogen, nur um an ein paar Hundert Dollar von ihr zu kommen? Wie es auch sein mochte, Kenny gefiel es offenbar nicht, dass Ning bei ihnen war, und er deutete auf zwei Frauen ein paar Tische weiter.

»Du, setz dich mal zu den beiden Alten«, befahl er ihr. »Ich bringe dir gleich ein paar Fritten.«

Ning hatte ein ungutes Gefühl, als sie sich zu den beiden Frauen setzte. Eine war eine Chinesin namens Mei. Sie war etwa vierzig und sah aus, als hätte sie ein schweres Leben hinter sich. Die andere war eine schlanke Frau aus Bangladesch, deren Englisch einen gepflegten Akzent aufwies.

Sie begrüßten Ning, aber sie sahen sie nicht gerade einladend an, wahrscheinlich weil sie so jung war und sie vermuteten, dass sie das Spielzeug irgendeines Pädophilen werden würde. Ning spielte mit ein paar Strohhalmen und hörte den Frauen zu, denen gar nicht in den Sinn gekommen war, dass sie Englisch verstehen könnte, und die sich weiter unterhielten, als sei sie gar nicht da.

Mei reiste nach England, um zu arbeiten, offensichtlich hatte sie ein paar Jahre in einer Keksfabrik in der Nähe von Birmingham gearbeitet, nur um nach einer Razzia der Einwanderungsbehörde ausgewiesen zu werden. Die Bangladescherin nannte ihren Namen nicht, erzählte Mei aber, dass sie nach England zurückkehrte, nachdem sie sich zu Hause um eine ältere Verwandte gekümmert hatte.

Mei zeigte sich beeindruckt, als die Frau erzählte, dass sie in England als Fahrlehrerin qualifiziert sei, die zwanzig Pfund die Stunde damit verdienen konnte, Mädchen in Southall außerhalb von London das Autofahren beizubringen.

Kenny stellte eine Packung schlabbriger Fritten und eine Dose Cola auf den Tisch und zwinkerte ihr zu.

»Danke, dass du die Klappe gehalten hast«, flüsterte er ihr zu. »Es ist besser, wenn niemand weiß, dass ich verschwinden will, bevor ich weg bin, verstehst du?«

Mei nahm ein paar Fritten, als Ning sie ihr anbot, doch die Frau aus Bangladesch lehnte angewidert ab und meinte: »Wahrscheinlich sind sie in Rinderfett frittiert worden!«

Die russischen Gangster hatten Ning erschreckt, aber sie wurde ruhiger, als sie mit den beiden älteren Frauen zusammensaß, für die es offensichtlich lediglich eine kleinere Unannehmlichkeit war, sich über irgendwelche Grenzen schmuggeln zu lassen.

»Steve hatte einen Anruf von unserem Fahrer«, erklärte Kenny. »Der Laster ist nur noch sechs Kilometer entfernt. Wenn die Damen also noch aufs Klo müssen, dann am besten schnell.«

»Weißt du, welche Route er nimmt?«, fragte die Bangladescherin.

»Direkt durch Deutschland und Frankreich. Dann die Fähre von Dieppe nach Newhaven. Er ist ein guter Fahrer. Ich habe schon tausendmal mit ihm zusammengearbeitet.«

Doch die beiden Frauen sahen unzufrieden aus.

»Was ist daran so schlecht?«, wollte Ning wissen und überraschte sie damit, dass sie Englisch sprach.

»Sechs Stunden auf See«, erklärte Mei. »Die Route Dover-Calais ist viel schneller, oder der Eurotunnel.«

»Aber ich habe gehört, dass der Tunnel am riskantesten ist«, meinte die andere. »Viel mehr Durchsuchungen und so.«

»Ich hoffe nur, der Fahrer sorgt für frische Luft, wenn er Pause macht«, seufzte Mei.

»Wie lange wird es dauern?«, fragte Ning.

»Wenn wir Glück haben, sechzehn Stunden«, antwortete Mei. »Aber wenn der Fahrer übernachtet oder man auf die Fähre warten muss, kann es auch viel länger dauern.«

Ning folgte den beiden Frauen auf die Toilette. Als sie herauskamen, hatte Steve es eilig, denn der Laster war früher gekommen als erwartet. Sie sahen, wie Kenny die hinteren Türen öffnete. Er hatte sich einen Schal über das Gesicht gebunden, griff hinein und holte einen Plastikeimer mit Deckel heraus. Dann ging er ein paar Schritte an die Seite und kippte ein paar Kothaufen und Urin in einen kleinen Busch.

Ning zuckte vor dem Gestank zurück, und Steve kam von einem anderen Auto angelaufen und reichte eine Kiste mit Halbliter-Wasserflaschen und eine Tüte mit Hühnerpasteten, Schokoriegeln und einzeln verpackten Muffins hinein. Drinnen beschwerte sich jemand über die Hitze.

»Ich kann die Tür nicht offen lassen«, sagte Steve unbarmherzig. »Hier wimmelt es von Bullen. Also zurück jetzt, hier muss noch jemand einsteigen.«

Mei sah unzufrieden aus, als sie ihre Tasche in den Laster warf. Als Nächste kam Ning. Sie erschrak vor der Hitze und dem Gestank, der wie eine Mischung aus verstopfter Toilette und alten Socken roch. Die offizielle Ladung bestand aus Kisten mit Druckerpapier, die einen Meter hoch auf Holzpaletten gestapelt waren. Zwischen den einzelnen Stapeln war ein Lücke von etwa sechzig Zentimetern, in die sich jemand hineinquetschen konnte.

Fünfzehn Leute waren bereits im Laster. Es war eine Familie mit drei kleinen Jungen, die sich an ihre Eltern schmiegten, und zwei junge Männer. Der Rest waren alles hübsche junge Mädchen zwischen fünfzehn und zwanzig Jahren.

»Such dir einen guten Platz, bevor die Tür zugeht«, riet Mei Ning auf Chinesisch.

Ein verschwitztes Mädchen berührte Ning an der Hand, als sie vorbeiging. »Sind wir schon in der Nähe der Fähre?«

»Tschechisch-deutsche Grenze«, antwortete Ning, was das Mädchen offensichtlich enttäuschte.

Eine Sekunde später knallten die Türen zu und sie versanken in Dunkelheit. Das einzige Licht fiel durch kleine Schlitze in der Decke. Jemand schaltete eine kleine Taschenlampe ein, damit die Neuankömmlinge sich einen Platz suchen konnten. Mei nahm Ning an der Hand, als sie sich vorantasteten, und entschuldigte sich, wenn sie jemanden anstieß oder sie Gepäck beiseiteschieben mussten.

»Das ist nicht schlecht«, meinte Mei, als sie fast an der Wand zur Fahrerkabine angekommen waren. »Wenn wir uns dicht nebeneinandersetzen, werden wir nicht so herumgeworfen, wenn der Wagen fährt.«

Es war so heiß, dass Ning kaum Luft bekam. Sie verstand nicht, wie jemand bei dieser Hitze essen konnte, aber sie hörte, wie Muffins und Pasteten aus ihren Verpackungen gerissen wurden. Jemand hämmerte an die Tür und verlangte, dass sie bis zur Weiterfahrt offen blieb.

»Halt die Klappe oder ich komm rein und knall dir eine!«, schrie Steve.

Meis Fettpolster bildeten ein gutes Kissen und Ning lehnte ihren Kopf an ihren Arm.

»Pass auf deinen Rucksack auf«, mahnte Mei. »Das letzte Mal, als ich herübergekommen bin, hat mir jemand achtzig Pfund gestohlen.«

»Es ist so heiß«, klagte Ning. »Ich triefe ja jetzt schon!«

»Denk nicht daran«, riet ihr Mei und tätschelte ihr Bein. »Atme tief durch und trinke dein Wasser. Die, die schreien und Panik machen, sind die Ersten, die ohnmächtig werden.«

Als Ning sich zurechtsetzte, sprang der Motor an. Die hydraulischen Bremsen zischten und mit metallischem Klinken fuhr der Laster an.

30

Ryan wachte in der Kleidung auf, die er am Abend zuvor getragen hatte. Seine Augen waren verklebt, seine Nase verstopft und das Bett voller Sand. Er setzte sich mit Gliederschmerzen auf den Rand der Matratze, putzte sich die Nase und fühlte sich miserabel.

Er konnte sich an das Zimmer nicht erinnern, denn er war ins Bett gestiegen, ohne auch nur das Licht anzuschalten. Es hatte zwei Doppelbetten, und dem Deckenknäuel und dem Rollkoffer mit dem Aufkleber »Leg dich nicht mit Texas an« nach zu urteilen, hatte Ted die Nacht in dem anderen Bett verbracht.

Ryan nahm seinen Kulturbeutel aus seiner Tasche und ging ins Bad, um zu duschen und sich die Zähne zu putzen. Ted hatte bereits das einzige Badehandtuch benutzt, sodass ihm nur ein kleines Frotteetuch blieb. Er war müde, aber neugierig auf den Fortgang der Mission und entschloss sich, sich anzuziehen.

Ryan nahm an, dass es ungefähr halb acht war, doch als er seine Uhr umlegte, stellte er fest, dass es schon fast zehn war. Draußen schien die Sonne und er ging in das Familienzimmer zwei Türen weiter. Zwei FBI-Männer im schwarzen Anzug bewachten die Enden des Außenganges und auf der hintersten Ecke des Parkplatzes hatte man ein paar Journalisten und Übertragungswagen eingepfercht.

»Wie geht es dir?«, erkundigte sich Amy fröhlich, als

sie Ryan einließ. Sie sah aus, als käme sie gerade vom Joggen, so verschwitzt wie sie war, und mit Lycra-Shorts an und einem Sport-BH.

»Beschissen«, antwortete Ryan.

Von Ted oder Ethan war nichts zu sehen. Dr. D. saß an ihrem Laptop, als hätte sie sich nicht gerührt, seit er den Raum am Abend zuvor verlassen hatte.

»Hast du Hunger?«, fragte Amy. »Wir wollten gleich nach gegenüber gehen. Der Mann vom FBI hat gesagt, da gäbe es gute Steaks und Eier.«

»Ich könnte schon etwas vertragen«, meinte Ryan und sah in den Raum mit den beiden Stockbetten. »Wo ist denn Ethan? Soll ich versuchen, noch mehr von ihm zu erfahren?«

»Wir verfolgen ihn elektronisch«, erklärte Dr. D. und tippte auf ihren Monitor.

»Wie bitte?«, fragte Ryan verblüfft.

»Nachdem du gegangen bist, haben wir Informationen vom Hauptquartier in Dallas bekommen«, erklärte Amy. »Die diensthabende Informationsmanagerin hat das Echelon-Überwachungsnetzwerk genutzt, um den Funkverkehr in Palo Alto zu überwachen und nach allen zu suchen, die die Schlüsselwörter *Kitsell* oder *Aramov* verwenden.

Sie hat ein paar Telefonate herausgefiltert. Wir haben zwar diesen Lombardi noch nicht identifiziert, mit dem Ethan gesprochen hat, aber wir haben seine Verbündeten gefunden. Sie wussten, dass Ethan bei einer Nachbarsfamilie in diesem Hotel war. Ihr Plan war es, Leute zu schicken, die vorgaben, vom Jugendamt zu kommen und ihn abzuholen.«

»Haben wir sie?«, fragte Ryan.

»Nicht ganz«, erwiderte Amy.

»Wir haben Ethan einen winzigen Sender in den Hintern gepflanzt«, erklärte Dr. D. »Kurz vor Mitternacht kamen ein Mann und eine Frau und behaupteten, vom Jugendamt zu sein. Sie zeigten dem FBI-Team makellos gefälschte Ausweise, und wir ließen sie mit Ethan gehen, solange er noch unter dem Einfluss des Beruhigungsmittels stand.«

Ryan zeigte sich wenig begeistert. »Das ist doch wohl ein Witz, oder?«

»Ryan, das ist fantastisch!«, erklärte Dr. D. und richtete sich mit breitem Lächeln auf. »Dieser Sender verschafft uns die Möglichkeit, in die tiefsten Tiefen des Aramov-Clans in den Vereinigten Staaten und auf der ganzen Welt einzudringen.«

»Schön für euch«, gab Ryan zurück. »Aber was ist mit Ethan? Er ist überfahren worden, seine Mutter und sein bester Freund wurden erschossen, und jetzt wird er an einem fremden Ort unter Leuten aufwachen, die er noch nie gesehen hat. Er muss furchtbare Angst haben.«

»Ich weiß, das ist nicht ideal«, gab Dr. D. zu. »Aber wir mussten rational entscheiden. Die Aufgabe der TFU ist es, ein kompliziertes kriminelles Netzwerk zur Strecke zu bringen. Wir können Ethans Bewegungen verfolgen und jeden überwachen, mit dem er in Kontakt kommt. So werden wir Lombardi und andere Schlüsselfiguren wahrscheinlich entlarven.«

»Ich habe bei Ethan gestern Abend nur an der Oberfläche gekratzt«, meinte Ryan zornig. »Wir haben endlich einen Draht zueinander gefunden. Ich glaube, er hätte uns noch eine Menge mehr über die Pläne seiner Mutter erzählen können. Wir hätten ihm helfen *und* die nötigen Informationen bekommen können.«

»Ryan, du musst dich beruhigen«, sagte Amy streng.

Doch Ryan ignorierte sie.

»Ich hätte mich nie für so etwas gemeldet, wenn ich gewusst hätte, dass wir ein Kind als Schachfigur benutzen ohne darauf Rücksicht zu nehmen, was das für ihn bedeutet.«

Amy legte ihm die Hand auf die Schulter und sagte ruhig: »Das war eine sorgfältig abgewogene Entscheidung. Es ist ja nicht so, dass wir nicht verstehen, was du sagst, aber du musst auch die andere Seite sehen. Du weißt, was der Aramov-Clan tut. Wie viele Menschen sterben durch eine einzige ihrer Waffenladungen oder ein einziges ihrer gefälschten Medikamente?«

Dr. D. trat einen Schritt näher an Ryan heran.

»Du verbreitest negative Energie. Du solltest tief durchatmen. Mit positiven Vibrationen fühlst du dich besser und sie stärken dein Immunsystem und helfen bei deiner Erkältung.«

»Positive Vibrationen!«, fuhr Ryan ungläubig auf und brüllte Dr. D. an: »Wie können Sie so viel von diesem Esoterik-Mist verzapfen und sich nicht einen Deut um Ethan scheren? Sie haben doch gesehen, wie er letzte Nacht durchgedreht ist! Was, wenn er versucht, sich umzubringen?«

»Das reicht!«, erwiderte Dr. D. wütend. »Vielleicht bist du ja kein Freund meiner Lebensphilosophie, aber es gibt eine Grenze, Ryan! Ich bin eine leitende Agentin des Geheimdienstes der USA, und du bist ein Zwölfjähriger, der für mich arbeiten soll. Du darfst gerne deine Meinung sagen, aber ich musste eine schwierige Entscheidung treffen. Und jetzt erwarte ich, dass du dich in die Befehlskette fügst wie ein Erwachsener!«

»Es ist also schön, wenn ich helfe, aber jetzt bin ich nur ein Kind?«

»Ryan, das hat sie nicht gesagt«, griff Amy ein und nahm ihn am Arm. »Halt dich zurück.«

»Hör auf, mich anzufassen«, fauchte Ryan sie an. »Du schleimst dich doch nur bei deinem neuen Boss ein! Bei CHERUB würde man niemanden so behandeln!«

»Hör doch auf, Ryan«, mahnte Amy. »CHERUB ist eine Geheimdienstorganisation wie alle anderen. Man versucht es zwar zu vermeiden, aber gelegentlich müssen die kleinen Leute leiden, damit eine große Sache gelingt.«

Ryan war wütend und fühlte sich machtlos, weil Amy sich auf Dr. D.s Seite stellte. »Ich sage euch, ich hätte noch so viel mehr aus Ethan herausbekommen können!«

Dr. D. sah ungeduldig auf die Uhr.

»Ich habe heute Morgen noch tausend Dinge zu erledigen. Ryan, an der weiteren TFU-Operation bist du nicht mehr beteiligt. Amy, bring ihn nach gegenüber, damit er Frühstück bekommt. Ich rufe Dallas an und lasse ihm einen Platz im ersten Flugzeug zurück nach England buchen.«

Normalerweise war Ryan recht ausgeglichen, aber er hatte begonnen, Ethan zu mögen, und hatte das Gefühl, dass ihn Dr. D. nicht für voll nahm.

»Sie sind eben eine hartherzige Kuh«, warf er ihr vor und beschwerte sich dann bei Amy: »Und du bist auch nicht das, wofür ich dich gehalten habe.«

»Lass uns frühstücken gehen«, verlangte Amy und zog ihn zum dritten Mal am Arm.

Ryan gefiel es nicht, dass Amy ihn anfasste, und das zufriedene Grinsen auf Dr. D.s Gesicht machte ihn so wütend, dass er das Gefühl hatte, er müsse platzen. Er sprang vor und versetzte Dr. D. mit beiden Händen einen kräftigen Stoß.

»Nicht, Ryan!«, rief Amy, als Dr. D. zurückflog.

Die alte Amerikanerin versuchte sich am Schreibtisch festzuhalten, doch der war zu weit weg, daher fiel sie auf den Hintern und schlug sich den Kopf an einem Holzstuhl an.

Ryan war fast versucht, auch nach Amy zu schlagen, als sie ihn zurückzog und auf das Doppelbett warf, aber er hatte ihre Kickbox-Künste gesehen, und der rote Nebel verzog sich glücklicherweise, bevor er ihr einen Grund gab, ihn in den Hintern zu treten.

»Hast du eine Vorstellung davon, wie hart ich gekämpft habe, um die TFU zu überreden, dass sie mit dir arbeiten?«, tobte Amy. »Und du ruinierst meine Glaubwürdigkeit mit einem kindischen Wutanfall!«

Ryan rollte sich auf den Rücken und Dr. D. rieb sich den Kopf. Amy wollte ihr aufhelfen, doch sie schrie nur: »Fass mich nicht an! Schaff ihn mir lieber aus den Augen!«

Amy hielt die Motelzimmertür auf, und als Ryan den sonnendurchglühten Balkon betrat, bekam er das ungute Gefühl, dass er soeben seine Karriere als CHERUB-Agent zerstört hatte.

31

Bei einem Zwischenstopp auf einem Rastplatz in der Nähe von Dieppe bekamen sie für zehn Minuten frische Luft und fünf neue Fahrgäste. Nings einzige Erfahrung mit Bootsreisen war die Schnellfähre zwischen Hong Kong und Macao gewesen, wenn ihr Stiefvater zum Glücksspiel wollte. Aber das hier war unheimlicher, denn sie saß in völliger Dunkelheit in einem schwankenden Container eingeschlossen. Viermal musste sie sich übergeben, und Mei war ihr Engel, strich ihr die Haare zurück, wischte ihr das Gesicht ab und holte ihr Wasser, damit sie sich den Mund ausspülen konnte.

Als sie von der Fähre rollten, waren ihre Nerven zum Zerreißen gespannt. Alle Schmuggeloperationen basieren auf dem Prinzip, dass die Zollbehörden nur einen kleinen Teil dessen, was in ein Land gebracht wird, kontrollieren können, ob es sich nun um einen Drogenkurier mit einem Kilo Kokain, ein Fischerboot mit einer Kiste Waffen oder illegale Einwanderer handelt, die sich in einem von hundertfünfzig Lastwagen verstecken, die in Newhaven von der Fähre rollen.

Die Gefahr, erwischt zu werden, ist immer relativ gering, und nach zwanzig Stunden in Dunkelheit und Gestank sprang Ning aus dem Laster auf britischen Boden. Ihre Augen brauchten einen Augenblick, um sich an das Dämmerlicht zu gewöhnen. Es war ein schöner Herbstabend und sie standen hinter einem verfallenen Lagerhaus. Es regnete zwar nicht, aber es konnte erst vor Kurzem aufgehört haben. Eine Gruppe finster aussehender Männer wollte nicht, dass sie draußen herumstanden.

»Rein mit euch! Macht euch unsichtbar! Schnell!«

Im Lagerhaus waren große Stapel alter Zeitungsbündel. Verkrampft und verschwitzt stellten sich die illegalen Einwanderer vor einer kleinen Asiatin mit einem Klemmbrett auf. Als Erste wurde die Familie mit den drei kleinen Jungen abgehakt und freigelassen, dann die vier Schwarzen, die in Frankreich dazugekommen waren, und die Bangladescherin, die Mei noch viel Glück wünschte, bevor sie in ein wartendes Taxi stieg.

Zum ersten Mal konnte Ning ihre Mitreisenden bei Licht betrachten und sah, dass die anderen zu zwei Gruppen gehörten. Neun waren junge Frauen, die für den Sexhandel bestimmt waren. Die meisten waren Chinesinnen unter zwanzig Jahren, aber auch ein paar Russinnen waren dabei, die ein wenig älter aussahen. Die anderen sechs waren wie Mei: ältere Frauen, die von China nach England reisten, um illegal schlecht bezahlte Jobs zu machen, für die sich die Briten zu fein waren.

Während der langen Fahrt hatte Mei Ning erzählt, dass sie aus einer armen Familie in Westchina kam. Eine kriminelle Bande hatte dafür bezahlt, dass sie nach Großbritannien geschmuggelt wurde, und nun musste sie für die Bande arbeiten, bis sie ihre Schulden abbezahlt hatte. Wenn sie weglief oder ihre Arbeit nicht zufriedenstellend erledigte, würden sie ihre Familie in China bestrafen.

Ning hatte ein ungutes Gefühl, weil sie offensichtlich in keine der beiden Gruppen passte. Es waren zu viele Kerle anwesend, als dass sie sich hätte davonschleichen können, daher entschied sie sich, so dicht wie möglich bei Mei zu bleiben und das Beste zu hoffen.

Die Frau mit dem Klemmbrett befasste sich als Nächstes mit den jungen Mädchen. Die Chinesinnen wurden abgehakt und zu zwei übel aussehenden Kerlen geschickt. Doch eine der Russinnen hatte gejammert, seit Ning in den Laster gestiegen war. Sie begann, die Frau mit dem Klemmbrett zu beschimpfen, und beschwerte sich in schlechtem Englisch darüber, dass man sie angelogen hatte, über das schlechte Essen und dass ihr vom Geruch des Eimers übel war.

Fast eine Minute lang durfte die Russin sich austoben, doch als sie der Frau einen Stoß versetzte, kam Leben in einen der Kerle. Er zog einen ausziehbaren Schlagstock aus der Hosentasche, den er auf eine Länge von einem halben Meter ausfuhr, und schlug ihr damit brutal von hinten auf die Beine.

Die Frauen schrien auf, als die Russin zu Boden ging. Dann schleifte der Kerl sie ein paar Meter an den Haaren weg, ließ sie fallen und presste ihr einen Schuh auf die Kehle.

»Ich bin die Reklamationsabteilung!«, brüllte er. »Irgendwelche Beschwerden?«

Die Russin konnte kaum atmen, geschweige denn, sich beschweren.

»Sonst noch jemand?«, rief der Schläger und wandte sich zu den geschockten chinesischen Teenagern. »Wenn eine von euch Schlampen spricht, ohne gefragt zu sein, wird es euch leidtun!«

Schluchzend erhob sich die Russin und humpelte zu den Chinesinnen hinüber. Als die letzte Russin von der Liste gestrichen war, brachten die vier Schläger neun verängstigte Frauen zu einem wartenden Wagen.

Ning war übel von der Überfahrt, und der plötzliche Gewaltausbruch hatte sie erschreckt, doch zumindest waren die Schwergewichte mit den jungen Mädchen verschwunden. Jetzt waren als Aufpasser nur noch die

Frau mit dem Klemmbrett da und ein schläfriger chinesischer Fahrer, der auf einem Stapel alter Zeitungen hockte und in einer Anglerzeitung blätterte. Die Arbeiterinnen musste man nicht besonders in Schach halten, da ihre Ehemänner und Kinder in China bitter dafür büßen würden, wenn sie zu fliehen versuchten.

»Und du?«, fragte die Frau, als Ning an die Reihe kam. »Ich habe keine Informationen über dich. Wo bist du an Bord gekommen?«

Mei antwortete für Ning: »Sie ist zusammen mit mir an der tschechischen Grenze dazugekommen.«

»Als blinder Passagier?«, fragte die Frau zornig.

»Ich habe einen Mann namens Kenny bezahlt. Er arbeitet für einen gewissen Derek.«

»Du lügst!«, behauptete die Frau kopfschüttelnd. »Derek hätte mir gemailt, wenn es zusätzliche Passagiere gegeben hätte. Und du bist noch so jung. Wie alt bist du?«

»Dreizehn«, antwortete Ning.

»Hast du einen Pass oder einen chinesischen Ausweis?«

Ning zog den gefälschten kirgisischen Pass aus der Hosentasche.

»Hier steht, du bist *elf*. Was soll ich denn mit dir machen?«

»Ich könnte doch einfach gehen?«, schlug Ning vor.

Die Frau schien darüber nachzudenken, doch der Fahrer ließ die Zeitschrift sinken.

»Und wenn die Bullen sie aufgreifen?« , rief er. »Sie kennt diesen Ort. Sie könnte den Laster wiedererkennen.«

»Ich kann lügen«, meinte Ning. »Ich könnte behaupten, ich hätte mich in Dieppe an Bord geschlichen.«

»Wenn du sie gehen lässt und sie gehört jemandem, müssen wir einen Haufen Geld zahlen«, warnte der Fahrer.

»Und was soll ich dann mit ihr machen?«, entrüstete sich die Frau.

»Bring sie zu den anderen«, schlug der Fahrer vor. »Dann kann der Boss darüber entscheiden.«

Weder die Frau noch der Fahrer waren sehr groß oder schienen auch nur schnell zu sein. Ning glaubte, wenn sie es versuchte, könnte sie weglaufen. Aber es wurde dunkel, sie wusste nicht, wo sie war, und daher hielt sie es für das Beste, bei Mei zu bleiben, bis sie etwas mehr darüber nachgedacht hatte, was sie tun sollte.

*

Ryan war bereits durch die Sicherheitskontrollen des Flughafens gelangt, hatte aber noch mehr als eine Stunde Zeit, bis sein Flug von San Francisco nach London ging. Er fühlte sich fiebrig und rollte seinen Koffer zwischen den Läden mit Sonnenbrillen und Golfausrüstung hindurch.

An einem Zeitungsstand entschloss er sich, ein paar Minuten damit zu verbringen, die Zeitschriften durchzublättern, doch er fand nichts Interessantes und wurde durch die Erinnerung daran, wie er Dr. D. gestoßen hatte, abgelenkt. Es war, als hätte sich jemand in sein Gehirn gehackt und ihm die Erinnerung eines anderen Kindes eingepflanzt, eines Kindes, das dümmer und impulsiver war als er.

Je länger Ryan überlegte, desto mehr kam er zu dem Schluss, dass, so leid ihm Ethan auch tat, Dr. D. doch nur getan hatte, was die meisten – wenn nicht sogar alle – leitenden Geheimdienstmitarbeiter getan hätten. Sie versuchten eine der größten Verbrecherorganisationen der Welt zur Strecke zu bringen und so etwas geht nie schmerzlos vonstatten.

Als Ryan den Laden verließ, bemerkte er eine Schokolade, die wie die Golden-Gate-Brücke geformt war, und beschloss, sie seinem kleinen Bruder Theo als Geschenk mitzubringen.

Er steckte gerade sein Wechselgeld ein, als das Telefon klingelte und er im Display *Campus* las. Es war die Vorsitzende Zara Asker.

»Ryan, was ist denn passiert?«, fragte sie. Sie klang eher gestresst als zornig. »Dr. D. hat mich angerufen. Sie ist stinksauer.«

»Ich weiß es auch nicht«, erwiderte Ryan kleinlaut. »Es tut mir leid. Ich habe mich echt mies gefühlt und habe einen Wutanfall gekriegt. Ich werde doch nicht bei CHERUB rausgeworfen, oder?«

Zara musste leise lachen.

»Ryan, ich rufe an, weil Amy gesagt hat, du seiest allein am Flughafen, und ich wissen wollte, ob alles in Ordnung ist. Natürlich kannst du nicht einfach leitende amerikanische Geheimdienstmitarbeiter angreifen, und du kannst dich auf eine saftige Strafe gefasst machen, aber CHERUB ist dein Zuhause. Wir werfen Kinder nicht wegen eines einzigen dummen Fehlers raus. Ehrlich gesagt, wenn wir das täten, würden uns wahrscheinlich höchstens noch drei Agenten bleiben.«

Ryan traten die Tränen in die Augen, als er sich an einen Pfeiler lehnte, und alles was er hervorbringen konnte, war: »Danke!«

»Wenn du in London landest, holt dich jemand mit dem Auto ab«, sagte Zara. »Ich schicke dir die Angaben des Fahrers per SMS, wenn wir ihn angefordert haben. Und wenn du zu Hause bist und dich besser fühlst, dann setzen wir beide uns mal mit deiner Betreuerin zusammen, okay?«

»Okay«, bestätigte Ryan. »Danke für den Anruf. Ich verspüre jetzt etwas weniger dringend den Wunsch, mich mit einer Gabel der Fluggesellschaft zu erstechen.«

»Bleib locker und genieße den Flug«, sagte Zara.

»Du wirst eine Strafe bekommen, aber du bist ein guter Junge, und dieser Vorfall bedeutet nicht das Ende der Welt.«

*

Die Frau mit dem Klemmbrett ließ Ning, Mei und die anderen sechs Chinesinnen in eine schäbige Dusche im Lager gehen, bevor sie den nächsten Teil ihrer Reise begannen. Ning hoffte, etwas von Großbritannien zu sehen zu bekommen, aber sie fuhren auf Holzbänken im fensterlosen hinteren Teil eine weißen Lieferwagens.

Nach drei Stunden erreichten sie ein verfallenes Fabrikgebäude aus Ziegelmauern. Ning hatte sich in Dans Wohnung in Bischkek Großbritannien auf der Landkarte angesehen, und obwohl sie keine Ahnung hatte, wo sie waren, schätzte sie, dass sie in den drei Stunden, seit sie von der Südküste aufgebrochen waren, ziemlich weit ins Landesinnere gekommen sein mussten.

Auch wenn das Gebäude von außen alt war, so blinkte im Inneren doch alles. Trotz der frühen Morgenstunde hielten sich über hundert indische und chinesische Frauen in der lauten, aber gut organisierten Fabrikhalle auf.

Sie trugen alle identische Haarnetze, Gesichtsmasken und weiße Overalls und arbeiteten in Dreiergruppen an Stahltischen. Die erste schmierte hektisch Mayonnaise auf eine Brotscheibe, die nächste fügte den Belag und Salatblätter oder Tomaten hinzu, während die dritte das Sandwich in zwei Hälften schnitt und in eine dreieckige Plastikschachtel steckte.

Ein rotbärtiger Aufseher kam angelaufen, um die Neuankömmlinge zu begrüßen, und wandte sich dann zornig an die Frau mit dem Klemmbrett.

»Nur acht? Man hat mir zwölf bis fünfzehn versprochen!«

»Vielleicht kommen morgen noch mehr.«

»Ich bin unterbesetzt«, erklärte der Aufseher missmutig. »Ich arbeite schon selbst am Fließband mit, so sieht es aus.« Dann wandte er sich an die Frauen und forderte sie in schlechtem Chinesisch auf: »Bitte folgen Sie mir, meine Damen.«

»Du nicht«, hielt die Klemmbrett-Frau Ning zurück, während Mei und die anderen in einen Umkleideraum geführt wurden, wo sie Haarnetze, Masken und Overalls bekamen. »Dich bringe ich zum Boss.«

Sie führte Ning nach oben in einen schäbigeren Flur, in dem Nähmaschinen standen, mit denen bestimmt seit Jahrzehnten niemand mehr etwas genäht hatte. Dann ging es über zerbrochene Fliesen in ein Büro mit einem Holzschreibtisch und Mahagoniregalen.

Der Mann, der dahintersaß, war in den Dreißigern. Er war Chinese, trug ein Polohemd und karierte Hosen und eine Rolex sowie ein Armband mit Diamanten. Er erinnerte Ning an eine jüngere Ausgabe ihres Stiefvaters.

»Wer ist das denn?«, rief er wütend, als Ning eintrat. Ihr Blick fiel auf einen großen Globus und ein Bild mit zwei Jungen in ihrem Alter an der Wand.

»Ich habe Ihnen eine Nachricht aufs Handy geschickt«, erklärte die Frau. »Ihr Name ist Ning. Sie sagt, sie sei dreizehn, aber in ihrem Pass steht elf. Hat sich in Tschechien in den Laster geschlichen. Ich habe sie nicht gehen lassen, weil sie aufgegriffen werden und die Cops zum Lagerhaus führen könnte.«

Der Boss schüttelte den Kopf. »Und stattdessen zeigen Sie ihr auch noch diesen Ort? Ist ja sehr clever!«

»Wir nehmen den weißen Lieferwagen, damit die Leute sie nicht kommen und gehen sehen«, sagte die Frau. »Ich habe Ihnen eine Nachricht geschickt. Es tut mir leid, aber ich wusste nicht, was ich tun sollte.«

Der Boss sah von Ning zu der Frau.

»Ich bin seit sieben Uhr gestern Morgen wach«, brüllte er. »Wir haben hier achtzehn Leute zu wenig und ich komme mit den Bestellungen nicht mehr hinterher. Also will ich im Augenblick, dass alles was zwei Augen und zwei Hände hat, unten irgendwas auf Brotscheiben packt!«

»Aber bei einem Mädchen in diesem Alter könnten die anderen Frauen misstrauisch werden.«

»Es wird noch mehr Misstrauen geben, wenn ich den Vertrag mit dem Supermarkt verliere und die ganze Bande entlassen muss! Sie können morgen früh herumtelefonieren und herausfinden, wem sie gehört, aber heute Nacht arbeitet sie wie alle andern auch!«

32

Ning war groß für ihr Alter. Mit der Gesichtsmaske und dem Haarnetz unterschied sie sich nicht viel von den anderen Frauen. Sie hatte sechs Tage lang am Fließband gearbeitet, und niemand hatte ihre Rolle infrage gestellt, seit sie der Boss am ersten Tag angestellt hatte. Die Fabrik hatte zu wenig Arbeiterinnen, und das Einzige, was für die Verantwortlichen zählte, war, dass man Sandwiches zustande brachte.

Die Schichten begannen um drei Uhr nachmittags. Sie sollten zwölf Stunden dauern, mit zwei fünfzehnminütigen Pausen, aber in der Realität durfte niemand gehen, bevor das Produktionssoll nicht erfüllt war, daher waren eher Schichten von dreizehn oder vierzehn Stunden üblich. Sie waren eingeteilt in Vorbereitung, wo das Gemüse geputzt, das Fleisch aufgeschnitten und die Dressings gemischt wurden, und dann in die Fließbandarbeit, bei der die Frauen die Sandwiches belegten.

Es war kühl in der Fabrik, damit die Lebensmittel frisch blieben, aber die harte Arbeit brachte die Frauen dennoch ins Schwitzen. Die Einrichtung war modern und alles musste den strengen Hygienevorschriften der Supermarktkette entsprechen.

Wenn jemand zu langsam arbeitete oder die Brote zu großzügig belegte, wurde er von den Aufsehern nur milde ermahnt, aber wenn jemand eine Hygienevorschrift brach, gab es richtig Ärger. Ein einziges Versagen bei einem Bakterientest oder ein Haar auf einem Sandwich konnte dazu führen, dass die Supermarktkette den Vertrag kündigte und alle ihren Job verloren.

Die Arbeit war eher monoton als schwer, aber die langen Arbeitsstunden ermüdeten alle. Nach jeder Schicht wurden die Frauen in fensterlose Lieferwagen gequetscht und ein paar Straßen weiter zu den Häusern gefahren, in denen sie wohnten.

Da die Sandwiches jeden Morgen um halb fünf ausgeliefert werden mussten, aßen die Frauen ihr Abendessen ungefähr eine Stunde, bevor die meisten anderen Menschen aufstanden, und schliefen dann fast den ganzen Vormittag lang. Wenn sie aufwachten, war es meist früher Nachmittag, und sie hatten nur wenig Zeit, sich zu waschen und zu essen, bevor sie wieder in die Fabrik gebracht wurden.

Ning brauchte mehr Schlaf als die erwachsenen Frauen, und Mei musste sie stets anstupsen, damit sie aufstand. Ihr Zimmer lag im Keller. Es hatte sechs Betten, und die Fenster waren zugenagelt, damit sie bei Tageslicht schlafen konnten.

»Wenn du nicht bald aufstehst, kannst du vor der Arbeit nicht einmal mehr etwas essen«, mahnte Mei.

Ning war noch nie gerne aufgestanden. Die Ironie des Schicksals machte sie missmutig. Ihr Ausgangspunkt war ein enges, lärmiges Wohnheim in Dandong gewesen. Sie hatte ihr Leben dafür riskiert, auf die andere Seite der Welt zu gelangen, und war in einem unbekannten Teil von Großbritannien gelandet, wo sie etwas noch Nutzloseres tat, als zur Schule zu gehen, und in einem engen Zimmer wohnte, das schlimmer war als das, aus dem sie anfangs geflüchtet war.

»Du schläfst ja wie eine Tote«, sagte Mei, als Ning sich die Augen rieb.

Ning mochte Mei und lächelte sie an.

»Ich fühle mich auch so. In meinen Träumen sehe ich nur noch Krabbenmayonnaise und Brotscheiben.«

»Wie geht es deiner Hand?«

Ning hatte schon vergessen, dass sie sich an einem Fleischschneider verletzt hatte. Die Wunde am Handrücken brannte ein wenig, und das Blut war durch das grellgrüne Pflaster gesickert, das extra so bunt war, damit es auffiel, falls es sich ablöste und in irgendein Lunchpaket geriet.

»Sieht schlimmer aus, als es ist«, fand Ning und bewegte prüfend alle Finger. »Ich versuche mal, in die Dusche zu kommen.«

»Viel Glück«, wünschte Mei.

Wegen der Arbeiterknappheit wohnten im Moment nur zweiundzwanzig Frauen im Haus, doch für eine winzige Toilette im Keller und ein kleines Bad mit Dusche im ersten Stock waren es immer noch zu viele.

Im Nachthemd tapste Ning nach oben, das Handtuch über die Schulter geworfen. An der Badezimmertür gab es keinen Riegel, da die Frauen üblicherweise auf die Toilette gingen, während jemand anderes duschte, oder umgekehrt.

Dampf und Rauch schlugen ihr entgegen, als sie die Tür aufmachte. Die vier Frauen, die im größten Raum oben schliefen, hatten sich zu einer fiesen Clique zusammengeschlossen, die sich aufführte, als seien sie etwas Besseres. Besonders gegenüber den Neuankömmlingen, die sich mit dem Keller begnügen mussten.

»Raus!«, schrie eine auf Chinesisch, als sich Ning umsah.

Eine der vier duschte gerade, eine andere trocknete sich ab, eine saß mit den Jeans um die Knöchel auf der Toilette und eine lehnte am Waschbecken und rauchte.

»Wie lange braucht ihr denn noch?«, fragte Ning.

Das Mädchen am Waschbecken schnippte Ning die

Zigarettenasche zu und behauptete: »Wir bleiben, solange wir wollen. Willst du, dass ich die auf deinem Arm ausdrücke?«

»Verschwinde«, verlangte die mit dem Handtuch und stieß Ning mit dem Fuß Richtung Tür. »Hast du nicht kapiert?«

Ning fühlte sich gedemütigt, als sie wieder auf den Gang trat, während die vier Frauen im Bad lachten.

»Wie alt ist die eigentlich?«, erkundigte sich eine von ihnen boshaft. »Die hat ja noch nicht mal Titten.«

»Du doch auch nicht«, gab eine andere zurück und brüllte erneut vor Lachen.

Ning musste auf die Toilette und wäre am liebsten in das leere Zimmer der vier gegangen und hätte auf den Teppich gepinkelt, aber sie brauchte keine vier neuen Feinde, daher ging sie wieder in den Keller wie ein braves Mädchen und stellte sich in die Schlange vor der schmutzigen Toilette.

Nach weiterem Gedrängel in der Küche, um Frühstück zu bekommen, redete Ning mit Mei, während sie die Kleidung vom Vortag anzog.

»Was glaubst du, wann wir bezahlt werden?«

Mei lachte.

»In einem Monat, wenn wir Glück haben. Sie versprechen es immer und halten einen dann hin. So behalten sie einen da, auch wenn man seine Schulden schon bezahlt hat. Als ich das erste Mal ausgewiesen wurde, habe ich den Lohn für fünf Wochen verloren. Als ich das erste Mal nach Großbritannien kam, habe ich drei Wochen lang Obst gepflückt. Wir waren etwa sechzig und keiner von uns hat auch nur einen Penny dafür gesehen.«

»Hast du dich nicht beschwert?«

»Bei wem denn?«

»Werden die Gangster, die deine Reise bezahlt haben, denn nicht wütend?«

»Das funktioniert so, Kindchen«, erklärte Mei. »Der Boss in der Sandwichfabrik bezahlt die hiesigen Gangster für die Frauen, die er braucht.«

»Wer sind denn die hiesigen Gangster?«

»Die Leute, die uns von unseren Schichten hin- und zurückfahren und Häuser wie dieses hier besorgen und Leo dafür bezahlen, dass er auf uns aufpasst.«

»Ich dachte, diese Kerle arbeiteten für den Fabrikchef.«

Mei schüttelte den Kopf. »Der Fabrikchef ist nur ein Geschäftsmann, der billige Arbeitskräfte braucht. Also bezahlt er die hiesigen Gangster, und zwar pünktlich, wenn er keine Prügel will. Die Gangster hier in Großbritannien bezahlen fünfundsiebzig Prozent von dem, was ich verdiene, an die Gangster in China, die meine Reise bezahlt haben. Die Händler in China werden bezahlt, weil ohne sie der Nachschub zusammenbrechen würde. Und rate mal, wer als Letzter bezahlt wird?«

»Wir?«, seufzte Ning.

Mei nickte. »Wir werden bezahlt, wenn den hiesigen Gangstern danach ist, und wenn du zu oft nachfragst, beziehst du Prügel, weil du sie nervst.«

»Ich habe mir heute Nacht etwas überlegt«, erklärte Ning leise, damit die andere Frau im Zimmer sie nicht hören konnte. »Für mich gibt es keinen Grund, hierzubleiben, ich dachte nur, dass ich ein wenig englisches Geld hätte, um zu reisen, wenn ich bis zum Zahltag hierbleibe.«

»Was willst du denn tun?«, fragte Mei.

»Ich dachte, ich könnte nach Bootle und versuchen, Ingrids Schwester zu finden. Ich erzähle ihr, was passiert ist, und sie kann mir hoffentlich helfen. Wenn das nicht funktioniert, gehe ich zur Polizei und stelle mich. Da Ingrid mich legal adoptiert hat, kann ich Anspruch auf die britische Staatsbürgerschaft erheben.«

»Bist du dir da sicher?«, zweifelte Mei.

Ning nickte. »Ingrid und mein Stiefvater haben darüber gesprochen, dass sie noch ein paar Jahre weiterarbeiten und dann nach England zurückkehren und in ein großes Haus auf dem Land ziehen wollten.«

»Was für ein schöner Traum«, meinte Mei und sah auf ihre Plastikuhr. »Es wird Zeit, nach oben zu gehen.«

Die zwanzig Frauen warteten oben im Flur, während der weiße Lieferwagen rückwärts in die Auffahrt einbog. Während der Fahrer die hinteren Türen aufmachte, nahm Leo, der brutale Chinese, der das Haus führte, eine Kette von der Tür und schloss ein Steckschloss auf.

Sobald sich die Tür öffnete, strömten die Frauen in den Lieferwagen. Ning war ziemlich weit vorne und setzte sich auf eines der Bretter an der Seite, die als Bänke dienten. Doch respektvoll stand sie auf und ließ Mei sitzen.

Dadurch musste sie sich während der vertrauten sechsminütigen Fahrt auf den nackten Metallboden setzen. Sie waren fast angekommen, als der Wagen plötzlich bremste. Die Körper stießen aneinander, und in der Dunkelheit fielen sie durcheinander, und Ning stieß sich den Kopf an der Metallwand, die sie von der Fahrerkabine trennte. Es erklangen ein paar spitze Schreie.

»Tut mir leid, meine Damen!«, rief der Fahrer. »Da hat gerade ein Radfahrer versucht, sich umzubringen.«

Die Frauen versuchten noch, sich zu sortieren, als der Wagen wieder anfuhr. Jemand war Ning auf die Hand getreten, sodass sich ihre Wunde vom Vortag wieder leicht geöffnet hatte. Als die Türen vor der Fabrik aufgingen, sah sie im Licht, wie Blut unter dem Pflaster hervorrann.

Es war nicht viel, und Ning wischte sich nur die Hand an der Jeans ab, als sie in die Fabrik ging, doch die Blutstropfen hatten bei ihr eine Gedankenkette in Gang gesetzt.

Ning schuldete den Gangstern kein Geld, aber sie hatte auch keine Lust, wochenlang zu bleiben, bis sie bezahlt wurde. Sie bezweifelte auch, dass sie sie so einfach gehen lassen würden.

Es würde schwierig werden, aus der Fabrik zu flüchten, oder auch aus dem Haus, wenn so viele Menschen in jedem Raum waren. Aber die strikten Hygienevorschriften der Fabrik besagten, dass, egal wie unterbesetzt sie waren, eine Arbeiterin nach Hause geschickt wurde, wenn sie krank war, und Ning glaubte, dass es nicht so schwer sein würde, tagsüber, wenn es leer war, aus dem Haus zu entkommen.

Während sich die Arbeiterinnen vor dem Umkleideraum drängelten, um sich umzuziehen, ging Ning hinten herum zur Damentoilette.

Sie schloss sich in einer Kabine ein, verriegelte die Tür und zog das Pflaster von der Hand. Durch das getrocknete Blut sah die Verletzung schlimmer aus, als sie war, und Ning kratzte mit dem Fingernagel den Schorf ab. Als die Wunde aufriss, drückte Ning kräftig darauf. Das tat zwar weh, hatte aber den gewünschten Effekt und ließ zwei Blutstreifen über ihren Arm laufen.

Ning nahm ein paar Stücke Toilettenpapier in die blutige Hand und ging hinaus, wobei sie darauf achtete, dass mehrere Blutstropfen auf den makellos sauberen Boden des Gangs fielen, als sie in den Bereich für die Vorbereitungen ging.

»He!«, schrie eine fette Aufseherin, rannte hinter ihr her und packte sie am Arm. »Wo willst du hin, junge Dame?«

Ning imitierte Ingrids Trick, die Augen zu verdrehen und so zu tun, als werde sie gleich bewusstlos.

»Ich suche Mei«, sagte sie und ließ sich gegen die Wand fallen. »Es hat die ganze Nacht geblutet. Ich glaube, mir wird schlecht.«

Die Vorstellung, dass sich jemand im Vorbereitungs-
bereich übergeben könnte, war ein Albtraum für die
Aufseher. Die dicke Frau packte Ning und brachte sie
zu einem winzigen Erste-Hilfe-Kabuff unter der Treppe.

»So kannst du nicht arbeiten«, sagte sie und setzte
Ning auf einen Plastikstuhl. »Bleib hier. Ich komme
gleich wieder und verbinde dich, wenn die Schicht angefangen hat. Und dann bringt dich einer der Fahrer
nach Hause, damit du dich ausruhen kannst.«

33

Kaum eine Stunde nach ihrer Abfahrt stand Ning wieder vor der Tür des Hauses und wartete darauf, dass Leo die Tür aufmachte. Leo war über vierzig, über einen Meter achtzig groß und trug eine dicke Brille mit eckigen Gläsern und einen Stoppelbart. Soweit Ning das beurteilen konnte, reichte seine Garderobe nicht über Trainingshosen und Chelsea-Shirts hinaus.

»Was ist los?«, fragte er, als ihm der Fahrer zuwinkte und losfuhr.

Ning hielt ihre sauber verbundene Hand hoch.

»Gut«, knurrte er. »Geh runter ins Zimmer und bleib da, ich erwarte Besuch.«

Da Leo seine Tür üblicherweise geschlossen hielt, wenn die Frauen da waren, konnte Ning heute zum ersten Mal einen Blick hineinwerfen, als sie im Gang daran vorbeikam. Es sah aus wie eine Müllhalde, mit überquellenden Aschenbechern und leeren Bierdosen überall. Prunkstück war ein großer Fernseher, auf dem gerade ein PS3-Spiel lief, bei dem er auf Pause gedrückt hatte.

»Verdrück dich, du Krachmacher«, sagte Leo. »Und wenn es nicht wirklich wichtig ist, will ich nichts von dir hören!«

Auf dem Weg in ihr Zimmer überlegte Ning fieberhaft. Die Fenster im Keller waren alle mit Brettern zugenagelt, daher nahm sie an, dass ihre Chancen auf Flucht an der Hintertür zum Garten oder auch durch das Küchenfenster besser standen – zur Not würde sie die große mittlere Scheibe einschlagen.

Aber die anderen Frauen würden erst in zwölf Stunden wiederkommen, und ihre Flucht würde wahrscheinlich besser gelingen, wenn sie sich ein wenig Zeit nahm, um sie zu planen. Sie hatte immer noch ihre amerikanischen Dollar, aber für sie war englisches Geld unterwegs von größerem Nutzen. Außerdem konnte es nicht schaden, wenn sie wusste, wo sie sich überhaupt befand.

Frauen wie Mei, die den Gangs, die mit ihnen handelten, noch Geld schuldeten, durften das Haus nicht verlassen, aber diejenigen, die ihre Schulden abbezahlt hatten, konnten an ihren freien Tagen hinausgehen, wenn Leo es ihnen erlaubte.

Soweit Ning es verstanden hatte, waren die einzigen beiden außer ihr, die keinem Gangster mehr Geld schuldeten, zwei aus dem Quartett, das sie am Morgen geärgert hatte. Vielleicht fand sie in ihrem Zimmer etwas Nützliches, zum Beispiel Geld, einen Busplan aus der Umgebung oder einen Umschlag mit einer Adresse. Wenn sie viel Glück hatte, fand sie vielleicht sogar ein Handy, von dem aus sie Dan anrufen und ihm sagen konnte, dass es ihr gut ging.

Ning sehnte sich nach einer Dusche. Außerdem würde ihr das einen Vorwand geben, um nach oben zu gehen und schnell das Zimmer der anderen Mädchen zu durchsuchen. Sie schnappte sich saubere Kleidung, ein Handtuch und Seife und ging nach oben.

Leo hatte zwar klargemacht, dass Ning ihm aus dem Weg bleiben sollte, aber obwohl er viel herumbrüllte, schien keine der Frauen wirklich Angst vor ihm zu haben. Im Erdgeschoss stellte sie beruhigt fest, dass seine Zimmertür geschlossen war und die Playstation plärrte.

Da die Dusche ständig in Gebrauch war, war der Badezimmerboden immer nass. Es roch noch nach Zigaretten, die Duschwanne hatte einen Schmutzrand, und im Abfluss klebten Haare. Ning wollte den frischen Verband an ihrer Hand nicht nass machen und löste das Problem, indem sie die Plastikverpackung von einer Rolle Toilettenpapier riss und sie sich um die Hand wickelte.

Trotz des dreckigen Bades und der in Plastik gewickelten Hand genoss Ning das heiße Wasser und brauchte länger, als nötig gewesen wäre. Sie wusch sich gerade die letzten Shampooreste aus den Haaren, als Leo hereinplatzte.

»Bist du eigentlich taub, Fräulein?«, schrie er. »Was habe ich dir gesagt?«

Ning war nackt und versteckte sich hinter einem dünnen weißen Duschvorhang.

»Was habe ich gesagt?«, wiederholte er.

»Ich… ich weiß nicht mehr«, antwortete Ning und drückte schaudernd die Schulterblätter an die Wandfliesen. »Kann das nicht warten?«

»Ich habe dir gesagt, du sollst unten bleiben«, sagte Leo, hob den Klodeckel und begann zu pinkeln. »Du bist auf dem besten Weg, dir eine zu fangen!«

»Ich dachte, Sie hätten nichts dagegen, wenn ich nur leise bin.«

Bevor Leo noch etwas sagen konnte, klingelte es an der Tür.

»Verdammt noch mal!«, schrie er, zog sich hastig die Hose zu und rannte hinaus. »Immer wenn man gerade pinkelt!«

Während Leo die Treppe hinunterrannte und zur Tür lief, beschloss Ning, dass es wohl besser wäre, ihn nicht weiter dadurch zu verärgern, dass sie in der Dusche blieb. Also spülte sie schnell ihr Haar aus, trocknete sich ab und zog frische Wäsche, Jeans und Sweatshirt an. Als sie zur Treppe kam, stieg ihr ein unangenehmer Geruch in die Nase, und sie hörte, wie ein Mann mit Leo sprach.

Er sprach Chinesisch, und sein Tonfall verriet Ning, dass er Leos Boss war.

»Was sollen wir denn mit ihnen machen?«, fragte Leo ein wenig besorgt.

»Sauber machen und versteckt halten, bis sie jemand abholen kommt.«

Die Erwähnung von »sauber machen« ließ Ning befürchten, dass jemand ins Bad kommen könnte, daher lief sie schnell über den Gang in das Zimmer der vier fiesen Mädchen. Ein Blick nach unten zeigte ihr Leos kleinen, aber kräftig gebauten Boss und zwei schwarzhaarige Mädchen, die zusammengesunken an der Wand lehnten.

»Mensch, Ben, was ist denn mit denen passiert?«, hörte Ning Leo von der Tür des Zimmers aus fragen.

»Der Fahrer war Pole«, erklärte Ben. »Vor ein paar Tagen sind Fahrer und Wagen verschwunden. Gestern Abend habe ich einen anonymen Anruf bekommen, wo ich ihn finden kann.«

»Warum lässt ein Fahrer seinen Wagen im Stich?«, wunderte sich Leo. »Und wer hat angerufen?«

»Russen«, erzählte Ben. »Eine Bande von ihnen versucht, sich eine Scheibe von unserem Geschäft abzuschneiden. Wir haben keine Ahnung, ob sie den Fahrer umgebracht oder nur verjagt haben. Aber der Wagen war sechs Tage verschwunden und die Frauen hatten nur wenig Wasser.«

»Warum hier?«, fragte Leo.

»Du warst am nächsten und tagsüber ist das Haus leer. Sie werden weg sein, bevor die Arbeiterinnen zurückkommen.

»Ein Mädchen ist hier«, sagte Leo.

»Du hast doch gesagt, du seist allein!«, fuhr Ben auf.

»Als du angerufen hast, war ich auch allein, aber sie haben sie mit einer kaputten Hand von der Fabrik hergebracht.«

»Und du denkst nicht mal dran, mir das zu sagen?«, schrie Ben. »Wo ist sie jetzt?«

»Oben in der Dusche.«

»Hol sie.«

Ning schloss die Tür und zog sich in das Zimmer zurück, als Leo zwei Stufen auf einmal nehmend nach oben stürmte. Sie sprang auf eines der Betten, schnappte sich eine Zeitung und tat, als ob sie läse, als Leo hereinplatzte.

»Warum bist du hier drin?«, schrie er.

Ning sah, dass sie dummerweise ihr nasses Handtuch und ihre Toilettensachen an der Tür hatte stehen lassen, wodurch klar war, dass sie dortgestanden und gelauscht hatte.

»Ich habe dir doch gesagt, du sollst im Keller bleiben!«, tobte Leo, nahm die Sachen und warf sie ihr wütend zu. »Das war nur zu deinem Besten!«

»Was ist da los?«, rief Ben. »Bring sie hier runter!«

»Du hast ihn gehört«, brüllte Leo sie an. »Hoch mit dir!«

Ning glitt vom Bett, und Leo hielt ihr die Tür auf, als sie zur Treppe ging.

»Ach nein«, stieß Ben hervor, als er Ning vom unteren Ende der Treppe aus sah. »Was für ein hübsches kleines Ding.«

Leo versetzte Ning einen kleinen Stoß in den Rücken und drängte sie die Treppe hinunter. Der intensive Geruch von unten erinnerte Ning an den Müllcontainer, aus dem Dan sie in Bischkek gezogen hatte. Als sie über Bens goldene Uhr und seine tätowierten Arme hinaussah, begriff sie, dass das, was sie durch das Treppengeländer hindurch für zwei schwarzhaarige Mädchen gehalten hatte, in Wirklichkeit Leichen waren. Sie waren in billige schwarze Plastiksäcke gewickelt, die an mehreren Stellen gerissen waren, als Ben sie in den Gang geschleift hatte.

34

Ryan war bereits eine Woche wieder auf dem Campus und lag auf dem Bauch auf seinem Bett, als Max Black und Alfie DuBoisson vorbeikamen. Als er zu CHERUB gekommen war, hatte er sich verschiedenen Gruppen genähert, aber in der Grundausbildung hatte er sich mit Max und Alfie angefreundet, und seitdem standen sie sich nahe.

Max war zwölf und etwa so groß wie Ryan, nur schlanker. Mit seinen Sommersprossen und dem blonden Haar wirkte er sehr unschuldig, aber er geriet ständig in Schwierigkeiten, und das färbte gelegentlich ab. Dabei ging es nie um wirklich schlimme Dinge wie Schlägereien oder Drogen, es war nur so, dass Max Langeweile ertrug wie ein Zweijähriger und allergisch darauf reagierte, wenn er stillsitzen und Befehle ausführen musste.

Als Ryan auf den Campus gekommen war, hatte er sich zuerst nicht getraut, mit Alfie zu sprechen. Obwohl er erst elf war, war Alfie einen Kopf größer als Ryan und Max und ziemlich untersetzt, was bedeutete, dass er ohne das CHERUB-Training wahrscheinlich fett gewesen wäre. Mit seinen düsteren dunklen Augen und buschigen Brauen war Alfie eher ruhig und hatte einen gepflegten französischen Akzent. Er spielte Flöte und Gitarre und war geradezu aufreizend klug, selbst für die übertriebenen Standards von CHERUB.

»Nun, Mr Ryanator, wie ist das große Showdown im

Büro der Vorsitzenden gelaufen?«, fragte Max neugierig.

Ryan war zwar schon seit sechs Tagen wieder zurück, aber die ersten drei davon war er krank gewesen und hatte wegen einer Infektion in der Brust Antibiotika bekommen. Als es ihm wieder gut genug ging, dass er zwei Sätze hervorbringen konnte, ohne zu husten, war Zara mit ihrem Ehemann Ewart nach New York geflogen, um ihren Hochzeitstag zu feiern.

»Ziemlich schrecklich«, antwortete Ryan und drehte sich um.

»Was kriegt man denn heutzutage fürs Omaprügeln?«, erkundigte sich Alfie von der Tür her. »Max hat auf Gräbenbuddeln gewettet, aber ich habe eher auf Einmaleins gesetzt.«

Beides waren bei CHERUB gewöhnliche Strafen für Agenten mit großem Ärger. Mit Gräbenbuddeln bezeichneten die Kinder verschiedene Arbeiten wie das Lichten von Unterholz und das Reinigen der Abwasserkanäle im waldigen Bereich auf dem Campus. Einmaleins waren schmerzhaft intensive Einzeltrainingsstunden mit einem der Trainer.

»Keins von beidem«, antwortete Ryan. »Ich bin für drei Monate von allen Missionen außer Rekrutierungsmissionen suspendiert, bekomme zwei Monate lang kein Taschengeld, muss einen Monat auf dem Campus bleiben und Arbeitsdienst in der Müllsortierung leisten.«

Max sah ihn entsetzt an.

»Du verprügelst eine kleine alte Dame und kriegst nur die Müllverwertung? Ich habe zehn Stunden Einmaleins bekommen, nur weil ich einen Elektrobuggy geschrottet habe. Du solltest nicht schmollen, Rybo, du solltest feiern!«

»Mit drallen Mademoiselles«, ergänzte Alfie. »Und tiefgefrorenen Marsriegeln.«

Max sah Alfie über die Schulter hinweg an und verlangte: »Alfie, können wir deine kruden Fantasien mal einen Moment vergessen?«

»Vielleicht ist die Müllverwertung nicht so schlimm wie Einmaleins«, sagte Ryan, »aber ich würde lieber zwanzig Stunden Einmaleins machen als fünfhundert in der Müllverwertung.«

Max zuckte zusammen und begann dann zu lachen. »Fünfhundert! Heilige Scheiße! Noch nie hat jemand fünfhundert Stunden irgendwas gekriegt! Du brauchst Monate, um das abzuarbeiten!«

»Zara sagt, wenn ich zwei Stunden am Abend und samstags und sonntags je vier Stunden arbeite, kann ich es in sechs Monaten schaffen.«

»Das bezweifle ich«, meinte Alfie kopfschüttelnd. »Das Training und Missionen werden die Sache nicht beschleunigen. Ich würde eher auf acht oder neun Monate tippen.«

»Fünfhundert Stunden«, wiederholte Max. »Zumindest wird dich das lehren, keine alten Frauen mehr zu verhauen.«

Ryan ärgerte sich über Max' Ton und richtete sich heftig auf.

»Ich habe sie nur einmal geschubst. Was kann ich dafür, dass sie ein Winzling von dreißig Kilo ist, der schon bei einem Windhauch umfällt?«

»Komm wieder runter, Tiger«, neckte ihn Max. »Wir kennen dich und deine heftigen Gemütsschwankungen doch.«

Ryan grollte, als Alfie anfing zu lachen.

»Wolltet ihr noch etwas anderes, als euch über mich lustig zu machen?«, fragte er.

»Ich glaube, damit sind wir jetzt fertig«, meinte Max und sah Alfie an. »Hatten wir noch etwas auf dem Plan?«

Alfie sah, dass Ryan wirklich verärgert war, und warf Max einen Blick zu, der ihm bedeutete, aufzuhören.

»Du brauchst eine Freundin«, behauptete Alfie. »Du wirst ein paar Monate auf dem Campus bleiben.«

»Grace«, schlug Max vor. »Klasse Hintern. Noch nicht viel Titten, aber das kann ja noch werden, und sie steht total auf dich.«

»Das letzte Mal, als ich Grace gesehen habe, hat sie mir eine halbe Dose Sprühsahne in die Hose gespritzt«, wandte Ryan ein.

»Dreister Flirtversuch«, behauptete Max.

»Ich bin ziemlich sicher, dass sie mich hasst, und mir ist es ehrlich gesagt sogar egal«, meinte Ryan. »Ich kann auch noch mit vierzehn eine Freundin haben.«

»Ich würde Grace Honig vom Bauch schlecken«, träumte Alfie.

Ryan und Max mussten lachen.

»Alfie, du brauchst echt Hilfe«, stellte Max fest. »Du bist ein elfjähriges Sexmonster. Hast du schon mal überlegt, ob du nicht lieber ein Eisbad nehmen solltest oder joggen gehen?«

»Ich bin halber Franzose«, erklärte Alfie. »Wir sind die besten Liebhaber der Welt!«

»Grace ist winzig, Alfie«, wandte Max ein. »Wenn ihr heiratet und du dich nachts über sie rollst, verschwindet sie in deiner Arschritze.«

Jetzt, wo sich der Spott auf Alfie konzentrierte, fühlte Ryan sich schon ein wenig besser.

»Genau«, meinte er. »Du brauchst eine *kräftige* Frau.«

»So eine wie Irene«, stimmte Max zu. »Du weißt schon, die aus der Kantine mit dem Riesenbusen und dem behaarten Muttermal drauf.«

»Ich wette, wenn sich Irene auszieht, hat sie noch viel mehr Muttermale«, lachte Ryan. »Ganz riesige Klumpen, die wie Pilze unter ihren Armen wachsen!«

»Iihh!«, verwahrte sich Max. »Ich muss kotzen.«

»Ist das nicht dein Telefon?«, fragte Alfie.

Ryan hatte den Vibrationsalarm an seinem Telefon eingestellt, aber vor lauter Lachen hatte er es nicht bemerkt. Max nahm das Gerät aus der Ladestation und warf es ihm zu.

»Hallo?«, fragte Ryan, aber am anderen Ende meldete sich niemand.

Auf dem Display stand: *Ein versäumter Anruf – Amy Collins*. Er wusste nicht, worum es ging, aber er wollte nicht, dass Alfie und Max dabei waren, wenn er zurückrief.

»Missionsangelegenheit«, sagte er knapp.

Da CHERUB-Agenten aus Sicherheitsgründen nicht über ihre Missionen sprechen dürfen, verließen Alfie und Max widerspruchslos das Zimmer.

»Wir sehen uns in zehn Minuten unten zum Essen«, sagte Alfie.

»Ich versuche es«, antwortete Ryan.

Er wusste nicht, was er denken sollte, als er Amys Namen im Display las. Ryan verstand, warum sie nicht zu ihm gehalten hatte, als er Dr. D. geschlagen hatte, aber er hatte sich in der Zeit in Santa Cruz mit ihr angefreundet, und rein gefühlsmäßig fand er immer noch, dass sie ihn verraten hatte, als sie gegen ihn Partei ergriff.

»Hi, Kumpel«, meldete sich Amy. »Alles in Ordnung? Tut mir echt leid, wie die Sache letzte Woche ausgegangen ist.«

»Ich muss Dr. D. eine Entschuldigung schreiben«, sagte Ryan. »Wie geht es ihr?«

»Nichts passiert«, antwortete Amy. »Ted sagt, er arbeitet seit Jahren mit ihr zusammen und verspürt ganz regelmäßig den Wunsch, sie in den mickrigen Hintern zu treten.«

Ryan lachte verlegen. »Vielleicht ist mir das ein Trost,

wenn ich meine fünfhundert Stunden in der Müllverwertung abarbeite.«

»Fünfhundert!«, stieß Amy hervor. »Wow. Da hat Zara
aber echt ein Exempel statuiert, was?«

»Allerdings.«

»Ich wollte dich sowieso anrufen und fragen, wie es
dir geht«, sagte Amy. »Aber das ist kein Höflichkeitsan-
ruf. Wir haben den Tracker verloren, den wir Ethan im-
plantiert hatten.«

»Im Ernst?«, fragte Ryan. »Ist er kaputt gegangen, oder
glaubt ihr, dass ihn jemand gefunden und herausge-
schnitten hat?«

»Das können wir im Moment wirklich nicht sagen. Wir
dachten schon, wir hätten jede Spur von Ethan verloren.
Aber das Hauptquartier in Dallas hat das Telefon und
den Internetzugang überwacht, die du unter dem Namen Ryan Brasker eingerichtet hattest. Eine unbekannte
Nummer hat versucht, dich zu erreichen, und wir halten
es für wahrscheinlich, dass es Ethan ist.«

»Das muss er sein«, meinte Ryan nachdenklich. »Sonst
hatte niemand diese Nummer.«

»Ich möchte, dass du ins Einsatzvorbereitungsbäude
gehst«, befahl Amy. »Sie können das Gespräch so um-
leiten, dass es aussieht, als käme der Anruf von einem
Handy in Kalifornien. Wenn ich auflege, schicke ich dir
eine E-Mail, die der IM zusammengestellt hat. Es ist
eine Geschichte, die erklärt, wo die Figur Ryan Brasker
jetzt wohnt und was du gemacht hast, seit du Ethan das
letzte Mal gesehen hast. Du musst sie lesen und dir die
Einzelheiten einprägen.«

Nach dem was letzte Woche passiert war, gefiel Ryan
Amys Befehlston nicht und auch nicht, dass sie davon
ausging, er würde einfach so tun, was sie sagte.

»Ich bin von allen Missionen ausgeschlossen«, sagte
er.

»Ryan, das ist keine richtige Mission. Du musst nicht einmal den Campus verlassen. Du sollst nur wieder Kontakt mit Ethan aufnehmen und versuchen, so viel wie möglich darüber herauszufinden, wo er gerade ist und was er tut.«

»Ich weiß nicht«, meinte Ryan. »CHERUBs dürfen Missionen doch ablehnen, oder? Ich würde Santa Cruz einfach gerne vergessen, meine Strafe so schnell wie möglich abarbeiten und weitermachen.«

Das war nicht wirklich wahr, aber er wollte Amy gerne ins Schwitzen bringen.

»Und was ist mit Ethan?«, fragte Amy. »Er könnte in Gefahr sein.«

»Also interessiert sich Dr. D. jetzt auf einmal doch für sein Wohlergehen?«, lachte Ryan auf.

»Hör zu, Ryan, ich weiß, dass du sauer bist. Ich muss sowieso mit Zara reden, um deine Suspendierung aufzuheben. Ich könnte ja mal versuchen, ihr gut zuzureden. Ich sage ihr, dass Dr. D. dir vergeben hat, damit deine Strafstunden reduziert werden oder so ...«

Bei diesem Gedanken begann Ryan breit zu grinsen, achtete aber darauf, seine Gefühle am Telefon nicht zu zeigen.

»Ich glaube, wenn meine Stunden reduziert würden, hätte ich mehr Zeit, euch zu helfen.«

»Ich bitte sie, dir hundert Stunden zu erlassen«, versprach Amy. »Wie klingt das?«

»Ziemlich gut«, fand Ryan. »Glaubst du, du könntest sie auch dazu kriegen, dass ich wieder Taschengeld bekomme?«

»Übertreib es nicht«, lachte Amy trocken. »Ich schicke dir jetzt die E-Mail, damit du anfangen kannst zu lesen und ich mit Zara reden kann.«

35

Ning versuchte, wieder in den Keller zu gehen, doch Ben befahl ihr, in der Küche zu bleiben und die Tür offen zu lassen, damit er sie im Auge behalten konnte. Leo ging für etwa zwanzig Minuten hinaus und kam mit dicken schwarzen Plastikplanen, Klebebandrollen, Plastikmasken und Kisten mit Bleichmittel aus einem Baumarkt zurück.

»Setz mal Wasser auf, Süße«, befahl Ben.

Während Ning Tee kochte, überlegte sie, ob sie mit dem kochenden Wasser nach den Männern werfen und losrennen oder sich lieber ein Messer aus einer Schublade holen sollte. Aber Ben hatte eine Beule unter seinem Hemd, die sie vermuten ließ, dass er eine Pistole trug.

Draußen im Gang rollten Ben und Leo die Leichen in die Planen und umwickelten sie mit Klebeband. Dann fuhr ein Lieferwagen rückwärts die Auffahrt herauf, in den sie die Leichen warfen, bevor er wieder wegfuhr.

Ning fand es unangenehm, wie Ben mit ihr sprach und wie er ihr Gesicht berührt hatte, als er ihr auf der Treppe begegnet war. Sie war sich ziemlich sicher, dass sie in seinen Augen eher Dollarzeichen als Begierde gesehen hatte, und sie erinnerte sich daran, dass Chun Hei gesagt hatte, ein Mädchen wie sie sei für einen Bordellbesitzer oder Pädophilen eine Menge Geld wert.

Es war dumm gewesen, so lange zu bleiben.

»Du bist einfach ein fauler Sack!«, brüllte Ben aus dem Gang. »Mach gefälligst, was ich dir sage.«

Ning spitzte die Ohren und trat einen Schritt beiseite, damit sie die beiden Männer durch die Küchentür sehen konnte. Leo kniete am Boden und versuchte, einen roten Fleck von der Wand zu schrubben, während Ben, die Hände in die Hüften gestemmt, über ihm aufragte.

»Du hättest den Lieferwagen abfackeln können«, warf Leo ihm zornig vor. »Das hätte uns den ganzen Gestank und den Dreck erspart.«

»Der ist erst zwei Jahre alt«, schrie Ben. »Glaubst du, ich schmeiße zehntausend Pfund einfach so weg?«

»Du bist doch versichert.«

»Glaubst du vielleicht, es sei legal, Laster zu schmuggeln?«, empörte sich Ben. »Ist mir doch egal, wenn du zu sehr Weichei bist, um ein wenig Gestank zu ertragen. Hol den Schlauch und das Desinfektionsmittel, setz dir eine Maske auf und wasch den Lieferwagen, wie ich es dir gesagt habe.«

»Warum hast du ihn überhaupt hergebracht?«, wollte Leo wissen. »Ich bin Hausmeister. Für so einen Scheiß werde ich nicht bezahlt!«

»Du warst in der Nähe. Das Haus hat hohe Hecken, sodass man es nicht einsehen kann. Ich erwarte, dass sich die Leute, die für mich arbeiten, in einer Krisensituation zusammenreißen. Also machst du das jetzt oder haben wir beide ein großes Problem?«

Leo war zwar wesentlich größer als sein Boss, trat aber zurück und hob abwehrend die Hände. »Du weißt doch genau, dass wir kein Problem haben.«

»Gut für dich«, knurrte Ben drohend. »Und für deine Mutter in China. Ich muss nach Hause und mich fürs Essen umziehen. Wenn du den Wagen sauber gemacht hast, sag Nikki, er soll ihn abholen. Und dann will ich, dass du mit Ning aufs Land fährst. Klar?«

»Ja, Boss.«

»Weißt du, wo du hinmusst?«

»Ich war schon mal da«, antwortete Leo.

Ben schnipste Leo mit den Fingern vor dem Ohr herum. »Von jetzt an springst du, wenn ich schnippe, klar? Klick – spring! Klick – spring!« Ning hatte keine Ahnung, was der Ort auf dem Land war oder was sie dort erwarten würde, aber sie war sich sicher, dass es nichts Gutes sein würde. Solange Ben mit den Fingern schnippte und Leo anschrie, zog sie vorsichtig eine Küchenschublade auf und begann nach einer Waffe zu suchen.

*

Amy rief Ryan fünfzehn Minuten nach ihrem ersten Gespräch zurück.

»Zara hat kein Problem damit, dir zu helfen, Ethan wiederzufinden, und sie streicht fünfundsiebzig Stunden von deiner Strafe. Und wenn du Ethan findest, bringe ich die TFU dazu, dir zwei Monate Taschengeld zu zahlen. Abgemacht?«

»Abgemacht«, antwortete Ryan lächelnd und stieß lautlos mit der Faust in die Luft.

»Hast du die E-Mail gelesen?«

»Ja, scheint alles recht einfach.«

»Gut«, fand Amy. »Wenn du in die Missionsleitstelle gehst, richten sie dir dort einen eigenen Kommunikationsraum ein.«

Als Amy aufgelegt hatte, nahm Ryan einen Ausdruck ihrer E-Mail und machte sich rasch auf den zehnminütigen Weg zum Gebäude zur Einsatzvorbereitung und Missionskontrolle.

Das bananenförmige High-Tech-Gebäude war kaum sechs Jahre alt, hatte aber schon eine bewegte Vergangenheit aufgrund von schlechten Sicherheitssystemen, einer defekten Heizung und geplatzten Rohren. Im Augenblick war es unter einem Gerüst verborgen, unter dem eine ganze Armee von Bauarbeitern das Dach in großen Teilen ausbesserte.

Ryan schloss die Tür mit seinem Fingerabdruck auf und stellte fest, dass die sechzehnjährige Lauren Adams auf ihn wartete. Sie hatte schulterlanges blondes Haar, war athletisch gebaut und sah aus wie eine jüngere, wenn auch nicht ganz so umwerfende Version von Amy. Er kannte sie nicht gut, aber sie hatte ihm ein paar Einzelstunden Karatetraining gegeben, bevor er mit der Grundausbildung angefangen hatte.

»Wir haben uns ja Ewigkeiten nicht gesehen«, begrüßte sie ihn fröhlich und führte ihn durch einen gewundenen Gang. »Schön, dich in einem grauen T-Shirt zu sehen.«

»Ich wusste gar nicht, dass du hier arbeitest«, sagte Ryan.

Lauren zuckte mit den Achseln. »Ist nur für ein paar Wochen. Mutterschaftsvertretung. Es ist ganz gut, wenn man Erfahrungen in Bereichen wie der Einsatzleitung sammelt, dann hat man bessere Chancen, wenn man mal einen Sommerjob auf dem Campus haben möchte, während man auf der Uni ist. Da sind wir.«

Sie waren vor der Tür zu einem kleinen Büro mit einer schalldichten Tür angekommen. Auf einem langen Tisch standen ein paar Macs und PCs.

»Ich lass dich mal allein«, sagte Lauren. »Sag einfach Bescheid, wenn du etwas brauchst.«

Ryan setzte sich auf einen federnden Bürostuhl und sah, dass Lauren ein Blatt mit allen Login-Informationen ausgedruckt hatte, die er während seines Einsatzes als Ryan Brasker für seine verschiedenen Internet–Accounts und sozialen Netzwerke gebraucht hatte. Kalifornien war in der Zeit acht Stunden zurück, es war dort gerade kurz nach acht Uhr morgens. Ryan wackelte mit der

Maus, um einen der Windowsrechner zum Leben zu erwecken, und begann das Aufzeichnungsprogramm, das alle Informationen, die über den Computer gingen, einschließlich aller Tastenanschläge und Geräusche, aufzeichnen würde. Dann setzte er sich einen Kopfhörer auf und loggte sich in ein Programm ein, das über die TFU in Dallas lief. Dadurch würde es erscheinen, als riefe er von einem Handy in Kalifornien an und nicht aus England.

Es wurden drei versäumte Anrufe angezeigt, alle von der gleichen unbekannten Nummer. Ryan drückte die Rückruf-Taste und wartete etwa zwanzig Sekunden. Gerade als er auflegen wollte, erklang Ethans Stimme.

»Ryan, bist du das?«, flüsterte er.

»Schön, dich zu hören, Kumpel«, sagte Ryan. »Wo zum Teufel steckst du? Was ist passiert?«

»Ich darf eigentlich mit niemandem sprechen«, erklärte Ethan. »Ich bin bei Lombardis Leuten. Du weißt schon, der Kerl, den ich von deinem Telefon aus angerufen habe?«

»Ich erinnere mich«, antwortete Ryan.

»Du sollst nur wissen, dass es mir gut geht«, sagte Ethan. »Und ich wollte mit dir reden.«

»Wo bist du?«

»Irgendwo in der Nähe von Denver, Colorado. Ich bin in einem Krankenhaus. Ich soll bei meiner Großmutter in Kirgistan leben, aber da sind die Krankenhäuser nicht so gut, daher wollen sie meinen Arm hier in Ordnung bringen, solange ich auf falsche Papiere warte, damit ich das Land verlassen kann. Mein Handy ist mit dem Haus in die Luft geflogen, aber der Krankenhausladen kommt mit einem Wagen herum, und ich habe sie dazu gebracht, mir ein schäbiges Prepaid-Handy zu besorgen.«

»Brauchst du Hilfe?«, fragte Ryan. »Kannst du nicht einfach die Bullen rufen, damit du zurückkannst?«

»Ich bin in Kalifornien nicht sicher«, antwortete Ethan. »Mein Onkel Leonid will mich tot sehen.«

»Aber das ist doch bestimmt einfacher für ihn, wenn du in Kirgistan bist, oder?«

»Sie glauben wohl, dass meine Großmutter mich schützen kann, wenn ich drüben bin. Bodyguards oder was auch immer. Ehrlich gesagt bin ich nicht scharf darauf. Meine Mutter hat immer gesagt, Kirgistan sei ein Drecksloch, aber jetzt, wo sie tot ist, habe ich keine große Wahl.«

»Das tut mir leid«, sagte Ryan. »Ich wünschte, ich könnte etwas tun.«

»Es tut schon gut, mal mit einem normalen Menschen zu sprechen«, fand Ethan. »Ich werde noch verrückt, wenn ich hier liege und darüber nachdenke, was passieren könnte. Das Dumme ist nur, dass mein Telefonkonto schon fast leer ist.«

»Schick mir die Details per SMS«, bat Ryan. »Dann sorge ich dafür, dass dein Konto immer gedeckt ist. Dann kannst du mich jederzeit anrufen.«

»Bist du sicher, dass das in Ordnung ist?«, zweifelte Ethan.

Ryan lachte. »Ist ja nicht so, als könne meine Familie sich das nicht leisten. Und nach allem was du durchgemacht hast, ist das das Mindeste, was ich tun kann.«

Ethan schien fast den Tränen nahe. »Du weißt gar nicht, wie viel mir das bedeutet. Du hast mir zweimal das Leben gerettet, und du bist der einzige Mensch auf der Welt, mit dem ich reden kann.«

＊

Leo war übelster Laune, als er in der Auffahrt den Schmutz aus dem Laster wusch, den die beiden sterbenden Mädchen hinterlassen hatten. Ning überlegte, ob sie einfach losrennen sollte, aber die Hintertür war verschlossen und der Garten hatte einen hohen Zaun. Und die Vorderseite blockierte Leo.

Doch solange sich Leo draußen beschäftigte, konnte sich Ning wenigstens frei im Haus bewegen. Sie lief in den Keller, um ihre Tasche zu packen, in der sich immer noch achtzehntausend Dollar und die bunte Schatzkiste mit ihren Adoptionsunterlagen, Medaillen, Familienfotos und anderem Zeug aus ihrer Vergangenheit befanden.

Dann rannte sie noch einmal nach oben in das Zimmer der vier Mädchen und fand auch schnell einen Fünf-Pfund-Schein und ein paar Münzen auf einem Nachttisch.

Als Leo endlich den Schlauch einrollte, wurde es bereits dunkel. Wieder überlegte Ning, ob sie weglaufen sollte, als sich Leo in der Küche wusch und ein sauberes Hemd anzog, doch er versperrte die Tür stets mit einem Steckschloss, die Fenster hatten Sicherheitsriegel, und wenn sie das Glas zerschmetterte, würde er sie bestimmt hören und sie schnappen, bevor sie entkommen konnte. Es war besser, bei ihrem ursprünglichen Plan zu bleiben. Nikki klingelte an der Tür, um die Schlüssel für den Lieferwagen zu holen. Leo schrie Ning an, als der Wagen angelassen wurde: »Hol deinen Krempel, wir fahren jetzt los!« Ning schnappte sich ihren Rucksack und Leo zeigte ihr ein Stück Wäscheleine.

»Die Fahrt dauert etwa zwei Stunden«, sagte er. »Steig ein, leg dich auf den Rücksitz und halt den Kopf unten, damit du nicht siehst, wohin wir fahren. Wenn du Zicken machst, halte ich an und fessle dich damit.«

»Ich bin ganz still«, versprach Ning.

Leo hatte einen neueren Peugeot. Die hinteren Fenster waren stark abgedunkelt, was Ning vermuten ließ, dass sie nicht die Erste war, die darin gegen ihren Willen transportiert wurde. Die ersten zehn Minuten verhielt sie sich ganz still und sah nur Leos Hand an der Gangschaltung. Sie war sich nicht sicher, ob sie es sich nicht nur einbildete, aber sie hatte das Gefühl, als hinge der Leichengeruch noch in der Luft. Aber das schien nur logisch, denn Leo hatte sich nicht die Mühe gemacht, seine Trainingshosen oder Turnschuhe zu wechseln.

Das Motorengeräusch wurde lauter, als sie eine schnellere Straße erreichten. Leo schaltete eine Radiosendung ein, in der sich eine Frau mit hoher Stimme darüber beschwerte, dass die Kinder aus der Nachbarschaft ständig ihre Mülltonnen umwarfen.

Ning griff in die Jeanstasche. In der Vordertasche ihres Sweatshirts hatte sie ein kurzes Küchenmesser, aber sie suchte stattdessen nach einer Rolle Schnur, die sie unter der Küchenspüle gefunden hatte. Es war eine Schnur wie die, mit der man im Garten Pflanzen festbinden konnte.

Als sie die Schnur hervorholte, fielen ein paar Münzen auf den Sitz und rollten in den Fußraum, doch über Straßenlärm und Radio hörte Leo es nicht. Ning wandte sich zur Sitzlehne und wickelte sich die Schnur dreimal um die gesunde Hand. Dann zog sie etwa achtzig Zentimeter Schnur heraus und wickelte sich dann drei Schlingen um die bandagierte Hand und ließ das Knäuel am Ende herabhängen.

»Was machst du denn da?«, fragte Leo und warf einen kurzen Blick nach hinten. »Ich habe dir doch gesagt, du sollst das Gesicht nach unten drehen!«

»Ich habe einen steifen Hals!«

»Du wirst mehr als einen Krampf haben, wenn ich anhalten muss!«, drohte Leo mit erhobener Stimme.

Ning drehte sich wieder auf den Bauch, aber sie musste die Hände in unbequemer Haltung unter den Körper ziehen, damit Leo die Schnur nicht sah, wenn er sich zufällig umdrehte.

Leo während der Fahrt anzugreifen, hieße, einen schweren Unfall zu riskieren, daher musste sie warten, bis sie anhielten. Doch sie befanden sich auf einer Schnellstraße, und ihr wurden langsam die Hände taub, während die Anrufer im Radio sich über Zigeunerlager, Nachbarn, die bis vier Uhr morgens Reggae hörten, oder Kinder auf Skateboards beklagten oder sich darüber ausließen, dass Großbritannien allgemein vor die Hunde ging, seit der Wehrdienst abgeschafft worden war.

Endlich wurde der Wagen langsamer und sie verließen die Schnellstraße. Fast hätte Ning zugeschlagen, als sie das erste Mal anhielten, aber es war nur ein Verkehrskreisel, und Leo fuhr wieder an, bevor sie sich auch nur umdrehen konnte.

Beim nächsten Halt zog Leo die Handbremse. Schnell setzte Ning sich auf und erkannte eine rote Ampel an einer Kreuzung sechs Fahrzeuge vor ihnen.

»He, ich habe dich doch schon einmal gewarnt!«, schrie Leo.

Doch dies war Nings Moment. Sie schoss vor, warf die Hände mit der Schnur dazwischen über die Kopfstütze, sodass sich die Schnur um Leos Hals legte, und zog sie fest. Dann stemmte sie die Füße gegen die Sitzlehne, um möglichst viel Druck ausüben zu können.

Leos Beine zuckten, als er nach Luft rang, und er trat unwillkürlich aufs Gaspedal. Doch da er die Handbremse angezogen hatte, machte der Wagen lediglich einen großen Satz nach vorne und traf den Wagen vor ihm. Die Schnur schnitt Ning in die Handgelenke, aber sie ließ nicht locker. Hinter der Kopfstütze sah sie Leos Kopf zur Seite rollen, als die Schnur ihm die Luft abdrückte.

Während die Ampel auf Grün schaltete, stieg ein wütender Mann aus dem verbeulten Fahrzeug vor ihnen. Leo schien aufgehört zu haben, sich zu wehren, daher löste Ning die Schnur von ihren blutigen Handgelenken. Sie nahm ihren Rucksack vom Boden auf und hörte die Autos um sie herum hupen und die Spur wechseln, weil sie den Weg versperrten.

Sie machte die Tür auf und trat auf die Straße. Zwischen den fahrenden Autos gab es nur eine winzige Lücke, und sie zwang einen Taxifahrer zu einer Vollbremsung, als sie zum Bordstein lief. Auf dem Gehweg angekommen, begann sie so schnell wie möglich zu laufen.

Teil 2

36

Fünf Wochen später

Es war später Nachmittag und Ryan arbeitete seine einundachtzigste Stunde in der Müllverwertung ab. Er trug einen blauen Overall und dicke Handschuhe, mit denen er eine große Plastiktonne zu seinem neunjährigen Bruder Leon und dessen bestem Freund Banky rollte. Die beiden Rothemden hatten sich ebenfalls je dreißig Stunden in der Müllverwertung verdient, weil sie sich mit einer Ladung Feuerwerkskörper nachts aus dem Bett geschlichen hatten.

»Passt auf eure Zehen auf«, warnte Ryan sie, packte die Tonne am unteren Ende und kippte sie um.

Ein Schwall Kleidungsstücke ergoss sich auf den Boden, begleitet von einer Geruchswolke von alten Socken und Schweiß.

»Iiihh!«, beschwerte sich Banky, und Leon zog sich den Overall über die Nase.

»Im Umkleideraum sind Gesichtsmasken, wenn ihr wollt«, sagte Ryan und hielt eine dreckige Socke hoch. »Eigentlich sollen die Leute ja nur saubere Sachen in die Container werfen, aber wie ihr feststellt, funktioniert das nicht immer.

Ihr müsst das hier alles auf vier Stapel sortieren. Stapel eins: alles was sauber ist und noch in so gutem Zustand, dass man es einpacken und nach Afrika schicken kann.

Alles mit einem Etikett, auf dem steht *Reine Schurwolle* oder *Reine Baumwolle*, kann recycelt werden und kommt auf den zweiten Stapel. Stapel drei: Synthetik, Mischfasern und dreckige Sachen, die man nicht recyceln kann. Das geht zur Deponie. Und als Letztes der Stapel, auf den alles kommt, auf dem ein CHERUB-Logo ist.«

»Was passiert denn damit?«, fragte Leon.

»Aus Sicherheitsgründen darf nichts mit dem CHE-RUB-Logo den Campus verlassen«, erklärte Ryan. »Das kommt alles in die Verbrennungsanlage.«

»Dürfen wir die auch benutzen?«, wollte Leon wissen.

»Nichts da«, erwiderte Ryan. »Einer vom Wartungspersonal verbrennt den ungefährlichen Müll jeden Mittwoch. Und die Anlage läuft vollautomatisch, ihr könnt also nur ein paar Rauchwölkchen sehen, die aus dem Schornstein auf dem Dach kommen. Noch weitere Fragen, bevor wir anfangen?«

»Ja«, antwortete Banky. »Stimmt es, dass du fünfhundert Stunden fürs Omaprügeln bekommen hast?«

Ryan lächelte. »Nein. Ich habe fünfhundert Stunden bekommen, weil ich ein nerviges kleines Rothemd windelweich geprügelt habe, das mir dumme Fragen gestellt hat.«

Banky und Leon sahen sich an und grinsten.

»Ohhh, ist mein Bruder nicht superschlau!«, strahlte Leon ironisch. »Er hat den Spieß umgedreht und uns zum Gespött gemacht.«

In pompösem Professorenton ergänzte Banky: »Exakt. Leon, alter Knabe, mich dünkt, er hat seinen Humor ganz vorzüglich eingesetzt. In der Tat ausgesprochen intelligent.«

»Also gut, ihr kleinen Klugscheißer, an die Arbeit!«, mahnte Ryan und ging fort.

»Wohin verkrümelst du dich denn?«, rief ihm Leon nach. »Wir können das hier nicht alles allein machen!«

»Ich muss noch das ganze Altglas aus den Küchen holen«, antwortete Ryan.

Als er zum Ausgang lief, spürte er, wie das Handy in seiner Tasche vibrierte. Er zog den dreckigen Handschuh aus und sah auf das Display. Er hatte zwar sein normales Telefon, aber dieses hier war ausschließlich für seine Kommunikation mit Ethan gedacht. Es zeichnete jedes Wort auf, fing jede Nachricht ab und leitete alles an das Hauptquartier in Dallas weiter.

Ethans Arm hatte bei dem Autounfall komplizierte mehrfache Brüche erlitten und die Ärzte in Colorado waren nicht gerade zufrieden mit dem Heilungsprozess. Ethans Nachricht an Ryan lautete: *Bin vielleicht eine Zeit lang nicht erreichbar. Schreibe vom Krankenhausklo. OP in 1 Stunde. Hab Angst, das letzte Mal hat es wehgetan.*

Der gebrochene Arm war zum Teil Ryans Schuld, daher hatte er ein schlechtes Gewissen, als er schrieb: *Hoffe, alles geht gut. Habe ein Schachbuch gelesen. Bald schlage ich dich!*

Ryan steckte das Telefon wieder in die Tasche und bemerkte plötzlich, wie sich jemand unter dem offenen Teil des Rolltores zur Wiederverwertungsanlage hindurchquetschte. Zu seiner Überraschung erkannte er Amy Collins.

»Hi!«, begrüßte sie ihn fröhlich.

Ryan musste unwillkürlich lächeln. »Was machst du denn hier? Ich dachte, du seiest in Dallas?«

»Bin mittags gelandet«, erklärte Amy und wedelte mit einem Pappordner. »Die TFU hat die amerikanischen und europäischen Geheimdienste und Polizeiberichte nach allem durchforstet, was mit Kirgistan und den Operationen des Aramov-Clans zu tun hat. Ich bin etwas auf der Spur, das wir in einem schottischen Auffanglager gefunden haben.«

»Auffanglager?«, fragte Ryan nach.

»Dort werden illegale Einwanderer untergebracht, bevor sie ausgewiesen werden.«

»Okay.«, sagte Ryan. »Und warum erzählst du mir das...?«

Amy antwortete nicht direkt, weil sie von den Vorgängen hinter Ryan abgelenkt wurde. »Deine Mitarbeiter scheinen mir nicht sehr motiviert«, bemerkte sie.

Ryan drehte sich um und sah, dass Leon und Banky nicht Müll sortierten. Stattdessen hatten sie die größten BHs aus dem Wäschestapel gezogen, die sie finden konnten, sie über ihre Overalls gestreift und halfen sich jetzt gegenseitig, sie mit anderen Sachen zu Riesenbrüsten auszustopfen.

»Es sind faule kleine Spinner«, stöhnte Ryan. »Eigentlich soll ich auf sie aufpassen, aber ich kann meinen kleinen Bruder einfach nicht dazu bringen, zu tun, was ich will, und Banky macht natürlich immer mit.«

»Ist das einer der Zwillinge?«, fragte Amy.

»Ja.«

»Ich sehe die Familienähnlichkeit«, sagte Amy, dann ging sie mitten in den Sortierbereich, stemmte die Hände in die Hüften und schrie: »Was zum Teufel soll das hier sein?«

Leon und Banky waren noch nicht alt genug, um sich an Amy als CHERUB-Agentin zu erinnern. Aber auch wenn sie keine Ahnung hatten, wer sie war, ließ ihr Ton sie zusammenzucken.

Amy deutete mit dem Finger zur Decke. »Wisst ihr nicht, dass hier drin Überwachungskameras sind? Ich habe alles beobachtet, was ihr gemacht habt, und werde es Zara berichten. Sie wird eure Stunden verdoppeln, wenn ihr euch nicht augenblicklich am Riemen reißt!«

Ryan verkniff sich ein Lächeln, als Banky und sein Bruder sich hektisch die BHs über die Köpfe zerrten.

»Was für Kameras?«, fragte er Amy, als sie wieder zu ihm kam.

»Das soll unser kleines Geheimnis sein«, sagte Amy. »Aber ich denke, die beiden werden von jetzt an ein wenig fleißiger arbeiten. Wo war ich stehen geblieben?«

»Auffanglager«, erinnerte Ryan sie. »Und was das mit mir zu tun hat.«

Amy nickte. »Reden wir beide überhaupt noch miteinander, nach dem, was in Santa Cruz vorgefallen ist?«

»Ich denke mal, das hier zählt doch schon als reden, oder?«, erwiderte Ryan. Er behielt Leon und Banky im Auge, die im Eiltempo die Kleidungsstücke sortierten.

»Du weißt, was ich meine«, sagte Amy. »Es war ein wenig peinlich, als ich dich am Flughafen in San Francisco abgesetzt habe, und am Telefon sah es auch nicht so rosig aus. Ich hätte dich mehr unterstützen sollen.«

Ryan zuckte mit den Achseln. »Es ist wohl schwierig in einem neuen Job«, meinte er. »Ich habe mich ja im Prinzip wie ein Idiot aufgeführt, als ich Dr. D. geschubst habe, also denke ich, wir sind quitt.«

»Cool«, fand Amy. »Denn du bist auf dem Laufenden mit den meisten Informationen, die wir über den Aramov-Clan haben, und Zara ist bereit, dich auf eine Rekrutierungsmission zu schicken.«

»Jetzt bin ich ein wenig neben der Spur«, warf Ryan ein. »Erst sagst du, es geht um den Aramov-Clan und jetzt soll ich einen neuen CHERUB-Agenten rekrutieren?«

»Es ist beides«, antwortete Amy. »Ich habe diese Akte hier für dich zusammengestellt. Wenn auch nur die Hälfte davon wahr ist, ist es eine Wahnsinnsgeschichte. Außerdem enthält sie persönliche Informationen, die auf dem Campus nicht bekannt werden müssen. Du solltest die Akte genauso behandeln wie Einsatzunterlagen.«

Ryan nahm die Mappe und sah einen ein Zentimeter dicken Stapel Unterlagen, der Vernehmungsprotokolle,

Übersetzungen chinesischer Zeitungsartikel, E-Mails und Fotos enthielt. Das Blatt ganz oben war eines der üblichen Standardformulare für CHERUB-Rekruten. Ryan betrachtete das Foto eines asiatischen Mädchens und las laut:

»*Fu Ning. Letzten Mittwoch zwölf geworden. Spricht fließend Englisch und Mandarin. Hoher IQ, Boxchampion.* Klingt für mich nach CHERUB-Material. Wo ist die Verbindung zu Aramov?«

»Fu Ning wurde vor etwas mehr als einem Monat am Hauptbahnhof von Liverpool aufgegriffen. Es war fast Mitternacht. Ein Bahnbeamter hat die Streckenpolizei benachrichtigt, weil sie allein war. Sie war ein paar Tage lang herumgereist und hat versucht, eine Tante zu finden, die aus Bootle stammt. Sie war schmutzig, hatte Schnitte an Händen und Handgelenken, eine gebrochene Zehe, die nicht richtig versorgt worden war, eine Brandwunde am Bauch und achtzehntausend Dollar in ihrem Rucksack.«

»Traurig«, sagte Ryan und versuchte sich vorzustellen, wie das unschuldig aussehende Mädchen auf dem Bild zu diesen Verletzungen gekommen war.

»Ning behauptet, sie sei über Kirgistan aus China nach Tschechien gereist. Unterwegs ist sie Leonid Aramov begegnet. Ning ist im Moment in einem Auffanglager in Schottland und ich nehme den nächsten Zug dorthin. Ich werde Ning noch heute Abend sehen und versuchen, herauszufinden, wie viel sie in Kirgistan erfahren hat.«

»Dann kommt sie zu den Eignungstests hierher und ich soll mich um sie kümmern?«, fragte Ryan.

Amy nickte. »Auf dem Papier ist Ning erstklassiges CHERUB-Material. Aber in den letzten beiden Monaten hat sie viel durchgemacht. Bevor ich Ning nicht gesehen habe, kann ich nicht beurteilen, wie sehr sie das mental mitgenommen hat.«

37

Egal was das Schicksal für sie bereit hielt, Ning schien immer in einem Raum voller Stockbetten zu enden. Dieser hier lag im Auffanglager von Kirkcaldy. Ihre beiden Zimmergenossinnen waren Veronica, eine sechzehnjährige Jamaikanerin, die nach einer kurzen Haftstrafe wegen Kokainschmuggels auf ihre Ausweisung wartete, und Rupa, die im achten Monat schwanger war. Man konnte sie erst nach der Geburt ihres Babys nach Bangladesch zurückschicken.

Die Regeln in Kirkcaldy waren lasch. Man trug seine eigene Kleidung und konnte sich aussuchen, wann man essen oder schlafen wollte. Dennoch gab es Gitter vor den Fenstern, die Duschen und Toiletten waren dreckig, und am Essen wurde mächtig gespart.

In Nings Block saßen Frauen unter zweiundzwanzig und ein paar von ihnen hatten Babys oder Kleinkinder. Ein niedlicher kleiner Junge kuschelte gerne mit Ning und setzte sich auf ihr Bett, um mit seinen Autos zu spielen, aber gelegentlich machten sie die schreienden Kinder und die Blagen, die auf den Gängen herumrannten, wahnsinnig.

Das Personal war im Großen und Ganzen in Ordnung, obwohl es hier wie überall auch einige gab, die besser waren als die anderen. Nings Abteilung wurde von einer resoluten Frau namens Lucy Pogue geleitet. Sie war meist recht mürrisch und hatte dazu allerdings auch ihre Gründe: In den drei Wochen, die Ning da war, hatte sie mitbekommen, wie Lucy geschlagen und getreten wurde, wie man ihr nach der Beschlagnahmung von Drogen Pisse ins Gesicht geschüttet hatte und wie sie sich um eine Insassin kümmern musste, die versucht hatte, sich die Pulsadern aufzuschneiden.

»Und, wie geht's?«, fragte Lucy beiläufig, als sie in Nings Zimmer kam.

Rupa war beim Arzt, und Veronica hatte die Kopfhörer ihres iPods in den Ohren, daher bekam sie nur von Ning eine Antwort.

»Stinklangweilig ist es.«

»Warst du diese Woche schon mal in der Schule?«, wollte Lucy wissen.

Mädchen unter sechzehn sollten eigentlich zur Schule gehen, aber es wurde nicht sehr streng darauf geachtet.

»Das ist doch sinnlos«, entgegnete Ning. »Da sitzen Fünf- bis Fünfzehnjährige in einer Klasse und sprechen zwanzig verschiedene Sprachen.«

»Du sollst zu einer Befragung rüberkommen«, sagte Lucy. »Und bring deine Einwanderungspapiere mit. Sie warten auf dich.«

Ning war überrascht, denn obwohl sie schon mehrere Gespräche mit den Beamten der Einwanderungsbehörde gehabt hatte, die sich um ihren Antrag auf Staatsbürgerschaft kümmerten, waren diese zuvor doch immer angekündigt worden. Ning brauchte nur eine Minute, um sich ihre Turnschuhe anzuziehen und die Kopien ihrer Papiere aus dem Schließfach zu holen, dann brachte Lucy sie nach unten.

Auf dem Weg zum Verwaltungsgebäude kamen sie an einem belebten Hof mit Schaukeln und einem Karussell vorbei. Der Besprechungsraum selbst war klein und es war immer stickig und ein paar Grad zu warm. Nings Sachbearbeiter hieß Steve. Er hatte rotes Haar,

Ausschlag von der Rasur, und durch sein dünnes weißes Hemd konnte man seine Nippel sehen.

»Tag, Ning«, begrüßte er sie höflich. »Setz dich doch.«

Ning setzte sich auf einen orangen Plastikstuhl, während Lucy an der Tür stehen blieb.

Steve klickte auf seinen Kugelschreiber und sagte: »Ich muss hier die üblichen Dinge ankreuzen. Zunächst einmal: Ist es richtig, dass du Englisch sprichst und keinen Dolmetscher brauchst?«

»Ja«, antwortete Ning.

»Zweitens: Dein Rechtsvertreter kann heute Nachmittag nicht hier sein, wird aber über dieses Treffen informiert werden. Wenn du es wünschst, kannst du nachher am Telefon mit ihm sprechen.«

Ning nickte. Steve setzte einen weiteren Haken auf seiner Liste und tippte dann auf die Papiere auf seinem Schreibtisch.

»Nun«, meinte er ernst, »ich komme heute mit unangenehmen Neuigkeiten. Ich werde eine Erklärung vorlesen, da das rechtlich so vorgeschrieben ist: *Nach eingehender Prüfung Ihres Antrags auf britische Staatsbürgerschaft wurde entschieden, dass es für Sie keine beweisbare Grundlage dafür gibt, die britische Staatsbürgerschaft zu erlangen oder sich aus einem anderen Grund weiterhin in Großbritannien aufzuhalten. Sie erhalten noch die ausführliche Begründung unserer Beschlussfindung. Sie haben ein begrenztes Einspruchsrecht auf Grundlage des Einwanderungs- und Nationalitätsgesetzes von 2002. Wir haben die chinesischen Behörden von unserer Absicht, Sie in die Volksrepublik China zurückzubringen, in Kenntnis gesetzt.«*

Ning hatte das Gefühl, als hätte sie einen Schlag bekommen.

»Das verstehe ich nicht«, sagte sie bebend. »Ingrid war Britin und sie hat mich legal adoptiert.«

Steve kippte seinen Stuhl zurück und verschränkte die Finger.

»Unglücklicherweise ist es uns nicht gelungen, irgendwelche Angaben zu dieser *Ingrid* zu finden.«

»Sie hat als Stripperin gearbeitet«, sagte Ning. »Vielleicht war Hepburn ihr Bühnenname. Wollten Sie nicht auch bei der Armee nachfragen?«

»Das Militär hat keine Unterlagen über eine Ingrid Hepburn«, antwortete Steve. »Ich habe auch einen Beamten zu der Adresse in Bootle geschickt, wo angeblich deine Tante wohnen soll. Die jetzigen Bewohner leben dort schon seit zwei Jahren und frühere Mieter konnten wir nicht ausfindig machen.«

»Und was ist mit meinem Akzent?«, fragte Ning verzweifelt. »Die anderen hier ärgern mich immer, weil ich Englisch spreche wie ein Liverpool-Chinese. Das habe ich von Ingrid, woher denn sonst?«

»Ein Akzent ist keine Grundlage für eine Staatsbürgerschaft«, erklärte Steve. »Es tut mir leid. Ich habe deine Aussagen gründlich überprüft, aber es gibt keinen Grund, dich in Großbritannien bleiben zu lassen.«

»Und was ist mit Mitgefühl oder einem Flüchtlingsstatus?«, mischte Lucy sich ein.

Steve sah sie verlegen an. »China hat ein funktionierendes Fürsorgesystem für Kinder. Bei ihrer Landung in Peking wird Ning von Mitarbeitern des Jugendschutzes in Empfang genommen werden.«

»Jugendschutz«, meinte Ning verächtlich, »die werden mich in irgendeiner Reformschule im Nirgendwo abladen.«

»Ning, ich kann dich gut verstehen«, sagte Steve. »Aber ich muss im Rahmen gewisser Richtlinien und Gesetze handeln. Ich habe keinen persönlichen Spielraum.«

»Was soll das Ganze überhaupt?«, schrie Ning, sprang

auf, packte den Schreibtisch und ließ ihn kräftig auf den Boden knallen. »Warum sollte mich das alles überhaupt interessieren?«

Lucy legte Ning beruhigend die Hand auf die Schulter.

»Es gibt nur einen Flug täglich von Edinburgh nach Peking«, sagte Steve. »Und ich glaube, für den morgigen Flug sind noch Plätze frei.«

Ning zitterte, und Tränen traten ihr in die Augen, als sie mit Lucy wieder über den Hof ging.

»Wahrscheinlich ist es in China gar nicht so schlimm, wie du glaubst«, sagte Lucy, als sie Ning an ihrer Zellentür ablieferte.

Sie meinte es nur gut, doch Ning war gereizt, denn sie hatte schließlich die ersten vier Lebensjahre in einem chinesischen Waisenhaus verbracht, während Lucy keine Ahnung hatte, worum es ging.

»Du siehst niedergeschlagen aus«, begrüßte Veronica sie und nahm sich einen Stöpsel aus dem Ohr, als Ning sich setzte. »Haben sie deinen Flug gebucht?«

Ning kam mit Veronica ganz gut aus, aber ihre Mischung aus Londoner Slang und Jamaica-Englisch war schwer verständlich.

»Sieht aus, als müsste ich morgen weg«, bestätigte Ning.

»Das ist heftig«, meinte Veronica. »Aber wir haben Monatsende, nicht wahr? Sie müssen ihre Quote erfüllen, deshalb kriegt ein Haufen Mädchen den Marschbefehl. Ich fliege auch morgen. Ist mir egal, ich habe meine Mum und meine Verwandten Ewigkeiten nicht mehr gesehen. Wir machen Party und schließlich schulden mir die Drogenleute das Geld für sechs Monate meines Lebens, oder?«

»Es ist nicht wirklich ihre Schuld«, seufzte Ning. »Steve hat versucht, mir zu helfen.«

»Glaub doch den Scheiß nicht«, schnaubte Veronica. »Die machen doch keinen Finger krumm. Kein *vernünftiges* Land sollte dich nach China zurückschicken. Auf keinen Fall.«

»Wahrscheinlich«, meinte Ning schwach.

»Ich habe eine Tradition eingeführt«, erklärte Veronica und holte eine kleine Flasche Whiskey aus ihrem Schrank. »Wenn ich irgendwo weggehe, hinterlasse ich mein Zeichen.«

Bei Alkohol musste Ning immer an Ingrid denken und sie schüttelte den Kopf. »Ich hasse den Geruch.«

Lachend schüttelte Veronica den Kopf und schraubte den Verschluss auf. »Wer sagt denn, dass du das trinken sollst? Wenn du irgendetwas von Wert hier hast, pack es ein, weil ich jetzt die Bude abfackle.«

Ning sah, wie Veronica den Whiskey über ihrer Matratze verteilte. Als ihr klar wurde, dass sie es ernst meinte, rannte Ning zu ihrem Schließfach und nahm ihren Rucksack heraus. Bei ihrer Ankunft im Lager hatte man ihr das Geld abgenommen, aber sie hatte immer noch ihre gelbe Schachtel und ein paar Kleidungsstücke.

»Was ist mit *deinen* Sachen?«, fragte Ning, als sie sich den Rucksack über die Schulter warf.

»Ich will sie nicht mehr«, behauptete Veronica. »Stinkt alles nach Knast.«

»Und Rupa?«, wollte Ning wissen, als Veronica ein paar Seiten aus einer Zeitschrift riss, zusammenknüllte und als Zündmaterial aufs Bett warf. »Sie ist echt arm. Die Leute haben ihr Babysachen geschenkt und so und das wird alles verbrennen.«

Veronica zog sich ein Sweatshirt an und steckte iPod und Ladegerät in die Bauchtasche.

»Rupa ist eingebildet. Sie hält mich für Dreck.«

»Sie ist nur schüchtern«, verteidigte Ning sie. »Sie spricht doch kaum Englisch.«

»Warum stellst du dich nie auf meine Seite?«, warf Veronica ihr vor und schleuderte Deosprays und Parfümflaschen auf die whiskeygetränkte Matratze. »Das Treibgaszeugs wird explodieren. Bumm!«

Ning dachte an die Babysachen und die Immigrationspapiere, die Rupa für ihren Antrag brauchen würde.

»Halt!«, rief sie.

»Wofür hältst du dich?«, rief Veronica. »Versuch doch, mich aufzuhalten! Wirst schon sehen, was du davon hast!«

Ning überlegte, ob sie nach unten rennen und Lucy rufen sollte, aber Veronica kochte über. Sie konnte jeden Augenblick ein Streichholz anzünden und das Bett in Brand stecken, daher sprang sie vor und stieß Veronica gegen die Wand.

Veronica wirbelte herum und wollte Ning schlagen, doch die duckte sich weg, tauchte wieder hoch und traf Veronica in den Magen. Ning sprang erneut vor, um zuzuschlagen, rutschte aber auf einer herausgerissenen Zeitungsseite aus, und auch wenn es nicht schlimm war, verschaffte ihr Fehltritt Veronica doch die Zeit, sie zurückzuschubsen.

Als Ning gegen ihren Bettrahmen fiel und versuchte, ihr Gleichgewicht wiederzufinden, nahm Veronica ein Streichholzheft von ihrem Nachttisch, riss ein Streichholz an und warf es. Der Whiskey auf dem Bett ließ eine bläuliche Flammenwand hochschießen und Veronica rannte laut lachend zur Tür.

Die Zeitung fing Feuer, und als Ning ihren Rucksack nahm und zur Tür rannte, schrie Veronica wie eine verwundete Katze: »Ning hat mein Bett angezündet! Meine ganzen Sachen verbrennen! Oh mein Gott, oh mein Gott!«

Veronica warf Ning einen »Fick dich doch«-Blick zu und rannte los. Ning stieß sie in den Rücken, und obwohl sie sie nur gestreift hatte, verlor Veronica doch das Gleichgewicht und stürzte. In diesem Moment ging der Feueralarm los.

Mädchen rannten auf den Gang, während Ning auf Veronicas Rücken sprang. Sie war zornig auf alles und schlug Veronica mit einer kräftigen Rechts-Links-Kombination an den Kopf k.o. Lucy kam aus ihrem Büro an der Treppe, und eine kräftige Insassin aus Nigeria zog Ning von Veronica fort, konnte sie aber nicht halten, weil Ning strampelte und um sich schlug wie eine Wilde.

»Evakuieren!«, schrie Lucy, und Ning rannte den Gang entlang. »Feuerschutz! Überprüft die Räume! Schnell, schnell! Wir müssen sicher sein, dass alle Kinder da sind!«

Die Flammen von Veronicas Matratze reichten mittlerweile bis zur Decke und ein grauer Rauchvorhang zog sich durch den Gang. Als Ning und ein paar andere Mädchen die Treppe hinunterliefen, schaltete sich die Sprinkleranlage ein und bespritzte sie mit kaltem Wasser.

Sechs Jugendliche und über zwanzig Frauen gelangten tropfnass in den Hof. Ning war von nassen, wütenden Leuten umringt.

»Warum hast du Feuer gelegt?«, rief eine derbe Russin. »Meine ganzen Sachen sind da drin! Wirst du den Schaden bezahlen?«

»Ich war das nicht«, verteidigte sich Ning. »Veronica hat das Feuer gelegt.«

»Ich habe dich doch vorhin von der Besprechung kommen sehen«, bemerkte ein schwarzes Mädchen hinter Ning. »Du hast gerade deinen Marschbefehl bekommen, oder?«

»Habe ich«, bestätigte Ning. »Aber Veronica ...«

Sie konnte nicht zu Ende sprechen, weil die große Nigerianerin nach ihrem Rucksack griff.

»Veronicas Sachen sind alle verbrannt«, rief sie. »Unsere Sachen werden ruiniert, aber ratet mal, wer alles bei sich behalten hat?«

Hatte irgendjemand bislang bezweifelt, dass Ning das Feuer gelegt hatte, so waren diese Zweifel durch die Tatsache, dass Ning ihre Sachen mitgenommen hatte, beseitigt. Die Nigerianerin hielt ihren Rucksack fest, und so konnte Ning sich nicht wehren, als eine andere Frau sie heftig ins Gesicht schlug.

Die Menge schrie begeistert auf und die Russin spuckte Ning ins Gesicht. Mehrere andere folgten ihrem Beispiel.

»Gut, dass du gehst, sonst hätte ich dich abgestochen!«, rief jemand, während Ning schützend die Arme vors Gesicht hielt.

»Okay, meine Damen!«, rief ein Wachmann, der zusammen mit einem bulligen Kollegen hinzugeeilt kam. »Auseinander! Gehen Sie ruhig zu ihrem Sammelpunkt!«

Als die Frauen auseinandergingen, gab die Nigerianerin Ning einen kräftigen Stoß, sodass sie dem Wachmann vor die Füße fiel.

»Ups«, sagte der nur und tat, als hätte er nichts gesehen.

Ning stützte sich auf einen zerschrammten Ellbogen und bemerkte, wie Lucy sie finster ansah.

»Was sollte denn das?«, sagte sie böse. »Es dauert Wochen, das wieder in Ordnung zu bringen!«

Ning machte sich nicht einmal die Mühe, abzustreiten, dass sie das Feuer gelegt hatte. Nie glaubte ihr jemand, und sie kam sich so wertlos vor, dass sie sich nicht einmal die Spucke aus dem Gesicht wischte.

Lucy sah den kräftigen Wachmann an. »Bring sie ins C-Gebäude und steck sie in eine Einzelzelle.«

»Wird sie angeklagt?«, fragte der Wachmann.

»Darauf hofft sie wahrscheinlich«, meinte Lucy ohne eine Spur des Mitgefühls, das sie zuvor gezeigt hatte. »Ich telefoniere ein wenig herum und sage der Abschiebeeinheit, dass sie Priorität hat. Ein Mädchen ihres Alters kann ich nicht länger als einen Tag in Einzelhaft schicken und unter den anderen ist sie nicht sicher. Ich hoffe nur, dass ich sie morgen ins Flugzeug kriege.«

38

Es war nach neun Uhr, und Ryan hatte immer noch einen Haufen Hausaufgaben zu erledigen, aber stattdessen saß er in seinem Zimmer und hatte die Seiten mit Amys Bericht vor sich ausgebreitet. Auf dem Laptop hatte er Google Maps aufgerufen, und das Bild zeigte die Stelle, an der die Polizei Leo bewusstlos hinter seinem Lenkrad aufgefunden hatte.

Ning wusste nicht, wo sie gefangen gehalten worden war, sagte der Polizei aber, dass sie vom Haus bis zu der Stelle, an der sie fortgelaufen war, vierzig Minuten gebraucht hatten. Leo war im Krankenwagen wieder zu sich gekommen und hatte sich selbst aus dem Krankenhaus entlassen, bevor die Polizei ihn vernehmen konnte.

Alles deutete darauf hin, dass Leo ein illegaler Einwanderer war. Er versuchte nicht, seinen Wagen von der Polizei abzuholen. Er war weder versichert noch registriert und hatte gefälschte Kennzeichen eines identischen Wagens. Wie schon Polizei und TFU konnte auch Ryan nicht erkennen, wie man das Haus finden sollte, wo Ning gewesen war, oder die Sandwich-Fabrik mit den illegalen Einwanderern.

»Du hattest nicht viel Glück, oder?«, sagte sich Ryan mit einem Blick auf Nings Bild.

Plötzlich ging die Tür auf, und Max – nur in einer knallorangen Unterhose – stürmte herein und wedelte mit einer großen schwarzen Pistole.

»Haltet eure Mädels fest, denn Max Blaaaack ist hier!«, schrie er begeistert.

»Schicker Schlüpfer«, fand Ryan. »Ich bezweifle stark, dass irgendein weibliches Wesen auf der Welt dir widerstehen kann.«

»Genau!«, bestätigte Max und knallte die Waffe auf Ryans Papiere. »Und jetzt hör auf, meine Undies anzustarren, und sieh dir dieses Baby hier an!«

Ryan konnte eine echte Waffe erkennen, wenn er eine sah, und das hier war keine. »Das ist nur Paintball.«

»Richtig«, sagte Max. »Aber zu sagen, das sei *nur* Paintball, ist ungefähr so wie wenn du sagst, ein Lamborghini sei *nur* ein Auto. Das hier ist eine RAP4T68. Dreihundert Schuss pro Minute und aufgerüstet für automatische Feuerstöße. Vergleiche dieses Teil mit den mickrigen kleinen Waffen, die sie auf dem Paintball-Gelände vom Campus haben – das ist ein Haufen Rattenköttel neben einem riesigen Elefantenhaufen.«

»Na toll«, meinte Ryan unbeeindruckt. »Du hast also eine ganz tolle Waffe, mit der du jeden über den Haufen schießen kannst. Und das heißt, dass keiner mehr mit dir Paintball spielen wird.«

»Weit gefehlt, Klugscheißer«, grinste Max, »denn ich habe acht Stück davon, einschließlich aller Zubehörteile. Zuführbehälter, Loader, Pressluftflaschen. Sogar anständige Brillen, an denen nicht Farbreste von fünf Jahren kleben.«

Ryan sah ihn misstrauisch an. »Und woher hast du das Geld für all so etwas?«

Max sah ihn listig schmunzelnd an. »Sagen wir mal, ich war auf einer Mission und mir fiel eine kleine Summe Bargeld in die Hände.«

Ryan schüttelte den Kopf. »Es ist gegen die Regeln, Geld zu behalten, das wir bei Missionen bekommen.«

»Tatsächlich?«, grinste Max. »Hab ich wohl vergessen.«

»Ich bin bei Zara sowieso schon auf der schwarzen Liste«, sagte Ryan. »Also nichts für ungut, aber such dir jemand anderes zum Spielen.«

»Ach komm schon«, bettelte Max. »Du, ich, Alfie und ein paar andere Jungs. Morgen Abend, wenn es dunkel wird. Wir rennen rum, machen uns dreckig und amüsieren uns. Wo ist dein Abenteuergeist geblieben?«

»Ich werde wohl in der Müllsortierung stecken«, gab Ryan zurück und deutete auf einen Haufen Schulbücher. »Oder mich da hindurcharbeiten.«

»Und was ist das dann?«, wollte Max wissen und griff nach einem Foto, das aus Amys Ordner sah. »Iihh, das ist ja eklig. Was ist denn mit der passiert?«

Max hielt eine Kopie des Fotos von Nings Brandwunde in der Hand, aufgenommen von einem Arzt, der sie am Morgen, nachdem sie aufgegriffen worden war, untersucht hatte.

»Mach keinen Scheiß«, verlangte Ryan ärgerlich, nahm Max das Foto weg und schubste ihn sachte. »Sie ist ein potenzieller CHERUB-Rekrut, aber sie hat echt Übles mitgemacht.«

»Und was hast du damit zu tun?«

»Ich helfe Amy bei der Kandidatenbewertung. Und wenn sie herkommt, sagst du lieber nichts über dieses Foto, weil ich dir sonst in den Hintern treten werde!«

»Mann, du bist echt verkrampft«, meinte Max, hob die Hände und trat einen Schritt zurück. »Du musst dich echt mal entspannen!«

»Tut mir leid, aber diese Akte zu lesen, versetzt einen nicht gerade in Spielstimmung«, gab Ryan zurück. »Ich werde versuchen, mir morgen Abend Zeit zum Paintballspielen zu nehmen. Aber ich kann es nicht versprechen, weil ich so viel zu tun habe.«

*

Amys Zug sollte um zwanzig Uhr dreißig in Edinburgh ankommen. Dort wollte sie mit einem Mietwagen zum Auffanglager Kirkcaldy fahren, wo sie sich um Viertel vor zehn mit Ning treffen sollte. Doch der Zug vor ihr hatte einen Lokschaden, und so saß sie eine Stunde lang vor der schottischen Grenze an einem Ort fest, an dem sie nicht einmal ein Mobilfunknetz bekam.

Als ihr Zug sich endlich wieder in Bewegung setzte, steckten sie hinter einem langsamen Güterzug fest. So kam sie erst um Viertel vor elf in Edinburgh an und musste feststellen, dass die Autovermietung eine Viertelstunde zuvor geschlossen hatte.

Amy rief in Kirkcaldy an, bekam aber nur den Anrufbeantworter zu hören.

»Telefonische Anfragen werden nur montags bis samstags zwischen acht Uhr dreißig und 19 Uhr sowie sonntagnachmittags zwischen zwölf und 18 Uhr entgegengenommen. Wenn Sie eine Nachricht hinterlassen möchten, sprechen Sie bitte nach dem Signalton. Alle Nachrichten werden innerhalb der nächsten vierundzwanzig Stunden dem jeweiligen Mitarbeiter oder Insassen übermittelt.«

»Hallo«, sagte Amy und überlegte rasch, was sie sagen sollte. »Mein Name ist Amy Collins. Ich habe gestern Morgen mit Officer Lucy Pogue aus Abteilung D gesprochen. Ich sollte mit der Insassin Fu Ning sprechen, doch mein Zug nach Edinburgh hatte so viel Verspätung, dass ich keinen Mietwagen mehr bekommen kann. Außerdem habe ich einen Jetlag, daher werde ich mir hier ein Zimmer nehmen und morgen so früh wie möglich kommen. Vielen Dank, auf Wiederhören.«

✳

Die Einzelzellen waren so eingerichtet, dass ihre Bewohner nichts kaputt machen konnten. Plastikmatratze und

Kissen waren in den Boden eingelassen, es gab keine Bettlaken, und Toilette, Dusche und Waschbecken waren eine einzige, aus Aluminium gepresste Form, bei der man die Wasserzufuhr mit Hilfe von schweren Pedalen regelte. Um Selbstmordversuche zu erschweren, blieb das Licht rund um die Uhr an, und man nahm den Insassen alles bis auf die Unterwäsche weg.

Es gab keinen Fernseher, keine Bücher und kein Radio, und die einzigen Geräusche, die Ning hörte, waren Schritte auf dem Gang und ein Mann zwei Zellen weiter, der komplett durchgedreht war und schrie, dass ihn die Ratten fressen würden.

Stundenlang wälzte sie sich auf einer nach Desinfektionsmittel stinkenden Matratze herum. Um drei Uhr morgens schlief sie endlich ein, nur um eine Stunde später wieder geweckt zu werden.

»Ich bin Jean Higgins«, sagte die Frau, als sich Ning aufsetzte und sich die Augen rieb. »Wir werden den ganzen Weg nach Peking über zusammenbleiben, daher hoffe ich, dass wir höflich miteinander umgehen können.«

»Von mir aus«, erklärte Ning. »Sie haben mir alles weggenommen, als sie mich hierhergebracht haben. Haben Sie meine Tasche?«

»Sie steht draußen«, nickte Jean. »Ich habe hier saubere Sachen, Shampoo, ein Handtuch und einen Bademantel. Es ist eine lange Reise, und wenn du willst, hast du noch Zeit für eine Dusche.«

Jean wartete draußen, während Ning duschte und sich saubere Sachen anzog.

»Man hat mir gesagt, du seist eine ganz Wilde«, bemerkte Jean, als sie zusammen zum Hauptgebäude gingen. »Du kommst mir gar nicht so wild vor, trotzdem muss ich dir Handschellen anlegen, bis wir im Flugzeug sitzen.«

Schweigend unterzog Ning sich den Formalitäten im

Administrationsbereich des Auffanglagers. Sie unterschrieb ein Formular, das bestätigte, dass sie ihre persönlichen Sachen zurückbekommen hatte, und ein weiteres, mit dem sie die Entscheidung der Einwanderungsbehörde akzeptierte. Die Regierung hatte keinen Grund, ihre achtzehntausend Dollar zu beschlagnahmen, daher bekam sie einen Umschlag mit einer Cashpoint-Karte, einer Pin-Nummer und einem Brief, der mit »Danke, dass Sie Ihr Konto bei uns eröffnet haben« begann.

Jean legte ihr die Plastikhandschellen an, ließ sie aber so locker, dass Ning sich daraus hätte befreien können, wenn sie gewollt hätte. Aber sie hatte den Willen, zu kämpfen oder davonzulaufen, verloren. Ihre ganze Flucht nach Großbritannien kam ihr auf einmal kindisch vor, und auch wenn sie nicht den Wunsch verspürte, sich umzubringen, schien ihr auch die Aussicht, weiterzuleben, nicht sehr verlockend.

Jean brachte sie zu einem leeren Besucherparkplatz. Der Himmel war schwarz, und die Flutlichter, die den Zaun um das Auffanglager beleuchteten, verbreiteten einen gespenstisch blauen Schein.

»Wie lange wird es denn dauern?«, fragte Ning, als sie zu einem Ford Focus kamen.

»Unser Flug nach Peking geht um sieben Uhr fünfzig und die Flugzeit beträgt insgesamt ungefähr dreizehn Stunden.«

Jean schloss die Zentralverriegelung auf und öffnete die Fahrertür.

»Und was passiert, wenn ich in China angekommen bin?«, fragte Ning beim Einsteigen.

»Jemand von der chinesischen Einwanderungsbehörde wird uns in Peking erwarten. Ich übergebe dich an ihn und danach sind sie für dich verantwortlich.«

39

Amys Fahrt war extrem unbequem gewesen, dafür gönnte sie sich ein Zimmer in einem Balmoral-Fünf-Sterne-Hotel neben dem Bahnhof und acht Stunden Schlaf in einem riesigen Bett mit Kaschmirdecken. Da sie um zehn Uhr im Auffanglager Kirkcaldy sein wollte, bestellte sie sich Frühstück für halb acht aufs Zimmer und saß gerade mit einer Portion Porridge und schwarzem Kaffee im Bett, als ihr Handy klingelte.

»Amy, hier ist Lucy Pogue aus Kirkcaldy. Ich habe Ihre Nachricht erhalten, aber leider sind gestern die Unterlagen zu Nings Abschiebung gekommen. Sie wurde heute Morgen um kurz nach vier Uhr aus dem Auffanglager entlassen.«

Amy erstickte beinahe.

»Wie konnte das passieren?«, stieß sie hervor. »Ich bin extra aus Dallas hergeflogen, um mit ihr zu reden!«

»Es gab gestern Nachmittag Probleme mit Ning, und daher haben wir beschlossen, die Ausweisung zu beschleunigen. Ich weiß, dass wir miteinander gesprochen haben, aber bei allem was vorgefallen ist, habe ich an Ihre Bitte um ein Gespräch gar nicht mehr gedacht.«

»Können Sie mir ihre Flugdaten geben?«

»Es gibt nur einen Flug von Edinburgh nach China am Tag«, antwortete Lucy. »Die genaue Zeit weiß ich nicht.«

Amy rechnete schnell nach. Die Fahrt von Edinburgh nach Kirkcaldy dauerte etwas mehr als eine Stunde, also mussten sie gegen halb sechs am Flughafen ange-kommen sein. Für einen Interkontinentalflug mussten sie zwei Stunden vor Abflug einchecken, daher ging ihr Flug wahrscheinlich irgendwann nach halb acht.

»Vielen Dank, dass Sie sich so früh gemeldet haben«, sagte Amy. »Ich versuche, sie abzufangen, bevor ihr Flug geht.«

Auf Amys Telefon stand 7.42 Uhr. Sie tippte auf das Smartphone-Display, um im Browserfenster *Edinburgh Airport Departures* zu googeln.

Die Internetverbindung war entsetzlich langsam, und sie musste qualvoll lange warten, bis die gewünschte Seite des Flughafens von Edinburgh geladen war. Mit ei-nem weiteren Klick gelangte sie auf die Seite mit den Ab-flugzeiten. Sie überflog die Liste und fand Nings Flug:

CI208 Peking 7:50 Uhr Letzter Aufruf

Amy warf das Frühstückstablett beiseite, schoss in ihre Jeans und rief gleichzeitig den Notruf über das Festnetz-telefon des Hotels und verlangte, mit der Notrufnummer des Flughafens von Edinburgh verbunden zu werden.

»So geht das nicht«, sagte die Telefonistin mit weicher Stimme. »Wenn Sie mir sagen, um was für einen Notfall es handelt, werde ich Ihren Anruf wie gewünscht wei-terleiten.«

Amy schnaubte ärgerlich. »Ich bin amerikanische Ge-heimagentin. An Bord des Flugzeuges befindet sich eine Person, die ich unbedingt sprechen muss! Sie müssen mich mit dem Sicherheitschef des Flughafens verbin-den!«

Die Telefonistin schien verwirrt. »Sagten Sie Geheim-agentin?«

»Ja!«, schrie Amy. »Bitte, ich flehe Sie an, stellen Sie mich durch!«

»Ich muss mit meinem Vorgesetzten sprechen«, antwortete die Telefonistin. »Bitte bleiben Sie am Apparat.«

»Um Himmels willen!«, schrie Amy.

7.45 Uhr zeigte ihr Telefon. Das Festnetztelefon an einem Ohr, um auf die Telefonistin zu warten, tippte sie sich durch den Speicher ihres Handys, bis sie zu U für *Unicorn Reifenservice* gelangte.

»Hier spricht Amy Collins, frühere Agentin 0974«, rief sie, als jemand abnahm. »Am Flughafen Edinburgh muss ein Passagier aufgehalten werden. Der Name ist Fu Ning. Sie sitzt im Flug CI208 nach Peking!«

Die Stimme des Chefeinsatzleiters Ewart Asker beruhigte sie etwas.

»Das wird ja knapp«, meinte er. »Aber ich sehe, was ich tun kann.«

Mittlerweile war die Telefonistin der Notrufzentrale wieder am Apparat.

»Hören Sie, ich habe mit meiner Vorgesetzten gesprochen, und sie will wissen, ob Sie die unmittelbare Bedrohung für ein Flugzeug melden möchten.«

Amy entschied sich, es Ewart zu überlassen, das Flugzeug aufzuhalten, aber sie war wütend und fuhr die Telefonistin an: »Nein, es ist kein Terroranschlag. Und bei der Geschwindigkeit, mit der Sie arbeiten, ist das ja wohl auch gut so, oder?«

*

Jean legte Ning eine Hand aufs Knie, als Flug Nummer CI208 zur Startbahn rollte. Die Sicherheitseinweisung war soeben beendet worden und die Bildschirme vor ihnen waren schwarz geworden. Ning saß am Fenster und sah hinaus und fragte sich, ob der Sonnenaufgang und die Betonfläche draußen das Letzte sein würden, was sie von Großbritannien sah.

Über die Sprechanlage erklang eine Stimme mit chinesischem Akzent.

»*Guten Morgen, meine Damen und Herren, hier spricht Ihr Kopilot. Willkommen an Bord von China International. Leider sind wir ein paar Minuten zu spät vom Gate losgefahren, aber ich freue mich, sagen zu können, dass wir unseren Platz in der Abfertigung behalten haben und voraussichtlich in den nächsten Minuten starten werden. Der Wetterbericht für unser Ziel Peking sagt achtzehn Grad und leichte Schauer voraus. Unsere geschätzte Flugzeit beträgt zwölf Stunden und zwanzig Minuten. Crew, bitte sichern Sie die Türen und nehmen Sie Ihre Plätze für den Start ein.*«

Ning war schon oft geflogen, aber immer noch verspürte sie ein erwartungsvolles Zucken, als sie die Lichter der Startbahn betrachtete und der Airbus sich in seine Position stellte.

*

Amy nahm sich keine Zeit für Feinheiten wie BH oder Socken, streifte nur Jeans, T-Shirt und Turnschuhe über. Mit einer Tasche über der Schulter und dem Handy in der Hand raste sie durch die Lobby des Balmoral zum Taxistand vor der Tür.

»Tut mir wirklich leid«, rief sie, als sie ein älteres amerikanisches Ehepaar vorne aus der Taxischlange schubste und sich in den Wagen warf.

»Flughafen!«, rief sie dem Fahrer zu. »Haben Sie eine Ahnung, wie lange wir dorthin brauchen?«

»Zwanzig Minuten, wenn alles gut geht«, meinte der Fahrer. »Wenn viel Verkehr ist, doppelt so lange.«

Glücklicherweise waren sie schon eine halbe Stunde jenseits der heftigsten Rush Hour, und sobald sie das Stadtzentrum verlassen hatten, bewegten sie sich entgegen der allgemeinen Verkehrsrichtung.

Amy rief das TFU-Hauptquartier in Dallas an und fragte sie, welche Chancen bestanden, einen Flug der China International aufzuhalten, wenn er erst einmal in der Luft war.

»Überhaupt gar keine«, meinte der diensthabende Beamte. »Ohne unmittelbare Bedrohung würde man einen riesigen diplomatischen Skandal heraufbeschwören. Am besten versuchen Sie, um ein Gespräch mit Fu Ning zu bitten, wenn Sie in China angekommen ist.«

»Ich dachte mir schon, dass Sie so etwas sagen«, seufzte Amy. »Ich hoffe nur, wir kriegen sie, bevor das Flugzeug abhebt.«

Als sie auflegte, sah sie, dass sie einen Anruf vom Campus verpasst hatte. Ewart hatte ihr eine Nachricht hinterlassen.

»Amy, hier ist Ewart. Fu Ning ist als Passagier an Bord von Flug CI208 bestätigt. Ich habe die Luftfahrtkontrolle am Flughafen Edinburgh angerufen. Sie haben versprochen, den Flug aufzuhalten, aber ich weiß nicht, ob wir noch rechtzeitig waren.«

Amy versuchte, Ewart zurückzurufen, doch die Leitung war besetzt, daher öffnete sie das Browserfenster und rief erneut die Fluginformation auf.

CI208 Peking 7:50 Gate geschlossen

In diesem Moment fuhr Amys Taxi an einem großen gelb-schwarzen Schild mit der Aufschrift *Willkommen am Flughafen Edinburgh* vorbei. Sie sah, dass es Viertel nach acht war, und erkannte, dass kein Grund zur Panik bestand. Entweder war Ning weg oder nicht. Es würde nichts nutzen, hektisch herumzurennen.

»Gut gefahren«, sagte Amy zum Taxifahrer, als sie ihm zwanzig Pfund reichte und hinaussprang. »Behalten Sie das Wechselgeld.«

»Entschuldigung?«, rief der Fahrer ihr nach.

In der Befürchtung, dass sie ihm nicht genug Geld gegeben oder etwas im Taxi vergessen hatte, drehte sich Amy um, aber er deutete nur auf ihr Gesicht.

»Ich weiß ja, dass Sie es eilig haben«, meinte er, »aber vielleicht interessiert es Sie ja, dass Sie da etwas an der Nasenspitze hängen haben.«

Lächelnd rieb sich Amy übers Gesicht und betrachtete den Porridge-Klecks, der an ihrer Hand hängen blieb.

»Ich kleckere immer beim Essen«, erklärte sie und hielt einen Daumen hoch. »Vielen Dank!«

Alles, was sie hektisch in ihre Tasche gepackt hatte, rasselte laut, als sie durch die Automatiktür den Check-In-Bereich des Flughafens betrat. Sie sah zur großen Anzeigetafel hinüber, und was sie dort erblickte, freute sie:

CI208 Peking 7:50 Keine Information

Sie war sich nicht sicher, wo sie als Nächstes hingehen sollte. Am besten wahrscheinlich zur Flughafensicherung, daher strebte sie zunächst einmal einen Informationsstand an, doch noch bevor sie ihn erreichte, klingelte ihr Telefon. Der Mann am anderen Ende hatte einen schottischen Akzent.

»Miss Collins? Sind Sie schon am Flughafen? Ich bin an der Schnellspur an der Sicherheitskontrolle ganz links im Terminal.«

Amy sah auf und erblickte einen kleinen, untersetzten Polizeiinspektor, der keine zwanzig Meter weit entfernt in sein Handy sprach.

Sie drängelte sich durch die Gepäckwagen und lief zu ihm hinüber.

»Haben Sie das Flugzeug aufgehalten?«

✴

Der Pilot erklärte den Passagieren, dass sie aus technischen Gründen zum Terminal zurückgerufen worden waren, als er die Startbahn verließ. Über zehn Minuten lang rollte das Flugzeug über das Gelände am gesamten Terminal vorbei, bis es auf einem kahlen Asphaltstück zum Stehen kam.

»Das ist ja seltsam«, bemerkte Jean zu Ning, die aus dem Fenster sah, wie die Flughafenpolizei eine Metalltreppe zum Hauptausstieg vorne am Airbus rollte.

Die Leute im Flugzeug flüsterten neugierig und misstrauisch miteinander, als vier bewaffnete Polizisten die Treppe hinaufeilten und rasch durch den Mittelgang liefen. Jean und Ning waren überrascht, dass der leitende Beamte vor ihnen stehen blieb und nach einem raschen Blick auf die Sitznummern sagte:

»Fu Ning? Wir wurden gebeten, dich aus dem Flugzeug zu holen.«

»Was soll das denn?«, fragte Jean und zog ihren Ausweis von der Einwanderungsbehörde. »Ich begleite sie.«

»Darüber haben wir keine Informationen«, antwortete der Polizist. »Kommen Sie mit.«

Alle sahen sich um, als Jean und Ning durch den Gang nach vorne schritten.

»*Meine Damen und Herren, hier spricht Ihr Kopilot. Wie Sie sehen, wurden wir zum Terminal zurückgerufen, um zwei Passagiere wieder auszuladen. Leider besagen die Bestimmungen, dass wir nicht mit eingecheckten Gepäck fliegen dürfen, wenn der dazugehörige Passagier sich nicht an Bord befindet. Wir hoffen, dass möglichst bald ein Gepäckwagen zur Verfügung steht, es kann jedoch sein, dass …*«

Die Flughafenpolizei schien nichts dagegen zu haben, ein wenig Aufsehen zu erregen. Außer den vier Polizisten, die an Bord gekommen waren, standen noch zwei weitere unten an der Treppe und noch weitere in der

Ankunftshalle, die sie über eine lange Metalltreppe erreichten.

Ning sah sich neugierig um, als sie die warme Umgebung des Flughafenterminals wieder betrat.

»Weiß irgendjemand, was hier vor sich geht?«, erkundigte sich Jean und nahm ein BlackBerry aus der Tasche.

Niemand antwortete ihr, aber das Mädchen, das tatsächlich Bescheid wusste, kam in Jeans, Turnschuhen und einem schmuddeligen grauen T-Shirt auf sie zu und lächelte höchst erleichtert, als sie Ning die Hand schüttelte.

»Hallo, Ning«, sagte Amy. »Sieht aus, als hätte ich dich gerade noch rechtzeitig erwischt.«

40

Amy brachte Ning zum Burger King am Flughafen, wo sie sich an einem glänzenden Tisch einander gegenübersetzten, ein Plastiktablett zwischen sich.

»Nun«, begann Amy und pustete sachte über ihren Kaffee, »ich nehme an, du bist verwirrt.«

Ning lächelte verlegen und schälte ihren Cheeseburger aus dem gewachsten Papier.

»Ich habe hier ein Bild, das dich vielleicht interessiert«, meinte Amy und suchte in ihrer Tasche, um ein Foto herauszuholen, das mit einem alten Farbtintenstrahldrucker ausgedruckt worden war, der alles rosa färbte.

Ning blieb der Mund offen stehen, als Amy es über den Tisch schob. Es zeigte drei Frauen in der Uniform der britischen Armee und die rechts war Ingrid mit etwa zwanzig Jahren.

»Das ist meine Stiefmutter«, stieß sie hervor.

»Ich konnte mir eine Version der Personaldatenbank des britischen Militärs ansehen, auf die Ämter wie die Einwanderungsbehörde keinen Zugriff haben«, erklärte Amy. »Es war nicht schwer, sie zu finden, denn Ingrid ist in Großbritannien kein sehr gewöhnlicher Name. Der richtige Name deiner Stiefmutter lautete Ingrid Miller, geboren 1970 in Bootle, Merseyside. Die Frau zu ihrer Rechten ist Tracy Hepburn. Sie war nicht die Schwester deiner Mutter, sondern eine Freundin aus der Armee, und ich vermute, sie ist die Frau, die dir an deinen Geburtstagen Geschenke geschickt hat.«

»Ingrid hat behauptet, sie sei siebenunddreißig«, sagte Ning. »Aber wahrscheinlich hat sie damit ebenso gelogen wie mit so vielem anderen auch. Hat sie überhaupt richtige Verwandte?«

»Ihre Eltern starben beide, noch bevor du geboren wurdest. Ingrid hat tatsächlich eine Schwester namens Melanie. Sie ist verheiratet und wohnt in Manchester. Allerdings glaube ich nicht, dass sie die Tante ist, bei der du gerne wohnen möchtest. Sie war immer wieder wegen Drogenbesitzes und Ladendiebstahls im Gefängnis und zwei ihrer Kinder sind ihr von der Fürsorge weggenommen worden.«

»Das musste ja so kommen«, stöhnte Ning.

»Keine Angst«, beruhigte Amy sie. »Ich habe mir Ingrids Geschichte nur deshalb angesehen, um herauszufinden, was an den Aussagen, die du gegenüber der Polizei und der Einwanderungsbehörde gemacht hast, wahr ist.«

»Es ist alles wahr!«, behauptete Ning.

»Ich weiß«, antwortete Amy. »Und du musst dir keine Sorgen machen, dass du wieder nach China geschickt wirst. Der britische Geheimdienst wird deinen Antrag auf Staatsbürgerschaft unterstützen, wenn du dich bereit erklärst, uns zu helfen. Die Organisation, für die ich arbeite, befasst sich mit dem Aramov-Clan, und du musst mir genauestens alles erzählen, was in Kirgisien vorgefallen ist.«

»Das mache ich gerne«, stimmte Ning zu, »aber richtig viel habe ich ja gar nicht gesehen.«

»Du würdest staunen, als wie wichtig sich gerade kleine Details manchmal bei einer Untersuchung erweisen können«, meinte Amy. Sie sah sich um, ob sie auch niemand hören konnte, und sprach dann leiser weiter:

»Ich möchte dich auch gerne zu einem Besuch auf dem sogenannten CHERUB-Campus mitnehmen, damit du vielleicht einer ihrer Agenten wirst.«

Da Englisch nicht Nings Muttersprache war, glaubte sie, sich verhört zu haben.

»Agenten?«

»Das Prinzip, das hinter CHERUB steht, ist einfach«, erzählte Amy. »Erwachsene vermuten selten, dass ihnen Kinder nachspionieren könnten. Ich bin zum Beispiel dreiundzwanzig. Wenn ich undercover arbeiten würde, dann würde ich mich zum Beispiel mit einem Drogendealer anfreunden und anfangen, ihm einen Haufen Fragen über sein Geschäft zu stellen, und er würde wahrscheinlich vermuten, dass ich eine Undercover-Polizistin wäre.

Aber wenn du dich bei den Drogendealern aufhalten würdest, könntest du vielleicht auf einen von ihnen zugehen und fragen, ob du dir ein wenig Taschengeld dazuverdienen könntest, als Wachposten vielleicht oder so etwas. Der Dealer wird in dir nur ein Kind sehen. Für ihn kannst du mit elf Jahren kein Spitzel oder Undercover-Agent sein.«

»Zwölf«, sagte Ning. »Ich hatte letzte Woche Geburtstag.«

»CHERUB-Agenten müssen immer ein wenig besser sein als andere Kinder«, erzählte Amy weiter. »Sie müssen kräftig sein und intelligent. Sie müssen schnell laufen oder sich auch mal den Weg aus einer kniffligen Situation freikämpfen können. Du musst ein paar Eingangstests machen, bevor dich CHERUB akzeptieren kann. Danach bekommst du eine hunderttägige Grundausbildung, die wirklich sehr hart ist. Aber deinen Schulunterlagen nach zu urteilen ...«

Überrascht sah Ning auf und unterbrach sie: »Aber ich bin doch in China zur Schule gegangen.«

»Ich habe meine Hausaufgaben gemacht«, erwiderte Amy und wedelte mit dem Finger. »Wir haben einen CIA-Agenten in China gebeten, einen Beamten des Bildungsministeriums in Dandong zu bestechen. Ich habe Kopien aller Akten deiner Ausbildung gelesen, die geführt wurden, seit du drei Jahre alt warst.«

»Die würde ich auch gerne mal lesen«, sagte Ning. »Ich habe mich immer gefragt, was die Leute wohl aufschrieben, wenn ich angeschrien wurde.«

»Ich bezweifle, dass es dich überraschen würde«, meinte Amy. »Offensichtlich warst du intelligent, aber leicht gelangweilt und Erwachsenen gegenüber respektlos. In den englischen Übersetzungen, die ich gelesen habe, kommt der Ausdruck auf Ärger aus einhundertsechsmal vor.«

»Und trotzdem wollen Sie mich?«, wunderte sich Ning.

»Kinder, die intelligent und gehorsam sind, sind meist nicht die besten Agenten«, erklärte Amy. »Die Schwierigen sind kühner und kreativer, und CHERUB braucht Leute, die bei Undercover-Einsätzen selbstständig denken können.«

Zum ersten Mal seit Wochen verspürte Ning so etwas wie Hoffnung und schob sich den letzten Bissen des Burgers in den Mund.

»Wenn ich meine Lehrer ärgern wollte, habe ich immer gesagt, ich würde entweder Rockstar oder Terrorist werden«, erzählte sie. »Ich habe nie daran gedacht, Geheimagent zu werden, aber ich glaube, das könnte auch lustig sein.«

※

Amy fuhr kurz im Hotel vorbei, um zu packen und die Rechnung zu bezahlen, und bestieg mit Ning den nächsten Zug nach London. Sie hatten das Erster-Klasse-Abteil fast ganz für sich und setzten sich einander gegenüber.

Amy hatte eine Liste mit über zweihundert Fragen, die Ning beantworten sollte, angefangen damit, ob die Piloten des Aramov-Clans mit ihrer Arbeit zufrieden waren, bis hin zu der Frage, ob Leonid Aramov lieber die linke oder die rechte Hand benutzte. Doch sie entschied sich, eine schwere und möglicherweise emotional schwierige Befragung aufzuschieben, bis sie ein wenig mehr Zeit gehabt hatte, Nings Vertrauen zu gewinnen.

Während die Landschaft an ihnen vorbeizog, räkelte sich Ning auf ihrem Platz, und Amy erzählte ihr ihre Lebensgeschichte.

Ihre Eltern waren bei einem Verkehrsunfall gestorben, als sie noch ein Baby war, und sie war im Alter von fünf Jahren zusammen mit ihrem älteren Bruder John zu CHERUB gekommen. Sie war eine erfolgreiche Agentin gewesen, hatte in Australien die Universität besucht, eine Tauchschule geleitet, mit einem älteren Mann zusammengelebt, der sich als Mistkerl herausstellte, als Bodyguard gearbeitet und vor sechs Monaten ein Angebot angenommen, für die TFU in den USA zu arbeiten.

Ning erzählte ihr im Austausch von ihrem eigenen Leben, davon, dass sie eines von Tausenden weiblicher Babys gewesen war, die auf dem Land in China jedes Jahr ausgesetzt wurden und in Waisenhäuser kamen, wie sie von Chiaoxiang und Ingrid adoptiert worden, an die nationale Sportakademie gekommen und dort wieder hinausgeworfen worden war ...

Amy wollte nicht, dass Ning traurig wurde, und als sie zu Chaoxiangs Verhaftung kamen, wechselte sie das Thema und brachte Ning zum Lachen, als sie versuchte, ein paar chinesische Sätze zu wiederholen, die sie bei einem Sprachkurs vor vielen Jahren einmal gelernt hatte.

»Du hast gefragt, ob du auf einer Tasse Kaffee reiten kannst«, erklärte Ning, als sie in einen Bahnhof einfuhren.

Als Amy das Schild sah, wurde sie hektisch.

»Hier müssen wir raus«, rief sie, sprang auf und schnappte sich Nings Rucksack aus der Ablage über ihrem Kopf.

*

Da der CHERUB-Campus eine geheime Einrichtung ist, erfahren neue Agenten den Standort erst, wenn sie rekrutiert worden sind. Die Standard-Prozedur für potenzielle Rekruten ab neun Jahren ist es, dass sie ohne vorheriges Wissen betäubt und zum Campus gebracht werden.

Wenn der Rekrut dann aufwacht, befindet er sich in einem Bett auf dem Campus, und eine CHERUB-Uniform liegt für ihn bereit. Wie der Kandidat beim Aufwachen in der merkwürdigen und fremden Umgebung reagiert, gehört mit zum Rekrutierungsprozess: Kinder, die ruhig bleiben und versuchen, die Situation zu verstehen, haben bessere Chancen als die, die beim ersten Anzeichen von Stress nach ihrer Mama schreien.

Aber Ning war verbrannt und gefoltert worden. Benommen und nackt irgendwo aufzuwachen, hätte sie wahrscheinlich in Panik versetzt, daher ging man bei ihr mit der sanfteren Methode vor, die normalerweise den Kindern vorbehalten war, die noch keine neun Jahre alt waren.

Auf dem Parkplatz vor dem Bahnhof wartete ein Lieferwagen mit Chauffeur. Im hinteren Teil befanden sich vier bequeme Sitze, eine Reihe von Büchern und Zeitschriften, ein Kühlschrank mit Wasser- und Saftflaschen und ein ausklappbarer Fernseher. Die Fahrerkabine war abgetrennt und es gab kein Fenster, doch wenn die Türen geschlossen wurden, war es nicht vollständig dunkel, weil im Dach eine dunkel getönte Glasscheibe saß.

Der Bahnhof war nur etwa zwanzig Minuten vom

Campus entfernt, aber der Fahrer machte umständliche Umwege durch die benachbarten Städte und Dörfer, um Ning den Eindruck zu vermitteln, dass sie viel weiter gefahren waren. Als er die Türen öffnete, standen sie auf einem Schotterparkplatz, an dessen einer Seite ein kleines Empfangsgebäude lag und dahinter ein paar Hubschrauberlandeplätze.

»Ich bin gleich wieder da!«, rief Amy, sprang aus dem Wagen und rannte los. »Ich platze gleich!«

Lächelnd sah Ning Amy nach, die durch eine Tür schoss. Dann betrachtete sie ein großes weißes Gebäude hinter Rasenflächen und ein paar Bäumen.

»Das ist das Schwimmbad mit Tauchzentrum«, sagte ein Junge hinter ihr. Ning sah sich überrascht um.

Er sah ganz vernünftig aus, hatte strubbeliges dunkles Haar und einen silbernen Knopf im Ohr. Er trug Combathosen und ein graues T-Shirt, auf dem Ning zum ersten Mal das CHERUB-Logo sah.

»Ryan Sharma«, stellte er sich vor. »Ich soll dich ein wenig herumführen.«

Obwohl eigentlich Ning diejenige war, die sich auf unbekanntem Gebiet befand, war es doch Ryan, der bei ihrem ersten Händeschütteln verlegen war. Er hatte Nings Akte gelesen, um beim Rekrutierungsprozess helfen zu können, aber es war komisch, jemandem, dessen Schulakte man gelesen und von dessen Verletzungen man Fotos gesehen hatte, zum ersten Mal persönlich gegenüberzustehen.

»Da drüben sind die Swimming-Pools«, erklärte er, drehte sich dann um und deutete auf das achtstöckige Gebäude hinter ihnen. »Das ist das Hauptgebäude. Archive im Keller, Verwaltung und Kantine im Erdgeschoss. Im ersten und zweiten Stock sind noch weitere Verwaltungsräume, darüber wohnt das Personal und über ihnen die Kinder.«

»Wie viele sind es?«, wollte Ning wissen.

»Um die dreihundert«, antwortete Ryan. »Aber davon sind ungefähr siebzig Rothemden, die zu jung sind, um auf Missionen zu gehen. Und dann sind auch immer viele Agenten unterwegs, zu Einsätzen oder Übungen, sodass selten mehr als zweihundert Kinder auf dem Campus sind.«

»Der Rasen ist wunderschön«, fand Ning.

Ryan lachte. »Wenn du dich nicht benimmst, bekommst du reichlich Gelegenheit, ihn zu mähen. Jetzt sollten wir in die Rezeption gehen und dich ausstaffieren.«

Der Empfangsbereich lag unter einem Hubschrauberlandeplatz. Ryan führte Ning ein paar Stufen hinab in einen etwas düsteren, fensterlosen Raum. Es gab Röntgengeräte und Sicherheitsschranken wie an einem Flughafen, aber sie wurden nur benutzt, wenn Erwachsene den Campus besuchten, oder bei großen Anlässen wie Campusfesten.

Als Amy aus der Toilette kam, war Ryan gerade dabei, aus einem Schrank mit Metalltüren ein oranges CHE-RUB-T-Shirt, Combat-Hosen und Stiefel in Nings Größe herauszusuchen.

»Könnte ich nicht ein schwarzes T-Shirt bekommen?«, fragte Ning, als ihr Ryan einen Stapel Sachen gab.

Amy und Ryan lachten.

»Neuankömmlinge auf dem Campus erhalten ein oranges T-Shirt«, erklärte Amy, die sich selbst ein weißes aus dem Schrank nahm. »Das ist wie ein Warnsignal, damit die Leute vor dir keine Geheimsachen besprechen, und nur Agenten, denen die Vorsitzende es erlaubt hat, dürfen mit dir reden. Die anderen T-Shirt-Farben bestimmen deinen Rang und Schwarz ist der höchste. Ryans T-Shirt ist grau für neuqualifizierte Agenten, und ich habe ein weißes, wie es das Personal und ehemalige Agenten tragen.«

Ryan sah weg, während sich Amy und Ning umzogen.

»Ich muss einige Papiere für deine Befragung vorbereiten«, erklärte Amy und zupfte ihr T-Shirt zurecht. »Ryan stellt dich der Vorsitzenden vor und führt dich dann über den Campus.«

»Und wann fangen die Rekrutierungstests an?«, wollte Ning wissen.

»Es ist schon fast zwei Uhr«, meinte Ryan. »Heute ist dafür keine Zeit mehr, also wahrscheinlich morgen.«

41

Obwohl Ning seit vier Uhr morgens wach war, fühlte sie sich frisch und der Campusführung gewachsen. Zara erlaubte Ryan, einen der elektrischen Golfbuggys zu nehmen, die normalerweise dem Personal vorbehalten waren, und er fuhr mit ihr die große Runde mit allen wichtigen Campus-Einrichtungen vom Einsatzvorbereitungsgebäude bis zum Gelände für die Grundausbildung am See, dann am Kampfsportdojo vorbei und über die Leichtathletikbahnen.

Ein paarmal hielten sie unterwegs an. Das Höhenhindernis gefiel Ning überhaupt nicht, doch sie streichelte begeistert Meerschweinchen und Beagle im Juniorblock, wurde Ryans jüngstem Bruder Theo vorgestellt, überredete Ryan, sie den Buggy fahren zu lassen, und sah ein wenig beim Cricket zu, während Ryan versuchte, ihr die Regeln zu erklären.

Ihr letzter Halt war am Pool, und als sie am großen Fenster standen und die kleinsten Bewohner des Campus im Plantschbecken herumtoben sahen, begleitet von einer Armada gelber Enten, lief Ning eine Träne übers Gesicht.

»Alles okay?«, fragte Ryan und wollte Ning schon den Arm um die Schultern legen, fragte sich dann aber doch, ob sie das wollte.

»Es ist cool hier«, antwortete Ning und sah Ryan in die Augen. »Es ist die Chance auf ein neues Leben. Aber was ist, wenn ich die Tests nicht bestehe?«

Ryan zuckte mit den Achseln.

»Es hat keinen Sinn, sich deswegen Stress zu machen. Alles was du tun kannst, ist, dein Bestes zu geben.«

»Aber wo würde ich dann enden?«

»CHERUB lässt dich nicht im Stich«, beruhigte sie Ryan. »Zara würde Pflegeeltern für dich finden oder so. Aber ich glaube nicht, dass du dir viel Sorgen machen musst. Du siehst mir nach einer ziemlich harten Nuss aus.«

»Ich war schon mal besser in Form«, meinte Ning nervös. »Abgesehen von ein paar Basketballspielen in Kirkcaldy habe ich seit Wochen nicht trainiert.«

»Solche Faktoren werden hier berücksichtigt«, sagte Ryan. Doch da er nicht wollte, dass Ning deswegen deprimiert wurde, wechselte er das Thema. »Und? Hast du Hunger?«

Ning fuhr den Buggy die letzten hundert Meter vom Pool zum Hauptgebäude. Nachdem Ryan ihn wieder an seine Ladestation angeschlossen hatte, brachte er Ning in den Speisesaal. Es war fast fünf Uhr und etwa vierzig Kinder standen entweder in der Schlange an der Essensausgabe oder saßen an den Tischen. Da es Freitag war, waren die meisten von ihnen bester Laune, und viele hatten es eilig, weil sie nach dem Essen ins Kino oder zum Bowlen in der nächsten Stadt wollten.

»Das Essen riecht gut«, meinte Ning.

Ryan nickte.

»Es sieht hier nicht viel anders aus als in einer normalen Schulkantine, aber die Köche arbeiten hier seit Jahren, und sie sind ziemlich gut. Wenn du Steak magst – freitags gibt es tolle Steaks. Biosteaks von einer der umliegenden Farmen. Allerdings werden sie nach Wunsch zubereitet, deshalb muss man ein paar Minuten darauf warten. Oder isst du nur chinesisches Essen?«

Ning antwortete ihm nicht, aber er fing einen Blick

auf, der ihm sagte, dass er gerade etwas ziemlich Dummes gesagt hatte.

»Medium Steak mit Pilzen, Fritten und Pfeffersoße«, verlangte Ryan, als sie an der Reihe waren.

»Ich sage in etwa zehn Minuten Bescheid«, erklärte der Koch und gab Ryan einen Zettel mit einer Nummer. »Und deine orange Freundin?«

»Ich versuche auch das Steak«, sagte sie. »Kann ja nicht schlimmer sein als der Fraß, den ich in Kirkcaldy bekommen habe.«

Sie holten sich Getränke und Besteck und gingen zu einem Tisch.

»Hei-ho, Rybo!«, rief Max und fügte dann leiser hinzu: »Oh, du hast deine Orange dabei.«

»Komm, ich stelle dich meinen Kumpeln vor«, schlug Ryan vor.

»Ist Rybo dein Spitzname?«, erkundigte sich Ning.

»Nein, ist es nicht«, gab Ryan gereizt zurück und brachte Ning zu einem Tisch, an dem Max neben Alfie saß. Nicht weit entfernt waren auch ein paar von Ryans anderen Freunden, während Grace, Chloe und ein paar jüngere Mädchen am Nebentisch saßen.

»Das ist Ning«, sagte Ryan laut genug, dass es alle hören konnten. »Sie hat zwar ein oranges T-Shirt, aber Zara sagt, dass ihr mit ihr reden könnt. Ihr solltet nur euren gesunden Menschenverstand benutzen und nicht gleich alle Geheimnisse verraten.«

Die meisten sagten nur Hallo, aber Max musste sich wie üblich hervortun und säuselte in Singsang-Stimme: »Hallo, Ning, wie schön, dich kennenzulernen, und willkommen auf dem CHERUB-Campus.«

»Alles klar, Black, lass die Verzögerungstaktik«, rief ein schwarzer Junge namens Aaron, setzte sich Max gegenüber und stemmte den Ellbogen auf den Tisch. »Zeit, Geld lockerzumachen, anstatt große Töne zu spucken!«

Ryan und Ning setzten sich und sahen einen kleinen Haufen Pfundmünzen auf dem Tisch zwischen Aaron und Max.

»Macht ihr in China auch Armdrücken?«, fragte Ryan, als Aaron und Max einander abschätzend ansahen und sich dann die Hände reichten.

»Ich glaube, ich habe es schon einmal gesehen«, erwiderte Ning.

Alfie gab den Schiedsrichter und kniete sich ans Ende des Tisches.

»Fertig?«, fragte er. »Drei, zwei, eins, los!«

Max' und Aarons Gesichter verzerrten sich, als sie versuchten, jeweils die Hand des anderen auf die Tischfläche zu zwingen. Aaron verschaffte sich früh einen Vorteil, aber Max hatte mehr Durchhaltevermögen. Es dauerte eine halbe Minute, aber dann sprang Max auf und schrie seinen Sieg hinaus.

»Du Versager! Das Geld gehört mir!«

Ning sah Max an.

»Darf ich euer Spiel auch versuchen?«

Max sah sie an und schnaubte. »Nichts für ungut, aber wir sind alle durchtrainiert. Ich glaube kaum, dass du ein würdiger Gegner wärest.«

»Ich bin wirklich nicht in Bestform«, erwiderte Ning höflich und winkelte den Arm an, um einen ziemlich beeindruckenden Bizeps zu zeigen. »Ich würde es nur gerne einmal versuchen.«

Max war ein wenig verwundert. »Vielleicht möchtest du es lieber mit einem der Mädchen versuchen?«

Ryan wusste, dass Ning Boxerfahrung hatte und ziemlich kräftig war, aber Max war in Topform und schaffte eine Anzahl explosiver einarmiger Liegestützen, mit der er selbst nicht mithalten konnte.

»Nein, mit dir«, entgegnete Ning. »Ich weiß, dass ich nicht gewinnen kann. Aber kannst du es mir zeigen?«

»Nun, wenn du darauf bestehst«, meinte Max verlegen.

Aaron machte ihr Platz und Max setzte sich wieder.

Ryan verglich ihre Arme, als sie in Position gingen. Max war ungefähr so groß wie Ning, aber ihr Arm war viel länger, was ihr im Boxring einen ungeheuren Vorteil verschaffen würde.

Erst als sie sich an den Händen fassten, bemerkte er einen weiteren, noch viel wichtigeren Unterschied. Max' Arm war dicker und verfügte über mehr Muskeln, aber die Sehnen in Nings Arm waren anders als bei allen, die Ryan bislang gesehen hatte.

Als sie ihr Handgelenk anspannte, sah Nings Unterarm wie ein dickes Dreieck aus, das dem Segel eines Bootes ähnelte. Muskeln kann man mit Fitnesstraining aufbauen, aber die Position der Sehnen, die die Muskelkraft übertragen, ist rein genetisch bedingt. Sobald Ryan sie sah, wusste er, warum die Sportwissenschaftler Ning aus den zwanzig Millionen Kindern, die jedes Jahr in China geboren werden, als Eliteboxerin herausgesucht hatten.

Niemand sonst kannte Nings Geschichte, aber ein Dutzend Kinder sprangen auf, als sie merkten, dass Max Schwierigkeiten hatte. Die ersten zehn Sekunden lang biss Max die Zähne zusammen und brachte all seine Kräfte auf, aber Nings Arm blieb aufrecht stehen, als stecke er in Beton fest.

Max wurde knallrot und grunzte wie ein Schwein, während Ning freundlich lächelte und nicht einmal ins Schwitzen geriet.

»Du kriegst einen drauf, Max!«, rief Chloe. »Los doch, Dingens oder wie du heißt!«

»Ning«, half Ryan.

»Jetzt wird mir langweilig«, erklärte Ning beiläufig.

Sie zog herausfordernd eine Augenbraue hoch, holte

Luft und begann zu drücken. Max machte eine übermenschliche Anstrengung, um Widerstand zu leisten, doch drei Sekunden später hatte Ning seinen Arm auf den Tisch niedergedrückt. Die anderen jubelten, und da Max immer so großspurig tat, neckten ihn alle umso ausgiebiger.

»Vernichtet von einem Mädchen!«, rief Grace fröhlich. »Wie alt bist du, Ning?«

»Ein oranges Mädchen hat dich fertiggemacht!«, fügte Chloe hinzu.

Auch Ryan kam fast um vor Lachen, aber zu Max' Gunsten musste man zugeben, dass er sich als guter Verlierer erwies.

»Na ja, man muss die junge Dame ja gewinnen lassen, nicht wahr?«, scherzte er. »Damit sie sich willkommen fühlt und so.«

»Ich hätte Lust auf eine Revanche«, meinte Ning.

Max warf einen Blick auf seine Uhr. »Oh nein, schon so spät? Ich würde ja wirklich gerne, aber ich muss los, weil ich mich mit jemandem wegen eines Hundes treffe.«

Ryan trat ein paar Schritte zurück und freute sich darüber, dass Ning im Mittelpunkt der Aufmerksamkeit stand, bis ihn der Blick eines ungeduldigen Kochs traf, der zwei Teller mit Steaks hochhielt.

»Sharma! Hör auf, die Mädchen anzubaggern, und hol dein Essen!«

42

Ning bekam ein Zimmer ganz hinten im sechsten Stockwerk. Wie immer auf dem Campus war es nach dem Auszug des letzten Bewohners vollständig renoviert und neu eingerichtet worden. Es war zwar nicht so luxuriös wie einige der schicken Hotelzimmer, in denen Ning mit ihrem Vater gewesen war, aber verglichen mit dem Auffanglager Kirkcaldy war es der reine Palast.

Fliesen und Armaturen im Bad waren neu. Ning verbrachte über eine Stunde im tiefen Whirlpool und gönnte ihrem Haar eine Pflegespülung mit Kakaobutter.

Seit sie aus China geflüchtet war, hatte sie zwei Jeans, drei T-Shirts und drei Garnituren Unterwäsche im Wechsel getragen. Wer das Bett gemacht und frische Handtücher und Toilettenartikel bereitgelegt hatte, hatte ihr auch neue Socken und Unterwäsche sowie einen Badeanzug und eine weitere CHERUB-Uniform hingelegt.

Auf dem Flur rannten Kinder herum, während Ning sich aufs Bett setzte und sich das Haar kämmte. Das belanglose Geplänkel vor der Tür erinnerte sie daran, dass sie noch nicht hierhergehörte. Die Aussicht auf britische Pflegeeltern war auf jeden Fall besser als das, was sie am Morgen noch für ihre Zukunft gehalten hatte, aber der CHERUB-Campus erschien ihr wie das, worauf sie ihr ganzes Leben gewartet hatte. Hier konnte sie etwas bewirken, und zwar jetzt und nicht erst nach Hunderten von Prüfungen und vielen Jahren langweiliger Schule.

Es klopfte leise und Amy steckte vorsichtig den Kopf zur Tür herein.

»Komm herein!«, forderte Ning sie auf.

»Ich dachte, du schläfst vielleicht«, meinte Amy, als sie eintrat. »Ich wollte mich schon früher melden, aber ich habe im Einsatzgebäude die Unterlagen gelesen und die Zeit vergessen.«

»Ryan hat gesagt, ich solle versuchen zu schlafen, weil die Tests morgen anstrengend werden«, sagte Ning. »Aber nach allem was heute passiert ist, habe ich das reinste Feuerwerk im Kopf.«

»Wie ist Ryan so?«

»Er ist wirklich nett«, lächelte Ning. »Seine Freunde auch und der Campus ist einfach klasse.«

»Ich habe das hier ordentlich ausgedruckt und laminieren lassen«, sagte Amy und reichte Ning eine Kopie des Fotos von Ingrid in ihrer Armeeuniform.

Aus dem Rucksack neben ihrem Bett holte Ning ihre gelbe Schachtel.

»Ich werde es hier drin aufbewahren«, sagte sie.

Lächelnd setzte sich Amy auf Nings Bett.

»Hast du die Schachtel schon lange?«

Ning sah ein wenig verlegen drein.

»Ich weiß ja, dass sie kitschig ist, aber ich habe sie schon länger als alles andere. Darin bewahre ich meine Medaillen, Krimskrams und alles Mögliche auf.«

»Sie ist nicht kitschig«, widersprach Amy. »Und es ist schön, dass du dir bei allem, was du durchgemacht hast, ein paar Dinge bewahrt hast. Allerdings glaube ich, dass dir CHERUB einen neuen Rucksack besorgen kann. Der da scheint auch einiges mitgemacht zu haben.«

»Seit wir mal mehrere Stunden in einer Mülltonne hinter einem kirgisischen Nachtclub gehockt haben, ist er nicht mehr derselbe«, gab Ning zu. »Und der Reißverschluss ist auch hin.«

»Ich habe an den Fragen für dein Interview zum Aramov-Clan gearbeitet«, sagte Amy. »Es wird eine ganze Weile dauern, aber es hat auch bis nach dem Wochenende Zeit. Aber ich fand es interessant, wie wenig du über die Sandwichfabrik und das Haus, in dem du gewohnt hast, wusstest.«

Ning sah sie unsicher an. »Die Polizei hat immer wieder danach gefragt. Sie haben geglaubt, ich würde etwas verheimlichen, aber ich habe ihnen alles gesagt, woran ich mich erinnern konnte.«

»Ich mache dir keine Vorwürfe, Ning«, beruhigte Amy sie. »Aber der menschliche Geist verschließt sich manchmal vor unangenehmen oder belastenden Erinnerungen. Es ist ein Mechanismus, das Geschehene zu bewältigen. Mein Boss bei der TFU hat mir eine Entspannungstechnik gezeigt, die deinem Gedächtnis vielleicht auf die Sprünge hilft.«

»Ich will ja nicht unhöflich sein, aber ich bin wirklich total erledigt«, wandte Ning ein.

»Die Technik funktioniert am besten, wenn man müde ist«, beharrte Amy. »Wenn wir die Sandwichfabrik und das Haus, in dem du gewohnt hast, finden können, können wir den Menschenhandel an einer ganz neuen Front bekämpfen.«

»Wie denn?«, wollte Ning wissen.

»Das würde wahrscheinlich über Überwachungsteams der Polizei laufen. Zu Beginn würden sie die Fabrik überwachen. Sie würden den Lieferwagen folgen, die die Frauen hin- und hertransportieren, und herausfinden, wo sich die verschiedenen Unterkünfte befinden. Und hoffentlich finden sie die Leute, die neue Arbeiterinnen bringen.«

»Einer der Cops, die mich befragt haben, hat gesagt, ich hätte ihnen ein paar andere Hinweise gegeben.«

»Oh ja, eine ganze Menge sogar«, bestätigte Amy.

»Zum Beispiel könnten wir das Lagerhaus ausfindig machen, in das du bei deiner Ankunft in Großbritannien gebracht worden bist, wir könnten die Raststätte in Tschechien finden und Chun Hei, oder wir könnten nach Fahrlehrerinnen aus Bangladesch im Südwesten von London suchen. Aber ich will eigentlich die Fabrik und das Wohnhaus finden, denn wenn wir Leo haben, dann können wir auch Ben ausfindig machen.«

»Warum ist er so wichtig?«, fragte Ning.

»Ben ist auf jeden Fall einer der Bosse«, erklärte Amy. »Er weiß, was man mit den Leichen der beiden Mädchen gemacht hat, und er hat mit Sicherheit geplant, wie man dich sexuell ausbeuten kann – nur dass du dann geflohen bist! Es besteht die Möglichkeit, dass wir, wenn wir Ben finden, auch andere Mädchen finden, die nicht so viel Glück gehabt haben.«

»Das klingt gut«, fand Ning, der es bei der Erinnerung an die Gefahr, in der sie sich befunden hatte, eiskalt den Rücken hinunterlief. »Wir sollten es versuchen.«

»Es ist wahrscheinlich einfacher, eine Fabrik aufzuspüren als ein Haus«, erklärte Amy. »Also möchte ich mit dir dort anfangen.«

»Ist das wie Hypnose?«, fragte Ning.

»Manche Menschen sind empfänglicher dafür als andere«, nickte Amy. »Es besteht vielleicht nur eine geringe Chance, dass es funktioniert, aber ich würde es gerne versuchen.«

Dann fuhr sie weicher und langsamer fort: »Okay. Leg dich aufs Bett und such dir eine bequeme Position. Dann möchte ich, dass du deinen Blick auf einen bestimmten Punkt an der Decke konzentrierst.«

Ning schlug auf die Kissen und legte sich zurück, während Amy das Deckenlicht ausschaltete, sodass das Zimmer nur noch vom schwachen Schein der Schreibtischlampe erhellt wurde.

»Sieh den Punkt an«, verlangte Amy. »Konzentriere dich auf deine Atmung. Denk an nichts anderes als an den Rhythmus deines Atems. Ein und aus, ein und aus.«

Amy ließ Ning ein paar Sekunden nur ruhig atmen, dann fuhr sie fort:

»Ich möchte, dass du jetzt deine Finger und deine Zehen entspannst. Spüre, wie die Entspannung deinen Körper durchströmt. Dein Bauch ist entspannt, deine Schultern gelockert. Nun entzerren sich alle Muskeln in deinem Gesicht, deine Augenlider werden schwerer, und du konzentrierst dich nur auf deinen Atem. Ein und aus, ein und aus.

Deine Augen fallen dir zu. Wenn ich mit den Fingern schnippe, wirst du sie schließen und dich nur noch auf meine Stimme konzentrieren. Du kommst das erste Mal an der Sandwichfabrik an. Erinnere dich an alles um dich herum. Erinnere dich daran, was du anhattest und wie du dich gefühlt hast. Deine Augenlider werden immer schwerer, und ich möchte, dass du sie jetzt vollständig schließt.«

Während Ning die Augen zufielen, schaltete Amy einen kleinen digitalen Rekorder ein und schnippte dann mit den Fingern.

»Du bist aus dem Lieferwagen ausgestiegen«, sagte Amy. »Sag mir, woran du dich als Erstes erinnerst.«

»Ich lutsche ein Bonbon«, antwortete Ning. »Eine Frau aus dem Wagen hat sie verteilt. Es schmeckt nicht gut, aber ich kann es nicht ausspucken, ohne sie zu beleidigen, und ich will es auch nicht zerbeißen, weil Ingrid immer gesagt hat, dass man sich dabei die Zähne kaputt machen kann.«

»Gut«, sagte Amy sanft. »Konzentrier dich auf den Geschmack des Bonbons. Und dabei sieh am Gebäude hoch und sag mir, wie es aussieht.«

»Es ist dunkel«, erwiderte Ning. »Zwei Stockwerke.

Ziegel, bedeckt mit schwarzem Schmutz. Die Fenster unten sind mit Brettern vernagelt. Oben in den Fenstern ist kein Licht und ein paar Scheiben sind zerbrochen. Ein Ventilator läuft.«

»Wer ist bei dir?«

»Da ist eine Frau mit einem Klemmbrett. Neben mir ist Mei und die Frau mit den Süßigkeiten und ein paar andere.«

»Sag mir, wo ihr als Nächstes hingeht.«

»Die Tür ist grau. Es gibt einen Fleck, rechteckig wie für ein Schild, aber es ist abmontiert worden. Drinnen schrappt mein Rucksack an der Wand entlang, weil es eng ist. Braune Kisten stehen dort, in die wir die Sandwiches packen. Sie sind hoch aufgestapelt.«

»Sind irgendwelche Markierungen oder Namen auf den Kisten?«

»Nein, sie sind ganz schlicht.«

«Du bist mit Mei und den anderen drinnen«, sagte Amy. »Was passiert dann?«

»Dort ist Roger. Er ist groß. Roter Bart. Er streitet mit der Klemmbrett-Frau, weil er mindestens zwölf von uns erwartet hat. Mei und die anderen gehen in den Umkleideraum, um Overalls und Masken anzuziehen, aber ich muss nach oben, um mit dem Boss zu sprechen.«

»Du spürst, wie du die Treppe hinaufgehst«, leitete Amy sie weiter. »Wie sieht es um dich herum aus?«

»Oben ist es staubig. Alte Nähmaschinen stehen herum und es riecht nach Öl. Draußen ist ein großes Dach mit vielen Tauben, aber es ist zu dunkel, um viel zu sehen. Man kann sie nur gurren hören. Die Frau geht vor mir und der Boss lässt uns vor dem Büro warten.«

»Ist ein Schild an der Bürotür?«, fragte Amy.

»Kann ich nicht sehen, die Tür steht offen.«

»Was macht der Boss drinnen? Macht er irgendwelche Geräusche?«

»Ich glaube nicht. Aber die Frau mit dem Klemmbrett scheint der Meinung zu sein, dass er mit ihr spielt und nur ihre Zeit verschwendet.«

»Was ist sonst noch da?«

»Ein Kopierer und Wasserflaschen. Und ein Schreibtisch. Sieht aus wie für eine Sekretärin oder so.«

»Ruft euch der Boss ins Büro?«

»Ja. Ich war lange im Dunkeln, und im Büro ist es richtig hell, deshalb tun mir die Augen weh.«

»Hat der Boss einen Namen?«

»Die Frau mit dem Klemmbrett nennt ihn Mister oder Sir. Er erinnert mich an meinen Stiefvater, aber er ist jünger. Ich glaube, er trägt Golfhosen. Und auf einem Glasregal steht ein großer Globus.«

»Ist noch etwas in den Regalen?«

»Akten. Aber an der Wand darüber ist ein Foto von zwei Jungen.«

»Erzähl mir etwas über diese Jungen.«

»Sie sind die Söhne des Bosses.«

»Woher weißt du das?«

»Sie sehen aus wie jüngere Versionen von ihm. Einer ist vielleicht ein Jahr älter als der andere. Der jüngere hat Dreck auf der Backe.«

»Dreck?«, fragte Amy interessiert. »Ist das ein Schulfoto? Haben sie eine Uniform an?«

»Sie sind beide ziemlich schmutzig«, antwortete Ning. »Und sie tragen Fußballkleidung.«

»Kannst du die Farben erkennen?«

»Orange-rotbraune Ringelsocken. Rotbraune Shorts und orange Hemden.«

»Gut«, fand Amy. »Gibt es noch etwas auf diesem Bild?«

»Ich kann nicht denken«, antwortete Ning mit erhobener Stimme.

Amy erkannte, dass sie selbst lauter geworden war und Ning darauf reagierte.

»Du musst gar nicht denken, denn du bist in dem Raum. Der Boss ist da. Du siehst das Bild mit den beiden Jungen in ihrer schmutzigen Kleidung.«

»Der jüngere hält einen kleinen silbernen Becher«, erzählte Ning. »Und auf den Hemden ist ein Sponsorenlogo.«

Der Hinweis auf das Logo konnte entscheidend sein, dennoch zwang sich Amy, ruhig zu bleiben. »Wie sieht das Logo denn aus?«

»Es ist ein eckiger Mann. Ein Cartoon mit einem Lächeln.«

»Steht etwas darauf geschrieben?«

»Ich bin zu weit weg«, antwortete Ning. »Es steht etwas darauf, aber ich kann es nicht lesen.«

»In Ordnung. Und was siehst du sonst noch? Gibt es noch mehr? Vielleicht auf dem Schreibtisch des Bosses?«

»Stiftebecher, Laptop, Tesafilmroller.«

»Keine weiteren Fotos? Etwas, das du lesen kannst?«

»2011, das steht auf seinem Kalender. Er hat einen Planer oder so was mit einer Weltkarte vorne drauf.«

»Okay«, sagte Amy. »Und was sagen der Boss und die Frau?«

»Er ist gestresst. Er zetert über den Supermarkt. Und dass er nicht genug Personal hat. Mich sieht er gar nicht an.«

»Hat er den Supermarkt beim Namen genannt?«

»Nie«, sagte Ning lauter, machte die Augen auf und drehte sich zu Amy um. »Das war immer ein großes Geheimnis.«

Ein erfahrener Hypnotiseur hätte Ning vielleicht länger in ihrer Trance halten können. Amy hatte eine der Regeln verletzt, die ihr Dr. D. beigebracht hatte: eine Person sanft mit Hinweisen und Suggestionen durch die Trance zu leiten. Direkte Fragen zu stellen wie: *Hat der Boss den Supermarkt beim Namen genannt?*, rissen den

Betreffenden aus seiner Trance und brachten ihn wieder zu Bewusstsein. »Sie haben immer nur von *dem Supermarkt* gesprochen«, erzählte Ning, setzte sich auf und unterdrückte ein Gähnen. »Aber der Name, der war ein richtiges Staatsgeheimnis. Wenn wir die Sandwiches verpackt hatten, klebte jemand in einem anderen Raum die Etiketten auf.«

»Ich bin ein Anfänger, was Hypnose angeht«, meinte Amy, »aber ich glaube, wir haben da etwas erreicht. Von dem Globus oder dem Foto habe ich in deiner Aussage nichts gelesen.«

»Das war wirklich stark«, fand Ning ehrfurchtsvoll. »Ich hatte wirklich das Gefühl, als sei ich da gewesen. Willst du es noch einmal versuchen?«

»Später vielleicht«, sagte Amy. »Gut, zu wissen, dass du für Hypnose empfänglich bist, aber jetzt solltest du wirklich lieber schlafen. Es ist schon nach zehn Uhr und morgen ist ein großer Tag für dich.«

»Im Fernsehen habe ich mal einen Hypnotiseur gesehen«, bekannte Ning. »Er hat einer Frau erzählt, Zwiebeln würden wie Orangen schmecken, und sie hat tatsächlich dagesessen und große Stücke davon abgebissen.«

Amy musste lachen. »Egal was passiert, ich verspreche dir, ich lasse dich keine Zwiebeln essen.«

43

Da CHERUB-Agenten während ihrer Einsätze viel Unterricht verpassen, müssen sie das Versäumte durch Samstagsunterricht wieder aufholen.

Ryan verspürte einen Anflug von Panik, als er seine Bücher für Geschichte, Mathematik und Literatur einpackte. Das meiste seiner Mathematikhausaufgaben hatte er nicht verstanden und von *Wer die Nachtigall stört* hatte er nur fünfzehn Seiten gelesen und musste sich auf die Zusammenfassung des Romans im Internet verlassen.

Zwischen dem Frühstück und dem Geschichtsunterricht musste er Ning zur Krankenstation bringen, wo ihre Rekrutierungstests beginnen sollten.

»Ohne den Buggy kommt mir der Campus viel größer vor«, gestand Ning und rieb sich die Gänsehaut an ihren nackten Armen.

»Es gibt keine Trainings-Sweatshirts in Orange«, erklärte Ryan. »Aber bei den Tests wird es dir schon warm werden.«

Die Krankenstation war topmodern und umfasste eine stationäre Einheit mit sechs Betten, eine Zahnklinik und eine sportmedizinische Abteilung, in der die Fitnessprüfungen vorgenommen wurden und für die Reha nach Verletzungen, die sich CHERUB-Agenten beim Training gelegentlich zuzogen.

»Guten Morgen«, begrüßte Dr. Kessler sie mit starkem

deutschem Akzent. »Noch zwei Rekruten für den Dreh-wolf?«

»Zwei?«, fragte Ning, als Dr. Kessler sie einen kurzen Gang entlangführte.

Die sportmedizinischen und Fitnesstest-Einrichtungen waren ähnlich wie die an der Sportakademie von Dandong. Amy erwartete sie bereits im Sprechzimmer, und Dr. Kessler fuhr sie zornig an, weil sie auf einer Arbeits-fläche saß.

»Das hier ist eine medizinische Einrichtung!«, schrie er. »Und so ansehnlich dein Hintern auch sein mag, er hat nichts auf meiner sterilen Arbeitsfläche zu suchen!«

Amy machte ein *Tut-mir-leid*-Gesicht und sprang hi-nunter. Außer ihr war noch ein ungefähr zehnjähriger Junge im Raum. Er trug die gleichen Stiefel, Hosen und ein oranges T-Shirt wie Ning, war schlank und hatte glän-zend schwarzes Haar und eine südländische Hautfarbe.

»Ning, das ist Carlos. Carlos, Ning«, stellte Amy sie ei-nander vor. »Ihr werdet alle Rekrutierungstests gemein-sam machen.«

Carlos war schüchtern, und Amy musste ihn erst an-stupsen, bis er vortrat und Ning die Hand reichte. Ning tat er leid, als sie seine schmalen Handgelenke und lan-gen, schlanken Finger mit den abgeknabberten Finger-nägeln sah.

»Viel Glück!«, wünschte sie ihm.

Carlos blickte finster drein und behauptete: »Ich glaube nicht an Glück.«

Das fand Ning zwar ziemlich arrogant, aber sie gab sich Mühe, nett zu sein, und meinte daher nur lächelnd: »Vielleicht hast du ja recht.«

Dr. Kessler funkelte Ryan und Amy an.

»Wenn ihr auf dem Weg aus meiner Abteilung Schwester Lottie seht, sagt ihr bitte, sie solle sofort zu mir kommen.«

Amy und Ryan verstanden den Hinweis, sich davonzumachen, sahen sich lächelnd an und gingen.

Ryan drohte Amy scherzhaft mit dem Finger und äffte Dr. Kesslers Stimme nach: »Du darfst nicht auf meinem sterilen Tisch sitzen. Wenn du das tust, lasse ich dich von der Gestapo erschießen.«

»Kessler ist Jude«, informierte ihn Amy. »An deiner Stelle würde ich in seiner Gegenwart keine Naziwitze reißen, wenn du nicht das nächste Mal, wenn du deine Blasen untersuchen lassen willst, ein Thermometer in den Hintern kriegen willst.«

»Guter Tipp«, fand Ryan lachend, als er und Amy auswichen, um Schwester Lottie vorbeizulassen. Sie schob einen Rollwagen, auf dem Herzmonitoren und zwei ziemlich bedrohlich aussehende Scheren für Muskelbiopsien lagen.

»Kessler erwartet Sie«, sagte Amy.

»Er ist ein knurriger alter Kerl«, meinte die Schwester. »Und da wundert er sich, warum alle kündigen.«

Als Amy und Ryan durch die Automatiktüren kamen und den Kiesweg zum Hauptgebäude betraten, schlug ihnen kalte Luft entgegen. Es regnete heftig.

»Bei dem Wetter wird das Höhenhindernis echt schwierig«, meinte Ryan mit einem Blick zum immer dunkler werdenden Himmel. »Und Ning schien auf Höhe nicht sonderlich scharf zu sein.«

»Wenn du nichts vorhast, würde ich mich freuen, wenn du mit zur Einsatzzentrale kommst«, schlug Amy vor. »Ich könnte jemanden mit ein wenig Grips gebrauchen, um ein paar Ideen durchzuspielen.«

Ryan klopfte auf den bücherbepackten Rucksack auf seinem Rücken. »Ich habe Unterricht.«

Amy lächelte.

»Schon komisch, wie schnell man so etwas vergisst. Ich habe den Samstagsunterricht *gehasst*, aber seit ich den Campus verlassen habe, habe ich nicht mehr daran gedacht.«

»In deinem Alter kommt es häufig vor, dass man Dinge vergisst.«

»Pass bloß auf, du Frechdachs«, warnte ihn Amy und stupste ihn in die Rippen.

»Ich helfe dir gerne«, sagte Ryan, »aber ich muss mit meiner Betreuerin besprechen, ob ich den Unterricht sausen lassen kann.«

Bis Ryan sein Telefon aus der Tasche genommen hatte, fiel der Regen in murmelgroßen Tropfen. Er setzte die Kapuze auf, während er mit Meryl sprach, aber bis sie zugestimmt hatte, dass er helfen durfte, war Amy bereits dreißig Meter vorausgelaufen.

»Sie ist einverstanden«, sagte Ryan, als er sie eingeholt hatte. »Worum geht es bei dem Brainstorming?«

»Fußballkleidung«, erwiderte Amy geheimnisvoll. »Aber ich werde tropfnass, also lassen wir das, bis wir in der Einsatzzentrale sind, ja? Wer zuerst da ist!«

Bevor er noch etwas sagen konnte, rannte sie bereits den Kiesweg entlang. Von der Krankenstation bis zum Einsatzleitungsgebäude war es etwa ein Kilometer, aber sie waren beide gut in Form und hatten ein hohes Tempo. Ryan gewann, allerdings nur, weil er in Kauf nahm, sich dreckig zu machen, indem er über den Rasen abkürzte, während Amy sich an den Weg hielt.

Klatschnass und außer Atem kamen sie in der Einsatzzentrale an. Als Ryan sich drinnen die schmutzigen Stiefel aufschnürte, kam ihnen Lauren Adams entgegen.

»Oh nein, regnet es etwa draußen?«, fragte sie spöttisch.

»Ist dir das auch schon aufgefallen?«, gab Amy zurück. »Ist irgendetwas Interessantes los?«

Lauren schüttelte den Kopf.

»Nein, es ist schön ruhig. Das ist auch ganz gut so,

weil ich versuche, für meine Physikprüfung zu lernen. Ewart holt sich gerade ein spätes Frühstück, und ich sitze am Telefon für den Fall, dass ein Notruf von einem Agenten eingeht.«

»Habt ihr hier ein paar Handtücher?«, fragte Amy und drückte sich Wasser aus den Haaren.

»Ich hole ein paar Papiertücher aus dem Bad«, bot Lauren an. »Aber ihr müsst darauf achten, ob im Kontrollraum das Telefon klingelt.«

Während Lauren davoneilte, zupfte sich Ryan die nasse Hose von den Beinen. Als er sich umsah, zog sich Amy gerade ihr T-Shirt über den Kopf, und ihr nasser BH überließ nicht mehr viel der Fantasie.

»Hör auf zu glotzen«, mahnte Lauren lautstark, als sie aus dem Bad kam.

»Hab ich gar nicht«, verwahrte sich Ryan und wurde rot.

Nachdem sie sich so gut wie möglich abgetrocknet hatten, gingen Amy und Ryan in die Einsatzzentrale in der Mitte des Gebäudes. Ein oder zwei Einsatzleiter hatten hier immer Dienst und unterstützten ihre Kollegen und die Agenten, die unterwegs waren.

Da er ständig gebraucht wurde, wurde der Kontrollraum nie richtig sauber gemacht, und überall auf den sechs Arbeitsplätzen, die halbkreisförmig in dem über zwei Geschosse reichenden Raum angeordnet waren, lagen Papierstapel, Kaffeebecher, Computerteile und Post-its herum.

»Okay«, begann Amy und stellte sich neben eine weiße Flipchart an einer Wand. »Gestern Abend habe ich bei Ning eine Hypnosetechnik angewandt. Sie hat erzählt, dass sie an der Wand eines Büros ein Foto gesehen hat. Darauf waren zwei schmutzige Jungen zwischen zehn und zwölf Jahren in Fussballkleidung: rotbraun-orange gestreifte Socken, rotbraune Shorts und orange Hemden. Auf den Hemden war ein Logo, das Ning als *eckigen, lächelnden Cartoon* bezeichnete.«

Ryan setzte sich auf einen Bürostuhl Amy gegenüber und schaukelte darauf hin und her. Ein Stück weiter saß Lauren, die Nase in ihren Physikbüchern vergraben, aber sie hörte mit halbem Ohr auf das, was Amy erzählte.

»Warum ist das so wichtig?«, fragte Ryan.

»Weil wir, wenn wir das Team identifizieren können, für das diese Jungen spielen, ihre Namen in Erfahrung bringen können. Wenn wir ihre Namen haben, finden wir auch heraus, wo sie wohnen und wer ihre Eltern sind. Und damit können wir herausbekommen, wer Daddy ist und wo Daddy arbeitet.«

»Zumindest sind Orange und Rotbraun ungewöhnliche Farben«, bemerkte Ryan. »Millionen von Fußballteams tragen Rot und Schwarz oder Blau und Weiß, aber wer spielt schon in Orange und Rotbraun?«

Amy nickte und schrieb *Rotbraun und Orange* an die Tafel.

»Woher wissen wir, dass es Fußball ist?«, warf Lauren ein. »Könnte es nicht auch Rugby oder Hockey sein?«

»Gute Frage«, gab Amy zu und fügte *Rugby?* und *Hockey?* hinzu. »Obwohl uns das die Aufgabe eher schwerer als leichter macht.«

»Manchmal tut die Wahrheit weh«, lachte Lauren.

»Du hast gesagt, die Jungen seien schmutzig«, unterbrach Ryan sie. »Das spricht eher für Rugby. Und gestreifte Socken sind beim Rugby auch recht üblich.«

»Was passiert, wenn man Fußballmannschaften googelt?«, erkundigte sich Lauren.

»Ich habe es schon einmal kurz mit dem Web versucht«, erzählte Amy. »Aber da bekommt man Tausende von Teams. Ich habe es auch mit orange-braunroter Vereinskleidung versucht, und das Einzige, was auftauchte, war ein Rugbyverein in Sydney.«

»Und das Internet ist nicht geographisch«, meinte Ryan. »Man kann die Suche nicht auf Teams in einer bestimmten Gegend einschränken, wenn man keinen genauen Ortsnamen hat. Aber was ist mit den Lokalzeitungen? Sie berichten doch immer über die Spiele von Kindermannschaften und machen Fotos und so. Wir wissen doch ungefähr, wo Ning war. Wir könnten Ausgaben von allen Zeitungen in dieser Gegend bekommen. Davon gibt es vielleicht hundert und man müsste sich eine Menge Ausgaben ansehen. Das würde zwar eine Weile dauern, aber unmöglich ist es nicht.«

»Ist eine Überlegung wert«, fand Amy und schrieb *Archive Lokalzeitungen* an die Tafel. »Ich nehme an, man könnte die Zeitungen sogar anrufen, denn ein Sportreporter weiß vielleicht, welche Teams in welchen Farben spielen.«

»Aber damit verraten wir, dass wir jemanden suchen«, warnte Lauren.

»Ich glaube kaum, dass das entscheidend ist«, meinte Amy. »Wir könnten sagen, die Polizei sucht nach einem jungen Einbrecher oder Räuber, den man mit diesen Farben gesehen hat oder so.«

»Was ist mit dem Sponsorenlogo?«, fragte Ryan. »Ich weiß ja, dass man *eckiges Cartoon-Männchen* nicht bei Google eingeben kann, aber es muss doch ein Verzeichnis für solche Handelsmarken geben. Irgendwo muss es eine Liste mit Logos geben.«

»Weit hergeholt«, fand Amy. »Aber dafür ist ein Brainstorming ja da.«

Als Amy *Handelsverzeichnis* an die Tafel schrieb, schoss Lauren plötzlich von ihrem Platz hoch.

»Bevor ich zu CHERUB gekommen bin, habe ich in der Liga der Unter-Neunjährigen gespielt«, rief sie aufgeregt. »Meine Mum hat Fußballkleidung bestellt, und einer der Läden bei uns sollte uns sponsern, dafür wollte sie dafür sorgen, dass er nicht mehr bestohlen wurde.«

Ryan sah sie verwundert an.

»Was war deine Mutter denn? Überfall-Verkäuferin?«

»Sie befehligte die größte Ladendiebstahlgang in London«, lachte Lauren. »Aber das tut hier nichts zur Sache.«

»Und was soll die Aufregung?«, erkundigte sich Amy.

»Die Ausrüster«, rief Lauren und tippte *Fussballausrüstung Lieferanten* in ihren Computer. »Meine Mum hat sich drei oder vier Kataloge kommen lassen. Ich kann mich daran erinnern, wie ich sie mir angesehen und die Farben ausgesucht habe.«

»Ich verstehe«, sagte Ryan. »Es gibt Zehntausende von Jugendfußballteams im Land. Hunderte Ligen, Hunderte Lokalzeitungen, Hunderte Schulen, Jugendclubs und Kirchen mit eigenen Teams, aber du sagst, dass es wahrscheinlich nur ein Dutzend Gesellschaften gibt, die diese bedruckte Fußballkleidung liefern. Und die meisten haben wahrscheinlich Aufzeichnungen darüber, wem sie welche Kleidung in welchen Farben verkauft haben.«

»Gut gemacht, Lauren«, lächelte Amy und schrieb *Ausrüster!!!* an die Tafel. »Und wenn das so ist wie in den meisten Geschäftszweigen, dann wird der Markt von einigen wenigen großen Konzernen dominiert. Wir können die größten davon heraussuchen und uns eine Liste von Leuten schicken lassen, die sich in den letzten fünf Jahren Fußballkleidung in Orange und Rotbraun haben schicken lassen. Dann haben wir gute Chancen, das Team zu finden, das wir suchen.«

»Ich hole uns gerade eine Liste von …«, begann Lauren, doch noch bevor sie zu Ende sprechen konnte, klingelte ein Telefon, und sie griff nach dem Hörer. »Unicorn Reifenservice, was kann ich für Sie tun?«

Während sich Lauren mit einem Agenten in Not am anderen Ende des Landes befasste, trat Amy auf Ryan zu.

»Wir besorgen uns über Google eine Liste der Ausrüster«, sagte sie. »Dann vergleichen wir die Namen mit den Geschäftsberichten und suchen uns die mit dem größten Umsatz heraus. Und dann können wir anfangen zu telefonieren. Wir fangen mit den größten an und arbeiten uns in der Liste nach unten.«

»Samstags haben viele davon vielleicht geschlossen«, warf Ryan ein.

Amy nickte. »Ich würde trotzdem gerne da weitermachen. Wir holen uns die Namen der Direktoren und durch einen Abgleich mit den Bankdaten bekommen wir die Wohnadressen und Kontaktdaten. Ist mir egal, ob sie gerade Golf spielen, segeln oder ihre Großmütter besuchen. Wir finden heraus, wer orange-braunrote Fußballkleidung verkauft, wer sie gekauft hat und wo damit gespielt wird.«

»Kann aber eine Weile dauern, bis wir all diese Leute gefunden haben«, meinte Ryan.

Amy nickte zustimmend. »Hast du ein paar Freunde, die nichts dagegenhätten, samstagmorgens nicht zur Schule zu gehen?«

44

Dr. Kesslers Vorstellung von einem kleinen Pikser entsprach eher Nings Vorstellung von unglaublichem Schmerz, aber wenn man das kleine Stück Muskelgewebe, das er ihrem Oberschenkel entnommen hatte, einfärbte und unter dem Mikroskop betrachtete, würde man wertvolle Informationen über ihr physisches Potenzial erhalten.

Nach der Biopsie mussten sich Carlos und Ning röntgen lassen, damit mögliche Defekte an ihrem Skelett entdeckt werden konnten, dann wurden sie an Herzmonitore angeschlossen, mit Atemmasken versehen und auf einem Laufband auf die Kapazitäten von Herz und Lunge getestet.

Die Geschwindigkeit, mit der man sich von körperlicher Anstrengung erholt, sagt eine Menge über den persönlichen Fitnessgrad aus, daher waren Ning und Carlos noch an die Herzmonitore angeschlossen, als Dr. Kessler in seinem Labor verschwand und sie ausruhen ließ.

Ning war nicht so fit wie zu ihrer Zeit an der Sportakademie, aber sie war von Natur aus sportlich und erholte sich rasch. Carlos hingegen rieb sich keuchend das Pflaster an seinem Oberschenkel.

»Wenn du kratzt, wird es nur noch schlimmer«, mahnte sie ihn.

»Was weißt du schon?«, fauchte Carlos sie an. »Und woher hast du so einen lächerlichen Akzent?«

Die Mädchen in Kirkcaldy hatten Ning wegen ihres Akzents geärgert, der chinesisch mit Liverpool-Einfärbung war, und mittlerweile fürchtete sie schon, dass sie dumm klang, sobald sie den Mund aufmachte.

»Ich hatte schon Muskelbiopsien, als ich an einer Sportakademie in China war«, erklärte sie. »Wenn du kratzt, fängt es wieder an zu bluten.«

Schwester Lottie kam mit Wasserbechern herein, die sie beide gierig austranken. Ning warf ihren leeren Becher zum Papierkorb, doch er prallte vom Rand ab. Carlos ging ebenfalls hinüber, um seinen Becher zu entsorgen, doch als Ning sich bückte, um ihren aufzuheben, würgte er plötzlich und ein Schwall Erbrochenes ergoss sich hinten über Nings T-Shirt und Hosen.

»Iihhh, verdammt!«, schrie Ning zornig, während Carlos auf die andere Seite des Raumes stolperte und anfing zu husten.

Sie wusste nicht, ob sie sich zuerst sauber machen oder Carlos helfen sollte.

»Schwester!«, rief sie. Gleichzeitig erblickte sie einen Spender mit Papiertüchern.

Lottie tröstete Carlos und gab ihm Wasser, damit er sich den Mund ausspülen konnte, während Ning sich so gut wie möglich T-Shirt und Hosen sauber machte.

»Kann ich irgendwo saubere Sachen bekommen?«, fragte sie. »Ich könnte doch schnell ins Hauptgebäude zurücklaufen, dort gibt es doch ein Wäschelager, oder?«

»Tut mir leid, aber während der Rekrutierungstests darfst du nicht weg«, lehnte Lottie ab. »Bitte sitz still, die Herzmonitore sollen deine Erholungsphase aufzeichnen.«

Carlos tat Ning zwar leid, aber sie war ihm auch böse, denn er hätte sich durchaus auch an einer Million anderer Stellen übergeben können als ausgerechnet über ihr.

Jetzt, wo die medizinischen Untersuchungen abgeschlossen waren, sollte die Vorsitzende Zara Asker die weiteren Eignungstests durchführen.

»Ich habe drei Kinder, die mich Dutzende Male angekotzt haben«, sagte sie zu Ning, als sie ankam. »Wir müssen ins Dojo, und ich habe keine Lust auf einen zwanzigminütigen Umweg, nur weil du einen feuchten Fleck auf der Hose hast.«

Niedergeschlagen folgte Ning Zara durch den Nieselregen zum Dojo. Carlos rang immer noch nach Atem, und Zara drehte sich zweimal um und rief ihm zu, er solle sich beeilen. Am Nachmittag zuvor war Ning die Vorsitzende viel netter vorgekommen, und sie vermutete, dass sie einfach einen schlechten Tag gehabt hatte.

Das Dojo für die Kampfsportarten war eines der schickeren Gebäude auf dem Campus-Gelände. Die Baukosten waren von der japanischen Regierung gesponsert worden, nachdem mit Hilfe einer CHERUB-Operation ein russischer Spionagering enttarnt worden war, der wertvolle japanische Technologien zu stehlen versucht hatte.

Es war im typisch japanischen Stil mit einem Kuppeldach aus großen Palisadenhölzern errichtet worden. Davor befanden sich ein traditioneller Steingarten und ein Karpfenteich, über den eine Brücke führte. Das Innere war funktionaler, und abgesehen von dem sehenswerten Dach hätte es mit den vielen Neonlichtern und dem Summen der Klimaanlage auch eine moderne Turnhalle sein können.

Sie ließen die Schuhe draußen unter dem Vordach stehen und gingen über gefederte Matten in den Hauptteil der Sporthalle. Normalerweise gab Miss Takada dort Unterricht in Kampfsportarten, aber im Augenblick spielte nur ein Ghettoblaster eine alte Showmusik, zu dem eine Gruppe von älteren CHERUBs einen Tanz einstudierte.

Durch eine Schiebetür gelangten sie in einen Nebenraum, in dessen Mitte eine quadratische rote Matte lag.
An den Wänden standen hölzerne Bänke. Mitten auf
dem Boden waren zwei Garnituren Schutzkleidung ausgelegt: leicht gepolsterte Kampfhandschuhe, Mundschutz, Helme und ein Suspensorium für Carlos.

»Die Regeln sind einfach«, meinte Zara. »Ihr dürft
jede Technik anwenden, um euren Gegner zu Boden zu
bringen, außer Tritten in die Genitalien, Reißen am Kiefer oder Stößen in die Augen. Es geht über fünf Runden
und der Erste, der drei Runden für sich entscheidet, gewinnt.«

Ning sah Zara verlegen an, während sich Carlos mit
dem Klettverschluss an den gepolsterten Handschuhen
abmühte.

»Amy hat eine Akte über mich angelegt«, sagte sie.
»Ich weiß nicht, ob Sie sie gelesen haben, aber ich habe
schon ziemlich viel geboxt, und Carlos ist bei Weitem
nicht in meiner Gewichtsklasse.«

»Natürlich habe ich deine Akte gelesen«, fuhr Zara sie
an. »Aber wer hat denn gesagt, es sei leicht, bei CHE-
RUB angenommen zu werden? Wenn Carlos hier klein
und mickrig ist, wird er ja nicht plötzlich auf einer Mission groß und stark werden, oder?«

Ning wunderte sich, warum Zara sich so anders verhielt als am Nachmittag zuvor. Ryan hatte sich gewei-
gert, ihr Einzelheiten über die Einstufungstests zu verraten, aber er hatte sie darauf hingewiesen, dass sie mit
dem Unerwarteten rechnen sollte. Sie setzte den Helm
auf und fragte sich, ob Zara mit ihrer Laune absichtlich
bewirken wollte, dass sie sich unwohl fühlte.

»Stellt euch auf!«, befahl Zara.

Aber Carlos kam immer noch nicht mit seinen Handschuhen klar und Zara half ihm kopfschüttelnd mit den
Klettverschlüssen.

»Berührt eure Handschuhe und fangt an zu kämpfen.«

Carlos griff aggressiv an, schwang wild die Fäuste und berührte Ning ein paarmal sanft an den Schultern. Aber er hatte keine Ahnung, wie er vorgehen sollte, und Ning hätte ihm jederzeit brutal ins Gesicht schlagen können.

Als Ning auswich, wäre Carlos fast über seine eigenen Beine gestolpert, weil ihn sein eigener Hieb aus dem Gleichgewicht brachte. Ning sah die Gelegenheit, ihn zu Boden zu werfen, ohne ihm ernsthaft wehzutun, und zog ihm die Beine weg. Carlos schlug hart auf der Matte auf und Ning setzte sich auf seinen Rücken.

»Gib auf«, verlangte sie.

Mit einem Mundschutz kann man zwar nur undeutlich sprechen, dennoch war klar, dass das, was Carlos antwortete, nicht sehr höflich war, und er zappelte weiter, obwohl seine Lage ausweglos war. Ning wollte ihm nicht wehtun, aber sie sah ein, dass sie noch etwas mehr tun musste, um ihn zum Aufgeben zu bewegen, daher legte sie ihm die Hand auf die Schulter und bohrte ihm den Daumen in die Achselhöhle.

»Auu!«, schrie Carlos. »Ich gebe auf!«

Wütend sprang er auf und tobte wie ein verwöhntes kleines Kind: »Das war nicht fair! Ich bin gestolpert!«

Ning musste unwillkürlich lachen. »Ich denke, du glaubst nicht an Glück?«

»Setzt euren Mundschutz wieder ein«, befahl Zara streng. »Stellt euch auf, berührt die Handschuhe.«

Carlos verfügte über keinerlei Taktik, die über wildes Fäusteschwingen hinausging. Aber dieses Mal stolperte er nicht, daher sprang Ning vor und versetzte ihm einen relativ sanften Schlag ins Gesicht, in der Hoffnung, dass sie ihn damit zurücktreiben konnte, ohne ihm die Nase zu brechen. Doch zu ihrer Überraschung wankte Carlos nur eine halbe Sekunde, und als sie zurücktrat, griff er wieder an. Sie stieß ihn zurück, aber nicht bevor er ihr mit der Hacke in den Bauch getreten hatte.

Zu seinem Unglück war es gerade schmerzhaft genug, um Ning wütend zu machen. Zum ersten Mal nahm sie eine richtige Boxhaltung ein und schlug dreimal schnell hintereinander auf ihn ein. Der erste Schlag an den Kopf ließ Carlos zurückweichen, der zweite ließ ihn zusammenklappen, und der dritte traf ihn seitlich in die Rippen, sodass er auf die Matte flog.

Carlos war mit dem Gesicht nach unten gelandet, drehte sich aber gleich auf den Rücken und heulte laut auf.

»Es tut mir leid«, entschuldigte sich Ning und eilte zu ihm. »Du musst dich nicht schämen. Ich war schon immer stark und ich habe schon mehrere Boxmedaillen gewonnen.«

Carlos hatte einen seltsamen Ausdruck im Gesicht, sodass Ning lieber zurückwich, weil sie befürchtete, dass er sich wieder übergeben würde, und sich an Zara wandte.

»Was soll denn das hier?«, fragte sie. »Das beweist doch nur, dass eine erfahrene zwölfjährige Boxerin einen mageren Zehnjährigen verprügeln kann. Das ist doch kein Wunder.«

Zara sah Ning abschätzend an. »Vielleicht solltest *du* dich daran erinnern, mit wem du sprichst, und dich an die Regeln halten!«

Ning zuckte zusammen. Als sie an diesem Morgen aufgewacht war, hatte sie geglaubt, einen Ort gefunden zu haben, an dem sie gerne sein wollte, aber jetzt stand sie vor einer strengen Lehrerin, die alberne Regeln aufstellte und sie auf ihren Platz verwies, genau wie auf der Schule in China.

Sie zitterte, während ihr die Gedanken durch den Kopf schossen.

»Ich werde Carlos nicht mehr schlagen«, erklärte sie, riss sich einen Handschuh ab und warf ihn zu Boden. »Ich ergebe mich dreimal, damit gewinnt Carlos drei zu zwei. Ich kann nur hoffen, dass ich im nächsten Test besser abschneide.«

Zara holte einmal tief Luft, dann nickte sie und sagte: »Gut, dann gewinnt Carlos.«

Ning hätte erwartet, dass sich Carlos dankbar zeigte, doch stattdessen sprang er auf, hüpfte herum und schrie ihr ins Gesicht: »Ich hab gewonnen! Ich hab gewonnen!«

»Ach, hör doch auf«, verlangte Ning gereizt. »Du wusstest ja nicht mal, wie man die Handschuhe zumacht!«

»Beim nächsten Test wird euer Denkvermögen geprüft«, erklärte Zara. »Es ist eine einfache schriftliche Prüfung, in der Mathematik, Sprachen und Allgemeinwissen abgefragt werden. Ihr habt neunzig Minuten Zeit, und ich erwarte von euch, dass ihr den Test schreibt und dabei absolut still seid!«

*

Ryan und Amy brauchten eine Stunde, um eine Liste von achtzehn Firmen aufzustellen, die den größten Teil der Mannschaftskleidung für Kinder in Großbritannien herstellte. Als sie fertig waren, kamen Ryans Freunde Max und Alfie dazu, und sie teilten sich die Liste, sodass jeder von ihnen vier oder fünf Firmen anrufen musste.

Sie besetzten vier der sechs Tische im Kontrollraum, um ihre Anrufe zu tätigen. Zunächst riefen sie die Nummer an, die auf der Website der Firma stand. Ryans erster Anruf ging an eine Gesellschaft namens Kitmeister UK.

Nachdem er sich die Bandansage zum Thema *montags bis freitags geöffnet* angehört hatte, schlug er die Namen der Direktoren nach. Dann ging er in die Mobilfunkdatenbank und bekam so die Handynummern von über zehn Telefonen, die von Kitmeister UK bezahlt wurden. Er wollte sie gerade der Reihe nach anrufen, als Amy auf ihn zukam.

»Du musst an die Sache herangehen wie ans Nüsseknacken«, meinte sie. »Befass dich zuerst mit den leichten, und wenn es nötig ist, kannst du dich den schwierigen später noch widmen.«

Es war Max, der als Erster einen Durchbruch erzielte. Er wartete darauf, dass die anderen ihre Gespräche beendeten, bevor er seine Notizen vorlas.

»Ich habe bei Matthews & Son angerufen«, sagte er. »Ich musste etwa sechsmal erklären, was ich wollte, aber dann hat mich die Telefonistin zu einem alten Knaben durchgestellt. Er klang ziemlich taperig, aber er ist seit über vierzig Jahren in der Branche tätig und kennt sich auf jeden Fall aus.

Er sagt, dass die Kleidung ohne Logo von verschiedenen Herstellern stammen kann, und Firmen wie die seine statten sie dann mit Sponsorenlogos und Spielernummern aus. Seiner Meinung nach macht keiner der großen Hersteller zur Zeit orange-rotbraun gestreifte Socken. Der Einzige, der das tut, ist eine taiwanesische Firma namens SoccaAce.

Er sagt, er würde SoccaAce-Ware nicht verkaufen, weil sie nicht ohne Grund so billig ist. Und er hat gesagt, dass nur zwei Firmen derzeit SoccaAce-Sachen bedrucken. Die eine ist Oberon Sports und die andere Kitmeister UK. Er schiebt einen ziemlichen Hass auf Kitmeister. Offensichtlich sind sie marktführend, aber die Qualität ist miserabel und der Kundendienst grauenvoll.«

»Gut gemacht, Max«, rief Amy lächelnd.

»Habe ich mir damit einen Kuss verdient?«, fragte Max herausfordernd und lehnte sich zurück.

Lachend gab ihm Amy einen Kuss auf die Wange.

»Iihh!«, machte Ryan. »Hast du eine Ahnung, wo der vorher gewesen ist?«

45

Nings Prüfung fand in einem leeren Büro im Untergeschoss des Hauptgebäudes statt. Die Tür war nur an-
gelehnt, damit Zaras Assistentin die beiden Rekruten
im Auge behalten konnte, während sie an den kleinen
Holztischen arbeiteten.

Ning hatte in der Schule in Dandong mindestens
zweimal wöchentlich irgendwelche Prüfungen ablegen
müssen, wodurch sie es sich zur Gewohnheit gemacht
hatte, zunächst einmal schnell das gesamte Aufgaben-
blatt durchzulesen, bevor sie anfing. Man musste kein
Genie sein, um festzustellen, dass man weit mehr als
neunzig Minuten brauchen würde, um alle Fragen zu
beantworten, daher suchte sie sich diejenigen heraus,
die die höchste Punktzahl bringen würden, und begann
damit.

Carlos schien weit gelassener an die Sache heran-
zugehen, und er machte Ning mit seinem Geraschel,
Gesumme und damit, dass er mit dem Stift auf dem
Schreibtisch trommelte, verrückt. Nach zwanzig Minuten war sie so weit, dass sie sich wünschte, sie hätte ihn
im Dojo k.o. geschlagen.

Als Carlos begann, den Finger in den Mund zu stecken und ploppende Geräusche zu machen, riss ihr der
Geduldsfaden.

»Bist du jetzt endlich still!«, zischte sie ihn im Flüster-
ton an.

Die Assistentin von Zara hörte sie jedoch, kam hinter ihrem Tisch hervor und baute sich mit erhobenem Zeigefinger in der Tür auf.

»Noch einen Laut, junge Dame, und ich nehme dir das Blatt weg und zerreiße es!«

Um die Sache noch schlimmer zu machen, brach die Mine in Nings Bleistift ständig, und sie musste innehalten, um ihn wieder anzuspitzen. Doch trotz aller Widrigkeiten hatte sie das Gefühl, es ganz gut gemacht zu haben, als Zara ihre Arbeiten einsammelte.

Die Vorsitzende war mit einem mit einem Tuch bedeckten Metallkäfig wieder ins Hauptgebäude gekommen. Als sie das Tuch abnahm, kamen zwei flauschige weiße Kaninchen zum Vorschein.

»Das sind Duster und Bouncer«, sagte Zara, nahm ein Stück Karotte aus der Tasche und steckte es einem gierigen Kaninchen durch die Gitterstäbe. »Sind sie nicht süß?«

Sie waren tatsächlich niedlich, und Ning hockte sich vor den Käfig, um sie zu betrachten.

»Darf ich sie füttern?«, fragte Carlos, und Zara reichte ihm einen Karottenstift.

Während Duster seine Möhre mümmelte, sagte Zara: »Ich möchte, dass ihr beide je ein Kaninchen tötet, indem ihr ihm den Bleistift durch die Kehle stoßt. Dann können wir etwas essen gehen.«

Carlos sprang zurück, als hätte er einen elektrischen Schlag bekommen.

»Warum?«, fragte er entsetzt.

»Nun, du isst doch Fleisch, oder?«, erwiderte Zara. »Jedes Tier, das du je gegessen hast, ist von jemandem getötet worden.«

»Ich ... ich mag kein Blut«, gestand Carlos.

Zara sah Ning an. »Und wie ist es mit dir?«

»Okay«, sagte Ning.

Sie öffnete den Käfig und nahm Duster heraus – vielleicht war es auch Bouncer, das war schwer zu sagen. Das Kaninchen war nervös und versuchte, sich freizuzappeln, doch sie beruhigte das Tier mit einer Reihe von langen, langsamen Streichelbewegungen vom Kopf bis hin zum Schwanz.

»Braves Mädchen«, sagte sie beruhigend.

Mit einer plötzlichen Bewegung ließ sie ihre Handkante in einem kräftigen Karateschlag auf den Hinterkopf des Kaninchens sausen und betäubte es so.

»Scheiße!«, entfuhr es Carlos, der sich zur Wand zurückzog, während Ning ihren Stift nahm, das leblose Kaninchen an den Hinterbeinen packte und quer über den Mülleimer legte. Den Kopf des Tieres klemmte sie sich zwischen die Knie und rammte ihm den Bleistift in die Schlagader in seiner Kehle. Das Blut, das in den Mülleimer spritzte, hörte sich an wie ein Urinstrahl. Und weil ihr Carlos den ganzen Morgen über auf die Nerven gegangen war, drehte sie sich so, dass er auch ja schön viel Blut zu sehen bekam.

Carlos verfärbte sich grünlich, und Zara reichte Ning ein Tablett, auf das sie das ausgeblutete Kaninchen legen konnte.

»Das hast du schon mal gemacht, nicht wahr?«, fragte Zara, offensichtlich beeindruckt.

Ning nickte und drückte auf den Körper des Kaninchens, um das letzte Blut herauszupressen. »Ein paar der Frauen, die in meinem ersten Waisenhaus gearbeitet haben, haben Kaninchen gezüchtet und verkauft. Wir durften mit ihnen spielen, aber da das Essen nicht sehr gut war, haben wir sie auch gegessen. Wenn Sie mir ein scharfes Messer geben, kann ich es auch ausnehmen. Ich habe auch schon Pelze gegerbt. Als ich klein war, hatte ich ein Kaninchenfell, das ich mir unter dem Kinn zubinden konnte, wenn es geschneit hat.«

»Du hast also kein Problem damit, Tiere zu töten und zu essen?«, fragte Zara.

»Ich finde, man sollte Tiere gut behandeln, wenn sie leben, aber der Mensch kommt immer zuerst«, entgegnete Ning. »Es gibt viele reiche Leute in China, aber auf dem Land müssen Millionen von Bauern immer noch Hunger leiden.«

Zara nickte und sah dann Carlos an. »Sie hat dir gezeigt, wie es geht. Bist du sicher, dass du es nicht auch versuchen willst?«

»Ich kann das nicht«, erwiderte Carlos kläglich. »Das war das Schrecklichste, was ich je gesehen habe!«

»Na gut, Duster«, sagte Zara und legte das Tuch wieder über den Käfig. »Sieht aus, als hättest du noch eine Frist bis zum nächsten Eignungstest. Und jetzt lasst uns essen gehen.«

Ning sah Carlos an und sagte, als sie Zara zum Speisesaal folgte, im allerhöflichsten, zuckersüßen Tonfall: »Ich frage mich, ob sie Kaninchenbraten auf der Speisekarte haben. Das ist köstlich!«

*

Im Einsatzleitungsgebäude holte Alfie warme Blätter aus dem Laserdrucker.

»Das ist die E-Mail von dieser Frau bei Oberon«, sagte Alfie und wedelte Amy mit den Papieren vor der Nase herum. »Sie haben seit 2002 achtundzwanzig Monturen mit orange-braun gestreiften Socken gemacht. Es waren drei Fußball- und zwei Rugbyteams und sie haben mir die Kundendaten und Postleitzahlen gegeben.«

»Gut«, freute sich Amy und startete auf dem Computer vor ihr Google. »Gib mir die Postleitzahlen, dann sehen wir, welche Teams ungefähr eine Autostunde von dem Ort entfernt sind, wo Ning aus dem Auto geflüchtet ist.«

Oberon Sports hatte seinen Geschäftssitz im Südwesten und die ersten vier Postleitzahlen waren alle aus Devon und Cornwall. Die letzten Trikots waren an einen Jugendclub in Milton Keynes geliefert worden. Amy gab im Routenerstellungsprogramm *Von Wigan nach Milton Keynes* ein und bekam als Antwort *155 Meilen* und *zwei Stunden vierzig Minuten Fahrzeit.*

»Dann muss es Kitmeister UK sein«, meinte Amy und ging zu Ryan und Max hinüber. »Wie kommt ihr voran?«

Ryan schnaubte enttäuscht.

»Ich habe mit dem Geschäftsführer von Kitmeister gesprochen, aber der ist übers Wochenende in seiner Hütte in Yorkshire und kann erst Montag wieder ins Büro, weil nur der Gebäudemanager den Code für die Alarmanlage hat. Und um die Sache noch schlimmer zu machen, sagt er, dass er mit seinen Anwälten reden will, bevor er irgendwelche Informationen an irgendwelche Regierungsbehörden weitergibt.«

Amy schnalzte missbilligend mit der Zunge.

»Hört sich an, als wolle er absichtlich Schwierigkeiten machen.«

Ryan schüttelte den Kopf und meinte: »Dann hat er angefangen, sich darüber zu beschweren, dass ihn die Regierung schikaniert und dass das Finanzamt kleinen Betrieben wie dem seinen die Luft abschnürt. Nachdem er den Hörer aufgeknallt hat, habe ich mir mal die Steuerakten von Kitmeister angesehen und festgestellt, dass sie offensichtlich ein Verfahren wegen nicht gezahlter Steuern am Hals haben.«

»Dadurch wird es schwierig, an Informationen zu kommen«, meinte Amy.

»Wenn ihr meine Meinung hören wollt, sollten wir zu ihm fahren und ihm drohen, ihm die Eier an die Tür zu nageln«, meinte Max.

Alfie fuhr mit Gangsterstimme fort: »Jawohl, und

selbst wenn er sich kooperativ zeigt, nageln wir ihm trotzdem die Eier an die Tür, denn so sind wir nun mal!«

»Irgendwie sehe ich nicht ganz, wie dein Eiernagelplan von Zara und dem Ethikkomitee abgesegnet wird«, lachte Amy.

»Wenn wir mal die Psycho-Nagelfantasien weglassen«, warf Ryan ein, »der Geschäftssitz von Kitmeister ist nur etwa vierzig Minuten von hier entfernt. Wir könnten ja auch erwägen, da mal einzubrechen und ein wenig in ihren Aktenschränken zu stöbern.«

»Ich arbeite für die TFU und nicht für CHERUB, deshalb müssen wir einen Einsatzleiter mit dabeihaben, aber wenn sich Kitmeister querstellt und nicht mit uns zusammenarbeitet, könnte das der beste Weg sein.«

⁎

Im Schwimmbad auf dem CHERUB-Campus gab es vier Becken: ein 25-Meter-Becken für Anfänger, ein 50-Meter-Becken mit Olympiabahnen, einen tiefen Tauchpool und das Freizeitbecken, wo der vierte von Nings und Carlos' Rekrutierungstests durchgeführt werden würde.

Selbst am tiefsten Ende war das Freizeitbecken nur zweieinhalb Meter tief. Es hatte alle Standardelemente wie drei Wasserrutschen, eine Spielburg, Miniinseln mit Plastikpalmen und eine Wellenanlage.

Für den Test hatten die siebzehnjährigen eineiigen Zwillinge Callum und Connor Reilly über hundert Plastikbälle im Pool verteilt. Außerdem hatten sie die Wellenmaschine auf die höchste Stufe gestellt, sodass man sich durch einen halben Meter hohe Wellen kämpfen musste, um zum tiefen Ende zu schwimmen.

»Die Regeln sind wie folgt«, erklärte Zara, hinter der die beiden schlanken, aber muskulösen Zwillinge in ihren Badehosen aufragten. »Auf der einen Insel ist eine rote Tonne für Ning und eine blaue für Carlos auf der anderen. Ihr habt zwanzig Minuten, um so viele Bälle wie möglich in eure Tonne zu werfen. Grüne Bälle zählen einen Punkt, gelbe drei, blaue fünf und rote zehn. Ihr könnt die Bälle werfen, aber ihr dürft immer nur einen auf einmal nehmen. Körperkontakt ist nicht erlaubt, und ihr dürft den Beckenrand nur betreten, um an die Rutschen zu kommen. Wenn ihr darauf entlanglauft, bekommt ihr fünfzig Punkte abgezogen. Ist das klar?«

»Wie war noch einmal die Punkteverteilung für die Bälle?«, fragte Carlos nach.

Während Zara das Punktesystem wiederholte, betrachtete Ning den Pool. Die grünen Bälle mit dem niedrigen Wert schwammen alle im Wasser am flachen Ende des Pools und bei den Tonnen, während die meisten derjenigen mit höheren Werten an unzugänglichen Stellen waren. Die roten Zehn-Punkte-Bälle waren am schwersten erreichbar, sie lagen oben auf den Rutschen oder ganz oben in den Wasserburgen für die kleinen Kinder.

»Los geht's!«, rief Zara.

Carlos sprang sofort ins Wasser und schwamm zu seiner Tonne, während Ning durch knietiefes Wasser watete und sich wie der Mitspieler in einer Fernsehshow vorkam. Sie hatte drei rote Bälle entdeckt, kletterte auf die Burg und schaffte es, zwei davon in ihren Eimer zu werfen, doch der dritte prallte am Rand ab. Carlos schnappte ihn sich und warf ihn in seine Tonne.

Ning suchte sich den falschen Moment, um von der Burg zu rutschen, und wäre von einer schnellen Welle fast von den Füßen gerissen worden. Sie schnappte sich einen blauen Fünf-Punkte-Ball und watete auf die Insel mit den Eimern zu, wobei sie entsetzt sah, wie Carlos recht schnell Einer- und Dreiertreffer erzielte, indem er die leichten Bälle holte, die sich am Beckenrand gesammelt hatten.

Ning warf den blauen Ball in ihre Tonne und gesellte

sich dann zu Carlos, um wie wild nach grünen und gelben Bällen zu grapschen. Während die Bälle flogen, kletterte Callum auf die Insel, warf die gesammelten Bälle in einen leeren Whirlpool und Connor machte sich mit Block und Bleistift Notizen.

»Ning achtunddreißig, Carlos einundfünfzig!«, schrie Connor.

Mittlerweile waren die leichten Bälle in der Nähe der Insel verschwunden. Während Carlos die letzten davon holte, schwamm Ning auf eine größere Insel in der Mitte des Pools zu, auf der etwa ein Dutzend blauer Fünf-Punkte-Bälle lagen.

Ning verfügte über Kraft und Ausdauer, aber ihre Armzüge waren schwach, daher kam sie nur schwer gegen die Wellen an, die vom tiefen Ende des Pools kamen.

»Neue Bälle!«, rief Zara und kippte ein Dutzend roter Bälle ins Becken.

Ning hatte nicht gewusst, dass im Laufe des Spiels neue Bälle kommen würden. Während sie sich noch zu entscheiden versuchte, ob sie bei ihrem Plan bleiben und die blauen Bälle von der Insel holen oder sich die roten aus dem tiefen Wasser holen sollte, tauchte Carlos an ihr vorbei.

An Land war Carlos zwar schwach gewesen, aber im Wasser kam sich Ning neben ihm recht unbeholfen vor, denn er schwamm fünfzehn Meter, ohne auftauchen zu müssen. Sie entschloss sich, mit ihm um die roten Bälle zu kämpfen, aber bis sie das tiefe Ende erreicht hatte, hatte Carlos zehn der zwölf Bälle in die grobe Richtung seines Eimers geworfen und schwamm zurück.

Nachdem sie sich mit den Wellen abgemüht hatte, griff Ning keuchend nach einem roten Ball. Carlos war bereits wieder am flachen Ende und warf die roten Bälle, die er dorthinbefördert hatte, nacheinander in seine Tonne.

Verzweifelt warf Ning ihren Ball vom tiefen Ende aus. Beinahe hätte sie getroffen, doch er prallte vom Rand ab und Carlos schnappte ihn sich, ohne zu zögern.

»Noch sechzehn Minuten!«, schrie Zara.

»Ning einundvierzig, Carlos einhundertsiebenundachtzig!«, rief Connor.

Ning hieb wütend aufs Wasser, während sie auf die blauen Bälle auf der Insel zuschwamm. Sie wurde total fertiggemacht.

46

Um den Einbruch bei Kitmeister UK genehmigen zu lassen, musste Amy Einsatzunterlagen schreiben, den Einsatzleiter Ewart Asker dazu bringen, sie zu lesen und zu genehmigen, die Vorsitzende – und Ewarts Frau – Zara suchen und unterschreiben lassen, die Unterlagen dann per E-Mail an zwei Mitglieder des Ethik-Komitees von CHERUB schicken und um sofortige Antwort bitten.

Mit ihrem besten Pokerface betrat sie den Raum wieder.

»Und?«, fragte Ryan.

»Alles klar«, sagte sie. »Ich musste die Hooligan-Schiene fahren, also werdet ihr wohl ein paar Sachen kaputt machen müssen.«

»Sinnloser Vandalismus liegt mir«, behauptete Alfie grinsend und schlug sich auf die Brust. »Ehrlich gesagt fahr ich total drauf ab!«

Ewart hörte ihn und rief ihm warnend aus seinem Büro zu: »Nicht zu extrem, Jungs! Wir wollen keine Publicity oder dass die Polizei eine große Untersuchung startet!«

»Verstanden, Boss«, sagte Max, während er den Kopf in Ewarts Büro steckte und dreist salutierte.

»Viel Glück«, wünschte Ewart ernst. »Und jetzt mach die Tür zu und verschwinde!«

»Okay, Jungs«, begann Amy, als sie das aufgeregte Trio zum Ausgang führte. »Ihr müsst eure CHERUB-Uniformen ausziehen. Wir können auch Funkverbindung halten, also bringt eure Kommunikationsausrüstung und eure Einbruchswerkzeuge mit. Ich besorge uns ein Auto und treffe euch dann in fünfundzwanzig Minuten im Speisesaal. Wir können noch schnell etwas essen und um zwei Uhr losfahren.«

»Klingt gut«, fand Ryan und schlüpfte in die dreckigen Stiefel, die er am Eingang hatte stehen lassen.

✻

Ning war größer und stärker als Carlos, daher änderte sie ihre Strategie, blieb in der Nähe ihrer Tonne und versuchte alles abzufangen, was Carlos warf, und sie schwamm nur los, wenn Zara neue Bälle in einen flacheren Teil des Pools warf.

Es war eine halbwegs vernünftige Strategie, doch als die zwanzig Minuten um waren, war Ning völlig erschöpft und lag trotzdem immer noch über hundert Punkte hinter Carlos.

»Gut gemacht, Kleiner«, sagte Zara begeistert zu Carlos und zauste ihm die Haare. »Du pflügst ja durchs Wasser wie eine kleine Schildkröte!«

Ning war neidisch auf das Kompliment und schäumte vor Eifersucht, als sie sich abtrocknete und ihren Badeanzug mit dem blut- und kotzebefleckten T-Shirt und Combathosen vertauschte.

Und um das Ganze noch schlimmer zu machen, hörte sie, wie Callum und Connor ein paar Meter entfernt in der Jungenumkleide locker mit Carlos scherzten und lachten. Sie hatte sich wirklich sehr bemüht, und obwohl sie glaubte, dass sie in der schriftlichen Prüfung und beim Töten des Kaninchens ganz gut abgeschnitten hatte, war sie sich nicht sicher, dass sie genug geleistet hatte, um als CHERUB-Agent rekrutiert zu werden.

Der letzte Test war das Höhenhindernis. Als sie am Tag zuvor mit Ryan das Gelände besichtigt hatte, hatte ihr die wackelige Holzkonstruktion schon nicht gefallen. Und als sie am unteren Ende einer schaukelnden dreißig Meter langen Strickleiter stand und in den Regen hinaufschaute, der ihr ins Gesicht schlug, gefiel sie ihr noch viel weniger.

Callum war mit Carlos schon halb oben und sie hatten glitschige Matschklumpen von ihren Stiefeln an den Sprossen hinterlassen. Connor würde Ning begleiten, während Zara wieder in ihr Büro zurückgekehrt war, um ihre E-Mails abzuarbeiten und den Papierkrieg zu erledigen.

»Wenn ich runterfalle, bin ich dann tot?«, fragte Ning.

»Nein, du stirbst nicht«, beruhigte Connor sie. »Aber die Zweige werden dich peitschen und die Seile des Netzes sind ziemlich fest gespannt. Ich habe schon ein paarmal gesehen, wie sich Leute verletzt haben, und einer hat sich sogar mal das Bein gebrochen, weil sich sein Fuß im Netz verfangen hat.«

Ning lächelte ihn schief an.

»Dann sollte ich also lieber nicht runterfallen?«

»Ganz genau«, bestätigte Connor. »Fang an zu klettern und denk daran, dass es noch nie jemandem etwas gebracht hat, nach unten zu sehen.«

Connor blieb ein paar Stufen hinter Ning, als sie die Leiter hinaufkletterte. Über ihr schob sich Carlos über einen Gerüstbalken, angefeuert durch ein paar aufmunternde Rufe von Callum.

Nings starker Oberkörper half ihr dabei, den Balken mühelos zu überwinden, und auf der anderen Seite hatte sie Carlos eingeholt, der beim ersten Sprung die Nerven verlor. Überall um das Gerüst herum standen Bäume, aber hier waren sie so gestutzt worden, dass der erste Sprung noch gefährlicher aussah, als er war. Die beiden Holzbretter ragten waghalsig ins Leere.

»Ich kann nicht!«, jammerte Carlos.

»Denk nur an den Sprung«, riet ihm Callum. »Es ist nur etwas mehr als ein Meter, kaum mehr als ein Schritt.«

Carlos sah aus, als wolle er sich wieder übergeben, doch er nahm kurz Anlauf und sprang hinüber, auch wenn er gefährlich wackelte, als er auf der anderen Seite aufkam.

Ning verspürte oben auf dem Hindernis weniger Furcht als darunter, und dieser Sprung war im Vergleich zu dem, was sie auf dem viel schmaleren Schwebebalken vollbracht hatte, als sie sechs Jahre alt war, recht einfach.

Der mittlere Teil des Hindernisses führte im Zickzack über schmale Planken mit gelegentlichen Sprüngen. Im Laufe der Zeit wurden die Sprünge immer weiter, die Bretter immer schmaler und die Neigungen steiler. Im letzten Teil lagen zwei kaum mehr als fünf Zentimeter breite Balken einen halben Meter auseinander und waren in einem Vierzig-Grad-Winkel nach unten geneigt.

Carlos hatte sich auf die Balken gesetzt und rutschte auf dem Po darauf entlang, aber in der Mitte bekam er einen Mini-Panikanfall und Callum musste ihn festhalten und retten. Ning ging als Letzte und tat es Callum und Connor nach, indem sie mit je einem Fuß auf einem Balken lief und sie in vier kühnen Schritten überquerte.

»Gut«, sagte Connor, als Ning zu ihm auf die letzte Plattform kam.

Es gab zwei Wege nach unten. Der erste war ein Sprung durch die Bäume auf eine Sprungmatte, doch die vier sollten an einem steilen Drahtseil nach unten gleiten, das in weiter Ferne in einer schlammigen Grube endete.

Callum nahm einen gepolsterten Halter und machte sich für den Sprung bereit, während Connor auf einen Baum zeigte und Ning Anweisungen gab.

»Der Trick ist, genau im richtigen Moment loszulassen«, erklärte er. »Zu früh und du fällst aus großer Höhe und kannst dir den Knöchel verstauchen oder dir sogar das Bein brechen, zu spät und du endest in der Grube. Und die sieht von hier aus vielleicht wie eine normale Schlammgrube aus, aber das ist nur eine dünne Kruste über absolutem Dreck. Wir reden da von Pferdemist, Kuhfladen, verfaultem Obst und Hühnerfedern. Aus Erfahrung kann ich dir sagen, dass du den Gestank erst nach fünf Tagen Duschen wieder ganz los bist.«

Ning sah Callum ein wenig entgeistert nach, der nach unten raste und eine Bilderbuchlandung hinlegte, bei der er fünf Meter vor der Grube aufkam und sich auf die Knie abrollte.

»Versucht nicht, mit den Füßen zu landen«, riet ihnen Connor, als er einen Griff um das Seil legte und Carlos half, sich in Position zu stellen. »Lasst euch nach vorne fallen, wie mein Bruder es getan hat.«

Nachdem er sie im Pool so vernichtend geschlagen hatte und den ganzen Tag über genervt hatte, hätte Ning es Carlos ja durchaus gegönnt, im Dreck zu landen. Er kam der Grube auch gefährlich nahe, doch Callum hielt ihn fest, als er darauf zustolperte.

Dann war Ning an der Reihe. Es sah ziemlich tief aus, als sie nach der Halterung griff.

»Mach einfach einen Schritt nach vorne, wenn du bereit bist«, sagte Callum, »und lass los, wenn deine Füße nur noch eineinhalb Meter über dem Boden sind.«

Der Start war noch einigermaßen okay, doch als Ning erst einmal in Fahrt kam, ging es viel schneller, als es ausgesehen hatte. Etwa nach einem Drittel des Weges war das Seil zwischen zwei Bäumen verankert und führte danach steiler abwärts. Als der Boden näher kam, sah Ning nach unten. Fast hätte sie losgelassen, doch es schien ihr noch zu hoch. Der Winkel war so steil, dass die Grube bereits unter ihr war, ehe sie dann reagierte.

Sie zog die Knie an die Brust, aber das brachte ihr nur einen Sekundenbruchteil. Als ihre Stiefel durch die Kruste stießen, wurde sie so stark abgebremst, dass ihr der Griff aus den Händen gerissen wurde. Sie streckte die Hände aus, um sich abzufangen, aber ihre ausgestreckten Arme durchstießen die Kruste, dicht gefolgt von ihrem Körper, der einen spektakulären Bauchklatscher hinlegte.

Unter der Kruste befand sich ein halber Meter braunes Wasser, während der Grund darunter aus so zähem Schleim bestand, dass Ning ihre Handgelenke nur mit aller Kraft freibekam. Sie richtete sich auf ein Knie auf, konnte aber nichts sehen, weil sie die Augen voller Schmutz hatte.

Sie presste die Lippen zusammen, doch sie hatte einen grauenvollen Geschmack im Mund, und der Gestank, der ihr in die Nase stieg, war unbeschreiblich. Noch bevor sie wieder auf den Füßen stand, pikte sie etwas in den Bauch.

»Halt die Stange fest!«, rief Connor.

Blind griff Ning zu und packte den Schaft einer langen Stange. Connor zerrte heftig daran und mit einem schmatzenden Geräusch zog er Nings Stiefel aus dem Schlamm. Sie hielt sich fest, bis sie an den Rand der Grube kam, und als sie hinaufkletterte, spürte sie einen Schlauch an ihrem Kopf.

»Mach den Mund zu und versuch, nicht zu schlucken«, befahl Callum und zielte von oben mit dem Schlauch, sodass sich ein Wasserstrahl auf Ning ergoss.

Ihre Ohren waren verstopft, doch das Erste, was sie hörte, als sie sich den Dreck aus den Ohrmuscheln holte, war Carlos, der vor Lachen schrie.

»Oh Gottogott!«, kreischte er. »Das ist das Komischste, was ich je gesehen habe! Ning, weißt du, dass das meiste von dem, was an dir klebt, aus dem Arsch einer Kuh kam? Oh Mann, ich mach mir gleich in die Hosen!«

Als Ning die Augen wieder öffnen konnte, sah sie auch Callum und Connor lächeln.

»Hier, nimm den Schlauch«, sagte Callum und warf ihn Ning zu. Als sie sich danach bückte, begann Carlos wieder, ihren Akzent nachzumachen.

»Ich Ning. Ich China-Liverpooler. Ich in viel Kuhscheiße. Riechen schlimmer als Chinesenfraß!«

In diesem Moment drehte Ning durch. Sie warf den Schlauch weg und stürmte auf Carlos zu.

»Du miese kleine Ratte!«, schrie sie. »Wenn du nicht augenblicklich die Klappe hältst, schlage ich dir jeden Zahn aus dem Gesicht und ...«

Carlos sprang hinter Callum in Deckung, wodurch dieser keine andere Wahl hatte, als einzugreifen.

»Beruhige dich, Ning«, rief er.

Ning versuchte, um ihn herum nach Carlos zu greifen, aber der Siebzehnjährige stieß sie zurück.

»Wenn ihr anfangt, euch zu prügeln, fallt ihr beide durch die Prüfung«, warnte er.

Ning sah ein paar Sekunden lang finster drein, dann trat sie einen Schritt zurück, holte tief Luft und nahm wieder den Schlauch, während Callum und ein immer noch lachender Carlos zum Hauptgebäude zurückgingen.

»Zumindest hast du es jetzt hinter dir«, meinte Connor. »Spritz dich so gut wie möglich ab. Dann kannst du in dein Zimmer zurückgehen und richtig heiß duschen. Sie haben eine Spezialseife hier, die Gerüche neutralisiert. Wenn ich welche finde, bringe ich sie dir.«

»Danke«, sagte Ning, bückte sich und spülte sich die schmutzigen Haare aus.

»Versuche nicht zu viel zu schlucken, bis du eine ordentliche Mundspülung gemacht und dir die Zähne geputzt hast. Ich wette, diese Brühe dreht dir den Magen um, wenn du zu viel davon abbekommst.«

»Hat Zara irgendetwas darüber gesagt, wie ich abgeschnitten habe?«, wollte Ning wissen.

»Nein«, antwortete Connor. »Und selbst wenn, dürfte ich es dir nicht sagen. Geh dich einfach waschen und warte auf den Anruf. Zara wird ihre endgültige Bewertung abgeben, wenn die schriftliche Prüfung ausgewertet ist und eure Testresultate von Dr. Kessler da sind. Das wird wahrscheinlich ein paar Stunden dauern.«

47

Der Samstagsnachmittagsverkehr war so schlimm, dass es schon nach drei Uhr war, als Amy den schwarzen E-Klasse-Mercedes in ein Industriegebiet lenkte. Dort standen etwa zwanzig Lagerhäuser und der Metallbau von Kitmeister UK war eines der größten. Die meisten waren übers Wochenende geschlossen, aber bei Kitmeisters Nachbar, der Bauholz und Türen verkaufte, herrschte reger Verkehr.

»Auf die Hobbybastler hätte ich auch verzichten können«, meinte Amy, als sie den Mercedes in der Zufahrt zum Kitmeister-Gelände anhielt.

Max ließ das Fenster im hinteren Teil herunter und betrachtete das Gebäude, wobei er nach Überwachungskameras und Alarmanlagen suchte.

»Ich sehe ein paar altmodische Überwachungskameras über der Haupttür und an den Nebeneingängen.«

Sowie Max den Namen sagte, tippte der neben ihm sitzende Alfie ihn in einen Laptop ein, der eine Liste aller polizeiüberwachten Einbruchalarmsysteme in Großbritannien enthielt. Die Datei enthielt außerdem eine Reihe von Passwörtern, die verwendet wurden, wenn eine Wachgesellschaft einen Fehler im System entdeckte oder Wartungsarbeiten durchführen musste.

Als Alfie alle Angaben hatte, die er brauchte, rief Amy die nächste Polizeistation an und erklärte im höflichsten Ton:

»Guten Tag, mein Name ist Eileen Smith… ich rufe von Titanium Systems an. Unsere Diagnosesoftware meldet einen Fehler im Alarmsystem von Kitmeister UK, Einheit sechzehn im Industriegebiet East Lane. Einer unserer Ingenieure wird gleich auf dem Gelände ankommen, und es könnte sein, dass bei Ihnen ein Alarmsignal eingeht…. Kein Problem, das Passwort für die Deaktivierung lautet DGCD24425… Oh, ich nehme an, dass er höchstens zwei Stunden dort sein wird, aber keine Sorge, ich gebe Ihnen Bescheid, wenn wir das System repariert haben… einen schönen Nachmittag noch, Officer!«

Lächelnd legte Amy das Telefon in eine Schale neben der Armlehne und drückte auf den Knopf zum Öffnen des Kofferraums.

»Funk-Check«, sagte sie und steckte sich einen Knopf ins Ohr. »Amy klar.«

»Max klar.«

»Ryan klar.«

»Alfie klar.«

»Alles in Ordnung«, meinte Amy. »Vielleicht schöpft jemand Verdacht, wenn ich hier parke, deshalb fahre ich zu dem kleinen Kinderspielplatz an der Hauptstraße, an dem wir eben vorbeigekommen sind. Wisst ihr noch, wo das war?«

»Keine Bange«, erwiderte Ryan und machte die Beifahrertür auf. »Wir sehen uns da.«

Die drei Jungen stiegen aus und gingen nach hinten, um ihre Rucksäcke sowie einen großen Hammer und eine Klappleiter zu holen. Während Amy davonfuhr, setzten die drei sich Baseballkappen auf und zogen sich ihre Kapuzen über den Kopf.

Max nahm eine Dose Farbspray aus seinem Rucksack, während Ryan und Alfie die Leiter ausklappten. Sie lehnten sie an die Wand neben dem Kasten für die

Alarmanlage, denn auch wenn sie sich gegen einen möglichen Alarm bei der Polizei abgesichert hatten, würde der Lärm doch Aufmerksamkeit erregen.

Ryan kletterte die Leiter hinauf und schlug mit dem Hammer die Plastikverkleidung des Kastens entzwei. Dahinter kam eine gewöhnliche, große Plastiksirene zum Vorschein, die an eine Batterie angeschlossen war.

Mit drei kräftigen Hammerschlägen war die Sirene zerstört. Das System, das Eingriffe in die Alarmanlage verhindern sollte, wurde aktiviert, aber es ertönte nur ein Knistern.

»Erledigt«, sagte Ryan.

Mittlerweile hatte Max schwarze Farbe auf die Linse der Überwachungskamera gesprüht. Er hatte festgestellt, dass die Tür ein Zylinderschloss und ein elektronisches Schloss hatte, das mit einer Karte geöffnet wurde. Obwohl er beide hätte knacken können, ging er mit einer Brechstange auf die Tür los, da sie schließlich Rowdys darstellen sollten.

Die Doppeltür war aus weichem Holz, und Max stieß mit dem scharfen Ende der Brechstange kurz über dem Hauptschloss ein Loch hinein, schob den Haken durch das Loch und versuchte, das Schloss aus der Tür zu reißen.

»Schwächling«, behauptete Alfie und schob Max aus dem Weg.

Mit aller Kraft und dem Einsatz seines ganzen Körpergewichts riss Alfie das Zylinderschloss aus dem Türrahmen. Das elektronische Schloss war wesentlich schwächer und gab nach einem kräftigen Stoß mit der Schulter nach.

»Und was jetzt?«, fragte Max, als sich Ryan in der mit Schaumstoffstühlen und einem eleganten Empfangstresen ausgestatteten Eingangshalle umsah.

»Alfie bleibt hier und steht Schmiere«, befahl Ryan.

»Max und ich trennen uns und fangen an zu suchen. Wir müssen einen Computer finden, mit dem wir Zugriff auf die Rechnungen von Kitmeister bekommen. Wahrscheinlich steht er in einem Büro, Buchhaltung, Direktor oder so.«

Über ihre Kopfhörer erklang Amys Stimme, als Ryan einen leicht nach Abflussrohr riechenden Gang entlanglief.

»Ryan, seid ihr drin?«

Er berührte den Kopfhörer, um das Mikro zu aktivieren.

»Wir sind drin.«

»Hier ist überall Parkverbot«, erklärte Amy. »Ruft mich an, wenn ihr fertig seid, dann komme ich in die Nähe dieses grünen Hügeldingsdas an der Einfahrt zum Industriegebiet.«

»Alles klar«, erwiderte Ryan.

Er erreichte ein Großraumbüro mit drei Schreibtischen und einem abgetrennten Raum am anderen Ende. In der Hoffnung, dass einer der Rechner noch an war, wackelte er an jeder Maus. Doch so viel Glück hatte er nicht, daher ging er in das separate Büro, setzte sich auf den großen Ledersessel und schaltete den Computer ein.

»Hier ist alles in Ordnung«, meldete sich Alfie.

»Du musst uns nur sagen, wenn etwas nicht in Ordnung ist«, knurrte Max.

Ryan trommelte mit der behandschuhten Hand auf den Schreibtisch, während der Computer hochfuhr. Da er nach einem Passwort gefragt wurde, schaltete er ihn aus, setzte einen USB-Stick ein und fuhr ihn erneut hoch, wobei er CTRL und F10 drückte, um in den Setup-Modus zu gelangen. Hier änderte er schnell die Einstellungen, sodass der Computer über den USB-Stick hochgefahren wurde und die Festplatte überging.

»Jetzt gehörst du mir«, freute sich Ryan händereibend. Auf dem USB-Stick befand sich eine spezielle, verkürzte Version von Windows, mit der er alle Einstellungen des Wirtsgerätes spiegeln und die Festplatte zum Slave machen konnte. Als der Rechner hochgefahren war, suchte Ryan auf Laufwerk C nach der Buchhaltungssoftware, öffnete Sage Accounts und wählte das Rechnungsmodul.

Er hatte etwas über Buchhaltungssoftware gelernt, aber er war kein Experte und fühlte sich ein wenig verloren, während er die Daten der Rechnungen von Kitmeister betrachtete, angefangen bei den neuesten. Das Problem war, dass in den Rechnungen Lagernummern aufgeführt waren und dort so etwas stand wie *Kit 43566, Größe L QTY3*, anstatt etwas Hilfreiches wie *orange-rotbraune Ringelsocken*.

Aber Ryan hatte draußen einen Stapel Kataloge von Kitmeister gesehen, daher nahm er sich einen davon und blätterte sich durch Hemden, Shorts, Bälle und Schienbeinschoner, bis er zu den Socken kam. Auf einer Doppelseite wurden SoccaAce-Socken angeboten, einfarbig, zweifarbig, dreifarbig, gestreift und geringelt. Der Bestellcode für orange-rotbraune Ringelsocken lautete SAOM, gefolgt von einem weiteren Buchstaben für die Größe.

Ryan öffnete die Suchfunktion des Programms und ließ es nach SAOM* suchen, wodurch er alle Rechnungen für orange-rotbraune Ringelsocken in allen Größen zu finden hoffte.

14 Ergebnisse.

Wenn es eine Option gab, alle vierzehn Rechnungen auf einmal zu drucken, so fand Ryan sie jedenfalls nicht und machte sich daran, sie einzeln auszudrucken.

Währenddessen berührte er seinen Kopfhörer, und während sich das erste Blatt aus dem Laserdrucker unter dem Tisch schob, meldete er zufrieden: »Sieht aus, als hätte ich, was wir suchen.«

»Hier ist noch etwas«, meinte Max. »Ryan, wenn du mit den Rechnungen fertig bist, komm zu mir nach hinten ins Lagerhaus.«

Das Drucken verzögerte sich, weil das Papier ausging, aber da alle Drucker identisch waren, tauschte er lediglich die Papierschublade mit der eines anderen Rechners aus. Als er alle Rechnungen hatte, steckte er den USB-Stick wieder ein und lief wieder hinunter, ging an Alfie am Ausgang vorbei und durch die Schwingtür in den Lagerraum und die Werkhalle.

»Du hast ja lange gebraucht«, beschwerte sich Max. »Sieh dir das mal an.«

»Du kannst mich mal«, empfahl ihm Ryan und ging zwischen den Regalen mit Paketen voller Sportkleidung hindurch, um Max' Stimme zu einem geräumigen Platz zu folgen, wo die Aufdrucke hergestellt und auf die Fußballhemden übertragen wurden.

Max stand an der hinteren Wand und zeigte auf Aktenkisten.

»Das hier sind die Vorlagen für die Logos«, erklärte er. »Ich habe mir die Bestellungen angesehen, die gerade bearbeitet werden. Auf jeder ist ein Code verzeichnet. Wenn dieser Code auch auf den Rechnungen steht, die du ausgedruckt hast, können wir hier vielleicht die Vorlage für das Logo finden, das Ning beschrieben hat.«

»Schon schlechtere Ideen gehört«, stimmte Ryan zu und breitete die Rechnungen vor einem Thermodrucker aus.

Von den vierzehn Rechnungen, die Ryan ausgedruckt hatte, enthielten sechs Posten für aufgedruckte Sponsorenlogos. Vier davon saßen nicht in der Nähe des Ortes, an dem Ning aus Leos Auto entkommen war, damit blieben noch zwei Möglichkeiten.

»Design-Code 1207-381«, las Ryan vor.

In ihren Kopfhörern erklang die etwas besorgte

Stimme von Amy. »Wenn ihr die Rechnungen habt, was macht ihr dann noch da drinnen?«

»Gib uns noch eine Minute, Amy«, bat Ryan. »Wir haben hier etwas, aber bis ich das erklärt habe, sind wir auch damit fertig.«

Die Kisten mit den Druckvorlagen waren numerisch sortiert. Max fand 1207-381, doch es war das Logo für einen Kugelschreiberhersteller.

»Und die andere?«, fragte er.

»0809-017«, antwortete Ryan.

Als Max die Schachteln durchging, schrie plötzlich ein Mann: »Was macht ihr Idioten hier?«

Er war kräftig gebaut, hatte kurz geschorenes Haar und trug das sägemehlbestreute Hemd des Baumarktes nebenan. Ryans erster Gedanke war: *Was ist mit Alfie?*

»Wir machen ein Arbeitspraktikum«, erklärte er.

»Sehe ich aus wie ein Volltrottel?«, fragte der Mann aggressiv. »Ich wollte eine rauchen gehen und habe gesehen, dass das halbe Schloss aus der Tür gerissen ist. Ihr bleibt, wo ihr seid, die Polizei ist schon unterwegs!«

Noch bevor Ryan etwas sagen konnte, hörte der Mann Schritte hinter sich und wirbelte herum. Alfie traf ihn mit einem kräftigen Roundhouse-Kick an der Schläfe. Der Mann stürzte seitlich in ein Regal und setzte zu einem Schlag an, doch wenn er auch ziemlich groß war, verfügte er doch über keinerlei Kampftechnik. Alfie duckte sich unter seinen Fäusten hindurch, tauchte wieder hoch und schlug ihm die Handfläche unter das Kinn, sodass ihm der Kopf zurückflog und er mit schmerzverzerrtem Gesicht auf dem Boden landete.

»Gib mir dein Telefon«, schrie Alfie.

Für einen Elfjährigen war Alfie zwar groß, aber er hatte das Gesicht eines Jungen und der Mann konnte nicht fassen, dass er von einem Kind mit zwei Treffern außer Gefecht gesetzt worden war.

»Sieh mich nicht so an, Fettsack«, verlangte Alfie. »Und gib mir das Telefon! Sofort!«

Während Alfie das Telefon nahm und es hoch oben auf ein Regal warf, tippte sich Ryan an den Kopfhörer.

»Amy, wir sind entdeckt worden. Bring das Auto, wir müssen schnell hier weg.«

Dann ließ er den Kopfhörer los und fuhr Alfie an: »Was zum Teufel hast du gemacht? Du solltest doch Wache schieben!«

»Es ist eine lange Fahrt bis nach Hause«, erklärte Alfie. »Ich musste aufs Klo.«

»Wie alt bist du, fünf?«, schrie Ryan. »Hättest du ihn nicht einfach rausholen und an die Wand pinkeln können?«

Alfie schüttelte den Kopf.

»Das war eine größere Sache und ich kann ja schlecht mit vollgeschissener Hose nach Hause kommen.«

»Okay, so genau wollte ich es gar nicht wissen«, meinte Ryan, der hin- und hergerissen war zwischen Wut und einem Lachanfall.

Ein triumphierender Schrei ließ ihn herumfahren, und er sah, wie Max eine Schablone für eine Cartoonfigur hochhielt, die aussah wie eine Brotscheibe und auf der der Name *Nantong Bakery* stand.

»Heilige Scheiße!«, jubelte Ryan und tippte auf den Kopfhörer. »Amy, wir haben es definitiv geknackt! Max hat das Logo gefunden. Der eckige Cartoon-Mann ist ein Sandwich!«

»Ich fahre gerade auf das Gelände des Industriegebietes«, erklärte Amy. »Macht Dampf, ich hole euch in zwei Minuten am Eingang ab.«

Max schnappte sich die Rechnungen und die Vorlage. Alfie hörte den Mann aus dem Baumarkt stöhnen, aber zu viel mehr schien er nicht in der Lage zu sein, deshalb ließ er ihn in Ruhe.

»Habt ihr alles?«, rief Ryan. »Alfie, hast du die Leiter?«

Auf dem Weg nach draußen richteten die drei noch möglichst viel Unheil an, warfen Drucker und Monitore zu Boden, fegten Sachen von den Schreibtischen, kippten einen Wasserspender um und rissen Pflanzen aus ihren Kübeln.

Max schaffte den spektakulärsten Akt von Vandalismus, indem er mit einem Bürostuhl die Trennglasscheibe hinter der Empfangstheke zerschlug.

Ryan kam als Erster ins Freie und sah erschrocken, wie vier Männer zielstrebig über den Parkplatz auf ihn zukamen. Sie waren alle groß und trugen bis auf einen Sicherheitsstiefel und das markante grüne Sweatshirt des Baumarktes.

»He-he!«, schrie der vorderste von ihnen. »Bleib sofort stehen!«

»Ihr miesen kleinen Diebe!«, fügte ein anderer hinzu.

Ryan wandte sich wieder nach drinnen und rief: »Wir haben Gesellschaft!«

Max rannte hinaus, dicht gefolgt von Alfie, der die Leiter in einer Hand hatte und eine Yuccapalme wie einen Speer in der anderen.

»Ihr Fettwänste kriegt uns ja doch nicht!«, schrie Max, machte eine obszöne Geste und rannte Ryan hinterher.

Alfie war durch seine Statur langsamer als seine Freunde, aber immer noch schneller als seine Verfolger. Ryan schoss durch eine hüfthohe Hecke und gelangte auf die Zufahrtstraße. Er sah, wie Amy hundert Meter weiter in die Straße einbog, erkannte aber gleichzeitig, dass sie ein Problem hatten.

Die Zufahrt, auf der Ryan stand, endete vor den verschlossenen Toren eines Lieferanten für Druckertoner. Um zu Amy zu gelangen, mussten sie an den vier Männern vorbei, von denen zwei Holzprügel zu schwingen schienen.

»Wieso bist du hier langgelaufen, du Trottel?«, fragte Alfie, als er durch die Hecke kam.

Ryan wusste, dass eine Antwort nur zu nutzlosen Diskussionen führen würde.

»Sie sind alt und langsam«, meinte Max verächtlich. »Nehmen wir sie uns vor!«

»Legt die Sachen hin und wartet auf die Polizei!«, warnte einer der Männer.

»Klar doch«, schrie Max, schüttelte die Faust in der Luft und griff an.

Ryan war nicht davon überzeugt, dass es besser war, sich vier gut gebauten Kerlen zu stellen, als sich von der Polizei verhaften zu lassen und darauf zu warten, dass CHERUB die Sache regelte, aber andererseits würde er es sein Leben lang zu hören bekommen, wenn er seine Freunde allein kämpfen ließ.

Max sprang hoch und trat im Flug mit beiden Füßen zu, während Alfie die Yuccapalme wie eine Lanze schwang und damit einen Kerl abwehrte, der mit einem Vierkantholz auf ihn losging. Ryan war ein paar Meter dahinter und sah sich einem Mann gegenüber, der Max und Alfie umgangen hatte.

»Bleib stehen!«, befahl er und ließ eine Planke durch die Luft zischen. »Warte auf die Polizei oder ich versohl dir den Hintern!«

»Versuch's doch!«, empfahl ihm Ryan und lief weiter.

Der Mann schlug mit der Planke zu, doch Ryan trat nach hinten aus, sodass die Planke gegen seinen Schuh schmetterte. Er griff das wirbelnde Brett aus der Luft und hieb seinem Gegner damit kräftig auf die Handgelenke. Als der Mann zurückstolperte, schickte er ihn mit einem Tritt in den Bauch zu Boden.

Vor ihm hatte Alfie auf mittelalterliche Art gesiegt,

indem er die Yuccapalme als Schwert und die Klappleiter als Schild benutzte. Max' Gegner kroch fort und hielt sich den Bauch, während der vierte das, was er sah, überhaupt nicht mochte und in Deckung rannte.

Amy blieb fünfzig Meter vor ihnen stehen, hupte und schrie in ihre Kopfhörer:

»Bewegt euch hierher, gleich werden die Cops hier sein!«

Max stieg als Erster ein. Alfie nahm die Tür auf der anderen Seite, und anstatt auch noch die vordere Tür zu öffnen, hechtete Ryan hinter Max ins Auto. Mit quietschenden Reifen fuhr Amy los, als Ryan die Tür zuzog. Mit hoher Geschwindigkeit setzte sie zurück und machte mit kreischenden Reifen eine Handbremsen-Wendung, sodass die Jungen durcheinanderflogen.

»Nicht gerade nach Vorschrift«, meinte Alfie, als Amy den Vorwärtsgang einlegte und davonschoss, »aber das war das Beste, was ich seit Monaten erlebt habe.«

Amy drückte auf die Hupe und fuhr auf eine zweispurige Straße.

»Bitte sagt mir jetzt nicht, dass ihr bei dem Chaos die Rechnungen verloren habt«, sagte sie.

»Ich habe sie«, erwiderte Max und zog sie aus dem Rucksack, den er immer noch auf dem Rücken hatte.

Erst als sich Ryan umdrehte, um nach dem Sitzgurt zu greifen, bemerkte er den Klumpen dreckiger Wurzeln auf seinem Schoß, den Stamm, der sich über Max' Beine erstreckte und die spitzen Blätter, die Alfie umgaben.

»Wieso hast du immer noch diese blöde YuccaPalme?«, fragte er.

»Wenn wir wieder auf dem Campus sind, suche ich ihr einen neuen Topf«, erklärte Alfie. »Ich glaube, ich nenne sie Doris.«

48

Als Ning in ihr Zimmer ging, um zu duschen, fühlte sie sich sehr niedergeschlagen. Im Pool hatte sie sich die Schulter gezerrt, und als sie sich mit der wässrigen desodorierenden Seife wusch, die nach Alkohol roch und ihre Haut rau und ausgetrocknet machte, tat sie richtig weh.

Als sie wieder unter der Dusche hervortrat, sah sie, dass jemand in ihrem Zimmer gewesen war. Auf dem Bett stand ein Tablett mit Sandwiches, Saft und Tee, jemand hatte ihre übelriechenden Sachen mitgenommen und sie durch saubere Wäsche ersetzt. Als sie sich im Bademantel hinsetzte, um nachzusehen, womit die Sandwiches belegt waren, bemerkte sie einen Zettel zwischen der Teekanne und dem Milchkrug.

Bitte melde dich um sechs Uhr in meinem Büro. Verlasse das Zimmer vorher nicht, es sei denn, es gibt Feueralarm. Wenn du dringend etwas brauchst, nimm das Telefon und wähle 75, dann kannst du mit meiner Assistentin sprechen.

Zara Asker, Vorsitzende

Es war erst kurz nach drei, und Ning wusste, dass die Wartezeit quälend lang sein würde. Sie knabberte an ihren Sandwiches und zappte sich durch die Nachrichtenkanäle im Fernsehen. Ein Schauspieler war gestorben, im Nahen Osten war jemand in die Luft geflogen und ein Minister war zurückgetreten.

In Kirkcaldy hatte sie regelmäßig Nachrichten gesehen, und die Tatsache, dass fast nie etwas über China berichtet wurde, ließ sie immer Heimweh verspüren. Sie fragte sich auch, wie es wohl ihrem Stiefvater ging. War er im Gefängnis? Hatte sein Prozess schon begonnen? War er bereits hingerichtet worden?

Ning sah einen Stift neben dem Telefon am Bett und schrieb ihre Aussichten auf der Rückseite von Zaras Zettel auf:

Kampf – besser als Carlos, aber mit Zara diskutiert
Prüfung – ganz gut???
Kaninchen – gut
Pool – Carlos hat mich vernichtend geschlagen
Höhe – ganz o.k., bis auf den Schluss, habe die Beherrschung verloren

Sie hatte gehofft, dass die Sache klarer werden würde, wenn sie sie aufschrieb, aber auf dem Papier sahen die Ergebnisse genauso gemischt aus wie in ihrem Kopf.

Um halb sechs schaltete sie den Fernseher aus und begann, sich anzuziehen. Sie kam sich vor wie ein Alien auf Besuch, als sie in die verschiedenen Zimmer sah und CHERUB-Agenten bemerkte, die am Samstagnachmittag gegeneinander Videospiele machten oder sich Sportsendungen ansahen. Im Aufzug nach unten stand sie mit zwei Mädchen zusammen, die zum Tennisspielen angezogen waren. Sie plauderten selbstbewusst miteinander, während sich Ning mit einem Gefühl der Paranoia hinten in die Ecke drückte.

Sie kam acht Minuten zu früh in Zaras Büro an, aber Zara ließ sie sofort herein und bat sie herzlich, Platz zu nehmen.

»Du hast dich gut gehalten«, sagte sie, woraufhin Ning zu lächeln begann. »Amy hat mir nicht viel Zeit gelassen, deine Akte zu lesen, aber ich habe schnell erkannt, dass du alle physischen Anforderungen an CHERUB-Agenten mehr als erfüllst.

Ich war mir allerdings nicht ganz sicher, ob du tatsächlich für die Undercover-Arbeit geeignet bist. In der Vergangenheit hattest du immer wieder Probleme mit der Disziplin, was das Befolgen von Anweisungen angeht, du warst unbeherrscht und bist aus mehreren Schulen geflogen. Also habe ich die Tests so arrangiert, dass du dich unwohl fühlst, gestresst warst, ich habe versucht, dich zu reizen, dass du alles hinwirfst und aufhörst.«

»Am Ende habe ich mit Carlos doch ein wenig die Geduld verloren«, gab Ning zu.

Lachend drückte Zara auf einen Knopf an ihrer Sprechanlage.

»Ihr könnt jetzt hereinkommen!«

Als Erster kam Carlos und hielt ein Lederkissen mit einem sorgfältig zusammengelegten blauen CHERUB-Trainings-T-Shirt vor sich. Ihm folgten Ryan, Amy und Connor.

»Willkommen bei CHERUB«, sagte Zara. »Du hast dich heute wirklich, wirklich großartig gehalten. Besonders beeindruckt war ich bei dem Kaninchen und dass du dich von mir nicht dazu hast drängen lassen, Carlos im Dojo zu verletzen.«

Ning lächelte, aber sie verstand das nicht ganz. War Carlos auch angenommen worden? Doch dann sah sie, dass er ein graues CHERUB-T-Shirt trug, und das hieß …

»Du bist gar kein Rekrut!«, stieß sie hervor.

Die anderen lachten, und Zara erklärte: »Carlos ist klein für sein Alter. Er hat sich letztes Jahr als CHERUB-Agent qualifiziert. Ich habe ihn gebeten, dich auf jede erdenkliche Weise zu reizen: sich über deinen Akzent lustig zu machen, unverdientes Lob einzustecken, sich auf dich zu übergeben, während der Prüfung zu summen, deinen Stift von seinem Balkon im achten Stock fallen zu lassen, sodass die Mine völlig zerbrochen war...«

Kreischend hob Ning die Hände vor das Gesicht.

»Aaaah! Du ahnst ja gar nicht, wie gerne ich dich windelweich geprügelt hätte!«

»Beim letzten Kickboxing-Turnier auf dem Campus habe ich eine Silbermedaille gewonnen«, erklärte Carlos und hielt ihr das blaue T-Shirt hin. »Wenn wir je wieder gegeneinander kämpfen sollten, wirst du es ein wenig schwerer haben. Soll ich das hier jetzt den ganzen Tag festhalten oder was?«

Da sich Ning nicht vor allen Leuten ausziehen wollte, zog sie das blaue Hemd über ihr orangenes.

»Aber nicht alles Lob gebührt Carlos«, sagte Amy. »Das mit dem Draht war Ryans Idee.«

Wieder sah Ning sie verwirrt an. »Was habt ihr denn gemacht?«

»Es gibt zwei verschiedene Griffe«, erklärte Connor. »Manche sind so eingestellt, dass man langsamer hinuntergleitet. Die nehmen wir normalerweise für die kleinen Kinder, damit sie sich an den Sprung gewöhnen können. Aber heute hatten wir alle die langsamen Griffe, nur du hattest einen normalen. Damit waren wir zu achtzig Prozent sicher, dass dein Timing falsch sein würde und du im Dreck landest.«

»Ihr seid gemein«, schrie Ning und lachte dann. »Ich fasse es nicht, dass ihr das alle wusstet! Ich hasse euch!«

»Die gute Nachricht ist, dass du keine Angst haben musst, dich in dem Zeug mit E-Coli-Bakterien verseucht zu haben«, grinste Ryan. »In Wahrheit ist es Schlamm und Lehm mit ein paar Obstschalen und ein paar Chemikalien, die ihm den aromatischen Stallgeruch verleihen. Aber sag das nicht den Rothemden, denn wir werfen sie gelegentlich ganz gerne da hinein.«

»Auch die Kotze war falsch«, erklärte Carlos. »Das war Kartoffelbrei mit saurer Milch, Karottensaft und Apfelsaft. Das hatte ich in einer kleinen Tüte und habe es über dich geschüttet.«

»Mann, komme ich mir jetzt blöd vor«, seufzte Ning, aber sie strahlte, und ihr liefen Freudentränen über das Gesicht.

»Es ist Samstagabend«, sagte Ryan und klopfte Ning auf den Rücken. »Ich stelle dich den anderen vor und dann amüsieren wir uns, ja?«

Auf den Zehenspitzen hüpfte Ning herum und umarmte der Reihe nach alle, Zara als Letzte.

»Vielen Dank, dass ich dabei sein darf«, sagte sie. »Ich habe schon angefangen, mein Leben zu hassen.«

»Könnt ihr mich mit Ning einen Augenblick allein lassen?«, bat Zara.

Ryan ging als Letzter und sagte in der Tür noch: »Ning, wenn du hier fertig bist, komm doch zu mir hinauf, dann stelle ich dich ein paar Mädchen vor.«

Ning nickte. »Gerne, aber ich weiß nicht, wie lange ich brauche.«

»Nur ein paar Minuten«, versicherte ihr Zara und bat sie, sich wieder zu setzen.

»Ich habe mir solche Sorgen gemacht, als ich da oben gewartet habe«, gestand Ning.

»Ich muss dir ein paar Dinge erklären«, sagte Zara. »Die Grundausbildung dauert hundert Tage und die nächste fängt in knapp einem Monat an. Ich werde ein Treffen mit einer Betreuerin ausmachen, die deinen Lehrplan aufstellen und dir die Regeln für das Leben auf dem Campus erklären wird. Die Sportabteilung stellt ein Trainingsprogramm für dich auf, damit du, wenn die Grundausbildung anfängt, in Hochform bist.

Außerdem werde ich einen Zahnarzttermin für dich machen und dir etwas Geld besorgen, damit du dir neue Kleider und ein paar persönliche Dinge kaufen kannst. Amy wird dich zu deinen Erlebnissen in Kirgistan befragen, und außerdem werde ich ein paar Stunden bei einem Sprachtherapeuten vereinbaren, denn dieser Akzent ist für Undercover-Missionen eindeutig zu auffällig.«

»Gott sei Dank«, seufzte Ning. »Seit ich nach Großbritannien gekommen bin, habe ich das Gefühl, dass jeder kichert, sobald ich den Mund aufmache.«

»Wir haben hier schon früher starke Dialekte beseitigt«, meinte Zara. »Das ist nun wirklich nichts, was dir Sorgen machen müsste. Hast du irgendwelche Fragen?«

»Im Moment fallen mir keine ein«, gestand Ning.

»Nun, wenn dir etwas einfällt, weißt du, wo du mich findest. In den nächsten paar Wochen wirst du sehr beschäftigt sein, aber samstags gibt es für gewöhnlich Korridorfeste oder Ähnliches. Also entspann dich und amüsier dich etwas. Nach allem, was du durchgemacht hast, kannst du das gut brauchen.«

49

Die Betten auf dem Campus waren angenehm weich, daher wachte Ning erst um halb elf auf, als Amy an ihre Tür klopfte.

»Hast du dich gestern Abend amüsiert?«, fragte sie.

Ning rieb sich die Augen und lächelte, als Amy ein weißes Minikleid auf dem Boden betrachtete.

»Wir haben gar nicht so viel gemacht«, gestand Ning. »Nur herumgehangen, Musik gehört und so. Ich habe ein paar nette Leute kennengelernt. Bei diesem Kleid bin ich mir nicht so sicher.«

»Hat dir das jemand geliehen?«

»Ja«, nickte Ning. »Sie haben gesagt, ich sähe hübsch aus, aber es ist so gar nicht mein Stil.«

»Ab und zu tut es ganz gut, sich herauszuputzen«, fand Amy. »Ich habe an den Informationen gearbeitet, die du mir unter Hypnose gegeben hast, und habe ein paar Bilder, die du dir einmal ansehen solltest.«

Amy zog sie aus einer Plastikmappe. Das Logo auf dem ersten Bild erkannte Ning sofort.

»Nantong Bakery«, las sie. »Das ist auf jeden Fall das Logo, das ich auf den Fußballshirts gesehen habe.«

»Ich habe gehofft, dass du es erkennst«, sagte Amy, steckte es wieder in die Tasche und nahm drei Ausdrucke von Google Street View hervor. »Und jetzt sieh dir das hier mal an. Diese Gebäude hat Nantong Bakery entweder gekauft oder gemietet, und sie sind eine

Stunde von dem Ort entfernt, an dem du Leo entkommen bist.«

Das erste Bild zeigte einen Parkplatz mit einem Bau mit Aluminiumwänden, an denen ein riesiges Nantong-Logo angebracht war.

»Das ist es nicht«, meinte Ning, doch ihre Augen blitzten auf, als sie das zweite Bild sah. Es war von der Straße aus aufgenommen und leicht verschwommen, aber augenblicklich erkannte sie das schmutzige Ziegelmauerwerk und die zugenagelten Fenster im Keller. »Das ist es!«

»Bist du sicher?«

Ning nickte.

»Hundertprozentig. Ich erkenne sogar den verbeulten Lieferwagen auf dem Hof. Wie hast du das gefunden?«

»Als du gestern deine Einstufungstests gemacht hast, habe ich mit Ryan, Max und Alfie ein wenig Detektivarbeit geleistet.«

Plötzlich kam Ning ein Gedanke, und sie begann, sich Sorgen zu machen. »Bedeutet das, dass ihr die Polizei hinschickt und die eine Razzia in der Fabrik machen und alle Frauen abgeschoben werden? Meine Freundin Mei ist schon einmal ausgewiesen worden, aber wenn man den Gangstern Geld schuldet, zwingen sie einen, wieder herzukommen.«

»CHERUB und die TFU organisieren keine groß angelegten Operationen, nur um ein paar illegale Einwanderer nach Hause zu schicken«, beruhigte Amy sie. »Unser Ziel ist es, die großen Verbrechersyndikate wie den Aramov-Clan und die Menschenschmuggler zur Strecke zu bringen. Ich habe bereits mit einem hochrangigen Polizisten der SOCA gesprochen und sie werden die Untersuchungen zum Menschenhandel weiter vorantreiben.«

»SOCA?«, fragte Ning nach.

»Serious Organised Crime Agency – die Abteilung

für organisiertes Schwerverbrechen. Zunächst werden sie die Fabrik überwachen. Es sollte nicht allzu schwer sein, den Lieferwagen zu folgen, die zwischen der Fabrik und den Häusern hin- und herfahren. Damit kann man hoffentlich Leute wie Leo und Ben aufspüren. Und wer weiß, wo die Untersuchungen sonst noch hinführen?«

»Wie lange wird das dauern?«

»Monate.«

»Wird CHERUB daran beteiligt sein?«

»Möglich.«

»Und was ist mit diesen Mistkerlen, die Ingrid umgebracht haben?«

»Leonid Aramov steht ganz oben auf der Liste,« erklärte Amy. »Seine Familie ist reich und mächtig und seit zwei Jahrzehnten hat sich niemand mehr an sie herangewagt. Ich kann nicht versprechen, dass wir sie kriegen werden, aber ich kann schon versprechen, dass die TFU alles tun wird, was in ihrer Macht steht.«

»Cool«, lächelte Ning leise. »Sollen wir heute mit der Befragung zu dem, was in Kirgistan passiert ist, anfangen?«

»Heute ist Sonntag«, erwiderte Amy. »Geh und amüsier dich mit deinen neuen Freunden. Damit fangen wir morgen an.«

✳

Ning ging allein in den Speisesaal hinunter. Sie nahm sich Müsli und Joghurt und freute sich, als Ryan hinter ihr herkam und sich ein vollständiges englisches Frühstück holte.

»Wie geht's?«, erkundigte sich Ryan. »Gut geschlafen?«

»Wunderbar«, erwiderte Ning.

»Hast du dich gestern amüsiert?«

»Sicher«, antwortete Ning, nahm sich ein Glas Fruchtsaft und folgte Ryan zu einem Tisch am Fenster. »Alle haben versucht, mich wegen der Grundausbildung aufzuziehen. So schlimm wie sie sagen, kann es doch nun wirklich nicht sein.«

Ryan lachte. »Darüber reden wir in hundertsechsundzwanzig Tagen noch einmal. Ich glaube, du wirst die Grundausbildung zusammen mit meinen Zwillingsbrüdern Leon und Daniel machen. Sie werden nächste Woche zehn.«

»Ist das gut oder schlecht?«, erkundigte sich Ning.

»Sagen wir mal, besser du als ich.«

»Kommst du mit deinen Brüdern nicht gut aus?«

»Theo, der kleine, ist ganz okay«, meinte Ryan. »Manchmal schläft er bei mir im Zimmer und so. Gegen die Zwillinge habe ich nichts, aber sie sind eine Plage wie alle kleinen Brüder.«

»Theo ist süß«, fand Ning. »Ich habe mir immer Geschwister gewünscht.«

»Ich glaube nicht, dass du dir wegen der Grundausbildung Sorgen machen musst«, meinte Ryan und kleckerte sich gerade eine Gabel voll Rührei aufs Sweatshirt. »Du hast die Statur dafür. Das Einzige, was verhindern kann, dass du bestehst, ist, dass du dich verletzt, und dagegen kann man nicht viel tun.«

Als Ryan sich das Ei vom Hemd schüttelte, kamen Grace und Chloe an den Tisch.

»Kleines Ferkel«, sagte Grace und schnippte Ryan ans Ohr. »He, Ning, die Geschäfte in der Stadt machen heute Mittag auf. Willst du mitkommen und etwas von dem fetten Kleiderbonus ausgeben, den Zara dir gewährt hat? Wir kennen die besten Läden!«

Ning hatte es zwar nicht so mit Mode, aber die begrenzte Auswahl an Sachen, die sie aus China mitgenommen hatte, erinnerte sie an unglückliche Zeiten, und sie hätte sie am liebsten verbrannt.

»Gerne«, sagte sie und sah Ryan an. »Aber wir wollten doch Paintball spielen, oder?«

»Das ist erst heute Abend«, meinte Ryan. »Du kannst also beides machen.«

»In dem Fall komme ich gerne mit shoppen«, sagte Ning.

»Ohh, Paintball ist klasse!«, rief Chloe. »Um wie viel Uhr spielt ihr?«

Ryan schüttelte den Kopf. »Das ist mit mir, Max und Alfie. Und wir brauchen eine gerade Zahl.«

»Kein Problem«, meinte Grace. »Drei gegen drei!«

»Du musst Max fragen«, sagte Ryan. »Er will seine neuen Gewehre ausprobieren.«

Grace lachte und sagte absichtlich laut: »Oh, du meinst die Gewehre, die er mit Geld gekauft hat, das er eigentlich gar nicht haben dürfte? Die, für die er jede Menge Ärger kriegt, falls jemand vom Personal mitkriegt, dass er sie hat?«

Lächelnd fügte Chloe hinzu: »Nicht dass wir auch nur im Traum daran denken würden, ihn zu erpressen!«

»Okay, ich bin sicher, dass er euch liebend gerne mitmachen lässt!«, seufzte Ryan, als sich die Mädchen rechts und links von ihm setzten.

»Möchtest du mit uns shoppen gehen?«, fragte Ning ihn.

»Klamottenläden für Mädchen klingt zwar unglaublich spannend, aber ich fürchte, für mich heißt es Hausaufgaben und anschließend eine Runde in der Müllverwertung.«

»Das wird dich lehren, alte Damen zu hauen!«, meinte Grace.

Bevor Ryan etwas erwidern konnte, hörte er den charakteristischen Klingelton von Ethan auf seinem Handy. Er nahm es aus der Sweatshirttasche und lief durch eine Glastür auf einen Innenhof.

»Hi, Kumpel«, begrüßte er ihn. »Wie geht's? Was macht der Arm?«

»Der tut immer noch beschissen weh«, beschwerte sich Ethan. »Ich bin in Dubai, Mann!«

»Was?«

»Dubai«, wiederholte Ethan. »Meine ganzen kirgisischen Papiere sind gekommen, also haben sie mich ausgeflogen. Vierzehn Stunden Flug, aber wenigstens Erster Klasse.«

»Und wo bist du jetzt?«, wollte Ryan wissen.

»In irgendeinem Hotel«, antwortete Ethan. »Ich habe keine Ahnung, was dieser Anruf kostet, Ryan. Bist du sicher, dass dein Dad nichts dagegen hat?«

»In der Firma von meinem Vater gibt es Millionen Telefone. Mach dir keine Sorgen, sie werden deine Rechnung nicht mal bemerken. Wer ist denn bei dir?«

»Nur so ein Kerl, der mich am Flughafen abgeholt hat. Er arbeitet für meine Großmutter Irena.«

»Hast du meinen letzten Schachzug auf Facebook mitbekommen?«

»Ja«, sagte Ethan. »Aber so gut bist du in so kurzer Zeit doch nicht geworden. Du bekommst Hilfe von einem Online-Forum oder so, stimmt's?«

»Vielleicht habe ich einen Freund um Rat gefragt«, gab Ryan schuldbewusst zu.

»Wir spielen mal online live gegeneinander«, schlug Ethan vor. »Dann werden wir ja sehen, wie gut du wirklich geworden bist. Ich hänge hier nur lustlos herum und mein Fernseher hat Internet. Kannst du online gehen?«

Ethan glaubte, dass Ryan immer noch in Kalifornien saß, und Ryan rechnete schnell den Zeitunterschied aus.

»Es ist drei Uhr morgens«, erinnerte er ihn dann. »Ich brauche meinen Schönheitsschlaf.«

»Oh Mist!«, entfuhr es Ethan. »Tut mir leid, dass ich dich geweckt habe. Ich habe den totalen Jetlag.«

»Wie spät ist es denn in Dubai?«

»Früher Nachmittag. Morgen früh fahren wir zum Sharaj-Flughafen – das ist in einem der anderen Emirate. Ich fliege in einer der russischen Klapperkisten meiner Familie nach Kirgistan. Da muss ich dann meine Großmutter und meine Cousins treffen und so.«

»Vielleicht ist es ja ganz nett, deine Familie kennenzulernen«, meinte Ryan.

»Ärger mich nicht«, verlangte Ethan. »Ich flippe noch aus. Ich bin ein California Boy. Am Strand aufgewachsen. Palmen, Einkaufszentren, Silicon Valley. Jetzt soll ich bei einem Haufen Bauern wohnen, die Fußballspielen mit einem Ziegenkopf für den Gipfel der Zivilisation halten.«

»Vielleicht ist es ja gar nicht so schlimm«, versuchte Ryan ihn zu trösten. »Und was auch immer passiert, behalte dieses Telefon und bleibe mit mir in Kontakt, ja? Wenn ich Zeit habe, spielen wir ein wenig Schach auf Facebook.«

»Natürlich bleiben wir in Verbindung«, verwahrte sich Ethan. »Du bist mein einziger Freund. Außerdem hast du mir zweimal das Leben gerettet, du bist also mein Schutzengel.«

»Ich bin zu weit weg, um dich in Kirgistan zu retten«, warnte Ryan. »Also pass auf dich auf!«

»Schach«, wiederholte Ethan. »Ich warte!«

Als Ryan das Ethan-Telefon wieder in die Tasche steckte, sah er in den Speisesaal und bemerkte zufrieden, dass Ning fröhlich mit Chloe und Grace plauderte.

50

Es war halb acht und stockdunkel, als Ryan und Ning über den CHERUB-Campus zum Paintball-Gelände gingen.

»Schöner Tag?«, erkundigte sich Ryan.

»Sehr schön«, bestätigte Ning. »Ich habe eine coole Jeans bekommen, Turnschuhe, andere Schuhe, massenweise Tops und einen Rucksack. Und du?«

»Ich habe weitere fünf Stunden in der Müllsortierung hinter mich gebracht. Damit habe ich sechsundachtzig. Nur noch dreihundertneununddreißig.«

»Ich kann mir gar nicht vorstellen, dass du so die Beherrschung verlierst«, meinte Ning. »Du scheinst mir so... nett klingt so lasch, aber du weißt, was ich meine.«

»Ich habe auch keine Ahnung, was über mich gekommen ist«, erwiderte Ryan. »Dr. D. zu stoßen war vielleicht nicht das Dämlichste, was ich je gemacht habe, aber es gehört auf jeden Fall in die Top Drei.«

»Und wie war dein Schachspiel auf Facebook?«

»Ethan hat mir die Hosen ausgezogen, wie immer. Er tut mir wirklich leid. Ich bin sein einziger Freund, und im Grunde manipuliere ich ihn ständig, damit er mir Informationen über den Aramov-Clan gibt.«

»Wenn du nicht wärst, wäre sein Leben noch schlimmer«, meinte Ning. »Und ich hoffe, du bekommst Informationen. Ich habe ganz persönliche Gründe, warum ich Leonid Aramov am liebsten an den Eiern aufhängen würde.«

Mittlerweile waren sie am Drahtzaun um das Paintballgelände angekommen. Ein großes Schild daran warnte: *Hinter der roten Linie müssen Schutzbrillen getragen werden* und *Benutzen des Paintball-Geländes nur mit Genehmigung.*

»Hast du schon einmal Paintball gespielt?«, fragte Ryan, als sie einen schmutzigen Umkleideschuppen aus Beton betraten.

Die meisten Dinge auf dem Campus wurden gut in Ordnung gehalten, aber in diesem Schuppen zogen sich die Leute um, nachdem sie mit Farbkugeln aufeinander geschossen hatten. Im Laufe der Jahre hatten sich die einzelnen Farbschmierer zu einer bräunlichen Soße vermischt, die auf allen Flächen klebte und unter den Schuhen quatschte.

»Jetzt weißt du, warum wir dir diese alten Sachen geholt haben«, meinte Ryan.

»Ihr habt ja ewig gebraucht«, beschwerte sich Max. »Wir wollten schon ohne euch anfangen.«

Max, Alfie, Chloe und Grace trugen bereits Handschuhe und Masken und hatten ein paar Farbspritzer, weil sie die neuen Waffen schon ausprobiert hatten.

»Einen schönen guten Abend«, wünschte Ryan. »Und? Wie sind Max' Gewehre so?«

»Verdammt gut«, fand Alfie. »Ich habe meines auf Automatik geschaltet, auf einen Baum geschossen, und da sind doch glatt Rindenstückchen geflogen.«

»Ich glaube, ich bevorzuge mehr den guten alten Einzelschussmodus«, meinte Grace. »Dabei muss man geschickter sein, anstatt nur einfach draufloszuballern.«

»Auf keinen Fall«, widersprach Max aufgeregt. »Automatik ist echt extrem, Ryan. Man kann mit diesen Babys hundertmal mehr Kugeln abfeuern. Das ist total irre!«

»Spielen wir jetzt oder labern wir herum?«, wollte Alfie wissen. »Doris erwartet mich um zehn zurück.«

»Wer ist denn Doris?«, erkundigte sich Chloe.

»Alfies neue Freundin«, erklärte Max. »Es ist eine Yucca-Palme.«

»Okay«, sagte Chloe und sah Alfie ernst an. »Das ist so bekloppt, dass ich lieber nicht weiter nachfrage.«

Ryan griff in eine Schachtel und holte Handschuhe und Gesichtsmasken für sich und Ning heraus.

»Geh nie in einen Raum mit Waffen ohne deine Gesichtsmaske«, mahnte er. »Die Abzüge reagieren sehr leicht, sie können also auch mal zufällig losgehen, und du willst ja nicht ein Auge verlieren oder so.«

»O.k.«, erwiderte Ning. »Tut es weh, wenn man damit getroffen wird?«

»Kann schon sein, dass du morgen ein paar blaue Flecke hast«, klärte Chloe sie auf und klopfte ihr auf den Rücken. »Aber Ryan hat dir ein paar Schichten Kleider gegeben, da sollte es nicht allzu viel sein.«

»Wie sieht es mit den Teams aus?«, fragte Ryan. »Vielleicht sollte ich bei Ning bleiben und wir gleichen das mit Alfie aus, weil er der beste Spieler ist?«

»Nichts da«, verwahrte sich Chloe und schnappte Ning am Arm. »Kampf der Geschlechter: Jungs gegen Mädchen. Machst du mit, Ning?«

»Klar.«

»Ja-hu! Girlpower!«, schrie Grace. »Denk dran, Ning, wenn du einen Jungen siehst, ziel auf die Eier!«

Ryan klopfte sich mit den Knöcheln in den Schritt. »Ich trage meinen Eierbecher!«

Sie legten die Masken an und gingen in den nächsten Raum, wo die Paintballgewehre und Munition auf Ständern bereitstanden.

»Mach den Deckel auf und stecke die Munition in den Lader«, half Chloe Ning. »Und dann steck dir so viel Ersatzmunition in die Taschen, wie du hineinbekommst.«

Es hatte in den letzten beiden Tagen immer wieder geregnet, und der Boden war weich und nass, als sie hinausgingen.

»Wir spielen *Jagd nach der Flagge*«, erklärte Chloe. »Dabei fangen wir am einen Ende des Geländes an und die Jungen am anderen und die Flagge steht in der Mitte. Um zu gewinnen, müssen wir die Flagge ans Ende der Jungen bringen. Wenn du von einem Paintball getroffen wirst, musst du zurücklaufen und dreißig Sekunden warten, bis du wieder losrennen darfst.«

»Das mit den dreißig Sekunden basiert auf Ehrlichkeit«, fügte Grace hinzu. »Was im Grunde bedeutet, dass alle mogeln. Willst du ein paar Probeschüsse abgeben?«

Ning zog den Abzug und wurde ein wenig zurückgestoßen, als sechs Paintballkugeln aus dem Lauf schossen und an den nächsten Bäumen zerschellten.

»Schick«, fand sie.

»Sind alle in Position?«, rief Max von der anderen Seite des Geländes. »Drei... zwei... eins... los!«

Ning raste zwischen den Bäumen hindurch, ihr Gewehr im Anschlag, während Chloe und Grace vorausliefen. Matsch spritzte ihr an der Hose hoch, Pflanzen schlugen um ihre Beine, und durch das Visier konnte sie kaum etwas sehen.

Die nächsten zwei Stunden rannte Ning. Sie rannte, sprang, rutschte Abhänge hinunter, schoss, wurde getroffen, stolperte über Baumwurzeln, kroch, lag im Hinterhalt, gewann, verlor, betrog, rangelte und musste schließlich frustriert mit ansehen, wie Ryan die Flagge in ihr Startgebiet trug und die Mädchen damit mit fünf zu vier Runden schlug.

Nach zehn Uhr erst kam sie in ihr Zimmer zurück,

schmutzig und außer Atem. Sie brauchte Ewigkeiten, um sich Dreck und Farbe aus den Haaren zu waschen. Als sie schließlich aus dem Bad kam, musste sie über die Tüten mit ihren neuen Sachen steigen und ließ sich bäuchlings aufs Bett fallen. Sie war erschöpft, glücklich, und ihr ganzer Körper bebte vor Aufregung.

Sie war aus der Dunkelheit in eine strahlende neue Welt getreten.

© Random House/Isabelle Grubert

AUTOR

Robert Muchamore, Jahrgang 1972, lebt und arbeitet in London. Als Teenager träumte er davon, Schriftsteller zu werden. Er wusste nur nicht, worüber er schreiben sollte. Daher arbeitete er dreizehn Jahre als Privatdetektiv, doch als sich sein Neffe darüber beschwerte, dass es nichts Vernünftiges zu lesen gäbe, beschloss er, das Schreiben wiederaufzunehmen. Seine Agentenreihe TOP SECRET wurde in über 28 Länder verkauft und zum internationalen Millionenbestseller.

Von Robert Muchamore sind bei cbj bereits erschienen:

Top Secret 1 – Der Agent (30184)
Top Secret 2 – Heiße Ware (30185)
Top Secret 3 – Der Ausbruch (30392)
Top Secret 4 – Der Auftrag (30451)
Top Secret 5 – Die Sekte (30452)
Top Secret 6 – Die Mission (30481)
Top Secret 7 – Der Verdacht (30482)
Top Secret 8 – Der Deal (30483)
Top Secret 9 – Der Anschlag (30484)
Top Secret 10 – Das Manöver (30818)
Top Secret 11 – Die Rache (30826)
Top Secret 12 – Die Entscheidung (30830)

Top Secret – Die neue Generation 1. Der Clan (31126)
Top Secret – Die neue Generation 2. Die Intrige (31127)
Top Secret – Die neue Generation 3. Die Rivalen (31417)
Top Secret – Die neue Generation 4. Das Kartell (31451)
Top Secret – Die neue Generation 5. Die Entführung (31452)

Rock War – Unter Strom (16291)
Rock War – Das Camp (16334)
Rock War – Heiße Phase (16335)

Mehr zu der Reihe unter www.topsecret-buch.de

© privat

ÜBERSETZERIN

Tanja Ohlsen studierte klassische Archäologie und Anglistik in Heidelberg und Berlin. Neben ihrer Tätigkeit auf verschiedenen Ausgrabungen machte sie ihre staatliche Übersetzerprüfung im Fachgebiet Geisteswissenschaften und hat mittlerweile über 150 Titel aus dem Englischen, Norwegischen und Dänischen übersetzt. Wenn sie nicht gerade übersetzt, unternimmt sie mit Vorliebe lange Expeditionen mit dem Seekajak an der norwegischen Küste.

Mehr zu unseren Büchern auch auf Instagram

Robert Muchamore

TOP
SECRET
Die neue Generation

Der Clan,
Band 1, 400 Seiten,
ISBN 978-3-570-31126-4

Die Intrige
Band 2, 320 Seiten,
ISBN 978-3-570-31127-1

Die Rivalen
Band 3, 384 Seiten,
ISBN 978-3-570-31417-3

Das Kartell
Band 4, 320 Seiten,
ISBN 978-3-570-31451-7

Die Entführung
Band 5, 288 Seiten,
ISBN 978-3-570-31452-4

Ryan ist eben erst von Cherub als Agent angeworben worden und schon bekommt er seinen ersten Auftrag. Der führt ihn nach Kalifornien: Er soll sich mit Ethan anfreunden, dem jüngsten Spross aus einem kriminellen Clan, der Geschäfte im Wert von Milliarden von Dollars macht. Noch ahnt niemand, dass diese Mission sich zu einer der größten in der Geschichte von Cherub entwickeln wird …

Knallharte Action, spannend bis zur letzten Seite

www.cbj-verlag.de

30422_5